曼陀罗悬疑馆

给您最好看的原创悬疑小说

陈育新 / 剧本原著
午　晔 / 小说改编

贵州出版集团
贵州人民出版社

图书在版编目（CIP）数据

燃烧 / 陈育新 剧本原著 午晔 小说改编.--贵阳：贵州人民出版社，2019.9

ISBN 978-7-221-15593-1

Ⅰ.①燃… Ⅱ.①午… Ⅲ.①长篇小说 - 中国 - 当代

Ⅳ.①I247.5

中国版本图书馆CIP数据核字（2019）第219103号

燃烧

陈育新 / 剧本原著

午　晔 / 小说改编

总 策 划　陈继光

责任编辑　陈继光

特约编辑　Echo

装帧设计　陈　晨

封面设计　源画设计

出版发行　贵州人民出版社有限公司（贵阳市观山湖区会展东路SOHO办公区A座）

印　　刷　长沙鸿发印务实业有限公司（长沙市黄花工业园3号）

版　　次　2019年11月第1版

印　　次　2019年11月第1次

印　　张　25.5

字　　数　350千字

开　　本　710mm×1000mm　1/16

书　　号　ISBN 978-7-221-15593-1

定　　价　49.00元

.人物简介.

高 风
性别：男
年龄：28 岁

职业：原龙城市龙湾区城北派出所民警，离职后暂时无业。
特征：很有亲和力，偶尔有些油滑。
擅长：法医和刑侦。
经历：出身警察世家，爷爷高四海因 1995 年开棺验尸事件被调离法医岗位；父亲高建设于 1996 年因公殉职。高风的理想是做一名刑警，但为了照顾罹患阿尔茨海默病的爷爷放弃了高考，也放弃了爱情，成为派出所民警。当他终于再拾学生考上律师资格证，打算离开警界时，一起事关他爷爷和父亲名誉的旧案沉渣泛起。高风为了爷爷和父亲的名誉，也为了自己曾经身为警察的责任感，开始了追查尘封 30 年真相的历程。

许佳桐
性别：女
年龄：28 岁

职业：龙星集团总经理。
特征：美丽大方，精明强干。
擅长：企业经营，金融。
经历：知名企业家许军的女儿，牛津大学高才生。爷爷许家福在 1986 年涉嫌卷款潜逃，后自杀身亡，这给她的成长蒙上阴影。许佳桐和高风在高中时曾经是恋人，但被高四海拆散，因此她对高风有着很复杂的情愫。许佳桐出国学成归来后先是自主创业，后在奶奶赵月娥的支持下接手龙星集团，但背地里却为了家族利益，开始着手不为人知的勾当。

冯 凯
性别：男
年龄：38 岁

职业：龙城市龙湾区刑侦大队大队长。
特征：老成稳重，深藏不露。
擅长：刑侦。
经历：有“神探冯”的称号。刚刚调到龙城市龙湾区刑侦大队，就接手“4·05”案复查工作。冯凯对高风有好感，也有成见。他欣赏高风的才华，但厌恶高风一而再地插手案件调查。在办案过程中，两人关系从紧张趋于缓和，最终成为朋友。

刘青叶
性别：女
年龄：28 岁

职业：龙城市龙湾区刑侦大队侦查员。
特征：漂亮，喜怒形于色。
擅长：刑侦。
经历：警察世家出身，高风青梅竹马的朋友。但因为 1995 年开棺验尸事件，刘青叶的爷爷受高四海牵连，抱病身亡，刘青叶对此耿耿于怀。刘青叶疾恶如仇，总得理不饶人，从少年开始暗恋高风，却因为高风和许佳桐的关系，总对他恶语相向，直到高风遭遇危险，才真情流露。两人最终因为相同的信仰，走到一起。

赵月娥
性别：女
年龄：70 岁

职业：龙星集团董事长。
擅长：企业经营，收买人心。
特征：温和，但说一不二。
经历：20 世纪 80 年代和许家福一起创办村办厂，后协助许家福潜逃至韩国。20 世纪 90 年代，暗中联络许家福，协助儿子许军创业。赵月娥表面是没什么文化的农村妇女，其实是龙星集团真正的掌控人。在警方旧案重提后，赵月娥为了保住许家 30 年来的各种见不得光的秘密，联手许佳桐，暗中行动起来。

许家福
性别：男
年龄：70 岁

职业：原龙城市许村村主任，现韩国天星集团董事长。
擅长：改变身份进行各种犯罪活动。
特征：绅士的外表，偶尔露出一丝狡黠。
经历：20 世纪 80 年代从龙城逃往韩国，加入当地黑帮貔貅帮后，设计害死崔天星，并整容后取而代之，成为天星集团的掌门人。许家福心狠手辣，多年来与赵月娥暗中联络，背地里支持着儿子许军的事业。与许佳桐祖孙相认后，二人商议将龙星集团资产抽逃到海外，以躲开警方调查。最终，许家福身份暴露，被中韩警方联合缉捕归案。

周 伟
性别：男
年龄：55 岁

职业：原龙城市龙湾区公安局法医，现任东山省人民医院院长。

特征：老实敦厚，心事很重。

擅长：外科专家。

经历：周伟生父在对越自卫反击战中牺牲，他被父亲的战友高四海收养。周伟一心想做外科医生，却在高四海的压力下做了法医，加上赵月娥挑拨离间，让他误以为父亲是被高四海害死的，于是在 1995 年开棺验尸事件中偷换了 DNA 样本，造成高四海蒙冤，周伟也因此离职。后周伟考取研究生，如愿做了外科医生，最终成为医院院长。但他对当年之事一直心有余悸，在各方压力下，走上了不归之路。

周浩宇
性别：男
年龄：28 岁

职业：龙星金融集团总经理。

特征：相貌出众，自由不羁。

擅长：金融。

经历：周伟的儿子，比高风小几个月。周浩宇和高风、刘青叶、许佳桐是高中同学，他智商极高，喜欢追求特立独行。周浩宇暗恋许佳桐多年，为此不惜向爷爷高四海告密，拆散高风和许佳桐。许佳桐回国后，周浩宇和她一起创业，几次表白都被拒绝。许佳桐利用周浩宇对自己的感情，开始实施资产外逃计划。周浩宇聪明地识破了许佳桐的伎俩，并找到了许佳桐的犯罪证据。他想阻止许佳桐，不料被许佳桐、赵月娥联手杀害。

1.

冬日里的龙城市北郊，寒气袭人。空无一人的山路上，两辆警车一前一后，朝着前面的北山驶去。

半山腰的一个山洞里，高风望着地上一具完整的人骨。在他身边，三个户外装束的青年举着手电。高风从口袋里掏出一副乳胶手套，一边戴上一边蹲下来看了看。

“分局的那帮大爷来了。”穿着警服的李显气喘吁吁地跑进洞来。

高风扭头，看见冯凯、刘青叶和周游朝他走过来。他捧着颅骨站起来。

“你是一个警察，连保护现场的常识都不懂吗？”刘青叶指着他手里的颅骨，皱眉道。

“这姐们死了最起码有十五年了，还有现场吗？”高风转向冯凯，“我叫高风，怎么称呼你？”

“刚从市局调来的冯队。”刘青叶抢着说。

“哦，没想到来接管分局刑侦大队的是‘神探冯’。”高风笑着看刘青叶，“老李，麻烦你把这几个孩子带出去再问问情况。”他低头继续端详头骨。

三个年轻人跟着李显朝洞口方向而去。

“你凭什么说死者是女的？又凭什么说她死了十五年以上？”冯凯问道。

“那我就卖弄一下？”高风摆弄头骨，“眼眶尺寸小，形状细长平滑，边缘锐利，说明这是女性。”

冯凯没吭声。

“再说年龄。”高风指着骷髅的头顶，“颅部的七块骨头接合部分称为骨缝合，我们出生的时候，这些部位其实都是由软骨构成的，随着年龄的增长，软骨便会骨化，变成硬骨，同时骨缝合也变得平滑。这位女士的冠状缝合……就是横跨头顶的这道骨缝合只有部分愈合，显示她或许是三十出头。”高风蹲下来指着骨盆，“女性要产子，为了让婴儿通过，髋骨会逐渐加宽，耻骨也变长并朝前倾斜，更明显拱起，构成产道。很明显，这名女士生育过。”

冯凯依旧不说话。

“我判断她是被人谋杀的。”高风指着颅骨前额处的凹口，“死者左眼上方受过一次水平重击。判断她被谋杀的理由还有一个，她是裸身被埋的，一个人不可能裸身自杀。”

冯凯低头望着那具人骨。

“再说死亡时间。”高风顿了顿，“判断一具埋藏尸体白骨化要多长时间，要考虑的因素比较多，比如温度、湿度、空气、尸体自身的因素等等。这山洞冬暖夏凉，整年温度在 18 摄氏度左右，洞里没有水源，空气干燥，通风尚好。保守估计，这具尸体已经被埋在这里十五年以上。当然，这只是我的大致估计，一切还得靠数据说话。”

山洞陷入寂静。好一会儿，冯凯才开口。

“这些，是谁教你的？”

“他爷爷高四海。”刘青叶的语气有些不自然。

“加上自学。”高风补充。

“你是高四海的孙子？那你为什么不学法医？”冯凯好奇地问高风。

“当法医？没文凭。想当刑警可……提这些干吗？”他露出不耐烦的样子，“冯队，我看这里也没现场要保护，我得回派出所，看看我律师资格证的考试结果了。”

高风把手里的颅骨放在冯凯的手里，转身走出了山洞。

“他要去做律师？”冯凯看着高风的背影，再看看手里的颅骨。

“冯队，去年 3 月在朋友圈里疯传的那段视频你没看啊？”一直没说话的周游翻翻手机，递给冯凯，“一个女大学生因被网络诈骗爬到楼顶要寻死。高风他们接警后赶到现场，在楼顶苦苦劝了两个多小时，才把她救下来。”

视频里，一个穿着物制衣服的青年大喊大叫试图扑向一个光头男，又有一个穿警服的中年人将物业男死死抱住。

“那光头，冲着女孩不断喊着赶紧跳。高风气不过，换了件物业的制服想揍他。”周游解释，“他那句‘我今天就不想忍气吞恶’都成网络金句了。唉，可惜啊，本来是救人的英雄，因为这视频被警告处分。不过，高风的事，青叶应该最有发言权。”

刘青叶瞪了周游一眼，很不自在地开口。

“他爷爷高四海，您应该知道，1995 年震惊全国的开棺验尸事件后发生被调岗到了县公安局档案室，后来，得了阿尔茨海默病，提前办理了退休。他爸高建设，原来是县公安局刑侦大队副大队长，1996 年外出办案不幸坠崖身亡，被追认为烈士。叔叔周伟，是省公安厅法医处原副处长，开棺验尸事件后离开警界，现在是东山省人民医院院长。高风受不了处分的委屈，他想进入刑侦大队当刑警的梦想也就此破灭，所以想考律师资格证离开警界。我听说，他弟弟已经在上海给他找了一家最好的律所。”

“都说现在年轻人的崩溃是不动声色崩溃，现代年轻人的抑郁是微笑着抑郁。”冯凯自言自语道。

“高风是一个异类，不能代表我们年轻人。”刘青叶很在意地说，“冯队，你别为他的卖弄所迷惑。他是有些歪才，但他不会是一个好警察。”

“那你给我说说好警察的标准，”冯凯盯着她无语的表情，“看来你对他成见很深啊，好像你爷爷任局长的时候，挺信任高四海的呀。”

“我爷爷就是被高四海害死的。”刘青叶低声说。

冯凯不禁一愣。

冬日温暾的阳光透过玻璃窗，照亮办公桌。身着便装的高风独坐在龙湾区城北派出所所长办公室里。他端详着马上要和自己告别的警官证，内心五味杂陈。

手机的振动打乱他和警官证告别的肃穆感。高风点开新闻推送，忍不住叹气。

从昨天晚上开始，《龙湾北山山洞惊现成年女性尸骨，警方已介入调查》的帖子火遍网络。帖子里配有人骨的照片，配以“警方宣称，那具人骨为一成年女性，死亡时间十五年以上”的文字，瞬间点燃舆论场。

高风收起手机，将警官证放回皮套里，把它端正地放在办公桌上，和一旁的警号牌整齐地码放在一起。

办公室的门开了，范所长拿着一个文件夹匆匆进来。他没理会高风的起身相迎，坐下来打开文件夹，先是看了看文件，然后拿起警号牌和警官证。

“行了，手续都办完了，从现在起，你就不是人民警察了。”范所长把警官证和警号牌啪的一声收进抽屉，还是没抬头，“你可以去上海当你的律师了。”

范所长依旧没有看高风，他坐下来打开文件夹看着里面的一份文件。

“谢谢范所……还有一件事。”高风踯躅着。

“快说，我还得去分局开会。”范长河看看手表。

“是网上流传的北山那具尸骨的视频……错全在我，跟老李没有关系……”

范所长抬起头来，面无表情地望着高风。

“当时是我着急赶回来查律师资格证考试的成绩，没有仔细查看那三个大学生的手机内容……”高风硬着头皮解释。

“你脱了警服后，又想对这事大包大揽。”范长河打断他，“怎么的？你以为我现在就没法处分你了是不是？高风，我告诉你啊，我可以不允许你辞职，我现在还有这个权力。”

“我也是刚知道这事……”高风堆起笑脸，“你能不能高抬贵手，别给老李处分……范所，我跟了你四年了，从来没有求过你是不是？”

“我可求过你别考什么律师资格证，别离开公安队伍，别让你爷爷和你爸失望，可你给过我面子吗？”范长河用力合上文件夹，站起来，“再说了，李显该受什么处分不是我范长河一个人说了算的，那是由《公安机关人民警察纪律条令》规定的。我的回答你满意吗？”

“满意。”高风沉默几秒钟，立正朝范所长敬了一个礼，然后朝着办公室外走去。

范所长无奈地望着高风的背影欲言又止。

2

匆匆离开派出所，高风上了自己那辆破旧的吉普车。老城区的这个时段，拥挤而繁忙。很快，他驾车驶上跨海大桥，融入川流不息的车流之中。

过了桥，龙城市城区出现在前方，街上高楼大厦鳞次栉比。

红灯亮起，高风停下车，一男一女从车前走过。女人手里的塑料袋突然破了，里面的方便面和火腿肠掉在地上。她弯腰捡东西，男人却拉着行李箱自顾自地一直往前走。

高风惊讶地望着二人，摇下车窗。

“杨衡。”他朝着男人的背影喊道。

杨衡回头望过来，眼神里满是冷漠。

“真是你啊！”高风有点儿激动，“你到马路边等我一下。”说着，他把车往右拐，停到路边，然后匆匆下车。

站在路边的杨衡冷冷地盯着兴高采烈走来的高风。他身边的马兰一脸好奇。

“咱们都快十年没见了，都不敢认了，我是高风啊。”高风上前，“真巧，你这是从哪儿回来？”

杨衡没有说话。

“你朋友？”马兰想缓和一下气氛。

杨衡一把攥住她的手，拉着她走向不远处的公交车站。

“你干吗，拽疼我了，放开……”马兰喊了起来。

杨衡拖着她往前走了几步，突然停下，回头冷漠地盯着不明就里的高风：“虽然还不确定，但我还是想提前告诉你，你爸要倒大霉了。”

“什么意思？”高风蒙了。

“你等着吧！”说完，杨衡转身拉着马兰匆匆而去。

高风呆立在那里，望着他们俩上了一辆公交车。等他回过神，那辆公交车已经淹没在车流之中。

高风拔腿跑向自己的车。他驱车飞驰，一路超车，再超车。终于赶上了！他的车和公交车并行着。高风透过车窗，看见杨衡和马兰站在公交车里，聊着什么。他仔细地盯着杨衡看了一阵子，放慢车速，跟在公交车后面。

不久，公交车驶上跨海大桥，朝着桥对岸的龙湾区驶去，在拥挤的车流中走走停停地开了好久，拐进路边的站台。杨衡和马兰提着行李箱从公交车上下来，朝着马路对面的龙湾分局刑侦大队走去。他们没注意，高风的车就停在身后不远处。

办公室里，穿着便服的刘青叶坐在电脑前。

“青叶，楼下有人说来认尸。”周游走进来，“冯队呢？”

“到局里开会去了。”刘青叶问，“认什么尸？”

“就是北山发现的那具人骨。”

刘青叶起身，和周游一起穿过走廊，走进一间小小的接待室。杨衡站起来，呆呆地望着她几秒钟。

“刘青叶？”他有点儿惊讶，“我叫杨衡，高一的时候，我……留级到你们班，只待了一个学期……”

“杨衡！都认不出来了。”刘青叶开心地和他握手。杨衡给她介绍女友马兰。

刘青叶招呼他们落座。

“昨天晚上我从网上看到，有人在北山半山腰的一个山洞里发现了一具成年女性人骨。”杨衡冷静地说，“我怀疑，那尸骨是我妈。”

刘青叶一时没有反应过来。

“她叫罗红英……1996年，龙湾区南城发生了‘4·05’杀人案，死者叫许广义……”

“哦，我想起来了……”刘青叶恍然大悟，“可罗红英是‘4·05’一案的重大嫌疑人……”

“许广义不是我妈杀的。”杨衡打断她，“这么多年，我一直在找我妈的下落。”他闷声道，“我妈要是还在人世，她一定会跟我联系的。”突然，他提高了声调，“我妈不是杀人犯，绝对不是。我要求和那具人骨进行DNA鉴定！”

“这样啊……”刘青叶想了想，“杨衡，你先跟我去办个手续，提取DNA吧。”

马兰拉着行李箱，跟着他们往外走。

“你们这是从哪儿来？”刘青叶随口问道。

“广东东莞。”

刑侦大队楼外，高风在耐心地等待着。车里的一首歌循环播放了十几遍，他终于看见刘青叶和杨衡、马兰在大楼门口告别。

等杨衡和女友走远，高风才下车跑过去，喊住正要走回楼里的刘青叶。

“你来干什么？”刘青叶看到他，仍然是一副唯恐避之不及的样子。

“我刚才看到杨衡……就是罗红英的儿子进了刑侦大队的门，又被你热情地送出来，怎么回事？”高风只得直说，“当年他妈杀了情夫，畏罪潜逃。声势浩大的清网行动也没能把她清出来，人间蒸发了一样……”

刘青叶用盯贼的眼神看着高风。片刻后，她转身要朝楼里走。

“杨衡是不是怀疑那具人骨就是罗红英？”高风在她身后喊道，“他是回来要求你们给他和那具人骨做DNA鉴定的吧？”

刘青叶停住脚步，转身走到高风的面前，直视他的眼睛。

“你是怎么知道的？还有，你是怎么知道杨衡来刑侦大队的？他们俩下了火车就直接过来了。”刘青叶逼问。

“我刚才在街上，偶然遇到杨衡。”高风解释。

“偶遇就盯上他了？”刘青叶的眼神充满戒备。

“我只是……作为老同学，希望你能给我一个方便。”高风恳切地说，“结果出来，你能不能第一时间告诉我？”

“别说你现在已经脱了警服，就是没脱，我也不会告诉你一个字。”刘青叶摇头，“因为不符合办案程序。”

说完，她头也不回地走了。高风怅然地看着她的背影，许久才转身离去。

他回到车里，拨通李显的电话。

“怎么了？落什么东西了？”李显接电话。

“老李，麻烦你一件事，帮我查一下咱们市网上追逃的名单。是1996年的一起案子，嫌疑人是个女的，应该叫罗红英。是一起毒杀案，好像是罗红英杀了她的情夫。”

“网上追逃不是1999年才开始的吗？”

“我记得她被录入公安部在逃人员信息数据库了。我有印象，只是想确认一下发案时间。”

“等一下。”电话那头传来敲击电脑键盘的声音，“没错，罗红英，女，三十六岁，龙湾县罗店镇人。1996年4月5日因毒杀许广义……”

“谢谢。”高风挂了电话，他看了看手表，然后一踩油门，车子朝着远处飞驰而去。

龙湾分局的办公大楼距离刑侦大队不远。高风把车停在门口，低头跑进一楼角落里的档案室。

一个中年女警员正在档案室里忙碌着。

“曾阿姨，今天就你一个人啊？”高风上前打招呼。

“高风？哎哟，好久没见到你了。”曾阿姨说，“自从你爷爷退休，你就没再来过档案室。他还好吗？”

“还凑合吧。他现在在夕阳红护理院。”

“去年年底我去看过他一次，可惜他是彻底认不出我了……唉，这老年人最怕得这种病了……”曾阿姨叹气。

“是这样，曾阿姨，有件事我想麻烦一下你……”高风试探，“我能不能调看一下1996年的‘4·05’案卷？那是我爸负责侦办的一起案子。”

曾阿姨望着高风，犹豫着。

“是，我知道我的要求不符合规定。”高风解释，“那起案子的嫌疑人目前仍然在逃，警方将其列入了网上追逃人员名单，我……今天碰巧看到了失联多年的嫌疑人的儿子……”

“你发现了线索？”曾阿姨忙问。

高风点了点头。

“你等一下。”曾阿姨走到里面，很快抱出来一大摞案卷。她的手机响了，她看一眼短信，把案卷交给高风：“我去拿一趟快递，你帮我照看一下啊。”

高风看着她匆匆离开的背影，又看了看一旁的复印机，他拿起案卷几步跑过去，打开复印机，开始复印案卷。

快点儿，快点儿，看着复印件慢吞吞吐出一页页纸，高风的心在狂跳。总算搞定了！他胡乱抱起复印的案卷，塞进衣服里，把原件放回桌上。

“看完了？”曾阿姨抱着快递回到档案室。

“看完了，谢谢您。”高风耐着性子和曾阿姨闲扯几句家常，匆匆告辞。

3

高风跑出楼门，上了自己的车，从衣服里拿出一卷复印好的材料，长长地舒了一口气，平静了一会儿，然后驱车匆匆离去。

时间已经过了下午4点，夕阳红护理院一片宁静。

高风推门走进一间十几平方米的小房间。卫生间的门开了，周伟搀扶着高四海走出来。高风赶忙上前，扶着爷爷坐在轮椅上。

“爷爷，您今天感觉好点儿了吗？”他俯身轻声问。

高四海一言不发，两眼空洞地望着窗外。

周伟从卫生间拿了一块毛巾，擦着脸上的汗水：“医院 4 点有个会，我先走了。”他走到门口又站住，“小风，你出来一下。”

高风跟着他一起走到门外的僻静处。看周伟一副不知道该从何说起的样子，高风心里顿时不安。

“小风，不瞒你说，爷爷的病情有加速恶化的迹象。”周伟艰涩地说，“照这样的趋势，不出个把星期，就只能卧床了。”

“没有别的治疗方法了吗？”

“爷爷患阿尔茨海默病已经八年，能有今天的状况已经是奇迹了。”

“以后爷爷就只能一直卧床了？”高风怅然，“那……和植物人也没有什么区别了。”

周伟沉默片刻，拍拍高风的肩膀，转身离开。高风看着他的身影消失在走廊尽头，才回到房间里，拿起地上的热水瓶，打算出去接壶热水。

走廊里有很多出来活动筋骨的老人。高风一路走，一路笑着和他们打招呼。转过一个拐角，他远远看到母亲陈洁，脸上的笑陡然凝固住。

“小风，辞职手续都办了吧？”陈洁走到近前，“什么时候去上海？”

“明天。”高风面无表情地看着母亲。

“恭喜你。”陈洁递给他一个包装精美的盒子。

高风没有伸手。

“妈也不知道你需要什么东西，自作主张给你买了一块手表。”陈洁的表情变得僵硬。

“我有手表，再说我现在也不戴表。”高风依旧不碰那个盒子。

“我已经买了，你就拿着吧。”陈洁的语气里有一丝哀求的意味，“在上海，不像在龙城，更何况你以后是律师了，总有一些场面上的应酬的……”

“谢谢，退了吧。”高风看着母亲尴尬的表情，“还有事吗？没事的话你走吧，我还要去陪爷爷。”

他转身朝着高四海的房间快步走去。陈洁呆立在原地，泪水涌上了她的眼眶。

晚上 7 点，高风走进家里两室一厅的老房子。客厅里放着一箱正待打包的书，还有一个大大的行李箱。

他精疲力竭地走到厨房，打开冰箱看了看，空空如也。没办法，他只好关上了冰箱的门，走进卧室。

无所适从地在床上坐了好一会儿，他拿起手机打给李显。

“大律师，又有什么事？”李显的声音听着很疲惫。

“老李，你在区户籍办有没有认识的人？我想找一个人，叫杨衡，罗红英的儿子。高一时，杨衡曾经和我一个班，后来辍学离开了龙湾，这么多年没有见过他，可我今天却在龙湾的街上碰到他了，他好像刚从外地回来……”

“你是说杨衡可能知道罗红英的下落？”李显兴奋起来，“罗红英可是咱们市第一个上网追逃的嫌疑人，你在哪儿？我马上过来，要是能抓住罗红英，我李显就能真正扬眉吐气一回了。高风，你现在已经脱了警服了，这功劳就全归我行不行？”

“事情可能有点儿复杂。杨衡可能怀疑北山山洞的那具尸骨就是他妈罗红英的。所以，我现在想马上找到他。我记得他爸好像还在龙湾。”

“嗨，我白激动半天，不过再急也要等到明天上班了，我现在正在帮人民群众找狗呢。”李显挂了电话。

高风叹气，拿出复印的案卷，仔仔细细看了一遍。

“没什么问题啊。”他喃喃自语，和衣躺下，很快就睡着了。

时间转瞬即逝，太阳落下又升起，给城市带来新的早晨。

高风开着破吉普，在早高峰的车流中挣扎。街上因为各种拆迁、修路，拥挤不堪。他一边慢慢前行，一边打着电话。

“喂？老李啊，你给的地址不对啊，这地都拆了，正在建地铁呢，你再让你那户籍科的朋友帮帮忙，看能不能查到杨三水搬到哪儿去了，拜托啊……”

一个走神的工夫，他的车头朝着前车的车尾扎了过去。高风急刹车，但已经来不及了，咣当一声，撞了个正着。

一个四十来岁的男人从驾驶室里下，到车尾看了看，抬头不急不恼地望着跳下车的高风。

“对不起，是我全责，我赔。”高风忙说。

“你认识这车吗？”

“有保险公司……”高风仔细看了看前车，笑容立刻消失了。那是一辆劳斯莱斯，保险杠凹下去一大块，这修一下，少说得十万。

此时后面的车已经排起了长龙，烦躁的喇叭声此起彼伏。

“叔叔。”一个熟悉的声音传来。

高风抬起头来，看到许佳桐从车里走出来，他愣住了。

“怎么，不认识我了？”许佳桐微笑地看向。

高风有点儿尴尬地笑了笑。

“叔叔，把车往前开开，找个能说话的地方，我上他的车。”许佳桐对中年男人说道，然后走到高风的车边，拉开副驾驶座的车门。高风只得匆匆上车。

劳斯莱斯发动，慢慢前行。高风亦步亦趋地跟着，不看身边的许佳桐。车里陷入沉默，他们一直把车开到一个空旷地儿才停下。

“你的事我都听说了。”许佳桐打破沉默，“你要到上海最厉害的律师事务所当见习律师。当了这么多年的警察，以后要替那些罪犯辩护，晚上能睡得安稳吗？”

“改变嘛，连美国总统都说要 Change。”

“那美国总统得向你学习，八年前你就学会了改变。”许佳桐笑道。

气氛一下子变得尴尬。

“没错，这世上只有你最有资格恨我了。”高风自嘲。

“不，我太忙了，没时间记仇。”许佳桐淡淡地说，“再说，被恨的人没有痛苦，恨人的人都始终遍体鳞伤。”

“我还有点儿急事，车的事还是走正规程序吧。”高风指指劳斯莱斯。

“到了上海，你请我吃顿饭就算扯平了。”许佳桐拿出手机，“加个微信？”

高风犹豫了一下，打开微信的二维码。许佳桐扫码，推开车门走了出去。高风望着劳斯莱斯离去，把手机扔到一旁。车子上了路面，朝前方而去。

在狭窄的街道上绕了好几圈，高风才找到李显给的新地址。他敲了半天门，里面听不到一点儿动静。没人？高风继续用力敲门，几乎要把破旧的门从门框上捶下来。终于，他听到开锁的声音。一个颓废的男人一摇三晃地站在门里，酒气扑面而来。

“你好，请问你是杨三水吗？”

“你是谁？”杨三水口齿不清。

“我叫高风，杨衡的中学同学。”

“我已经十年没见过他了。”杨三水仿佛听不懂他的话。

“他回龙湾了，我昨天见到他了。”

“杨衡？”杨三水醉醺醺地回头，朝着屋里走去。

“杨衡昨天回来，就要求和北山山洞发现的那具尸骨进行DNA亲子鉴定。”高风跟进来，打量着破旧的家具和一屋子的彩票、报纸、各种酒的空瓶。

“你是警察？”杨三水目光呆滞地看着高风，突然伸手推他，“出去，我不跟警察说话。”

“二十年了，有什么理由让杨衡坚定不移地相信，他妈罗红英是清白的？”高风抵挡着，“当年他才八岁！”

杨三水不说话了。

“杨衡知道‘4·05’案的真相？是不是当年他给警察做了伪证？”

高风这一问，杨三水酒醒了一半。

“你什么意思？”他拽住高风的衣领。

“杨衡离开龙湾有十年了吧。据我所知，这十年来他从没回来看过你……”

“请你马上离开我家。”杨三水推搡着高风。

“我走。”高风挣脱他的手，从口袋里掏出一张名片，“杨衡回来，你让他给我打个电话。”

杨三水接过来一看，是派出所的名片。

“快走！”他把高风推出了家门。

4

此时此刻的龙湾区，充满火药味的不仅仅是杨三水家。

龙星集团第一会议室里，董事会成员围坐在桌边，个个一脸严肃。

“从2015年第三季度开始，集团的赢利开始大幅缩减，而今年头两个季度首次出现了亏损，这是国内外的大环境造成的……”总经理许军语调激昂。

“在各种利好政策的刺激下，今年全国房地产销售明显回暖。”一个穿西装的男人打断他，“可作为集团的主营业务，东山墅和龙景园的销售并没有达到预期……”

“但是……”

“好了，这样吵下去，永远也得不出结果。”赵月娥开口，大家都不说话了，“佳桐已经到了，大家还是听听她怎么说吧。”老太太朝身后点了点头。

会议记录人员起身开门，许佳桐在众人的注目下走进会议室。

赵月娥把椅子往一旁挪了挪，空出一个位置来：“桐桐，把你对集团改革的那些想法跟各位董事说说。”

许佳桐有些疑惑地望着赵月娥，又看了看同样一脸困惑的父亲许军。

“不要有顾虑。”赵月娥的语气不容置疑。

许佳桐平静地望着大家。

“一个企业的经济增长，一部分是来自市场的扩大。这些年龙星虽然进入中国民营企业500强，却小富即安，从没想过在‘一带一路’的倡议下，如何与国家步履更紧密结合，到海外分享全球共享经济带来的红利。的确，投资海外意味着面临多重挑战。我来谈谈我们上海龙星佳桐是怎么做的。”

会议室里一片寂静，所有人都已经预料到一场风暴的来临。

“我们上海龙星佳桐在海外投资项目之所以成功，就在于将风险控制视为高优先度事项。来自各个领域的专家顾问能缓解经验不足。公司成立三年半以来，我们的境外投资服务平台合同投资总额达 3.7 亿美元……”

听到这个数字，会议室里一片窃窃私语。

“时间不早了，进入下一个议程。”赵月娥不给任何人喘息的时间，“我提议，由许佳桐出任龙星集团总经理，许军任董事长。”

许军和许达都抬起头来惊讶地望着赵月娥。许佳桐瞠目结舌。

“为了节省时间，直接举手表决。”赵月娥完全不理会他们的瞬息变化的表情，“同意的请举手。”

说完，她率先举起了手。随即，董事会成员一个个举起手。只有许军、许佳桐和许达愣在当场。

“通过，散会！”赵月娥果断地宣布。

董事会成员早已习惯了她雷厉风行的作风，纷纷起身离去。不多时，会议室里只留下赵月娥、许佳桐、许军和许达。

“这两天，你把工作向佳桐做一个交接。”赵月娥对许军说，“下个星期二，召开集团中层以上会议，宣布对桐桐的任命。”她转向许佳桐，“桐桐，你上任后的第一件事，就是到英国找投资项目，成立龙星在英国的办事处，以后这个英国办事处就由你叔负责。”

“奶奶，这……太突然了。”许佳桐一脸苦恼。

“妈，得让佳桐有一个过渡期。”许军低声说。

“在你的眼里，佳桐永远是一个长不大的孩子。”赵月娥对许军说，“你根本不了解你女儿有多大的能力！军儿，龙星集团能做到今天的格局，是你的功劳，这我从来没有否认过，但时代变了，形势变了。”

许军父女目瞪口呆地望着赵月娥。

“婶儿，我不想去英国……”许达磨叽。

“你给我闭嘴。”赵月娥厉声道，“你先出去，我和军儿、桐桐还有话说。”

许达一脸不情愿地离开会议室。

“奶奶，上海的公司……”

“卖掉，留着只会让你分心。”赵月娥的语气不容争辩。

“妈，为什么这么着急要让桐桐到英国去找投资项目？”许军不解，“还有，让许达去负责英国办事处，您不觉得太荒谬了吗？他连二十六个英文字母都认不全……”

“除了吃喝嫖赌，他哪样行？”赵月娥皱眉，“上个月，他又欠了首尔赌场两千万赌资。你知道吗？巡视组现正在对咱们东山省。在这个节骨眼上，要是达子捅出啥娄子，没人收拾得了。现在可不是靠钱就能摆平一切的年代了。”

“他去了国外会更有恃无恐，还不得花天酒地……”

“至少能用钱解决。”赵月娥叹气，“要没有你叔舍出了性命，就没有咱们一家的今天，达子是你叔唯一的孩子。军儿，桐桐，你们要永远记住这一点。”

许军父女若有所思地望着赵月娥。

午后，天一会儿阴一会儿晴。

龙湾区刑侦大队，刘青叶手拿检验报告，匆匆地走进冯凯的办公室。冯凯在看“4·05”一案的案卷，桌子上堆满了当年的现场照片。

“冯队，DNA 鉴定结果出来了，死者就是杨衡的母亲罗红英。”刘青叶一脸愁云，“这是不是意味着，1996 年‘4·05’凶案的结论是错误的？

罗红英被我们通缉了二十年，现在突然证实她早已死了……”

“DNA 鉴定结果先不要告诉杨衡。”冯凯打断她，“罗红英也许是潜逃过程中被人所杀。青叶，记住，以后多给自己留点儿余地。”

“冯队，杨衡刚刚打电话来问……”周游急匆匆跑进来。

“你告诉他了？”冯凯脸色一变。

“我……让他马上来刑侦大队。”周游不知道他为何如此紧张。

冯凯目瞪口呆地望着周游：“你赶紧打电话给杨衡！”他满心焦虑，“周游，我欣赏你工作时有一股干劲，但雷厉风行和愚蠢是两个概念。”

刘青叶掏出手机，拨通杨衡的号码。电话响了很久，没人接。

“糟了！”冯凯问周游，“你知道杨衡住在哪儿吗？赶快去找他，不许他往网上发任何消息，如果发了，让他马上删除。听清楚了没有？”

周游明白了什么，匆匆跑了出去。刘青叶想继续给杨衡打电话。微信提示音响起，是朋友转给她的一个帖子。她点开帖子，瞬间愣住了。

这篇名为《重大冤案！二十年前龙湾警方通缉的要犯却是受害人》的帖子，此刻的点击量已经超过了十万。

冯凯扫了一眼刘青叶递给他的手机，脸色更加难看。这时，刘青叶的手机响了，是高风打来的。

冯凯迟疑了一秒钟，接通电话。

“高风，我是冯凯。”他直奔主题，“北山山洞里的那具尸骨是谁，恐怕你已经知道结果了。你给我听着，不要掺和这件事。”

“冯队？”高风的声音里透出一丝不悦，“虽然我对你有好感，但并不代表你可以在我耳边穷横。”

“我冯凯不欢迎麻烦，听明白了吗？”

“我也不喜欢麻烦。但如果麻烦找上我，又另当别论。看来，你们已经看到网上的议论了。”

“你已经脱了警服，就把心思都放在去上海当律师这事上，不要多管闲事。”

说罢，冯凯挂断电话，把手机还给一脸错愕的刘青叶。此时周游跑进来。

“金海湾宾馆的前台服务员说，杨衡已经退了房，目前去向不明！”

“继续找！”冯凯怒道，“就是翻遍龙城也必须把他给我找到。”

不祥的预感萦绕在冯凯的心头。他不知道，他要找的人此刻正打着什么算盘。

“这房子是拆迁分的？”敲开父亲杨三水家的房门，杨衡冷着脸走进屋，四处打量着。

杨三水对他的突然袭击毫无心理准备，醉醺醺地点了点头。

“还补偿了多少钱？”杨衡问。

“一……一百万。”

“钱呢？”

杨三水匆匆地进了卧室，很快又跑出来，手里拿着一个存折。杨衡接过来打开看了看，有些惊讶地抬头看杨三水。

“都给你留着。”杨三水挤出一丝笑意。

“许广义和我妈都是你杀的吧？”杨衡没头没脑地问道。

“当年警察调查过我，是你妈杀了许广义……”杨三水结结巴巴地回应。

“那是因为你把妈杀了，藏在北山的山洞里。”杨衡突然揪住了他的衣领，“你骗过了警察，让妈为你背了二十年的锅。”

“我没有，我没有杀人。”杨三水抖若筛糠，“出事的那天晚上我和你在一起。”

“晚上我睡得死死的。”杨衡吼道，“是你反反复复让我对警察说，整个晚上你都和我在一起的。”

“我没有杀许广义，更没有杀你妈。”杨三水赌咒发誓，“我要是说了假话，天打五雷轰！”

他不停地摇着头，泪水从他的眼里滚落下来。杨衡松开了手。杨三水退到墙角一屁股坐在地上，双手捂着脸呜呜地哭着。

杨衡非常鄙视地盯着父亲。过了一会儿，他拿起桌子上的那个存折朝着门口而去。

“我要死了。”杨三水在他背后低声说，“肝癌晚期，三个月前诊断出来的，医生说我最多活半年。无论如何，咱们曾经父子一场……你要是帮我收个尸，这房子，还有那存折上的钱，我都留给你。”

“我不是你的亲生儿子。”杨衡停下脚步，转身看着他，“这可是你当年亲口对我说的。”

“当年我喝醉了，说的是胡话。”杨三水摇头。

“就你那点儿智商，连谎话都编不圆。”杨衡鄙夷道，“你告诉我，我的亲生父亲是谁，我就给你收尸。”

“你是我的儿子……”

“这年月做一次亲子鉴定很容易。我给你一次机会，你告诉我，我的亲生父亲是谁，我还会给你收尸。”

“你不要逼我了。”杨三水低下头，“你妈和许广义都不是我杀的，你也不要再找你的亲生父亲，这对你没好处。”

“是许广义的老婆雇人干的，是吗？”杨衡逼问。

“你走吧，拿着那一百万离开龙湾。”杨三水不看他，语气变得生硬。

“就算你不说，我也查得出来。”杨衡把存折塞进口袋，摔门而去。

杨三水全身一震。过了一会儿，他起身扑到桌前拿起白酒瓶子，但那酒瓶里已经没了酒，他徒劳地倒着，有些绝望。

5

冬日里，时间好像走得特别快。黑夜赶走光明，在偌大的城市里撒下令人不安的阴影。

墙上的挂钟指向11点30分。法医魏大炮坐在龙湾分局刑侦大队解剖室的解剖台旁，看着北山山洞里挖出的那具人骨。

“魏叔。”高风推开门。

“你怎么进来的？”魏大炮面无表情。

“这是您的地盘，我说魏叔找我，没人敢拦。”高风走到近前，注意到桌上的几张显微镜照片。

舌骨上许多线状骨折显微痕迹，末端集中在撕裂型骨折处的狭小范围。说明软骨已经被撕裂，而且力量很强。死者是被人勒死的。

“她具体的死亡时间推测出来了吗？”高风指指尸骨，“魏叔，1996年的‘4·05’凶案现场是您去的吧？您觉得我爸把罗红英列为该案的重大嫌疑人有问题吗？”

“你担心你爸当年办了一件冤假错案？”魏大炮看着他脸上的担忧，“我只能说，从现场上看，罗红英杀害许广义的嫌疑最大。”

“有您这句话我就放心了。”高风松了口气，打量着解剖室，“魏叔，我知道，您当年本来是可以留在省厅法医处的。为什么后来您又回到了龙湾？”

“我之所以回到龙湾，是你爷爷怀疑我在DNA鉴定中做了手脚。”魏大炮平静地说道。

高风一时不知该怎么接话。

“高风，不是每个人都能看见真相，但每个人都能成为真相。”魏大炮走到门边打开门。高风知道这是下逐客令，只得悻悻地离开。

他开着破吉普，回到家，匆匆收拾行李出门。

一下楼，高风就预感到情况不对。闪光灯在闪烁着，门口站着三四个记者，他们手里的话筒和相机对准了他。

“高风，你认为你父亲当年是办了一起冤案吗？”

“高风，能用最简单的话概括一下你父亲吗？”

“高风，听说你脱了警服，你为什么要离开公安系统？”

“高风，1986年的开棺验尸事件，让你爷爷和当年的龙湾县公安局卷入风口浪尖之中，十年后，你父亲主办的案件现在看来又可能是一起冤假错案，对此，你有什么想说的吗？”

高风冷冷地盯着记者和刺目的闪光灯：“我只知道我父亲是一名烈士，是一名优秀的人民警察。”

“那对你爷爷呢，你怎么评价呢？”

高风望着记者，不知该怎么回应。他犹豫片刻，一把推开挡在面前的记者，拿着行李，跑向自己的车。他冲进车里。记者追了过来，拍打着车窗玻璃，继续拍照。

高风没办法，只好用力踩下油门，逼得记者退开。

车子冲上空旷的街道，朝着远处飞驰而去。

直到确认没人追上来，高风才放慢车速。街上已经没什么人，他一路开到李显家楼下，提着行李上楼。

李显已经等在门口。他穿着一件背心，一条大裤衩，睡眼惺忪地接过拉杆箱。

“这次你的待遇比去年好了，我儿子的房间归你了，你不用再睡沙发了。”李显把高风的行李提到自己儿子的房间。

“小宇怎么样？”高风问。

“连个电话都没有，好不容易等来一个就是要钱的，这就是现在的大学生。”

突然两个人就没话说了，就那么站着。

“网上已经有你刚才和记者的对话视频了。”李显犹豫半晌才开口。

高风不说话。

“这事闹得这么大，估计省里的调查组马上就要进驻分局了。”

高风依旧沉默。

“发帖子的是罗红英的儿子，他这是虚张声势，你把心放宽。”李显拍拍他的肩膀，“好在你明天就离开龙湾了，眼不见心不烦。我给你拿了一块新毛巾，早点儿洗洗睡吧。”

他走出去，关上房门。

高风的手机响了，是周伟打来的。

“小风，没睡吧？”周伟的声音透着焦虑。

“没呢，叔，对不起，本来今天晚上我想到家里来和叔、婶儿告个别的，但……”

“我刚刚做完一个手术从医院里回来，我看了网上有关‘4·05’案子的那篇帖子，我只是想跟你说，别去理会网上的那些帖子和评论，这年代网上的谣言还少吗？这些网上谣言靠阴谋论来吸引网民的眼球……”

“叔，你放心，我不会在意的。”高风故作镇定。

“我刚跟以前省厅的朋友打过电话，省厅‘4·05’一案的复查组马上就要进驻龙湾分局，对当年罗红英一案进行彻底复查。在警方的真实调查结论没有出来之前，你不要轻信网上的谣言。”

“网上说，‘4·05’一案死者许广义是龙星集团的人，当年因为龙湾区急需龙星集团的资金，所以省里、市里还有县里都给县公安局施加压力，要求限期破案，再加上当年警方还是遵循‘疑罪从有’的办案思路……”

“这案子我大概了解。”周伟说，“你爸当年的结论不会有问题的。”

“有您这话我就放心了。”

“对了，小风，你晚上到家里来睡吧，我怕记者们又会跟去年一样，上门去骚扰你。”

“我现在已经在同事家了，明天一早他会送我去机场的。您放心好了。”

“那就好。”周伟明显松了口气，“小风，你现在还是一个见习律师，要好好表现，别没事就往龙湾跑，你放心，爷爷有我和你婶儿照顾呢。”

“谢谢叔。那我挂了，晚安。”高风挂了电话。

夜色茫茫。

龙湾区赵月娥的别墅中，许佳桐正在打越洋电话。她另一部手机放在桌子上，开了静音，放着高风和记者的那段对话视频。

“罗伯特，中国的政策环境推动投资者进行多元化的海外扩张，国内市场需求放缓，海外市场拥有更可观的回报率。”她的英语是很标准的英式发音。

“你的意思是你们龙星集团这次主要是投资英国的房地产项目？”对方询问。

“主要是商业地产，如现有的办公楼和酒店资产。”

“拿地自建的项目呢？考虑吗？”

“不，我们以收购为主，主要是分散投资风险。”

“城市有限制吗？”

“伦敦之外的项目基本不考虑，除非项目特别好，有风险的项目也不在考虑之列。”

“明白了，我马上让内森按你的要求去找项目。可是，艾伦，到底出了什么事，以至于你要卖掉自己的公司？”

“罗伯特，不该你问的少问。你放心，龙星集团这次海外投资只是出于形势的需要和海外扩张，没有别的目的……”

这时，传来敲门声，许佳桐关掉了另一部手机的视频，起身走到门口开门，看到赵月娥站在门口。

“那先这样，你找到项目马上把资料发给我。”她挂断电话。

赵月娥走进屋，关上门。

“桐桐，你上任后首要的工作就是赴英国考察投资项目。”

“奶奶，也许我不该问，但是……叔有什么事吗？为什么您急着想要把他弄到英国去？”

“你想说什么？”赵月娥面无表情。

“这两天网上出现了几篇帖子，是关于1996年一起毒杀案的，我要是没记错的话，许广义和叔是发小……”

“你听到了什么？”赵月娥露出警惕的神色。

“没有，我只是……”

“你叔在韩国首尔欠了一大笔赌债，还涉及公司账目上的事，不过你放心，事情已经摆平了，但现在中央巡视组正驻扎在东山……你懂的。我怕你叔在国内又生出什么是非来，想让他去英国避避风头。”

“我明白了。”许佳桐点头。

赵月娥默默地望着孙女。她走到近前，伸出手将许佳桐的一绺头发朝后理了理。许佳桐顺势扑进赵月娥的怀里。

“你终于长大了，我可以松口气了。”赵月娥感慨地说道。

许佳桐在赵月娥的怀里却是一副心不在焉的表情。

第二天一早，天高云淡。

刘青叶和周游走出宾馆大门，都是一副垂头丧气的样子。刘青叶拿起手机，打给冯凯。

“找到杨衡了吗？”冯凯问。

“没有。”刘青叶只能摇头。

“快二十四小时了，连一个杨衡都找不出来，你们是想让全分局看我冯凯的笑话吗？”

“对不起冯队……”

“你们不是对不起我冯凯，是对不起你们的那身警服。”说完，冯凯挂掉了电话。

刘青叶听着手机忙音，回过头狠狠地瞪了周游一眼。

“对不起，师傅。”周游无奈。

刘青叶想训斥周游，可张了张嘴又把话咽了回去，她站在那里想了想。

“走，再去一趟杨三水家。”

两个人上了车，周游开着车，刘青叶坐在副驾驶座上。车子经过闹市商业区，路上拥挤不堪。

刘青叶：“拉警笛，闯过去。”

周游拿出警笛吸在车顶上，拉响警笛，一踩油门。车越过黄线在对车道上逆向超车，朝着远处飞驰而去。

6

半个多小时后，他们来到杨三水家门前。周游去敲门，刘青叶从口袋里取出一份传唤文件。周游敲着门，可是屋里没有反应。

“一大早，没人？”周游觉得奇怪。

刘青叶凑到门前，一边敲门一边听着里面的动静，突然她停了下来，似乎在闻着什么。

“煤气味，味不小。”刘青叶看了看四周。

她朝后退了两步，抬腿就朝门踹去，门没有被踹开。周游目瞪口呆地望着她。刘青叶再次后退几步，然后铆足劲朝着门踹去，门被踹开了。

她从口袋里取出面巾纸，递给周游几张，自己用面巾纸捂住鼻子，跑进屋。

屋里充斥着刺鼻的气味。刘青叶冲到客厅的窗前打开窗子，周游上来帮忙。

刘青叶回过头来，只见杨三水正躺在客厅的沙发上，右手还握着一个空的白酒瓶，一旁有一个空的装安眠药的瓶子。

“快，把煤气关了。”她催促周游，自己冲到杨三水跟前，伸手去摸杨三水的颈动脉。

周游跑进厨房，关掉了煤气，打开了厨房的窗子和抽烟机的开关。

“怎么样？”他跑回客厅。

刘青叶摇了摇头。她憋着气在每间房间里搜寻着，并没有发现异常。一阵胸闷气短袭来，刘青叶赶紧冲出房间，一边大口地喘着气，一边拿出手机，打给冯凯。

“冯队，杨三水死了。可能是煤气中毒，屋里没有发现异常，请马上派鉴证人员过来。”

这时，刘青叶看到了一边的桌子上放着一张名片，她拿起名片不禁一愣，那正是高风递给杨三水的名片。

此时此刻，龙城机场候机厅里，高风正愁眉紧锁地看着手机。

一则标题是《起底龙湾的所谓警察世家》的帖子里提到，高建设就是1995年制造“开棺验尸”闹剧的法医高四海的儿子……许家福一家曾是高四海母子的救命恩人……高四海忘恩负义……高建设为了自己“神探”的光环不顾事实真相，草率将罗红英列为杀人凶手，炮制了龙湾惊天冤案……建议有关部门马上撤销高建设烈士称号……高建设之流是历史的罪人，应该受到应有的审判……

“真是冤案吗？”

“现在的事，不好说呢。”

“看，公安局的新闻发布会……”

听到周围的人窃窃私语，高风如坐针毡。他点开视频，看到屏幕里记者们“长枪短炮”地对准正在发言的宋杰。

“决不放过一个坏人，也决不冤枉一个好人，这是一句耳熟能详的话，但它其实只是一种理想，而不是现实。”宋杰面对镜头，神色严肃。

“在司法实践中，如果追求决不放过一个坏人，就必然会冤枉一批好人，如果追求决不冤枉一个好人，就必然会放过一批坏人，两害相权取其轻，问题是，孰轻孰重？疑罪从无，罪刑法定，保障人权的司法原则，要求我们只能选择后者，那就是，宁可放过一批坏人，也决不冤枉一个好人。

“但是，在决不冤枉一个好人的前提下，我们也要追求尽量不放过任何一个坏人，所以，我在此代表龙湾公安分局向大家承诺，我们将尽全力配合省厅复查小组对‘4·05’一案进行复查。如果查明罗红英的确是被冤枉的，我们一定会还罗红英清白，并启动相应的国家赔偿程序，对罗红英的家属进行必要的国家赔偿。

“同时，我们还会启动追责程序，依法依规对负有责任的人员进行追责。防范冤假错案、加强司法人权保障，是现代司法文明的必然要求，是人民群众的强烈期望。党的十八届四中全会以来，全面推进依法治国进程中纠正了不少冤假错案，也让人们看到中国司法改革的态度和决心，无论是坚持疑罪从无的理念，还是以审判为中心的刑事程序法治思维，以及确立终身追究制度，都将对提升今后的案件审判质量起到重要作用。

“我们龙湾公安分局将认真学习《关于推进以审判为中心的刑事诉讼制度改革的意见》的重要精神，在案件的侦查阶段，要全面客观及时地搜集各种证据，尽可能查明案件事实真相，不断提高破案率，有效打击犯罪，增强人民群众安全感和满意度。谢谢大家。”

“乘坐飞往上海的 CA8158 航班的高风旅客请注意，您乘坐的航班马上就要起飞了，请您速到 22 号登机口上飞机……”

机场广播响起，高风好像没有听到似的。他关掉视频，抬起头，怔怔地坐在那里一动不动。

“乘坐飞往上海的 CA8158 航班的高风旅客请注意，您乘坐的航班马上就要起飞了，请您速到 22 号登机口上飞机……”

高风仍然坐在那里不动。他好像丢了魂魄一般，直到被手机铃音唤醒。来电显示是刘青叶。

“高风，你在哪儿？”电话里，她的声音听起来很焦急。

“我在机场。我……本来是要去上海参加新的工作。”高风低声回答。

“你登机了吗？”刘青叶追问。

“有事吗？”高风觉得她的情绪不对劲。

“你什么时候见过杨三水？”

“昨天我去找过他，怎么了？”

“看来你今天走不了了。”刘青叶说，“你现在得马上赶到刑侦大队，配合我们调查。”

“杨三水死了？”高风怔了一下，脱口而出。

“你怎么会这么想？”刘青叶惊讶。

“杨三水是不是死了？”高风以问代答。

电话那一头，刘青叶明显犹豫了一下。

“我已经通知你了，如果你不赶到刑侦大队，一切后果由你自己负责。”

她换上坚定的语气，“其他的，别再问了，我只能说这么多。”

刘青叶挂了电话。两辆警车飞驰而至，鉴证小组的成员匆匆从车上下来。

楼下围着不少居民，警员拉起了警戒线，三辆警车停在一旁。

冯凯匆匆下了车。刘青叶把手机装进兜里迎上来。

“有什么新的发现吗？”冯凯问。

“现场没有发现他杀的痕迹。”刘青叶摇头，“不过昨天，高风找过杨三水。”

“确认是高风？”

“杨三水家留有一张高风的名片，我给高风打过电话，已经确认。我通知他马上赶到刑侦大队接受讯问。”

“上去看看。”冯凯和刘青叶一起来到杨三水家门口。

魏大炮和助手，还有物证部门的人在屋里勘查现场。助手正在给杨三水的尸体拍照。

物证人员将杨三水身边空的安眠药瓶和啤酒瓶捡起来放入物证袋里。还有几个人正在门窗上采集指纹。

“有什么线索吗？”冯凯问魏大炮。

“暂时没有发现致命性的机械损伤，也没有发现体外伤，没发现挣扎和搏斗的痕迹。”魏大炮盯着尸体，“死者姿态正常，且面部表情自然，尸斑呈现鲜红色，面部、颈部部位最为明显，睑结膜见小片状出血，没有呕吐物，很有可能死者是先服用安眠药后再煤气中毒死亡。目前就这些，别的要尸检后才能下结论。”

“你们呢？有什么发现？”冯凯问物证人员。

“因为刘青叶他们是强行进入，大门已经被损坏，暂时无法判断其他外部可疑人员从大门进入的嫌疑。”物证人员回答，“但目前在门锁孔上并没有发现撬痕，室内各种物品无翻动的痕迹。目前正在采集指纹，看有没有可疑的指纹出现。”

冯凯望着室内，没再说什么。

耐心地等着采证结束，他和刘青叶一行回到刑侦大队。值班的刑警告诉冯凯，高风来了。

7

冯凯和刘青叶走进小会议室，高风正坐在屋里。 他的行李箱和双肩包放在门口的地上。

“杨三水是怎么死的？”高风站起来。

冯凯和刘青叶对视了一眼坐下。刘青叶有点儿担心地望着高风。

“咱们得先按程序来吧。”冯凯示意他坐下。

“姓名。”刘青叶翻开记录本。

“高风。”

“出生年月。”

“1990年1月8日。”

“你去机场干什么？”刘青叶问。

“去上海，我是现在上海东方法正律师事务所的见习律师。”

“你昨天去杨三水家干什么？”

“找杨衡。”

“为什么要找杨衡？”冯凯问。

“北山那具人骨被发现的第二天，杨衡就赶回龙湾，而且认定那具人骨就是他妈罗红英，我觉得有些奇怪，想找到杨衡问问具体的情况。”

“说说你在杨三水家的经过。”冯凯问道。

“杨三水不知道杨衡已经回龙湾了，我相信他说的是真话，然后给他留了一张我的名片就离开了，就这些。”

“你是怎么找到杨三水的家的？我们找他都费了不少劲。”冯凯问。

“我干了四年辅警，四年派出所民警，我总有我的资源吧，这一定要说吗？我是嫌疑人吗？杨三水的死因是什么？”

“你怎么知道他死了？”冯凯反问。

“他要是不死，你们还用得着非让我回来配合调查？他是怎么死的？”

“这不是你应该关心的。”冯凯看了看手表，站起来，“你可以走了。”

“是自杀还是他杀？”

“高风，昨天我在电话里说过，不许你掺和这件事。”

“我凭什么不能掺和？”高风怒道，“高建设是我亲爸，我爸是一名烈士，还得过优秀人民警察的称号，我相信他没有办错案，可现在网络上却把我爸抹黑成一名黑警，还人肉出我爷爷那段不光彩的历史来佐证他们的判断，甚至还扒出我去年打那名光头男，也是因为我的血液里就有黑警家族的基因，可你们知道吗？去年，我高风还是网络上的红人，你们处分我，可他们却挺我，现在呢？却成了我的黑历史，你们说，我难道就一走了之吗？换作是你们，你们会这么做吗？”

“高风，你别钻牛角尖。”冯凯说，“就算‘4·05’一案是一起冤案，也不全是你父亲的责任……”

“看来，你已经先入为主了，是吧？”高风高声说，“那我更要管这事了。”

“高风，现在咱们没有平等对话的语境，你先回家好好冷静一下。”冯凯冷静地回应。

“我能冷静得了吗？”

“在龙湾你是冷静不了，所以，我建议你马上离开龙湾。”冯凯说，“晚上还有一班飞往上海的航班。”

说完，冯凯转身离去。刘青叶犹豫了一下没有离开，她看着高风欲言又止。高风匆匆离去。

刘青叶追了出去。

“高风……”

高风回过头来。

“对不起，我不知道你今天就去上海。”刘青叶上前说道。

“死了人，我又在他死前和他接触过，按办案程序，我必须得配合公安机关接受调查，你没有做错什么。”

“冯凯说得对，你现在最好还是离开龙湾，这氛围不适合你……”

“杨三水到底是怎么死的？”高风盯着刘青叶。

刘青叶犹豫着。

“对不起，我不该问的。”说完，高风提着行李要走。

“可能是自杀。”刘青叶说，“我们没有在现场发现任何他杀的痕迹。”

“死因呢？”高风停下脚步。

“服安眠药，再加上煤气中毒。”刘青叶问他，“你和杨三水还谈过什么？”

“你是说我刚才对冯凯有所保留？”

“他不了解你。”

“杨三水是一个老彩民。买了二十年的彩票，他说花掉了上百万，可他又说自己已经二十二年没工作过了。”

“你是说他经济上有问题？”刘青叶疑惑。

“我爸说过，如果有疑问，就顺着金钱往下查。”

“你怀疑杨三水的死因？”

“就算他是自杀的，这个时间点也挺蹊跷的吧？”高风对刘青叶说，“你们赶紧把杨衡找出来，也许杨衡知道一些杨三水死亡的真相。说不定罗红英的死跟杨三水有关系。”

“你怀疑罗红英当年是杨三水杀的？”刘青叶将信将疑，“你怎么知道‘4·05’案件的情况的？1996年你才6岁。”

“杨三水是罗红英的前夫是吧？用脚指头猜也能猜出来啊。好了，不跟你聊了，不然冯凯以为我又要干涉你们破案了。再见。”

说完，高风朝着大门的方向走去。他走到街边，从口袋里掏出手机，看到有三个周浩宇打来的电话。高风给周浩宇回拨电话。

“我刚从刑侦大队里出来，刚才手机调成了静音。”他对周浩宇解释。

“我和田学林律师联系过了。”周浩宇说，“他同意你直飞甘肃兰州，田学林的助理会在机场接你。我查过了，东山今天飞往甘肃的飞机已经没了，明天你直飞甘肃。机票我已经给你买好了。”

“可是……”

周浩宇：“哥，我可告诉你啊，明天你要是再出幺娥子，那我可就无能为力了啊。哥！”

高风：“谢谢。”

高风挂了电话，他站在街边茫然地望着对面。这时，他的手机传来微信的提示音，是第二天飞往甘肃的航班信息。

刘青叶从电梯出来，推开冯凯办公室虚掩的门。

“冯队，高风说杨三水是一个老彩民。他买了二十年的彩票，他说花掉了上百万，可他又说自己已经二十二年没工作过了。”她向冯凯汇报。

“他还说什么？”冯凯靠在椅子上。

“他……”刘青叶犹豫一下，“高风怀疑罗红英的死跟杨三水有关。”

“杨三水是不是凶手他说了不算，现场证据说了算。”冯凯哼了一声，“他是在你这儿卖弄吧，你不是说他挺喜欢卖弄的吗？”

“我只是如实向你反映他的看法。”刘青叶低声道。

“好了，不说他。”冯凯起身，“下午省厅复查小组进驻分局，你把手头别的案子跟小王交接一下。”

“让我参加复查小组？”刘青叶惊讶。

“你和周游。”冯凯点头。

“好的，冯队，我一定全力以赴。”刘青叶转身朝门口走去，被冯凯叫住。

“你派人找找双裕小区门口的一些小店里有没有监控。”冯凯说。

“监控？你想找谁？”刘青叶不解。

“杨衡，看他有没有回过家。”

城南的一家咖啡馆里，许广义的女儿许欢欢正在跟两个闺密喝着咖啡，聊着怎么化妆。

马兰走到她们的桌边。“对不起，请问你是许欢欢吗？”她客气地问道。

“我是。”许欢欢抬起化着浓妆的眼睛打量她。

“我是‘杀死温柔’网络直播平台的主播，我想采访你一下可以吗？”马兰拉过一把椅子在许欢欢的面前坐下，掏出手机对准她。

“采访什么，关于化妆吗？”许欢欢和闺密相视而笑。

“是 1996 年你爸许广义被杀案。”马兰说。

许欢欢和两个闺密愣在当场。

“你不知道吗？”马兰好像没看到许欢欢脸上的厌恶，“这个话题现在网上炒得很火，大家都很关心当年杀死你爸和你爸情人罗红英的真正凶手是谁。为此，我们网络直播平台搞了一个‘你就是福尔摩斯’的调查，结果，我的粉丝百分之九十都认为你母亲李艳是真正的凶手。对此，你怎么看？”

“你有病吧！”许欢欢一拍桌子道，“滚！”

“我忘了告诉你，现在可是在直播。”马兰晃晃手机。

许欢欢伸手就来抢马兰手里的手机，马兰眼疾手快地将手机塞进包里。

“把手机给我，给我！”许欢欢歇斯底里地叫起来。

“干什么，我报警了！”马兰一边说着，一边推搡着许欢欢。

“你敢打我！”许欢欢暴怒。

“谁打你了？”说着，马兰又推了许欢欢一把。

许欢欢朝马兰扑去，两个人厮打在一起。两个闺密手足无措地站在一旁。

马兰紧紧地拽着许欢欢的头发，现场乱作一团。这时，两个店员跑过来，将许欢欢和马兰强行拉开。

许欢欢气急败坏地又要朝马兰扑去。

“干什么？要打架到外面去打！”一个店员死死地拉住她。

“你拉我干什么？是她先动的手。”许欢欢指着马兰的鼻子。

“你血口喷人！”马兰冷笑，“我是网络主播，我是来采访你的……”

“你给我出去，不然我报警了。”店员推马兰。

“出去就出去。”马兰匆匆朝外面走去。

“你给我站住！”许欢欢狂叫，“有种你别跑，看我怎么收拾你……你给我放开！”

许欢欢摆脱店员的拉拽，追到街上。但马兰已经上了一辆摩的，飞驰而去，很快就消失在车水马龙之中。

8

摩的开到龙城市天平司法鉴定中心，马兰下了车。杨衡已经等在路边。马兰迎上前，对他点了点头。两个人手拉手，走进鉴定中心。

“您好，我要做 DNA 鉴定。”杨衡走进一间办公室，“给……我自己做……”

“有父亲的样本吗？”工作人员问道。

“没有。”杨衡摇头。

“不管是毛发、血液或者唾液都行。”

“他早已经死了，火化了。”杨衡说。

“要是有父亲的样本，就比较好鉴定一点儿。”工作人员有些为难地看着他。

“那用同父异母兄妹的样本，可不可以做？”杨衡问。

“可以是可以的，就是有难度。”工作人员解释，“同父异母的兄妹可经过半同胞鉴定来确定亲缘关系，我们需要请专家来做，所以，比一般的亲子鉴定费用高。”

“费用无所谓，只要你们肯做。”杨衡说。

工作人员看看他们，递过来两张表格：“那你们先填一下表格，然后抽血样。”

“不是我们俩。”

“那……女方的样本呢？”工作人员一怔。

马兰从包里取出一个小塑料袋递给工作人员。工作人员接过来，看到塑料袋里装着几根长长的头发。

此刻的龙湾区分局，气氛凝重。

省公安厅张雄杰副厅长带着市局陈局长，纪委驻省公安厅纪检组组长袁忠民，以及省厅法制总队副总队长李夏，省厅警务督察处副处长严格，省厅刑侦总队警员方菲走进小会议室。

龙湾分局局长宋杰和三个副局长，以及冯凯、刘青叶和周游已经在等候了。

"'4·05'案件复查小组今天正式成立。"双方落座后，陈局长宣布，"张雄杰副厅长任组长、龙城市公安局局长陈维民，也就是我本人，省厅法制总队副总队长李夏，龙湾分局刑侦大队大队长冯凯任副组长。复查小组成员还有，省厅刑侦总队侦查员方菲，龙湾分局刑侦大队侦查员刘青叶，龙湾分局刑侦大队侦查员周游。复查小组的复查工作在纪委驻公安厅纪检组组长、厅党委委员袁忠民，省厅警务督察处副处长严格监督下开展工作，复查小组应当定时向他们汇报具体的侦办情况。下面请张雄杰副厅长讲话。"

掌声响起，张副厅长严肃地望着大家。

"二十年前的'4·05'一案现重新被舆论聚焦，网民们众声喧哗，群情汹涌，所以，省厅要求复查小组认真做好相关执法问题的调查，尽快查清真相。

"公安机关破案有巨大的压力，压力大，有时候取证就可能发生误导，偏听偏信，造成一些冤假错案。同志们，每一宗个案都关乎民生与民权，让人民群众在每一个司法案件中都感受到公平正义，是司法权威和公信的基础。

"冤案或许无法完全杜绝，但必须尽最大努力避免，如果查出'4·05'一案是一起冤案、错案，你们必须坚持有错必究的原则，这也是重树司法公信的前提，让清白者恢复清白，让有责者承担应有之责，要做到绝不掩盖，绝不袒护。”

会议室里，所有人神情严肃。

简单地交接工作后，张副厅长一行起身离去，小会议室里只留下李夏、冯凯、刘青叶、方菲和周游。

“宋局长，那咱们就开始吧。”李夏看了看手表，对宋杰说道。

宋杰点了点头。方菲把一个数码录音机放在会议桌上。

“‘4·05’案件复查小组第一次讯问会，时间：2016年8月16日，地点：龙城市龙湾区公安分局第二会议室，被讯问人：龙湾公安分局局长宋杰同志。”李夏的语气是例行公事，“宋杰同志，在1996年‘4·05’毒杀案专案组里，你担任什么职务？”

“那时候还是龙湾县公安局……哦，那时龙湾还没有撤县设区。”宋杰回答，“我是龙湾县公安局刑侦大队中队长，1996年4月5日这天，我们刑侦大队接到杨三水报警，说许广义在城中路某出租房里身亡，而杨三水的前妻罗红英是那出租房的租户……”

“杨三水，就是今天上午死亡的那个杨三水吗？”李夏插了一句。

“正是。”冯凯说，“杨三水的死因正在调查之中，到目前为止，法医部门和鉴证部门还没有他杀的证据。”

“你接着说。”李夏示意宋杰。

宋杰看着大家，记忆飘回20年前的那个春天。

……

夜深了，办公室里只有高建设和宋杰二人。办公桌上散开着“4·05”一案的卷宗和一些现场的照片。

“建设，放杨三水走……是不是太武断了一些？”宋杰心里没底。

“许广义自杀已被排除，现场除了留有罗红英、许广义的指纹外，就是罗红英那八岁儿子杨衡的指纹。”高建设翻着物证报告，“没有溜门撬锁的痕迹，许广义的指甲缝里没有皮肤和纤维组织，没有明显的挣扎痕迹，这一切都表明凶手是许广义的熟人，熟人作案已是毋庸置疑。”他拿起毒检报告，“氰化物中毒身亡，是通过酒精口服进体内。你还有什么疑问呢？”

“是，到目前为止，罗红英是具有重大嫌疑。”宋杰耐着性子，“但是判断她就是凶手，我还是认为证据不足。罗红英的动机是什么？”

高建设没说话。

“据我们调查，罗红英纠缠许广义近半年了，要求许广义离婚和她结婚。”宋杰说，“以罗红英的急性子和暴脾气是有杀许广义的动机。但是反过来想，她和许广义已公然姘居，许广义待她又不错，甚至在公开场合以老婆称呼罗红英，虽然李艳拖着不离，但罗红英也把李艳逼得狼狈不堪，甚至离家出走躲回娘家。所以，在这场战役中，罗红英其实是一个胜利者。那她到底为什么要杀许广义……我的意思是她为什么要这么急？”

“刚才你说过，罗红英是急性子和暴脾气。”高建设揪住他的话。

“你忘了前年你破‘5·19’毒杀案时说的话了吗？”宋杰皱眉，“毒杀往往是有预谋犯罪，心理决定行为，这是你说的！如果是罗红英毒杀了许广义，说明她是有预谋的，这一点，恰恰又和我们所掌握的罗红英和许广义的关系不符，原因我刚才已经说过……”

“女性由于自身的生理、心理性格和在社会活动中所扮演的角色不同等，杀人的动机多以家庭生活矛盾激化和情杀为主。”高建设几乎是在背教科书，“罗红英的邻居反映，在4月4日凌晨1点多，他听到罗红英家传来激烈的争吵声，且持续了半个小时。这次争吵或许是让罗红英萌发杀害许广义的直接诱因。预谋不分时间长短，一个小时前起的杀机一个小时后实施就是预谋。再者，女性选择的作案场所大多位于室内，自己熟悉的地点，致死方式有投毒、勒、扼、捂或请他人协助。虽然目前并没有查到氰化物的来源，但是，许广义被毒杀在罗红英的租住屋，充分符合女性作案的特点。”

“光是争吵就成了罗红英杀害许广义的动机，我还是认为……”

“是罗红英主动勾引许广义的。”高建设不给宋杰说话的机会，“二人姘居后，罗红英一直占据着主动的位置。事实上，罗红英在和杨三水的婚姻中，罗红英也很强势，她甚至对杨三水家暴。经调查，为了达到和许广义结婚的目的，罗红英甚至拿刀威逼过许广义。这些行为都反映出罗红英性格狂躁。”

“最关键的一点，罗红英对儿子杨衡很溺爱。杨衡才八岁，就算罗红英杀了许广义要外逃，她对杨衡总得有个交代吧？”宋杰据理力争。

“4月4日下午，罗红英把杨衡交给前夫杨三水，也许就是将儿子托付给了杨三水照顾，以解决她外逃的后顾之忧。”

“可杨三水对杨衡并不好。如果要托孤，罗红英完全可以把杨衡托付给她姐。”宋杰拿起一张照片，照片上是摊放在桌子上的百元面值的第四套人民币，“罗红英并没有带走藏在衣柜里的五千块钱。外逃需要钱，这五千块钱对她来说不是小数。”

“也许是她慌乱之中忘了拿。”高建设争辩。

“如果是预谋杀人，她需要安排好一切。”宋杰摇头，“我还是认为杨三水更有嫌疑。”

“杨三水有动机，但他没有血性。”高建设反对，“让他杀人，他没这个胆。你干吗那么看着我？”

“我看得出来，刚才说的，连你自己都不信！”宋杰没好气地说道。

“我28岁就当上了刑侦大队的副大队长，靠的就是我天赋异禀的刑警直觉。”

“人不可能次次都有好运气的，建设。”

“你是说我高建设配不上‘神探’这个称号？”高建设冷冷地说，“那我告诉你，‘神探’这名誉是靠我高建设的努力和天赋挣下的，不是靠狗屎运带来的。”

“我不是这个意思……”宋杰咋舌，“人会看到自己想看到的，相信自己想相信的。我知道申局和杜局刚刚找过你，因为明天是破案的最后期限，我知道你的压力。”

“不用你来给我找理由。”高建设拍着桌子，“罗红英就是杀害许广义的凶手。”

说完，高建设转身朝外走去。

“等等，建设，我还没说完呢。”宋杰想追。

“我说完了。”高建设扔下这句话，留下目瞪口呆的宋杰，离开了办公室。

9

“这么说，在罗红英是不是嫌疑人的问题上，你和高建设是有分歧的？”李夏听了宋杰的叙述问道，“高建设在县局有个外号叫‘高神探’，他对刑事案件的侦办很有一套，你刚才也说过，高建设从警以来，侦办的案件从来没有失过手，也很缜密。”

“高建设当时从主观上太想证明自己，太想靠‘4·05’一案翻身。”宋杰说，“所以他明知罗红英是凶手的判断有些牵强，却不愿承认。”

“翻身？这话怎么理解？”李夏疑惑。

“1995年11月龙湾的‘开棺验尸’事件后，高建设的父亲，也就是龙湾县公安局著名法医高四海臭名远扬，当时的县公安局局长刘坚志被气死……”

坐在后排的刘青叶低下头。

“社会舆论一边倒，指责龙湾县公安局。为此，龙湾县公安局被整治，高四海被调职到县公安局档案室。龙湾县公安局当年的各种荣誉甚至一些福利都被取消。这让龙湾县公安局的干警们对高四海有怨恨之心，这股怨恨也漫及高四海的儿子高建设身上……”

冯凯低头，在笔记本上写下“1995年龙湾开棺验尸事件”几个字。

“高建设是在1995年9月被破格提拔为龙湾县公安局刑侦大队副大队长的。”宋杰继续，“他是龙湾县公安局史上最年轻的刑侦大队副大队长。对他的破格提升局里本来就有流言蜚语，再加上‘开棺验尸’事件的影响，高建设的压力非常大。为了证明自己，高建设一心扑在工作上，平时都在队里吃住，很少回家，为此他和妻子的关系也十分紧张……我认为，这也许都是高建设急于结案的因素。所以我认为，上级领导限期破案，龙星集团……那时还不叫龙星集团，是叫龙城龙星纺织股份有限公司，催促破案，还有社会舆论及父亲因素四重压力下，高建设执意将罗红英定为重大嫌疑人并向全国发出通缉令。当然，这只是我的一家之言，并不一定正确。”

“高建设是哪一年被定为烈士的？”李夏问。

“1996 年 12 月 21 日，高建设到海东县办案的途中，因疲劳驾驶，不幸坠入山崖当场牺牲。”宋杰回答。

“办什么案子？”

“我也不太清楚。”宋杰明显犹豫了一下。

“什么叫不太清楚？”李夏警惕起来。

“具体是什么案子我并不清楚，高建设只是说因为案子上的事他要去一趟海东县。”宋杰解释道，“其实事后我查过，当时我们县局并没有什么案子涉及海东县。当时刑侦大队的陈新林大队长因为患癌正在医院治疗，刑侦大队实际上是高建设在主持工作。他不说，我们也没有权力问。”

冯凯微微皱起了眉头。他拿起笔在笔记本上匆匆地写着：高建设去海东县私自调查？他在“海东县”三个字上画上了一个圈。

“他一个人去的？”李夏问宋杰。

“一个人去的。”

“确认是疲劳驾驶导致的不幸吗？”

“事后我们县公安局对现场及车辆进行过仔细的勘查，没有发现他杀和自杀的证据。”

龙湾区裕民大街的彩票点也是一个电脑维修点，五十多岁的店主正在店里忙着。高风拉着行李进来。

“师傅，跟你打听个事。”他走到柜台边。

店主抬起头来。

“前面双裕小区刚刚去世的杨三水，你认识吧？”

“三水啊，老彩民了。每个星期他得在我这儿买三次双色球。”店主继续低头干活。

“一般他一次买多少钱？”高风问道。

“你是警察？”店主翻着眼皮。

高风从口袋里掏出一本证件晃了晃。店主也没有要求看，却一脸紧张而又兴奋的表情。

“是为了他老婆，噢不，是他前妻罗红英的事来的？”他问高风。

“你都听说了什么？”高风不动声色。

“我这儿大部分都是回头客，对三水都熟。”店主换上神秘的表情，“大家说，杀死罗红英的凶手很可能就是杨三水。要不然他怎就在这个节骨眼上自杀了？平时他还挺乐观的一个人。”

“他在你这儿买彩票多少年了？”高风问。

“我这是十年前办下证的。”店主回忆，“从办下证那天起他就在我这儿买彩票，他家离这儿近，过去第二个红绿灯就是。”

“那这十年他在你这儿总共得花了五十来万了吧？”

“我还真没算过，四十来万总得有吧。”店主斟酌着说。

“他中过大奖吗？”

“哪那么容易？”店主嗤笑，“最多也就中过几千吧？”

“那他还沉迷其中？”高风做出好奇的样子。

“嗨，林子大了啥鸟没有？我这儿还有每个月花十几万买彩票的呢。新闻还报过，有人挪用几百万公款买彩票的呢。总归一句话，男人不是好色就是好赌，赵匡胤押江山，那也是赌，那叫大赌。”

“他没工作，哪来这么多钱？”高风问。

“这是你们该查的吧。”店主耸肩。

“你这儿证没办下来前，他是在哪儿买彩票的？”

“原来这儿过去两站路，有一个小超市，是彩票代售点，有些年头了。”

店主指指门外的方向，“可去年这儿开了一家物美，那小超市就关了，那彩票代售点也没了。我这代售点没办下来前，三水都是在那儿买。”

“杨三水这人怎么样？”

“好喝酒，别的好像没有什么毛病。他不多语不多事的，醉了酒就卧街，也不闹。”

高风还想继续问，余光瞥见一个穿着帽衫，戴着帽子的熟悉身影从门口一晃而过，正是杨衡！他扭头追了出去。

“杨衡！”高风想喊住他。

杨衡回过头来，只见高风正匆匆朝他而来，转身就跑。

“别跑，我就问你点儿事。”高风高喊。

可杨衡没有停下来，高风无奈只好拔腿去追。两个人你追我赶，跑过一个路口，有汽车开过，差点儿撞到杨衡。

汽车一个紧急刹车，司机伸出头来朝着杨衡的背影骂。杨衡好像没听见似的，继续飞奔。

他又跑过两个路口，一辆摩托车突然从小巷里出来。杨衡一下子撞了上去，人和摩托车一起摔在地上。高风跑上来，他气喘吁吁地看着倒地的杨衡。

“你跑什么啊，我只是想问你几句话。”高风想伸手去扶杨衡，“你为什么要在网上诋毁我父亲？当年专案组并不是他一个人……”

没想到被拉起来的杨衡突然挥手就对高风迎面一拳，高风被打得后退两步。

“你离我远一点儿。”杨衡指着高风的鼻子。

“我只是想知道，你为什么这么确定那尸骨就是你妈？为什么你就咬死我父亲不放？你肯定有你的理由！”高风捂着脸。

“你给我闭嘴！”杨衡骂道，“我妈被你父亲冤枉了二十年，要不是你父亲，我杨衡也不至于会混成今天的模样。你们高家一家三代全是恶警。”

他转身要走，高风扑上去抓住杨衡的胳膊。杨衡回首又是一拳，高风一把抓住他的衣领，两个人扭打在一起。周围有人喊着报警。

高风从没想过，自己脱下警服后第一次回派出所，竟然是这样的场面。

他和杨衡一脸乌青被民警要求在笔录上签字时，刘青叶带着两个刑警走了进来。

“你好，我们是分局刑侦大队的，刚才我们冯队给你们所长打过电话了。”刘青叶出示证件。

“知道。我们这儿的程序走完了，你们还有什么要问的吗？”派出所民警把证件还给她。

“我们要带走他。”刘青叶指着杨衡。

“为什么？”杨衡一愣。

“没让你说话。”刘青叶对同事们说，“把杨衡带走。”

刘青叶看着两个刑警带着杨衡离开，对民警说：“能出来说句话吗？”

民警跟着刘青叶往外走。两个人走到门口，刘青叶回头对高风说：“你等下。”

走到楼道里，刘青叶指了指办公室轻声地那民警问：“不会留案底吧？”

“如果需要，可以处五日以上十日以下拘留……”

“刚才带走的那位有犯罪嫌疑。”刘青叶说，“高风以前是城北派出所的民警，是帮助我们……明白了吧？”

民警望着她，没说什么。

“让他走吧。”刘青叶语气恳切。

“好。”民警点头。

“我再跟他说两句。”刘青叶走进办公室，“高风，该说的冯队都已经跟你说了，希望你不要寻衅滋事……”

“刘青叶，那我也告诉你，在真相没有出来之前，任何人都没权利利用流言蜚语来毁灭我家人的人生和生活。”高风激动地说，“诋毁我过世的父亲也不行，我决不允许，这就是我的立场。”

“我不管你什么立场。”刘青叶不为所动，“你要是以后再干这种事，让冯队以妨碍公务罪拘你。走吧。”

高风冷冷地盯着她。

“怎么？你还想在这里面待几天？”站在门口的民警问。

高风转身朝着办公室外走去。

从派出所里出来，他看一眼警车里的杨衡，然后转身朝着远处匆匆而去。

10

龙湾区分局法医解剖室里，魏大炮的徒弟正在收拾着工具。魏大炮正在洗手。杨三水的尸体已经缝合，陈列在解剖台上。

冯凯、李夏和方菲走进来。

“有线索？”冯凯问。

魏大炮一边擦着手一边走到杨三水的尸体边，指着放在一个容器里的肝脏。

“杨三水的肝重 2800 克，弥漫性肝肿大，他已患晚期结节性肝癌，再加上酗酒无度，就算他今天不死也撑不过两个月。”

“冯队，在他的住处发现过医生的诊断报告吗？”方菲问。她虽然年轻，但仔细盯着尸体一点儿也不害怕。

“没有。”冯凯说。

“还有什么异常吗？”方菲问魏大炮。

魏大炮不知道该不该回答她。

“大炮，这是方菲，省厅刑侦总队的，现在是复查小组成员。”冯凯介绍。

“我解剖发现死者的胸大肌呈鲜红色，而且较为明显，应该是一氧化碳中毒。”魏大炮这才回答方菲的问题。

“没有他杀的蛛丝马迹？”方菲继续问道。

“到目前没有发现。”魏大炮谨慎地回答。

“那基本可以判定杨三水是自杀？”

魏大炮犹豫了一下。他看了看冯凯，冯凯正看着杨三水的尸体，想着什么。

“最后结论得等毒物鉴定报告出来。”魏大炮对方菲说。

这时，冯凯的手机响了，是刘青叶打来的。

“冯队，杨衡已经带回来了。”刘青叶汇报。

“把他带到解剖室来。”冯凯放下电话，对魏大炮说，“他儿子马上到。”

魏大炮心领神会地拿过一张白布单盖在杨三水的身上，只露出脑袋。

不大一会儿工夫，刘青叶带着杨衡进来。杨衡扫视冯凯、李夏和方菲，面无表情地走到解剖台前。

“他是怎么死的？”杨衡看着杨三水的尸体。

冯凯没有回答。

“自杀？”杨衡继续发问。

“你认为呢？”冯凯反问。

杨衡抬起头来，瞥一眼冯凯：“你们是警察，你们说了算。”

“你父亲得了肝癌，是晚期。”冯凯观察着杨衡的表情。

杨衡毫无反应。

“你不知道？”冯凯问。

“不知道，他没跟我说。”杨衡冷静地回应。

冯凯朝刘青叶点了点头。

刘青叶带着杨衡离开解剖室，来到讯问室。杨衡若无其事地坐下，看着她和周游在对面坐下。

“杨衡，你昨天去找过你父亲杨三水吗？”刘青叶开口。

杨衡愣在那里。

“我问你话呢，你去找过杨三水没有？”

“找过，怎么了？”杨衡回过神，“他是我爸，那也是我的家，不允许吗？”

“你什么时候去的？”

“具体时间没看。”

“什么时候离开的？”

“也就待了十几分钟。”杨衡皱眉，“怎么，你们怀疑是我杀了我父亲？”

“你们说了什么？”刘青叶问。

“他就是一个醉鬼，我能跟他说什么？”杨衡不屑道，“我就问问他的近况，喝了一瓶啤酒就走了。”

“他呢？什么都没跟你说吗？”刘青叶观察杨衡的表情。

“他除了酒和彩票，对什么都不在乎。我有没有出现他都无所谓。”杨衡看起来很坦然。

“你多久没见过你父亲了？”

“十年。我 2006 年离开的龙湾，就再也没有见过他。”

“没有任何联系吗？”

“没有。”

“你们之间发生了什么事？”

杨衡没有说话。

“你们之间到底发生了什么事？”刘青叶追问。

“我恨他。”杨衡缓缓地说，“他从来没有关心过我，我妈被通缉后，我跟着他住，他除了喝酒根本不管我，喝醉了就拿我撒酒疯，打我骂我，我每天得替他收拾那些呕吐物，还要替他做饭洗衣服。我巴不得早点儿离开他，一辈子不再见到他。”

“杨三水有工作吗？”

“他 1995 年下半年进的龙星，当年许村的村民都进了龙星公司当工人。1996 年，我妈出事之后，他就离开龙星了，在我的印象里，他再也没有工作过。他的工作就是喝酒和买彩票。”

“他的钱从哪儿来的？”刘青叶问。

“当初龙星给了一笔拆迁费，具体多少，他从来没跟我说过，别的来源我不知道。他从来不给我零花钱，2006 年我离开龙湾去广东打工的时候除了一张车票，口袋里只有二十一块钱。”

“当年你给专案组做证，说你父亲杨三水在案发时和你在一起，一夜都没有离开过家。你那时才八岁，你怎么知道杨三水一夜都没有出去过，你难道一夜没睡吗？”

“他一直在喝酒，2 点左右的时候，他吐了，我起来给他收拾的。”杨衡好像知道她要问这个问题，回答得不假思索。

“你提供给警方的证词是不是杨三水教你说的？”刘青叶问。

“没有，那是事实。我虽然恨他，但他还没胆子杀人，他就是一个窝囊废。”杨衡坚持道。

“如果杨三水是被人谋杀的，你有嫌疑人人选吗？”

“那是你们的工作。”

讯问室里陷入沉默。过了几分钟，刘青叶才继续开口。

“你为什么坚信许广义不是你妈杀的？”

“她是我亲妈，她没有杀人，我就是知道。”杨衡执拗地回答。

“北山山洞的尸骨刚刚发现的第二天你就从东莞赶回龙湾，直接到了刑侦大队，要求和那具尸骨进行 DNA 亲子鉴定，你为什么坚信那具尸骨就是你妈？”

“二十年过去了，她从来没有找过我。可她爱我、疼我，这理由够充分吗？”愤怒的泪水涌上了杨衡的眼眶。

刘青叶默默地盯着杨衡。

宾馆的服务员和马兰都确认，杨衡是在昨天晚上 10 点回的宾馆，一直到今天上午 9 点，杨衡都没有离开过宾馆。杨三水的死亡时间是凌晨 4 点左右，杨衡有明确的不在场证明。刑侦大队没有再留置杨衡的理由，毕竟到目前为止，没有查出杨三水系他杀的证据。

她只得转换话题，问起杨衡在网上发帖的事。

“公民有言论自由。”杨衡拿出自认为无法反驳的理由。

“自由发表言论是指在法律允许的范围内，这是法律赋予公民的权利，但有权利必有对等的义务存在。”刘青叶说。

“我遵守相关的互联网规范，我没有污蔑、诽谤、恶意中伤、散布谣言等等，我懂法。”杨衡说。

“你的帖子就有诽谤高建设之嫌。”一直没吭声的周游开口，“高建设是当时‘4·05’一案专案组的副组长，他的结论也是专案组的结论，你诽谤高建设就是诽谤专案组，就是诽谤当时的龙湾县公安局……”

“你少给我扣帽子。”杨衡打断他，“那是你们自己瞎联想，我在帖子里只指责了高建设一人，根本没有提到专案组，更没有提到龙湾县公安局。”

“我们联想？你以为网民不会联想？”刘青叶说，“我们希望你能删帖。”

“我不删。”杨衡不肯让步，“你们要是觉得我犯法了，你们可以把我抓起来啊。”

“杨衡，在‘4·05’一案的调查结论没有出来之前，你在网上发这样的帖子，客观上就起到了诋毁警察的效果，对我们下一步的调查工作也没有好处。”刘青叶好言相劝。

“你要这么认为我也没办法。”杨衡冷冷地说，“反正我母亲是冤枉的，就因为你们当初的结论改变了我杨衡的一生，本来我不会过这种生活，这个损失该由谁负责？”

“你母亲是受害者，这没错，但这并不完全排除许广义就不是你母亲杀的，这两者并没有对等关系。”冯凯从外面进来。

“你这是什么意思？”杨衡跳起来，“我母亲被人杀了埋尸在北山山洞难道这不是事实？你们不会告诉我DNA亲子鉴定结果是错的吧？”

“DNA亲子鉴定结论没错。”冯凯说，“你母亲当年被人杀害埋尸北山山洞也没错。但你母亲到底有没有参与犯罪，是不是被其他团伙成员杀人灭口都还是个未知数，这一切都得待真相查清之后才能下结论。你现在凭什么认为你母亲就是完全被我们警方冤枉的？证据呢？”

杨衡哑口无言。

“你的帖子已经被网络疯狂转发，现在再让你删除已没有太大意义。”

冯凯说，“我们只是想告诉你，如果从今天起，你再在网络上凭主观臆测随意就当年的‘4·05’一案发表意见，而我们的调查结论跟你所想所说的完全不一样，那我告诉你，高建设的家人，还有我们龙湾区公安分局都有权告你诽谤罪的。这利害关系你清楚吗？”

“诽谤罪，是指故意捏造并散布虚构的事实，足以贬损他人人格，破坏他人名誉。”刘青叶解释，“我国刑法第二百四十六条规定以暴力或者其他方法公然侮辱他人或者捏造事实诽谤他人，情节严重的，处三年以下有期徒刑、拘役、管制或者剥夺政治权利。”

杨衡不说话。

“你听清楚了吗？”冯凯问。

屋里是一阵难堪的沉默。

“听清楚了。”杨衡低声说。

“你走吧。”冯凯朝门口摇头。

杨衡愣了一下。

“不过，在这段时间里，你得随传随到，如果要离开龙城，必须告知我们。”冯凯给他开门。

“我什么时候能把他的尸体领走，我得给他收尸。”杨衡问冯凯。

“到时候我们会通知你的。”冯凯说。

杨衡起身走了出去。

11

夜幕降临，一架航班轰鸣着降落在上海虹桥国际机场。

周浩宇站在接机厅熙熙攘攘的人群中，看着从出口涌出的人流，双手背在身后。

许佳桐拎着一个包，匆匆地随着人群从机场里出来。

“佳桐。”周浩宇高声喊。

许佳桐看到了他，愣了一下："你怎么来了？"她很惊讶。

"你让丁苗订的机票。"周浩宇把手从身后伸出来，手里拿着一束玫瑰花。他把那束花递给许佳桐。

许佳桐像看怪物似的看着周浩宇，她没伸手接花。

"有话直说吧。"

"在这儿？"周浩宇有些尴尬地朝四周看了看。

"这儿怎么了？别说我没给过你机会。"说着，许佳桐快步朝着接机厅外走去。

"等等，等一等。"周浩宇匆忙拎着包追上去。

许佳桐停住脚步，回过头来。

"我……其实从初中一年级见到你那一刻起，我就喜欢上了你。"周浩宇支支吾吾，"之所以一直没有表达，那是因为你后来和高风好……"见许佳桐没反应，他更加窘迫，"你现在确认和高风没有什么关系了吧？"

"这是另一个话题。"许佳桐平淡地说，"先说你想说的话。"

"就算有关系我也不管。"周浩宇再次把花递给她，"我……我爱你，我希望你能接受我的爱。"

"我给你两个选项，第一，做龙星金融集团的总经理。"许佳桐一字一句地说，"第二，继续说你爱我，离开公司。"

周浩宇蒙了。

"忘了告诉你，我已被董事会任命为集团总经理。"许佳桐说，"如果你愿意，龙星金融集团总经理的职位现在就是你的。"

"那……龙星佳桐呢？"周浩宇仍然如坠云雾。

"给你一分钟考虑时间。"许佳桐看表。

"我选……"周浩宇结结巴巴。

"还有 5 秒。"

"第一个选项。"周浩宇无奈地说。

"很好，金融集团的总经理现在就是你了。"许佳桐微笑，"不过，我事先警告你，如果你以后再跟我提爱不爱的话题，我马上开除你。”

“我保证不再提起这个话题。”周浩宇忙说。

许佳桐伸手抓过周浩宇手里的花束，走到一旁的垃圾桶旁，把那束花扔进去。

“你走吧。”她头也不回地对他说。

“我……就是来接你的。”

“不用，我还有别的事，明天公司见。”

说完，许佳桐快步朝着远处而去，周浩宇呆呆地望着她的身影，然后看了看那垃圾桶，一脸蒙地站在那里。他茫然而无所适从，在行色匆匆的人群中，显得格外孤寂。

夜深人静，高风在李显儿子的房间里，翻看复印的案卷。敲门声传来，他起身开门，李显走了进来。

“你怎么回来了？”高风记得李显今晚值班。

“我和志刚倒了班。”李显走到桌边，拿起案卷复印件看了看，脸色一变，“这案卷你从哪儿弄来的？”

“知道了真相，就要承担相应的责任。”高风说，“所以你别再问这些无聊的问题。”

“今天到底发生了什么？”李显很担心的样子。

“我拜托你的事你问了吗？”高风问他。

“你为啥想知道杨三水有没有驾照？”

“北山离罗红英租住的地方有四十七公里，离最近的城区也有二十公里，无论是凶手把罗红英运过去，还是在山洞现场杀了罗红英，都得有交通工具吧？”

“自行车、摩托车也是交通工具。”李显说。

“可能吗？这么远？目标又这么大？何况当天晚上还下着雨。”

“你怎么知道罗红英就是许广义死的当晚被人杀死的？”李显反驳，“也许罗红英当晚逃走了，是事后再被人杀的呢？”

“如果是这样就好了。”高风叹气，“那说明许广义还是被罗红英毒死的，那我父亲当年下的结论就没错。”

“案子过去二十年了，这种陈年积案没有充足的警方资源，不可能轻易侦破的。”李显语重心长，“高风，我的话听起来是有点儿残酷，但这就是事实。你在瞎掺和什么？”

“现在有人把一切都怪罪到我爸的头上，甚至说我爷爷，我爸，还有我都是恶警，瞎掺和？”高风喊了出来。

“你脸上的乌青就是因为这弄的？”李显拉着他的胳膊，被高风甩开。

“你别管。”高风转过身不看他。

屋里一阵沉默。

“杨三水有驾照。”李显告诉他，“是 1995 年 10 月拿下的本，然后在龙星公司当了半年的货车司机，1996 年 5 月份辞的职……”

“等等，1995 年 10 月拿下的本。”高风猛地转身，“1996 年 5 月份辞的职，也就是在罗红英被通缉后……”

“你不是说明天去甘肃吗？可你这阵势……”李显担心地看着他。

高风突然拿起桌子上的手机拨号。电话响了一声，刘青叶就接了。

“冯凯和你在一起吗？”高风问她。

“你想和他说话？”

“你们在刑侦大队吗？”

“高风，你到底想干什么？”刘青叶狐疑。

“你让冯凯等着，我马上过来找他。”高风挂了电话，匆匆朝着门口走去。

“高风！”李显追上去。

“你先睡吧，门钥匙我带走。”高风跑出了大门。

李显无奈地看着那一桌的案卷，摇头叹气。

高风走进龙湾分局刑侦大队办公室时，冯凯、刘青叶和周游在等他。

“杨三水是杀害罗红英的重大嫌疑人。如果他是自杀，那也是畏罪自杀。”高风开门见山。

冯凯示意他坐下说。

“第一，杨三水会开车，凶手把罗红英的尸体拉到北山山洞需要交通工具，为了隐蔽，必须是汽车。”高风坐下，“第二，在罗红英被通缉后，杨三水突然从龙星辞职。第三是他的经济来源和他这些年买彩票的花销对不上。”

冯凯点点头。

“我认为北山山洞不是第一现场。”高风继续，“罗红英很精明，她不可能被陌生人骗至北山山洞后所杀。我觉得，很可能是罗红英和杨三水合谋杀害许广义后，杨三水再将罗红英杀害藏尸于北山山洞，制造罗红英杀人潜逃的假象。二十年后，罗红英的尸骨被发现，杨三水感觉末日将至，于是畏罪自杀。”

“说完了？”冯凯问。

“没有。”高风抢话，“杨衡知道真相，至少知道真相的一部分，所以会第一时间从东莞赶回来要求认尸。可毕竟，杨三水和罗红英是他的亲生父母，为了掩盖家丑，才在网上炮制了那几个帖子，恶语中伤我父亲和当年的专案组。”

“我知道你为了维护你父亲的形象……”

“这跟我父亲的形象无关。”高风打断冯凯，“这跟真相有关。”

“你刚才提到杨三水的经济状况。”冯凯不紧不慢，“从 1995 年龙星公司建房征用许村土地开始，杨三水靠房子拆迁一共得到了两百多万的现金补偿和一套三居的现房，而他在这二十年买彩票花的钱最多一百万。再说了，我们并没有发现在许广义死后，杨三水有突然的巨额收入。”

“凶手一定和罗红英关系密切，而且她在杀了许广义后和凶手见了面……”高风不肯放弃。

“你的这些逻辑建立的前提就是你坚信当年专案组的结论没有错，你父亲一定没有错。”这回是冯凯打断他，“可你凭什么认定许广义就是罗红英杀的？”

“冯凯，原来你也认定我父亲当年办了一起冤案！”高风怒道。

“我只是问你，你凭什么认定许广义就一定是罗红英杀的？”冯凯不急不恼。

“因为1996年4月4日傍晚6点开始下雨，这雨一直下到4月5日凌晨3点50分。而许广义是在凌晨2点左右被毒杀的，如果有凶手在这个时间段进入现场，一定会留下脚印等痕迹，可专案组并没有在罗红英的出租房里找到任何外人进入的痕迹。”

“你从哪儿得来的这些数据和资料？”冯凯的脸色变了，“你看过‘4·05’一案的案卷？”

高风顿时语塞。刘青叶和周游吃惊地看着他。

“你是怎么拿到‘4·05’一案的卷宗的？”冯凯的语气变得强硬。

高风低头不语。

“你不说是吧？”冯凯使出撒手锏，“这不难，到档案室一查就知道了……”

“别麻烦了。”高风抬头，“复印件在……我同事李显的家里。我这两天为了躲避记者，住在他家。”

“马上派人去把卷宗拿回来，把高风带到讯问室，把他的手机没收。”冯凯吩咐刘青叶和周游。说完，他匆匆走了出去。

刘青叶追过去。

“冯队，高风私自复印案卷资料是违反了组织规定，可他……的心情……”

“心情？”冯凯回头瞪着她，“你是不是也该关禁闭，好好反省反省了？我告诉你刘青叶，让高风在讯问室待够十二个小时才能放他走。”

“可他要去上海……”

“这十二个小时里，他哪儿都去不了。”

刘青叶哑口无言。

“我这么做是为了他好。”冯凯厉声道，“不知天高地厚的家伙，还想当刑警！难道为了家人就可以做违法乱纪的事吗？”

说完，他匆匆而去，刘青叶呆立在那里。她看着周游带着高风走进讯问室，锁上门，泪水情不自禁地涌了上来。

12

讯问室里，高风默默走到墙边。他背靠墙，盯着漆黑的天花板，一直到天亮，一动不动仿佛一尊雕塑。

时间仿佛静止了，不知过了多久，门开了，刘青叶和冯凯走进来。

“高风，你私自复印‘4·05’案卷，这已经触犯有关条例了。”冯凯警告，“我可以因此拘留你的。”

刘青叶把手机还给高风。

“我可以走了吗？”高风接过手机。

“高风，冯队这么做是为了你好。”刘青叶说。

“我不这么认为。”

“高风，我再奉劝你一句，你很聪明，也很有才华，但若你只会铤而走险，有才华也没有用。”冯凯用和善的语气说，“我的劝告对你以后当律师也一样适用。走吧，中午还有一班飞往上海的航班。”

“我不走了。”高风直视他的眼睛，“我不会离开龙湾，直到查清真相。”

“高风，你可能理解错了。”冯凯耐心地说，“我本意并不是说在‘4·05’一案中，你爸的判断就一定有问题……”

“我仔细研究了案卷，我相信我父亲没有断错案。”高风说，“你们现在为了应对网络舆论，把所有的精力和警力都放在复查当年专案组所做的结论上。角度不同，得出的结论自然就会不同。为了不让我父亲蒙冤，我决定留下，自己查清真相。”

“你跟我较上劲了？”冯凯的语气中有了不悦。

“不，我这是跟真相较劲。”

“是走是留，那是你自己的选择，我无权干涉。”冯凯换上扑克脸，“但我再次警告你，记住，这已经是第二次了，如果再发现你私自调查并妨碍警方办案，我会以妨碍公务罪将你拘留。”

说完，他转身离去。

高风朝着门口走去，他走到门口停下，望着刘青叶，想说什么，但说不出口。

“你知道大门在哪边，请自便。”刘青叶气恼地转身离开。

高风在讯问室门口站了好一会儿，才缓步往外走。

走出龙湾分局刑侦大队的楼门，他拿出手机看到有十一个未接来电，五个是周浩宇的，四个是李显的，还有两个是周伟的。

高风默默地望着手机。这时，手机突然响了起来，是周浩宇打来的。

“你这是玩的哪一出？啊？”周浩宇在电话里大喊，“田学林的助理小赵在机场等了你一个小时……”

“对不起，浩宇，事情有了变化，我暂时不去上海了。”高风疲惫地说，“我得查清‘4·05’一案的真相，才能离开龙湾。”

“查清真相？你？你知道为了让你进东方法正，我动用了多少资源吗？东方法正在上海，在全国是一个什么规模的律所？你以为你想什么时候来就能什么时候来吗……”

“对不起，我知道你为我付出了很多，但……如果因此进不了东方法正，我不会怪你，我自己承担一切后果……”

“哥，你向来有主意，你做出的决定谁都无法改变。”周浩宇赌气地说，“我认栽，你随便。”

高风还想再解释两句，但周浩宇已经挂断了电话。他无奈地收起手机，钻进自己的破车。

他回到李显家时，老李正坐在客厅里长吁短叹，地板上摆着几个行李箱。

“嫂子从韩国旅游回来了？”高风问。

“上午，冯凯的手下来过了。”李显递给他一张清单，“他们把你的笔记本电脑拿走了，检查完了会通知你去取。”他揉揉脸，“没把我家全搜一遍就算给我面子了。”

“范所知道了吗？”高风坐在他身边。

“刘青叶是用手机通知我赶回来开门的。我编了一个理由暂时先把范所唬住了……帮你复印这案卷的人遭殃了吗？”

“路上打过电话了，她说冯凯还没找她麻烦。”高风狠狠地抹了一把脸，“对不起，我欠你一个人情。”

“被同事讯问的感觉怎么样？”李显故意问。

高风苦笑了一下。

“好了，不说这些了。”李显闷声道，“高风，我还是那句话，对付这种陈年积案，需要大量的警力资源。我打听过了，冯凯在市局时口碑还是不错的，也有办案能力……”

高风不说话，他站起来，走进李显儿子的房间，开始收拾东西。

“你干什么？”李显追进来。

“嫂子回来了，都说小别胜新婚的，我可不当电灯泡。”高风笑道。

“我可没赶你走啊。”林玉珍出现在门边。她刚洗完澡出来，拿浴巾擦着头发，“我刚进屋的时候，一屋子的警察，当时我的腿都软了。我以为我家老李犯什么事了呢。”

“嫂子，有一点是可以肯定的，老李犯什么事肯定都跟男女关系无关。”高风调侃道。

“你就贫吧。”林玉珍问，“你什么时候去上海啊？”

“我不去上海了，我可能得留在龙湾一段时间。”高风抓起双肩包。

“你说什么？”李显一愣。

“别问我为什么，我今天已经厌烦回答这个问题了，走了。”他像逃跑似的，快步走出李显的家门。

路上有些拥堵，高风开了一个多小时车，才回到自己家中。

他打开行李箱，把打包好的衣服又放回衣柜里。正在拆包书箱的时候，传来敲门声。高风放下手里的活，打开门，看到陈洁站在门前。

高风没说话，转身走回房间继续收拾东西。

“你叔把你的决定告诉我了。”陈洁走进来，语气有些紧张。

“我不希望你是来劝我的。”

“小风，你能跟妈平心静气地说几句话吗？”陈洁坐下来。

“你说，我听着。”高风把几本书放回书架。

“我知道你因为我和你爸离婚的事恨我。”陈洁艰涩地说。

“这世界上离婚的父母多的是，对大多数孩子来说这也不是什么世界末日。”

“因为我跟你爸离婚后，你爸就出事了，你是因为这而迁怒于我，我说得对吧？”陈洁盯着儿子的后背。

高风不说话，继续忙着。

“我今天只是想告诉你，我和你爸结婚 7 年，是对你爸有许多的不满，但从没想过离婚。当年，是你爸爸坚决要求和我离婚的。”

高风转身，用不可思议的眼神看着她。

“我知道你不相信我，但我说的全是事实，没有一句假话。”

“我爷爷知道这个事实吗？”高风问。

“知道。你爷爷是我们俩的月老，我们分开，当然得让他知道。”

“爷爷没阻拦？”高风更加疑惑。

陈洁摇头：“第二天下午，我们俩就去民政局领了离婚证。三天后，你爸就……”

她不再说话，屋里陷入沉默。

高风在原地站了许久，倒了一杯水，递给了陈洁。陈洁捧着那杯水，她的手在微微颤抖着。

“你们俩离婚，还有爸爸牺牲，我是怪过你，但我都能找出理由来说服自己，毕竟你是我母亲。”高风喃喃道，“可在爸牺牲的第二年……你就结了婚，而且是跟医院的同事，那个人还是你的初恋，这是我最不能……接受的。”

高风抬起头来直视着陈洁，泪水涌上了他的眼眶。

“每当我看着爸爸，我就觉得……是你背叛了他！”他指着墙上高建设的遗像，“你现在能对着爸说，在你和爸的婚姻里，你没有过背叛吗？”

陈洁默默地站起来，走到高建设的遗像前。

“我可以问心无愧地告诉你，没有，从来没有过。”说完，陈洁从挎包里取出上次送过高风一次的那块手表，放在桌子上，“对不起儿子，不管怎么说，妈让你失望了。”

陈洁推门离去。高风犹豫好一会儿，才把手表收进抽屉，继续收拾房间。

13

到了中午，房子里已经非常干净。高风去厨房泡了两包方便面，坐在客厅的餐桌边。他正要吃面，敲门声又一次响起来。

周浩宇站在门口，面色疲惫，手里提着一打啤酒。

“浩宇？你什么时候回来的？”高风让他进屋。

周浩宇走进客厅，看到桌上的方便面，一屁股坐下：“正好，让我先垫一下肚子，我都饿抽筋了。”他抓起筷子，三口两口把一碗面吃完。

“你是回来劝我的？”高风觉得不对劲。

“从现在开始，我不会跟你再谈这个话题。我说过，我认栽，你随便。”

高风不相信地望着周浩宇。

“真的，你的生活你做主。”周浩宇一抹嘴，“对了，从今天起，我是龙星金融集团的总经理，年薪两百万。”

“真的假的？”高风没反应过来。

“真的，我跟许佳桐杀回龙湾了。她现在是龙星集团的总经理。”周浩宇告诉高风，“许军还是集团的董事长，但龙星集团从今天起要开启许佳桐时代了。”

“你到龙星集团上班的事，叔知道吗？”高风问。

“明天知会他一声就是了。”周浩宇推开空碗，“哥，有一件事，我想了半天，觉得还是得告诉你。我向许佳桐表白了。”他看着高风复杂的表情，“我一直喜欢她，但因为之前你们俩的关系我没敢表白。你……不会有想法吧？”

高风摇头：“她值得你去追求。”

“可惜啊……”周浩宇的表情暗淡下来，“她给我两个选项。一是当龙星金融集团的总经理，如果我接受这个选项，就不能再提爱不爱的话题。第二是辞职追求她，因为她不喜欢办公室恋情。”

“你选择了第一项？”

“其实我料到会是这么个结果。我不是她的菜，我一直都知道。但我不甘心……”他打开两罐啤酒，递给高风一罐，“其实我只有这个选项可以选，至少，这样我还可以待在她的身边。”

“这世上没有不可能的事，只要坚持。”高风和他碰杯。

“其实，你进东方法正律所的事一直都是佳桐帮你联系的，我和赵总、田学林律师根本不认识。”周浩宇灌下几口啤酒，“哥，她心里惦记的是你。”

“我和她现在已经是两条平行线了。”高风平静地说，“你放心，我不会成为你的情敌的。”

周浩宇的脸上有了些醉意：“哥，当初是我在爷爷面前出卖了你们。”

“我知道。”高风笑对他的惊讶，“我和她的地下恋情只有我们三人知情。说实话，我有时会感谢你的出卖和爷爷当初的决绝，至少让我和许佳桐的结局不至于太狗血。”

“对了，东方法正的事你不要跟佳桐说你知道真相。”周浩宇叮嘱道，“不然，她会开了我。”他举起啤酒，一饮而尽。

高风默默地伸出手在周浩宇的头上摸了摸。

午后，冯凯拿着杨三水的毒物鉴定报告回到办公室。

杨三水体内有三唑伦及阿普唑伦，也就是安眠药的成分，剂量不足以致死。根据魏大炮的判断，应该是服用安眠药和吸入过量一氧化碳致死，死因是服用安眠药和煤气中毒。

“没有他杀嫌疑。”方菲看着报告，“畏罪自杀呢？我觉得杨三水杀害罗红英的可能性最大。”

“我总觉得‘4·05’一案没有我们想象的那么简单。”冯凯说，“还有一种可能，罗红英是受凶手指使杀了许广义的，而凶手杀了罗红英是为了灭口。依照这个思路，真凶就不可能是杨三水和李艳所雇的人。”

“你相信高建设当年没有办错案？”李夏说，“有证据支持这个判断吗？再有，凶手为什么要让罗红英杀掉许广义？”

“说到动机，一般来说，谋杀主要有六种动机，图财、痴情、复仇、妒忌、蒙羞、灭口。”冯凯说，“当然，会有变种或组合。当年专案组侦查的误区也许就是过于主观地认定‘4·05’案就是情杀案。”

“那你认为不是情杀？”方菲问。

“依我的逻辑就不应该是。”冯凯说，“凶手和罗红英可能有性关系，很显然，从案卷和我们的调查结果可以判断，罗红英和杨三水已经形同陌路。所以凶手指使罗红英杀人不应该是情杀，而是为了灭口，不然，罗红英裸身被埋在北山山洞就说不通。”

这时，刘青叶匆匆进来。

“冯队，小赵他们在肿瘤医院查到了今年6月23日出的杨三水的诊断报告。”

“杨三水在半年前就已经知道自己没多长时间可活了。”方菲说，“所以，畏罪自杀是成立的。”

“我们下一步的侦查方向应该是排查罗红英的社会关系，找到罗红英社会关系中会开车的人。”冯凯对刘青叶说，“你去找一下1996年龙城私家车登记记录。”

刘青叶离开。方菲和李夏也起身告辞。

冯凯翻开“4·05”案的案卷，一页页细看。

不多时，刘青叶抱着一摞资料回来交给他。冯凯大致扫了一眼，一共有三百四十五辆。

他翻了一会儿记录，指着一处说道：“1996年5月1日，许达的名下注册了一辆奥迪100。”

“那是在案发之后。”刘青叶不明白。

“许达和许广义是发小，二人的关系一直很好，许达现在还是许广义女儿许欢欢的养父。”冯凯说，“4月5日许广义死亡，5月1日他换了辆新车。”

“换了新车？”刘青叶更加费解。

“1996年，许广义是龙星公司的副总经理，身价也有上千万，他之前难道没有车吗？”

“你的意思是他有可能从上海带车过来？”刘青叶明白了。

“马上查，看1996年之前，许达的名下有没有私车，或者他有没有专用的公司车辆。”

刘青叶快步走出去。

冯凯继续看案卷。很快，刘青叶和周游敲门进来。

许达在1995年2月12日在上海买了一辆3.0丰田皇冠MAJESTA。1995年许达跟许军从上海回到龙湾的时候，许达把这辆3.0丰田皇冠MAJESTA也带到了龙湾。但是从1996年4月之后，这辆3.0丰田皇冠MAJESTA突然在龙湾消失。紧接着在5月1日，许军在龙城买了一辆奥迪100。

“冯队，你是怀疑许达用那辆丰田皇冠运送过罗红英的尸体后，嫌晦气，又马上换了车？”刘青叶问。

“你的推理有点儿意思了，但我们现在需要的是证据。”冯凯看了一下手表，“走，咱们去会会许达。”

龙星集团的办公楼在龙湾区的中心地段。

“我听说，你的老同学许佳桐现在是龙星集团的总经理了。”走进布置得过分华丽的大厅，冯凯问随行的刘青叶。

“霸道女总裁，富二代，创二代，许佳桐的身上有很多标签，但最醒目的那个标签，却始终是‘许家福之孙女’。”刘青叶的回答有些心不在焉。

他们乘电梯来到三楼。副总经理办公室的门开着，许欢欢正在电脑前打着字。

“你好，请问许达副总经理在吗？”刘青叶掏出证件，“我们是龙湾分局刑侦大队的，有一个案子想跟你老板聊一聊。”

冯凯看到许达办公室的门虚掩着，里面传来阵阵笑声。

许欢欢忙站起来把门关上：“不行，今天许总没空，最早得到明天下午……”

冯凯两步走到门前，推开门，走了进去。许欢欢慌忙追进去，刘青叶也跟了进来。

屋里，许达跷着腿坐在沙发上，张着嘴，拿着手机，有点儿迷糊地看着闯入者们。

“哎哎哎，你怎么这样啊？许总，我没让他进来。”许欢欢赶紧解释。

“我叫冯凯，分局刑侦大队大队长。我们想跟你聊聊1996年‘4·05’一案。”冯凯掏出证件，自报家门。

许达一时不知该怎么应对，他的眼神里有一丝慌乱，慢吞吞地把双腿从办公桌上放下来。他朝许欢欢挥了挥手，许欢欢退出去关上了门。

“我认得你。”许达指着刘青叶，故意岔开话题，“刘志坚的孙女，你爸好像在市局交警支队当政委，是吧？挺漂亮的一个姑娘当什么警察，来我这儿上班怎么样？”

刘青叶想说什么，但忍住了。

“1996年‘4·05’毒杀案，你还记得吧？”冯凯在许达办公桌对面坐了下来。

“记得，我发小广义被罗红英毒死了。”许达有些不自在地回应，“噢，对了，网上说这是一起冤案是吧？要是真的，你们分局又没好日子过了，没听说现在全国都在整治冤假错案……”

“许达，1995年2月，你在上海买过一辆3.0的丰田皇冠MAJESTA，是吗？”冯凯打断他的长篇大论。

许达愣了好一会儿才开口：“是又怎么着？”

“1996年2月份，你把那辆车带到龙湾来了，是吧？”

“我记不清了。”许达突然满脸怒意，“你问我车干什么？吃饱了撑的？”

“那车是你自己开？还是有司机？”冯凯一脸平静，“提醒一下，警察问问题，其实有许多问题我们是有答案的，请你如实回答。”

14

“你们给我出去！要谈你们跟我的律师去谈。”许达起身推了冯凯一下。

“我们是省公安厅‘4·05’一案复查小组的。”冯凯没有离开的意思，“我们正在寻找杀害罗红英的真凶。我们有权利对任何嫌疑人进行传讯，你想我们在这儿聊还是去刑侦大队聊？”

“我有什么嫌疑？”许达做出理直气壮的样子，“该说的我当年都跟专案组的人说过了。再说了，这都过去二十年了……”

“专案组的谁？”冯凯忙问。

“高建设来找过我。”许达说，“他问案发那天晚上我在哪儿。我当时在家，有我老婆做证！”

“高建设是在什么时候，什么地点问你这些的？”冯凯追问。

“你等等！”许达犹豫了一下，拿着手机站起来，“我给我律师打个电话。”

许达拿着手机匆匆走了出去，并重重地带上门。

“当你问起车的时候，他有一丝的紧张，很不自然。还有，他发怒的时间点有些莫名其妙。”刘青叶轻声对冯凯说。

“怒气往往是人们最好的伪装。”

这时，门开了，许达进来，一脸轻松。

“律师说我可以不回答你们的问题，除非你们把传唤证拿来，而且，如果你们传唤我，我的律师必须在场。”他做了个送客的手势，“对不起，请吧，我还有事要忙。”

冯凯和刘青叶只得离开。

“冯队，卷宗中没有高建设传讯、调查许达的记录。”走进电梯间，刘青叶才开口。

冯凯没有说话。

“我们没有掌握许达的任何证据，龙星现在是东山省的明星企业，要想拿到对许达的传唤证恐怕很难。”刘青叶继续说道。

冯凯还没开口，有人在背后喊住他们。

“刘青叶？”周浩宇跑过来，“真是你，我浩宇啊，不认识我了？我现在……”

“龙星金融集团周总经理。”刘青叶斜眼看他，“我是该向你表达祝贺呢还是该向你表达鄙视呢？不过，看上去至少改头换面了。”

“没，就是日子在变。”周浩宇有些尴尬，“上两次同学聚会都没见到你，下个月我想再搞一次同学聚会，到时候你可一定要来。”

“我对过去不感兴趣。”

“听说你现在是一名刑警？”周浩宇和气地问。

“冯队，我的老板，分局刑侦大队大队长。”刘青叶介绍他们认识，“周浩宇，高风的弟弟，龙星佳桐的原副总经理。”

“这么说周伟就是你爸了？”冯凯和周浩宇握手，接过他递来的名片。

“正是。”周浩宇忍不住好奇，“你们来这儿是……”

“我们是刑警，跟人性的阴暗面打交道，我们出现的地方往往就是有邪恶的地方。”刘青叶抢白道，“还有事吗？”

“说出来的话字字都是射向死穴的子弹，你一点儿都没变。”周浩宇叹气，“好了，联系方式我也给你了，在场面变得更为尴尬之前，我看我最好还是走吧。再见冯队长。”

冯凯和他道别，与刘青叶继续往外走。

“说实话，我真该为你的青少年时代默哀三分钟。”他看着刘青叶不自在的表情。

“我一般都把人往好里想，可是，人们却总是让我失望。所以，你应该为人性感到悲哀。”刘青叶直视前方。

“周伟怎么成为高四海的养子的？”冯凯问她。

“周伟的父亲在1979年的那场战争中牺牲了，而高四海当年是周伟父亲的战友。是周伟父亲托孤还是高四海心慈收养，我就不知道了。冯队，不是我对他们这一家有天生的偏见，你想想，爷爷身陷开棺验尸的丑闻，父亲卷入冤假错案的风波，叔叔因丑闻逃离警界从医，弟弟亦步亦趋追随着仇人的孙女，高风自己脱下警服准备去当律师……这些故事不是臭屁是什么？”

说话间，他们俩已经走出大厅。一个西装革履的男人迎上来。

“您好，是冯队长吧？我是许达许副总经理的律师。”男人递上名片。

冯凯不知他的用意。

“许总同意去刑侦大队接受询问。”律师说，“条件是我必须在场！”

刘青叶和冯凯被这突如其来的消息搞得有些迷惑。

“我需要和当事人先交流下。”律师看表，“咱们一个小时后在刑侦大队见面吧。”说罢，他快步走向电梯间。

“冯队，这是……”刘青叶没明白，“许达他……”

“看来有人希望许达配合我们调查。”冯凯看着律师走上电梯。

“谁？”

“在龙星集团里，能做出这种决定，能让许达服软的，没有别人。”

冯凯看表，“走吧，先回去，等许总大驾光临。”

他们回到刑侦大队不久，许达和律师如约而至。冯凯请他们到小会议室接受询问，李夏、方菲、刘青叶都在座，周游负责记录和录音。

许达的态度和早些时候在办公室时完全不同。

“后天，我将和集团赴英考察团去英国，因为我们集团要在英国设立一个办事处，我可能会在英国待的时间久一些。我考虑再三，也和我的律师商量了一下，觉得还是过来配合一下你们的调查比较好。”

“感谢许副总经理。”冯凯说，“你今天上午说，当时专案组的副组长高建设曾经找你问过话？”

“应该是在结案的前两天。”许达回忆，“大概是晚上7点多一点儿吧，我和我老婆刚吃完晚饭，高建设来找我。”

“只有高建设一个人吗？”冯凯很介意地问。

“就他一个人。”许达回忆，“我和我老婆吃完晚饭，她在厨房收拾，我坐在客厅的沙发上看《新闻联播》。高建设来敲门，当时我都有点儿蒙，他怎么敢到我家来，你们都知道的，因为他那忘恩负义的老爸，我对他全家都没好感……说哪儿了……对，当时高建设说关于‘4·05’毒杀案，他有话要问我。”

“他都问了什么？”

“问我案发的那天晚上我在哪儿。我告诉他在家，我老婆可以证明。我问他干吗问我这些？我难道是嫌疑人吗？他还问我具体在家干了些什么。我就破口大骂开了，我说我和我老婆睡觉你也管？问题是你有资格管吗？然后我就让他滚，不然我就给他们申局长打电话。他就走了，就这样，整个过程。”

“整个过程你老婆在场吧？”

“在，怎么了？”许达一边说，一边看了一眼律师。

“当你说案发时你在家，有你老婆做证时，高建设没有向你老婆求证吗？”

“问了吗？我忘了。”许达又看一眼律师，“我那时候……我刚才不是说了吗？说完我就骂开了。怎么了？”

“你从上海带到龙湾来的那辆3.0的丰田皇冠MAJESTA，平时是你自己开吗？”刘青叶问。

“是我自己开。”

“1996年5月1日，你又在龙城买了一辆奥迪100。”刘青叶看着材料。

许达：“没错，我喜欢车。”

“那辆丰田皇冠MAJESTA呢？怎么处理的？”

“拉回上海卖了。”

“为什么卖掉？”

“我这人喜新厌旧。还有一个原因，我买得起。”许达的语气有些傲慢。

“对女人你也喜新厌旧是吗？”方菲问。

“你什么意思？”许达开始烦躁起来，“没错，我身边不缺漂亮女人，但我不为漂亮女人干违法的事。这么多年了，也没见哪个漂亮女人因为要上位打到我家过。”

律师咳嗽了一声，许达收敛了一些。

“罗红英长得很漂亮，她和你有过关系吗？”

“对不起，我的当事人可以不回答这个问题。”律师不紧不慢地说，“除非你们有充分的证据证明我的当事人和罗红英有关系。”

“那好，我换个角度，你认识罗红英吗？”刘青叶问许达。

许达望着律师，律师微微地点了点头。

“认识，她是广义的情人。我当时劝过广义，不要睡一个比你麻烦还多的女人。”

“罗红英的麻烦在哪儿？”

“一个女人如果嫁给了酒鬼和赌鬼，那她一生都是麻烦，可许广义不听我的话。”许达一脸镇定地面对警察，“该说的我都说了，一会儿我还有个应酬。”

“许总后天就得去英国，还有许多事要办。”律师的意思已经很明确。

冯凯看了看李夏。李夏微微微点了点头。

“谢谢你主动来配合我们的调查。”冯凯站起来。

许达没有说话，起身和律师朝着门口走去。

“你后天什么时候的航班？”冯凯问了一句。

“怎么？你们要送我？”许达回头微笑。

“晚上10点40分的航班。有什么问题吗？”律师问。

“暂时没有，谢谢。”冯凯示意周游送许达和律师出去。

“听起来似乎都能自圆其说。”方菲对冯凯说。

“马上调查那辆3.0的丰田皇冠MAJESTA当年的过户记录，找出买家是谁。”冯凯对刘青叶说。

“这么多年了，说不定早就报废了……”刘青叶为难。

15

隆冬时节，天黑得早。

晚上7点，高风如约来到周伟家。周伟的太太沈超英已经准备了一桌子菜，开了一瓶红酒。高风盛赞婶婶的手艺，却总觉得桌上的气氛不太对劲。周伟一言不发，低头吃饭。周浩宇一直在喝酒。

“你什么时候去英国？”第二瓶红酒上桌，周伟才开口问儿子。

“明晚。”周浩宇说，“英国方面催得急，临时往前提了两天。”

“要不是你妈告诉我，我还蒙在鼓里呢……”周伟克制着情绪。

“我之前经常在国外飞来飞去的，不也没跟你们说过吗？”周浩宇觉得父亲小题大做，“我又不是第一次出国，这跟在国内出趟差有什么区别？”

“我不是说去英国。”周伟把筷子拍在桌上，“我都不知道我的儿子荣升为龙星金融集团的总经理了……”

“你能不能少说几句？”沈超英劝道。

“怎么了？我管不了连问都不能问啊？”周伟火气更大。

“我记得三年前我就把话跟你说明白了。”周浩宇毫不示弱，“现在我再说一遍，我周浩宇热爱和平，你们上一代的仇恨跟我周浩宇没有关系，别把你们那些烂事糗事强加到我头上来，我愿意去哪儿工作就去哪儿工作。”

“周浩宇，我告诉你，如果你还认我这个爸，你就马上给我从龙星集团辞职！”

“如果我周浩宇去龙星集团任职玷污了您老的名声，那可以啊，我们可以断绝父子关系。”

“你说什么？”周伟拍案而起。

“叔，您先消消火……”高风赶紧拉住他。

周浩宇起身拿上包朝外走去。

高风忙起身追了出去，坐电梯来到地库。一出电梯，他就看见周浩宇开着跑车从车位出来，朝着地库出口方向飞快驶去。

高风飞快地在车辆的缝隙里穿行着。

周浩宇猛踩油门，差点儿和一辆正驶入地库的汽车相撞。周浩宇赶紧打方向盘避过那辆车，稍稍停了一下。

此时，高风终于抄近路赶到了周浩宇的前面。他站在过道中间，周浩宇的车飞驶而至，在离高风只有十几厘米的地方刹住。

两个人隔着车窗大眼瞪小眼。

“下车。”高风的语气不容反抗。

周浩宇下了车，狠狠地将车门甩上。

“哥，你都看到了，他打着为了我们好的名义，却都是为了他们自己的那点儿恩恩怨怨，包括爷爷……”

“浩宇！”

“我今天偏要说。”周浩宇执拗地喊，“你为他们付出了多少？放弃了高考，放弃了爱情，现在，你又要放弃自己争取来的前程。”

“你给我住嘴，我不许你这么说爷爷，说你爸妈！”高风抓住他的胳膊，

“浩宇，先不管他们的观点是不是正确，但至少你不该以这种态度对待家人，跟我回去，跟叔婶道歉。”

“愚昧！”周浩宇甩开他的手，转身走向地库出口。他一边走，一边掏出手机打给许佳桐，但铃声响了很久没人接听。

许佳桐坐在自己办公室的椅子上，盯着嗡嗡作响的手机许久，按下挂断。这时传来敲门声。

许达笑嘻嘻地推门进来：“桐桐，你找我？”他坐到沙发上，跷起二郎腿，“桐桐啊，我在英国可不住酒店啊，咱们这次去英国的第一项任务就是物色公司在英国的办事处……办事处最好安置在肯辛顿一带……”

“叔，警察找你是了解当年‘4·05’一案的吧？”许佳桐微笑，“他们都问了些什么？”

“广义……就是当年的受害者许广义是我的发小，我比较了解他，他们无非是问一些广义的事，怎么和罗红英搞上的呀……吧拉吧拉一堆的琐事。桐桐，你关心这些干什么？”

“叔，我想起了一件事。”许佳桐看着许达，“1996年3月，我妈因病去世，我爸把我接到龙湾，叔为了让我开心，经常开着一辆丰田皇冠的轿车带我到处去兜风……”

许达脸上的笑容渐渐凝固，眼神里闪过一丝慌乱。

“可突然有一天，那辆皇冠车就不见了，我哭着闹着要坐你的车出去玩，为此你又马上买了一辆奥迪车……”

“桐桐，你突然说这些干什么？”许达越发紧张。

“我刚才突然想起来了，你那辆皇冠车是在1996年‘4·05’案件之后消失的。”

“桐桐，如果没有正事，我先走了，我还有点儿事要办。”许达起身朝门口走去。

“叔，下午我去过北山山洞了。”许佳桐说。

许达突然站住，过了一会儿，他回过头来望着许佳桐，眼睛里闪过一丝惊恐。

许佳桐拿出手机点开一张罗红英的照片："这是罗红英吧。有一天，我在海滩上捡贝壳，我看见她从你的皇冠车上离开。"

许达张口结舌地望着许佳桐。

"叔，你跟我说实话，罗红英是不是你杀的？"许佳桐走到许达面前。

"没有，桐桐，这事你可千万不能瞎联想，这可是杀人的事……"许达用力摇头。

"叔，你放心，我不会跟警察说的，你是我叔，而且，小时候你待我很好。"

"桐桐，你看到罗红英的那天……罗红英那天是来……跟我商量她和广义的事。"许达松了口气，"我真的没有杀罗红英，你难道跟冯凯他们一样怀疑你叔？"

"那就好。没事了，叔，你去办你的事吧。"许佳桐收起手机。

许达尴尬地笑了笑，他一边抹着汗水，一边拉开门匆匆走了出去，并关上门。

许佳桐脸上的微笑瞬间消失得一干二净。

夜色越来越浓。

杨衡开着一辆大众朗逸停在宾馆门前，马兰跑过来，钻进车里。

"你从哪儿弄来的车？"马兰四下看着。

"我在修车厂找了份零工。"杨衡目视前方。他的膝盖上，放着一份DNA 鉴定报告。

马兰想伸手拿报告，被他推开。

"结果出来了？"她观察他的表情，"是许广义吗？"

"不是。"杨衡冷冷地回应。

"所以你爸还是杨三水。"

"不是他，我知道。"

"那会是谁……"马兰迷惑。

“一个小时后，有一趟回广东的高铁。”杨衡看表，“现在出发还来得及。”

“你要回东莞，不管你妈的事了？”马兰又一惊。

“不，是你该离开了。”杨衡从兜里掏出一个信封塞在马兰手里，“这是两万块钱。”

“你……什么意思？”马兰瞪大眼睛。

“下车吧。”杨衡不看她。

“杨衡！”

“下车！”杨衡扭头，眼神恶狠狠地说，“我希望我回来时，你已经走了。”

“你……”马兰捏紧信封，“你以为你谁啊！离开你，我还活不了了吗？你滚吧！”

她用力推开车门，捂着嘴跑向宾馆大门。杨衡面无表情地发动车子。

他一路开车到城市的另一端，停在一个隐蔽的路边。车没有熄火，杨衡坐在驾驶室里望着远处的一个棋牌室。

已经过了晚上 11 点，街上车少人稀。

杨衡耐心地等着。不多时，许广义的老婆李艳和三个中年妇女走出来，互相道别。

三个同伴相继离去，李艳一个人站在门口看着手机。杨衡长吸了一口气，他擦了擦脸上的汗水，朝四周看了看，确定没有人，才一踩油门，朝着李艳的方向开了过去。

李艳正在刷着微信。杨衡的车停在她面前。李艳看了看车，没动。

“是艳姐吗？”杨衡降下车窗。

“你谁啊？”李艳不认识他。

“是这样，刚刚医院给田小山打电话，说他爸病危，他让我帮他来接你，这是他给我的你家地址，你看对不对？”杨衡举起手机。

“什么呀？”李艳看到田小山的微信详细资料的页面。

“对不起啊，点错了。”杨衡看一眼手机，露出不好意思的表情，“对不起了，艳姐，麻烦您坐前面，我晚上刚去拉了点儿货，车后座有点儿脏。”

“他也不给我打个电话。”李艳坐上副驾驶座。

“艳姐，是去人民路上的那个锦绣江山小区吧？”杨衡说，“麻烦您系上安全带。”

杨衡开车上路，往前跑了几条街，拐进了一条小巷。小巷里静静的没有一个人，他靠边停了车。

“怎么了？”李艳看着窗外。

“对不起，车后座有异响，您坐，我下去看看。”杨衡解开安全带。

说完，杨衡开了车门，他下了车朝后车门走去。李艳有点儿警觉地望着他，又看了看车窗外。这时，杨衡进了后车座。后车座下面放着一捆胶带，还有药水和纱布。

李艳紧紧地盯着杨衡。突然，她解开安全带，推开车门。

“我不坐了，你走吧。”她下了车，匆匆地朝着大街方向走去。

杨衡跳出车外，飞快地追了过去。

李艳回头看到了朝她追来的杨衡，吓得朝巷口跑去。但杨衡很快就追了上来。

“你要干什么？滚开，不然我喊人了。”李艳大叫着，紧张地盯着满头是汗的杨衡和黑漆漆的四周。

杨衡已经把她逼到墙边。

“我给你钱，我有钱，你放过我。”李艳着急地从挎包里掏钱包。

杨衡突然冲上来，挥起拳头朝着她的脸就是一拳。

16

李艳不声不响地昏了过去。杨衡看看四周没人，抓起李艳的腿，将她拖到车边，丢进后备厢，用胶带绑上她的手脚，封住她的嘴，用力合上盖子。

杨衡开着车，向城北方向而去。

车开到城边，后备厢里传来用脚踢车的声音。杨衡也不回头看，他继续开着车，外面是郊外的公路，公路上并没有什么车。后备厢里的动静越来越大，杨衡把音响打开，音响里传来节奏强劲的音乐，盖住了李艳的踢打声。

僻静的乡村公路，杨衡的车朝着远方飞驰，远处，可以看到北山黑黝黝的影子。踢打声仍然没停下来。

杨衡低声骂了一句，把车停在一个僻静处。他下了车，观察着四周，周围很安静。后备厢里的声音在黑夜里越发清晰。杨衡打开后备厢，李艳望着他，被封住的嘴里呜呜地喊着什么。

杨衡挥起拳头朝李艳的脸上打去，后备厢里没了声响。

杨衡看着再次晕过去的李艳，掏出一部手机，拨通许欢欢的电话。

“喂……”许欢欢的声音听起来很烦躁，她身边应该还有别人在说话。

“你妈在我手里，准备三百万，要现金，等我电话。”不等许欢欢说话，杨衡挂断电话。

第二天，高风来到龙湾分局刑侦大队，领走自己的笔记本电脑。

他走进办公室，发现只有一位女警在办公，不免有些奇怪。

“小王吧，你好，我是高风。”他走到办公桌前。

“你清点一下，然后在这单子上签个字。”女警把高风的笔记本电脑和几个记事本推到高风的面前。

“没把我电脑里的 A 片格了吧？”高风开玩笑。

“我看得把你的脑子重新格一下了。”女警不冷不热地回应。

“今天怎么只有你一个人当班？我没听到今天有什么重要的安保任务啊。”高风清点了一下物品，他一边签字一边随口问。

“昨晚有个绑架案……”女警脱口而出，但她意识到了什么，忙住嘴，“东西都对吧？”

“对。”高风抱起笔记本电脑。

“冯队这次没追究你的责任，你真是撞大运了。”女警劝他，“以后别干知法犯法的事了，一个人不可能次次撞大运。”

“那是那是。”高风诚恳地说，“谢谢你的教诲，冯队在吗？他对我有这么大的恩，我得谢谢他不是？”

“不在。都出去了。”

高风拿着东西朝门口走去，走了几步又停了下来，他回过头来望着女警。

“谁被绑架了？”

“对不起，你不该问，我也不该说。”女警示意他赶紧离开。

“是不是跟‘4·05’一案有关？”

女警站起身严厉地盯着高风，不再说话。

高风忙点头示意表示道歉，拿着东西快步走出刑侦大队的办公楼。他站在门口，思索片刻，掏出手机打给李显。

“昨晚龙湾发生绑架案了？”他问老李。

“不知道啊。你听谁说的？”

“刑侦大队倾巢出动，不像是一般的绑架案。你帮我问问情况。”

“你等一会儿，我出去跟你说。”手机里传来一阵模糊的响动，很快，李显的声音传来，“刚才在办公室，好几个同事都在，我没法说。是李艳被绑了，现在还是对外保密的。”

“绑匪开条件了吗？”高风对这个消息有些意外。

“说是给李艳的女儿开了三百万的赎金。”

“谁报的案？”

“一个滴滴网约车司机。”

“司机叫什么？车号多少？”

“这我哪儿知道？”

“立即帮我问出来。”

“高风，范所都没敢用这种语气命令我……”李显不高兴了，“什么呀，我成了你手下了？”

“问出来马上发到我手机上。”高风挂了电话。

他开车朝自家的方向走。开出几公里，李显的消息发了过来。高风拿起手机看了看，然后拨打着电话。

“华子，你现在还在滴滴干吗？麻烦你马上帮我查一个人。叫田小山，车号东 A21738。”

此刻，李艳家的主卧室里，两个刑警正在仔细地检查李艳的存折、银行卡之类的单据。还有两个刑警正在试图打开衣柜里的一个保险箱。

许欢欢坐在床边，脸上妆容都已哭花了，变成一片片难看的污渍。床上放着一个手提箱，里面放着一捆捆的现金，有五十万左右。冯凯看着他们的动作，刘青叶和方菲站在一旁。

“我妈有一个本子，借款人名字，借出多少钱，有没有还，什么时候还的她都记在那个本子上。”许欢欢哭诉，“那个本子我妈一直随身带着……他是用手机给我打的电话，这么长时间了，你们都没查到机主姓名吗？”

“这个问题我已经跟你说过了。”刘青叶说，“绑匪用的是一次性手机卡，我们没法查到机主的任何信息。”

“对不起，密码不对。”开保险柜的刑警问许欢欢，“你再想想？”

“我的生日，我妈的生日，甚至我那成死鬼的老爸的生日和忌日都告诉你们了，还要我怎么想？”许欢欢哭得更厉害了。

“你再仔细想想，你妈还给什么人放过高利贷？”刘青叶问她。

“哎呀，你们烦不烦啊，都问了多少遍了，我真的不知道。”许欢欢抱着脑袋摇头，“你们让我安静一会儿行吗？”

“想安静没问题，只要你不担心你妈的性命。”刘青叶说。

“钱，钱……”许欢欢突然想起什么，跳起来。

“什么钱？”方菲问。

“还差五十万，你们说帮着筹的，”许欢欢问，“筹到了吗？”

“这不是你操心的问题。”方菲看手表。

“什么不是我操心的问题。”许欢欢抹一把脸上黑乎乎的泪水，“要是你们筹不到钱，到时候绑匪就要撕票，我懂，电视上都是这么演的。不行，我给许达打个电话，我向他借。”

“不行，你妈被绑的消息不能泄露出去。”刘青叶抓住她的手，“这样做对你妈的生命安全是一个保障。”

周游拿着三个黑色的塑料袋进来。

“冯队，钱已经取出来了。”他指着一个小黑色塑料袋，“这五十万是张强从他的表弟那儿借的，张强要许欢欢开一张借条。”

“钱只是以防万一，我们轻易不会把它交给绑匪的……”冯凯对许欢欢说。

“借条我写，绑匪要钱就全给他。”许欢欢找了一张纸巾擦干净脸，“我要我妈安全回来，我没让你们来，要不是那个司机报案，我不会报警的……”

“赶紧把钱装箱。”冯凯吩咐道。

周游拎着三袋钱匆匆进了许欢欢的房间。

当他们忙活着筹钱、找线索的时候，高风开车来到一个老旧居民小区。

他拿起手机看看华子发来的地址，匆匆下了车，朝楼洞走去。

楼道里的墙面上贴满了各种小广告，光线昏暗。高风好不容易看清了褪色的房号，伸手敲门。

田小山来开门，狐疑地看着他。

“请问是田小山吧？”高风拿着驾驶证晃了一下，“我是警察，有关昨晚的案子，我要再跟你聊一下。”

“我刚躺下还没二十分钟……”田小山老大不情愿。

“对不起，不会耽误你很长时间的。”高风一只脚踏进门里。

田小山犹豫了一下，放他走进客厅。

“说吧，什么问题？”他给自己倒了杯水，喝了几大口。

“对不起，我得跟你说实话，我曾经是警察，但现在不是了。”高风说。

田小山一口水差点儿呛着。

“是这样，我叫高风，我爸叫高建设，曾是龙湾县公安局刑侦大队的……”

“我知道，我在网上看到过，那个办了冤案的警察。”田小山放下水杯。

“不，现在还没有结论。”高风解释，“但我相信我爸没办错案，怎么说……一句话，被绑的李艳其实是当年那个案子的嫌疑人之一，其实我不该把这么机密的事透露给你的。”

“先是派出所的人，然后是分局刑侦大队的，穿制服的，穿便衣的，在我面前走马灯似的，我当时还纳闷呢。”田小山反倒轻松了一些，“你这么一说我就明白了。”

他示意高风坐下。

“没想到我田小山一不小心卷到一桩大案里去了。你跟我说说，到底是怎么回事？李艳怎么就成了嫌疑人，还之一？”

“如果你把昨晚的经过详详细细地跟我说一遍的话……”高风试探，“说实话，李艳的事在分局都是绝密。要是……你明白我的意思吗？”

17

“明白明白。”田小山露出了然的样子，“今年5月6日，是我给艳姐……李艳，平时我叫惯了。5月6日是我给李艳拉的第一单活，我们挺聊得来，从那之后她打完麻将都叫我去拉她。一个星期一、三、四三天，几乎雷打不动。昨天是星期四，我照例去拉她。”他打开手机把约车记录调出来递给高风看，“这是昨晚她的叫车记录。说好是11点30分我到麻雀棋牌室门口拉她的，我是11点31分到的。可李艳并不在门口。这种事我遇见过好多次了，最长一次我在外面等了一个小时她才出来。我就下了车在门口抽烟等她，等我抽掉三支烟后，她还没出来，我就给她发了条微信说我在门口。可她没回。平时她都回我，让我再等十分钟，半个小时之类的。我觉得不太对劲，就进去了，老板说她们早就走了，11点30分散的局。我给李艳打手机，可她的电话关机。这不行啊，她不回我电话我没法结单啊。我就给她女儿打了一个电话。”

“你怎么会有她女儿的电话？”高风好奇。

“李艳给我的，上个月她女儿的车坏半道上了，李艳打电话给我让帮着去看看，后来就留了电话。”

“昨晚你给她女儿打电话，对方怎么说？”

“她女儿先把我的单子给结了，可过了一个小时，她打电话给我，说找不到她妈了。还说……李艳的牌友说我跟她妈有……有一腿。她那口气是怀疑我把她妈给绑了。这下我就火了！我就说，这么着吧，你妈丢了，现在你怀疑到我的头上，这锅我可背不起，报警吧。我就给 110 打了报警电话，不一会儿派出所的人就来了……”

“你和李艳有性关系吗？”高风问。

“唉，你们警察是不是都对这些内容感兴趣？”田小山不高兴了。

“如果不扯上案情，男女关系不归警察管，但不正当的男女关系往往能催生出罪恶，这种关系往往是人性从浪漫转为邪恶的转折点。”

“你的解释比派出所和那帮刑警的说辞中听多了。”田小山哼了一声，“不过，我跟她真的没有男女关系。可那些警察不相信我……”

“我信你。”高风说，“从今年 5 月 6 日起，李艳打麻将都是你去接她回家的？”

“是，所以我纳闷啊。就算她上了别人的车，她也总得跟我说一声吧。她是挺强势的，但也不是那种蛮横无理、不懂礼数的女人啊。还有，我昨晚到达棋牌室门口的时候，没有任何异常，棋牌室旁边就有一个小杂货店，我到的时候那小杂货店还开着呢，就算有人在门口绑了她，总得会有动静吧？李艳精明着呢，陌生人想骗她上车？门都没有！”

“周三晚上，也是你去接的她。”高风想到一种可能，“就是前天晚上，你送完李艳，出小区大门的时候，有没有人跟你说过话？”

“前天晚上……”田小山想了想，“哦，有！也是一个网约车司机。”他翻手机，“叫……对，章明，我们俩互相留了联系方式。”

“他是不是和我差不多年纪，个子不高……”看田小山一个劲儿点头，高风翻出手机里杨衡的照片给他看。

“对，就是他，你认识他？”田小山眼珠一转，“该不会是……”

“你也别乱想，事情还没查清楚。”高风心里有数了，起身告辞。

时间已经过了下午3点，李艳家的客厅里一片寂静。

“我妈不会有事吧？他为什么不打电话要钱？”许欢欢盯着手机，眼泪哗哗地淌下来。

冯凯哑口无言。李夏对方菲和刘青叶打了个手势，示意她们带许欢欢回自己房间。

“你先别急，再耐心等等，走，跟我去房间……”刘青叶会意，和方菲带着许欢欢离开客厅。

“绑匪不会已经撕票了吧？”李夏把冯凯拉到一边，轻声问。

“换位思考，李总队，如果你是绑匪，事情已经发展到了这一步，就算李艳被撕票，你还会不会再向家属要这三百万？”冯凯说。

“我肯定会再试试运气。”李夏说，“但如果警察已经介入，那我就得考虑风险。”

“风险？那你会怎么做？放了李艳？”冯凯说，“我总觉得李艳在这个节骨眼上被绑架，事有蹊跷。”

“你是觉得李艳被绑架跟‘4·05’一案有关？”李夏惊讶。

刘青叶从房间里出来，焦急地看着手表：“这么久都不联系，这三百万绑匪真不要了？”

“事到如今，我认为只有一个可能，绑匪绑架李艳根本不是为了钱，他是冲着‘4·05’一案来的。”冯凯说。

“‘4·05’一案目前只有杨三水和李艳两个嫌疑人，杨三水自杀了……”李夏提醒他。

“还有一个嫌疑人，许达。”冯凯说，“我说过，凶手杀了罗红英很有可能是为了灭口。”

“既然真凶不是杨三水和李艳，那为什么他要绑架李艳呢？”刘青叶问。

“杨三水和李艳一定是知道当年的真相，或者是部分真相。”冯凯说。

“许达今天晚上10点50分的航班去英国。”刘青叶发愁，“要想把他截下，我们手头就必须有充足的证据。”

“第一查李艳的手机通话记录，看她有没有和许达的通话记录。”冯凯指示，“第二，马上找有关人员来把保险箱给我撬开。第三，调查许达和罗红英有没有特殊的关系。”

正在这时，放在桌上的许欢欢的手机响了起来。客厅里所有人都盯着那部手机，冯凯拿起手机，看到一个陌生的号码。刘青叶转身朝着卧室方向跑去。

技侦人员迅速地准备录音和看着电脑屏幕，准备定位手机的位置。

许欢欢从卧室里冲出来，要去抓冯凯手里的手机。刘青叶和方菲都跟了出来。

“如果是他的话，记住，第一，不要暴露我们在这里。”冯凯叮嘱许欢欢，“第二，尽可能拖延时间，让我们好确定他的位置。”

许欢欢点头。冯凯看了看技侦人员。技侦人员举手示意准备妥当，冯凯把手机交给许欢欢。

“喂，喂？”许欢欢接通电话。

手机里没有声音，客厅里也寂静无声。

“说话！”许欢欢喊道。

“我要五百万。”手机里传来机器人一样的声音。

“三百万已经早就给你准备好了……”许欢欢说，“五百万……我一下子到哪儿去准备这么多钱？”

“我不管，准备好五百万，等我电话。”

说完，电话挂断了。

“通话时间太短，无法确定他的位置。手机号码跟第一个也不是同一个号，看来，他具有一定的反侦查能力。”

刘青叶从主卧跑出来，告诉冯凯保险柜打开了。

冯凯跟着她走进屋。方菲和两个刑警戴着塑胶手套在看着几本存折，床上还有几个珠宝盒。

许欢欢也跟了进来。

“冯队，保险箱里有李艳名下的存折六本和三张储蓄卡，分属三个银行。”刑警汇报，“这六本存折上的钱数有三千八百万，三张储蓄卡里的数额目前还不知道。另外还有十万人民币的现金，三万二的美金。”

“你妈这些钱是从哪儿来的你知道吗？”冯凯问许欢欢。

许欢欢一头雾水地摇着头。

“发现十张借条，数目从十五万到一百万不等。”刘青叶递上一摞借条，“合计人民币二百八十多万，借款人一共有八人。时间从去年 1 月 3 日到今天 7 月 12 日。”

冯凯拿过借条逐张看着。

“她有那么多钱，可我让她给我买一辆宝马 X5，她都不肯。”许欢欢嘟囔。

“冯凯！冯凯！”高风的叫声从窗外传来，吓了冯凯一跳。

刘青叶跑到窗边，看到高风的破车停在楼下。他急着要往楼里跑，被周游和在楼下值勤的刑警死死拉住。

“冯凯！出来！冯凯！”高风扯着嗓子喊。很多居民都打开窗户看热闹。

冯凯放下借条，匆匆转身出门。刘青叶跟了过去。

“冯凯！我要见冯凯！”楼下，高风还在嚷嚷。周游急得满脸通红。

“你瞎嚷嚷什么？”冯凯从楼道里跑出来。

“是杨衡。”高风甩开周游，“是杨衡绑走了李艳。”

“你怎么知道？”刘青叶问。

“前天晚上 12 点左右，就在小区大门口，杨衡从网约车司机田小山嘴里套走了他的个人信息。”高风解释，“昨晚杨衡一定是赶在田小山之前编了一个理由接走了李艳。”

“你是从田小山那里得到的线索？”冯凯问。

“杨衡开的可能是一辆大众帕萨特。”高风点头，“但田小山不是非常确定。”

“马上寻找杨衡的下落。”冯凯对周游说，“从车入手，二手车市场、租车公司、派出所车辆失窃报案记录，还有杨衡在龙湾有车的朋友，全部仔细筛查。”

“冯队，是秘密的还是……”周游请示。

“这么大动静还秘密得了吗？”冯凯瞪眼。

18

周游等几个刑警一边打着电话一边匆匆上了车，车子飞驰而去。

“马上跟田小山核实情况。”冯凯转身对刘青叶说。

“可……冯队，杨衡正在向许欢欢要赎金……”

“要赎金是他放的烟幕弹。”冯凯催促道，“他绑李艳是因为他认定李艳是杀害他母亲的凶手。快去。”

刘青叶匆匆跑进楼道。

“冯队，我要加入你们。”高风上前一步。

“凭什么？”冯凯冷眼看着他。

“要不是我发现是杨衡绑走了李艳，你们说不定还被他耍得团团转呢。”

“你已经不是警察。”冯凯说，“就算你还是警察，也应该知道《中华人民共和国人民警察法》有规定你的身份也应当回避。”

说完，冯凯转身朝着楼洞里走去。

“你给我站住。”高风朗声道，“你至少得说声谢谢吧。”

“谢谢。”冯凯回身，一点头，加快脚步走进楼门。

回到李艳家，冯凯让技侦人员留下，如果杨衡打电话来，想办法定位他的位置，别的人员马上都撤走。

“怎么回事？你们怎么都撤了？我妈还没下落呢。”许欢欢从卧室里冲出来。

“他要钱是假，但我不敢保证他不会要你妈的命。”冯凯说，“我们留在这里耗的是时间，这是绑匪最想看到的。可时间对你妈来说意味着什么，你应该清楚。”他转向刘青叶，“你留下，如果杨衡打电话来，明确告诉他，我们已经知道他是谁，剩下的该怎么说不用我教吧？”

“不用。”刘青叶说，“有什么新的线索我会马上向你汇报的。”

“顺着存折和银行卡这条线往下查。”冯凯对方菲说，“重点查李艳和许达有没有资金往来。”

冯凯、李夏和大队人马匆匆离开房间。

天渐渐黑下来。

李艳家楼下。高风坐在车里，趴在方向盘上想着什么。突然，他抬起头来，匆匆拿起手机在朋友圈里翻找着，终于，他找到了那篇杨衡写的帖子《重大冤案！十年前龙湾警方通缉的要犯却是受害人》。

“北山半山腰的山洞里”这几个字在他眼前闪过。高风怔怔地望着那几个字，他仿佛悟到了什么。高风把手机扔到副驾驶座上，然后踩着油门，车飞速开出小区。

黑漆漆的山洞里，李艳的双手被胶带反绑在身后，双脚也被胶带缠着。

“许广义又没跟我说过。”她故作镇定地抬头看面前的杨衡，“你说是他的儿子那就是，你说不是就不是，我哪知道你是谁的儿子？”

“你敢盯着我的眼睛还对我撒谎？”杨衡靠近她。

“撒谎？你凭什么说我撒谎？”李艳吞了一口口水。

“我知道，我就知道。”

“我再说一遍，这可是最后一遍了。我没有杀罗红英！”

“不是你，就是杨三水，可杨三水让他拔根苍蝇翅膀都没那胆。”杨衡抓住她的头发。

“我有什么理由要杀她？”李艳问他，“就因为罗红英和许广义睡觉？

就因为你是许广义的私生子？你把我想得太天真了，我李艳不是那种人。”

“那你是哪种人？”

“我不是那种会为失去一个男人就不计后果杀人的疯女人。”李艳说，“除非谁夺走了我手里的钱，我才会急眼杀人，你懂吗？”

“要是许广义和你离婚，难道你手里的钱还能保得住吗？”

“老实告诉你吧，你妈并没有逼着我和许广义离婚，我跟警察说的都是假话。”李艳冷冷一笑，“就算许广义真的要和我离婚，除非他净身出户，因为他的每一分钱都在我手里，攥得紧紧的。你说，我还有什么理由做杀人越货的勾当？”

“因为我是许广义的儿子！”杨衡吼道。

“你是许广义的儿子？你有什么理由说你是许广义的私生子？啊？你倒是拿出证据来让我看看！”李艳喊道，“你要真是许广义的私生子，我李艳可以把财产分你一半，你信不信？不信咱们现在就可以立字据。才要三百万？三百万算什么？你知道我有多少钱吗？说出来吓死你！”

杨衡竟然被她吼得无语了。

“这样吧，我也不跟你讨价还价，再加一百万，四百万，你放我走。”李艳说，“如果你是许广义的儿子，翻一番，八百万。”

“这跟钱没有关系……”杨衡松开她。

“那就让它有关系，需要多少钱才可以让你消失？哦不，让我走。”

“我要知道真相！”杨衡再次抓住她。

“不要钱，那你为什么跟我女儿要三百万？”李艳不信。

“我只是拖时间，让警察不要怀疑到我头上来。”杨衡咬牙切齿，“快说，真相到底是什么？”

“我李艳今年已经五十了，吃过的盐比你吃的饭多，跟你推心置腹地说吧，不要轻易就去寻找什么真相。”李艳放缓语气，“你妈的死因警察会查的。没错，你这些年的生活的确是很不容易，但是如果你还是个白痴的话，那就更不容易了……”

杨衡拎起李艳，朝她脸上狠狠地甩了两巴掌。

“好好好，我收回我的话。”李艳叫道，“可……你妈真不是我杀的，你是不是许广义的私生子我也的确不知道。杨衡，能给你提个建议吗？”

“说！”

“拿上四百万离开龙湾吧。你放心，你绑我的事我不会告诉警察的，听我一句劝，身后还有路的时候就赶紧退出吧。别把事情弄得不可收拾，到时候再后悔就晚了。”

“我不要钱，我只要知道真相！”杨衡的吼声在山洞里回荡着。

他跌跌撞撞地跑出山洞，在洞口走来走去，像一只困兽似的恼羞成怒却又手足无措。突然，他攥紧拳头，一转身蹿回洞里。

高风开车进了山。高风注视着前方的路，前面有一条小岔道，他打着方向盘，车子拐进那条小岔道。这时，岔道对面有一辆车远远驶来，打着远光灯。

高风闪着远光灯，提示对方关掉远光灯。可是对面的车并没有关远光灯，那远光灯的光刺得高风有些晃眼。

高风按了几下车喇叭，可是对面的车仍然没有关远光灯，车子越来越近，而且车速极快。

高风忙猛打方向盘，他的车冲下车道，与此同时，那辆车呼啸着从他的车旁驶过。

高风回过头来看了看近在眼前的北山，又看了看车后，他忙拿起手机拨号，他一边听着话筒一边踩着油门，吉普车轰鸣着重新上了路面，朝着山里而去。

电话被冯凯挂断了。高风又拨过去，还是被挂断。他气得拍一下方向盘，单手开始编辑微信：“李艳在北山山洞。”

点下发送键，高风继续往山上开。没走多远，冯凯的电话打了过来。

“高风，你简直像块粘在鞋底的口香糖。”冯凯的声音听起来是在飞驰的车里。

“我刚刚进山，刚才有辆老款的大众帕萨特疯了似的从山里冲出来。”高风没时间废话，“东A32678应该是朝城里方向去了，很有可能是杨衡，我已经追不上他了，你们想办法截住他，我现在正在北山山脚下，我怕李艳还在山洞里。”

“你确定？”

“不十分确定，但我不相信巧合，北山山洞地方隐蔽，又是他母亲埋尸之地，要我是杨衡，肯定会把李艳带到这里来，在龙湾找不出比这个更理想的场所了。”

“你最好不要一个人上山，我马上派人过去……”

高风挂了电话。

高风又往前开了几百米，已经看不到路。他跳下车，往洞口的方向狂奔。

高风跑到洞口时，已是满头大汗。他缓了口气，拿手机打开手电功能往洞口四周照了照，然后举着手机朝着洞里走去。

“李艳，李艳，有人吗？”他喊了一嗓子。

“救命啊，快来人啊——”李艳的惨叫从洞里深处传来，听起来飘忽不定。

高风飞快地朝洞里飞奔而去，只见就在发现罗红英尸骨的地方，挖出了一个长方形的大坑，李艳正在坑里挣扎着，露出个头，土已经把她的身体都埋了，一旁的地上扔着一把铁锹。

“还有别人吗？”高风举着手电看四周。

“没了，没了，就我……一人，快把我拉出去，我快被憋死了……”李艳喊道。

高风忙跳进坑里扒开李艳身上的土。他艰难地把李艳的上半身扶坐起来，去解她手臂上的胶带。

“杨衡去哪儿了？”他问李艳。

“你是谁？”李艳浑身是土，狼狈不堪。

“我叫高风，高建设的儿子。”高风已经扯开胶带。

“你是高四海的孙子？”李艳吃惊。

“杨衡去了哪儿？”

“他肯定是去机场找许达了。”李艳骂道，“这兔崽子，没想到他来真的，他真想活埋了我啊……”

“他找许达干什么？”高风没听明白。

李艳意识到什么，闭上了嘴。

“快说，他去找许达干什么？”高风推了她一下。

“他是许达和罗红英的私生子。”李艳的声音像蚊子叫。

“你说什么？”高风以为自己听错了。

“命都差点儿没了，我还骗你干什么。”李艳催促，“你愣着干什么，快把我弄出去啊。”

“对不起，我先打个电话……这里没信号……”高风掏出手机，一边拨号，一边跳出坑，朝着洞口方向飞奔而去。

“哎，你去哪儿，你不能扔下我不管啊，喂——”李艳坐在坑里挣扎着。

高风跑出山洞，手机有信号了。这一次，电话响了一声，冯凯就接听了。

“高风……”

“找到李艳了，她没事。杨衡是许达和罗红英的私生子，他去机场找许达了，你们快去机场。”

“什么！”冯凯也被这突如其来的消息打蒙了。

19

东山国际机场即使在夜里，也是人流如织。

杨衡驱车飞速而至，他把车停在路边，跳下车跑进出发大厅。正在这时，两个机场派出所的民警拿着手机和对讲机匆匆从机场大厅里跑出来，他们看着停在路边的车辆。

杨衡在大厅里一边快速走着一边四处寻找着。不远处，有两个民警拿着对讲机正匆匆朝着他这个方向走来，杨衡躲着两个民警的视线，快速地朝着安检方向走去。

在安检处，排着两条长长的队伍，许佳桐、许达、周浩宇还有三名龙星集团的高管正在队伍里。许达拿着机票和身份证，他不时地看着手表，有些紧张。

杨衡在人群中寻找着，终于，他看到了许达。

许达仿佛有所感应回过头来，他和杨衡的视线正好对在一起。

杨衡快速地朝着许达走去，许达忙从队伍里出来，朝着安检门跑去。杨衡加快脚步追过去，一把抓住许达。

“放开，放开我。”许达挣扎起来。

“是你杀了我妈，是吗？”杨衡轻声但有力地问道。

许达挥拳就朝着杨衡脸上打来，但他的手却紧紧地被杨衡握住。

许佳桐和周浩宇等人看到这一幕，都惊呆了。

“哎哎哎，你谁啊？”周浩宇上前想拉开杨衡。

杨衡一把甩开周浩宇的手。不知啥时候他的右手握着一把匕首，他动作娴熟地用左手勒住许达的脖子，右手的匕首抵住许达的颈动脉。

周浩宇吓得往后退了两步。

“放开，放开我——”许达发出杀猪般的惊叫。

周围顿时一片混乱，人们争相躲避着。

杨衡想拖着许达往外走。突然他感到脸上一热，一股腥臭的液体喷在他的脸上，顺着脸颊流了下来。他有些发蒙地看了看被勒住的许达，只见鲜血正从许达的颈动脉里喷出来。

两组闻讯赶来的民警举起枪，对准杨衡，他们的嘴里在喊着什么，但杨衡只觉得头脑发晕，什么都听不到。

他机械地松开了手，匕首从他的手里落在地上。

许达捂着脖子，他茫然地朝前走了两步，然后脚一软，朝地上重重地摔去。三四个警察跑到摔倒在地的许达身边，对他施救。

杨衡脸上和身上都是血迹。他慢慢地举起了沾满鲜血的手，好像被人摄取了魂魄一般。两个警察扑上来将杨衡摁倒在地，戴上手铐。杨衡的脸贴着地面，神色木然。

救护车把浑身是血的许达送到东山省人民医院。闻讯赶来的周伟匆匆走下奥迪车，奔向手术室。

手术室外，许佳桐、周浩宇、方菲和两个刑警正在焦急地等待。方菲正在一旁打着电话。

看到周伟走出电梯间，周浩宇两步迎上前。

“爸，情况怎么样？”

“我刚从家里赶来，知道的还不如你多。”周伟看着眼前的一群人，一个个脸色苍白。

“颈动脉被刺破是不是没得救？”周浩宇低声问。

周伟没有说话，他看了许佳桐一眼，然后推门走进手术室。正在这时，高风从电梯间出来，他一身的泥土，一头的汗水。

许佳桐和周浩宇见状都很吃惊。方菲看了高风一眼，然后继续打着电话。

“许达怎么样了？”高风问周浩宇。

“颈动脉被杨衡刺破，正在抢救。”周浩宇问，“你这是怎么了？你怎么在这儿？”

许佳桐在一旁镇定地看着他们兄弟俩。

“杨衡去机场找许达了，对吧？他对许达说过什么？”高风抹抹脸上的汗。

周浩宇摇了摇头。高风用询问的眼神看着许佳桐。

“我没听见，当时机场里很吵。”许佳桐也摇头。

“对不起，高风，请你离开这儿。”方菲放下手机。

“这是我弟弟。”高风指着周浩宇，又指指许佳桐，“这是我中学同学，我和他们说几句话都不行吗？”

“不行，冯队让你赶紧离开。”方菲坚持。

这时，许军和司机许松林扶着赵月娥从电梯间出来。许佳桐忙迎上去。

“你叔怎么样了？”赵月娥问孙女。

“还在抢救。”许佳桐扶奶奶坐下。

“桐桐，到底发生了什么？”许军问女儿，“杨三水的儿子为什么要对你叔下毒手？”

“我也不清楚，一切都发生在一瞬间。”许佳桐想起当时的场面，心有余悸。

赵月娥回过头来，发现高风正盯着她。赵月娥也看了高风一眼，然后转过脸去看着手术室。

“高风？”方菲在一旁催促道。

“好，我马上走。”

高风刚要离开，手术室的门开了，周伟走了出来。所有人都注视着周伟。周伟和赵月娥对视，眼神复杂。

“爸？”周浩宇焦急地询问。

周伟朝赵月娥和许佳桐使了个眼色，朝一旁走去。许佳桐扶着赵月娥跟着周伟走到走廊一角。方菲也跟了过去，周伟疑惑地看着她。

“我是省公安厅刑侦总队的，是‘4·05’一案复查小组的成员。”方菲自我介绍。

“许达送到医院时失血量已达 1200 毫升，但好在在现场被及时结扎了颈动脉，在急救车上医生采取的措施也及时得力，命算是暂时保住了。”周伟给他们说明情况，“但是，颈动脉为大脑的重要供血管，人的大脑缺血 6 分钟以上就会造成不可逆转的并发症如脑缺血，植物人，脑死亡。”

“脑死亡？”赵月娥追问。

“是脑死亡还是植物人目前还不好下结论，我们还要做 24 小时的持续观察。”

“那他还能不能醒来？”

“如果是植物人，还有一丝可能性，如果是脑死亡就没有苏醒的可能。对不起。”

说完，周伟匆匆离去。

不远处的高风和周浩宇一起看着许佳桐、赵月娥她们。祖孙俩在说着什么，方菲在发着微信。

“跟我说实话，你还知道些什么？”周浩宇轻声问高风。

“这里有什么事希望你能及时告诉我。”高风对他说。

“你指的哪方面？”

“所有不正常的方面。”

这时，许佳桐走过来。

“怎么样？”周浩宇问她。

“命算是暂时保住了，但是脑死亡还是植物人还有待观察。”许佳桐叹气。

高风和周浩宇使了个眼色，转身离去，上了电梯。

他来到三楼，穿过走廊，不远处就是观察病房。门口站着两个刑警，见高风走来，其中一个刑警走上前。

“对不起，你不能进去。”

“我想跟冯凯说两句。”高风解释。

“冯队正在忙。”刑警的语气强硬。

“是我查出绑架李艳的就是杨衡，是我在北山里救出的李艳，也是我向冯凯报告杨衡去了机场。到头来你们就这么对待我？”高风瞪着他。

“对不起，高风，我只是执行命令。”

“那好，让冯凯出来讯问我，这总行吧？”

“你非得为难我吗？”刑警挡在他面前，“说实话，我可不想亲自动手拘留一个穿过警服的前辈，但如果你非要逼我的话，我可以打破这个戒律。”

“那好，我在那儿等总可以吧？”高风双手示意对方不要冲动。他往后退，指着电梯旁。

刑警点了点头，高风往后退去。

观察室里，李艳躺在病床上，旁边放着一些心电图等监控仪器。她正在输液，冯凯、刘青叶，还有周游在一旁。

李夏正在看着方菲发来的微信：许达命已暂时保住，是脑死亡还是植物人还要24小时观察后才能判定。

李夏把手机递给冯凯。

“我不舒服，现在不想说话。”李艳冷冷地说。

“不用担心，你现在各项指标都正常。”刘青叶说，“李艳，你已经在1996年和今年两次向警方隐瞒重大案件中的重要细节，涉嫌欺骗警察，影响警方的办案方向，性质有多严重你知道吗？”

“你们又没问过杨衡是谁的私生子，”李艳鼻孔出气，“我犯了什么罪？”

“罗红英的尸骨被发现后，我们以‘4·05’案件复查小组身份讯问你的时候，你就应该主动将这一细节告之我们。”冯凯提醒她，“因为许达很有可能就是杀死罗红英的真凶，你这算是故意向警方隐匿事实，我们是有权拘捕你的。”

“你们抓住许达了吗？你们可以问他啊！”李艳翻白眼。

“我们现在问的是你。”冯凯提高声调。

“问吧。”李艳恹恹地说，“趁我还有一口气。”

“你是什么时候知道杨衡是许达和罗红英的私生子的？”刘青叶打开录音笔。

“许广义告诉我的。”李艳回忆，“1995年12月份吧，具体哪天我记不清了。”

“许广义是怎么跟你说的？”

20

“许广义那时候和罗红英搞上了，有一天他们俩在宾馆里被我抓了个现行，我打了罗红英，晚上许广义回家跟我说，他和罗红英好是为了帮许达的忙……”

“这种帮忙方式？”冯凯疑惑。

“许广义说，1987年的时候，许达强奸过罗红英。许达给了罗红英两千块钱，堵住了罗红英的嘴，然后就跑到上海投奔他表哥许军去了。1995年许军回龙湾来投资，罗红英再次找许达，说杨衡是许达的儿子，还要拉许达去进行DNA亲子鉴定，许达不想认，也不想把事情闹大，就一次性给了罗红英一百万作为封口费。”

她停下来，过了一小会儿才继续开口。

“可罗红英不甘心，又去找过许达两次，许达为了摆脱罗红英的纠缠，就暗示许广义把罗红英拿下当情妇。就这样，许广义和罗红英在一起了。罗红英为什么同意我不清楚，也许是为了报复许达。我没当过小三，我真不能理解她是怎么想的。”

“当时许达给过你好处吗？”冯凯问。

“许达没有。”李艳摇头，“许广义把他拆迁分的房子的名字改成了我的，还把拆迁款全部打到了我的账户上。”

“然后你对许广义和罗红英公开姘居就睁一只眼闭一眼？”

“不然又怎么样？”

“罗红英尸骨在北山山洞被发现后，你应该猜出谁是真凶吧？”冯凯问。

李艳没回应。

“为此，你去找过许达是吗？”

“没有。”李艳的语气很犹豫。

“那你账上的那些钱都是从哪儿来的？全部是放高利贷来的吗？告诉你，等我们查出来，和你自己主动说出来，性质可是完全不同。”

“我……去找过他。”李艳服软。

“什么时候？”

“从网上看到杨衡那篇帖子的当天，我去找的许达，我问他当年到底发生了什么，罗红英是不是他杀的。”

“许达怎么说？”

“他不是傻瓜，当然说不是他杀的，但他给我转了两千万作为我不把杨衡的身世告诉你们的封口费。”

“确认是两千万？”

“他开始只愿意给五百万，谈了两个小时他最后才答应给两千万。”

“然后呢？”

“然后就是我被杨衡绑了，差点儿死在罗红英的葬身之地。”李艳用厌恶的语气说。

“许达就这么相信你能信守诺言？”

“我李艳为人的口碑就是嘴紧，要不然当年我就和罗红英一起躺在北山山洞里了。”她揉揉被打得青紫的眼睛，“我就知道这么多了。”

冯凯对刘青叶和李夏点点头，三人走出观察室。

“没有我的允许，任何人不许见她，就是她女儿也不行。”冯凯对守在门口的两个刑警交代。

“明白。”刑警点头，他朝不远处的高风看了看，“冯队……”

冯凯看了看高风，走了过去。

“李艳说了什么？”高风迎上来。

冯凯一把推开高风，走进楼梯间。

“哎，你——”高风要追，被刘青叶拉住。

“别在这里嚷嚷。”刘青叶瞪他一眼，往外走。

高风犹豫了一下，跟过去。两个人一前一后，走到安全通道拐角处。

“李艳只知道杨衡是许达和罗红英的私生子。”刘青叶告诉他，“罗红英尸骨被发现后，许达拿钱封住了李艳的嘴。杀死罗红英的真凶很有可能是许达，但‘4·05’一案的真相恐怕只能等许达醒来才能真正大白于天下。”

高风不知该说什么。

“你的出手相助，使得事态还没发展到不可收拾的地步。剩下的事留给我们，你回去休息吧。”

说完，刘青叶转身离去。高风在楼梯间站了好一会儿，掏出手机拨通李显的电话。

“我正想给你打电话呢。”李显压低声音。

“嫂子是不是重症监护病房的护士长？”高风问他。

“是啊，咋了？”

“许达现在被抢救过来了，但能不能醒过来很难说，他肯定是要被安排在重症监护病房的，那里正好归嫂子管……”

已经接近凌晨时分，龙湾分局刑侦大队办公室依旧灯火通明。

刑警们正在办公室里忙碌着。冯凯、刘青叶和周游进来，刑警在电脑上放着机场监控的视频。

画面中，可以看到安检口排着长队。许佳桐、许达等人在等候的队伍里。

许达仿佛有所感应，回过头望着一个方向，他仿佛愣了一会儿，然后忙从队伍里出来，朝着安检门跑去。杨衡飞奔进入画面，他一把抓住许达。许达想挣脱杨衡，他的嘴里在说着什么，杨衡抓着许达，他仿佛也在和许达说着什么。

许达挥拳就朝着杨衡脸上打去，但他的手却紧紧地被杨衡的左手握住。周浩宇从队伍里跑上去，拉着杨衡在说着什么。

杨衡一把甩开周浩宇的手，右手飞快地从腰里掏出一把匕首，动作娴熟地用左手勒住许达的脖子，右手的匕首抵住许达的颈动脉。周浩宇吓得往后退了两步。许达似乎喊着什么。周围一片混乱，人们四处奔逃躲避着。

这时，一个女人似乎被人碰到撞在许达的身上，女人动作利索地稳住身子，飞快地逃开。血从许达的脖子上喷溅出来，周围的人似乎在惊叫。

杨衡松开了左手。许达用手捂住自己的脖子朝前走了两步，然后脚一软摔倒在地。杨衡木然地站在原处，匕首从他的右手里落在地上。

两个警察进入画面，正举枪对准杨衡，他们的嘴里在说着什么，还有三四个警察正朝着许达跑去。

一个警察上前紧紧地捂住许达的脖子。另外两个警察朝杨衡扑去，将他摁倒在地。

“倒到那个女人倒在许达身上那里。”冯凯吩咐。

画面在倒着，回到一个女人似乎被人碰到撞在了许达的身上。

“停！”冯凯凑近看画面，“往回倒一点儿，一帧帧地放。”

画面一帧帧地放着，人们四处奔逃。一个女人似乎被一个男人撞了一下，她倒向许达。杨衡似乎有躲避的动作，他勒住许达往后退了一点点，许达的身子也往下沉了沉。

那个女人的右手似乎抓住了杨衡拿刀的右手，但动作很快，也因为摄像头角度的问题，那个动作并不是很清晰。女人很快稳住自己的身体，然后逃开。

“那女人的右手似乎抓了杨衡拿刀的手一下。”刘青叶问，“能不能把画面放大？”

刑警调整画面，一帧帧地放着。可惜，女人右手的那个动作仍然很隐蔽和不清晰。但有一点是清晰的，那个女人稳住身子逃离的时候，血已经从许达的脖子上喷溅出来了。

“还有别的角度的吗？”冯凯皱着眉头盯着电脑。刘青叶有些疑惑地望着他。

“有，但那个摄像头更远，我刚才看过了，基本看不清楚。”刑警遗憾地说。

“冯队，你是怀疑许达挨的这一刀是被这个女人不小心碰撞造成的？”刘青叶问，“并不是杨衡的主观恶意？”

“机场派出所找到这个女人了吗？”冯凯没有正面回答她的问题。

“没有。”一旁的刑警回答。

“让他们继续寻找。”冯凯转向刘青叶，“走，去见杨衡。”

他带着刘青叶走进一号讯问室。

杨衡木然地坐在屋里，仿佛并没有看他们。他的眼神落在空中的某处。

冯凯和刘青叶在他的对面坐下来。

“杨衡，你是否有犯罪行为？”冯凯问道。

杨衡看着他，没有说话。

“杨衡，我再问一遍，你是否有犯罪行为？”

杨衡没有说话，他只是木然地看着冯凯和刘青叶。

“杨衡，你如实供述自己的罪行可以从轻或者减轻处罚。你可以陈述有罪的情节或者无罪的辩解，你听明白了吗？”

杨衡还是没有说话。

“杨衡，把你昨晚在东山国际机场的经过叙述一遍。”冯凯继续发问。

杨衡仍旧一言不发。

“杨衡，把你昨晚在东山国际机场的经过叙述一遍。”

杨衡把目光转向了别处。

“杨衡，看着我。”冯凯轻轻敲了下桌子。

杨衡没有任何反应。

“杨衡，说话。”刘青叶有些急躁。

杨衡根本就不理他们。这时，门开了，周游告诉冯凯，许佳桐来了。

杨衡还是一副入定的样子。冯凯摇头，关上了讯问室的门。

21

他和刘青叶来到会议室，听许佳桐坐立不安地复述机场的一幕幕，和他们自监控里看到的没什么差异。

“今天晚上，你叔有什么反常的举动吗？”冯凯问她。

“反常的举动？没有。”许佳桐摇头。

“这是一次重大的恶性案件，我希望你能积极配合我们的调查。”

“要说有，是我叔突然离开了队伍。”许佳桐说，“等我回过神来，杨衡已经勒住了我叔的脖子。”

“周浩宇说，你们这次去英国考察应该是两天后才出发的。”刘青叶问她，“为什么要突然提前走？”

“是因为英国莱瑞投资中介公司的老总下个星期二要飞往美国，临时参加一个国际性的会议。我们改变计划完全是为了他。”她拿出手机打开邮件，“我这里有他助手发给我的邮件可以证明。”

冯凯接过来，看到邮件全部是英文。他把手机递给了刘青叶，刘青叶面露尴尬。

“我可以翻译。”许佳桐提议。

“不用，我们拷贝下来，大队里有人能翻译。”冯凯谢过她的好意。

“冯队长，问句不该问的，杨衡为什么要杀我叔？”

“关于杨衡和许达的恩怨，你有什么要告诉我们的？”冯凯反问。

“恩怨？什么恩怨？”许佳桐不懂。

“你曾经和杨衡是同学？”

“是，高一的时候，他是留级生。”许佳桐点头。

“留级生？”冯凯觉得奇怪，“听说你和高风，还有周浩宇都是学霸，那你们班应该是重点班吧？”

“杨衡留级并不是成绩不好。”许佳桐解释，“相反，他当年的学习成绩可能比青叶还好。杨衡是因为打架斗殴才留级的。青叶，我说的是实情吧？”

“实情。”刘青叶不太高兴。

“有关杨衡的身世，在那一年里，你没有听到过流言蜚语吗？”冯凯问许佳桐。

“没有。”她望着刘青叶，“青叶，有吗？”

“许佳桐，现在是我们在询问你。”刘青叶不满。

“对不起，这是我第一次来警察局。”

“在中国叫公安局。”

“对不起。”许佳桐态度很平和，“还有什么要问的吗？”

“你可以走了。”冯凯起身给她开门。

许佳桐走出会议室，冯凯和刘青叶、周游跟在后面。

“对不起，冯队长，我明天能带着团队继续英国的考察吗？”许佳桐问冯凯，“因为这次英国考察动静很大，涉及英国好几个部门和公司。”

“我要向有关领导汇报你的情况，明天上午我会告诉你结果。”冯凯没有正面回答。

“谢谢。青叶，再见。”许佳桐朝刘青叶摆摆手。

“再见。”刘青叶还是一副老大不情愿的样子。

“冯队，下一步怎么办？”周游看着许佳桐的背影，问冯凯。

“明天会会赵月娥和许军。”

第二天一早，李夏、冯凯、刘青叶和周游来到赵月娥的别墅。刘青叶去按门铃。

“这块地属于当年许村的地界吧？”李夏指着周围的地界。

“是，1996后许村土地被龙星征用并开发成商品房。”刘青叶说，“在当年，龙星家园是龙湾最高档的住宅区。据说，赵月娥家的这幢别墅就是在她家老宅的地基上建起来的，占地十亩。”

“这是当年把龙星招商引资进龙湾时县政府给的优惠政策。”冯凯告诉李夏，“也正是从这个楼盘开始，龙星开始涉足房地产。”

这时，门开了，许军出来。

“你好，我们是省公安厅‘4·05’案件复查小组的。”冯凯出示证件，“今天早上给你们打过电话，我叫冯凯。”

“不用看不用看，请进。”许军侧身请他们进门。

他带着警察们穿过院子，边走边聊。

“对不起，本来是应该我们过去的，可我妈昨天受了刺激，身体不适，所以让你们跑一趟……”

“没事，许董事长也在这儿住？”冯凯问他。

“是，1999年公司改制，正式成立龙星集团，等于说，龙湾已经成了龙星集团的总部。”许军告诉他，“上海的老公司现在只是一个厂房了。我的工作重心也转移到了龙湾，再加上我妻子1996年年初因心脏病去世，我就把整个家从上海搬回了龙湾，请进。”

李夏和冯凯他们随着许军进入客厅。燕子正扶着赵月娥从楼上下来，可能是没休息好的缘故，老太太显得很憔悴，步态蹒跚。

“这是我妈。”许军介绍，“他们是省公安厅‘4·05’案件复查小组的。”

“大家请坐，不要客气。”赵月娥一一和大家握手，“燕子，给客人上茶。”

“我们来是想了解许达的一些情况。”冯凯落座。

“我儿子跟我说了，你们放心，我赵月娥向来是很配合公安机关的调查的。”她指着刘青叶，“青叶应该知道，她爷爷刘志坚当年就是负责调查许家福一案的，从案发一直到1995年结案，那十年间我没少配合她爷爷的工作。当年许家福躲在海东县，还是我向公安机关报的案……对不起，扯远了，你们问，我来答，不过，岁数大了，记性一天不如一天，有些事情记不清，记岔的难免会有。”

“杨衡是许达和罗红英的私生子这事你知道吗？”冯凯问赵月娥。

“私生子？”赵月娥一脸惊愕，“怎么可能？你们这么说有证据吗？”

“这是他们俩的DNA亲子鉴定报告，确认杨衡和许达有父子关系。”冯凯拿出一份DNA鉴定报告递过去。

赵月娥看了看那报告，一脸错愕地把它交给一旁的许军。

“我不知道这个事，军儿，你知道吗？”

“不，我不知道。”许军一脸茫然地摇头。

“许达的生活作风是有问题。”赵月娥叹气，“他老婆也是因为这早早就跟他离了婚，把儿子也带走了。为这事我没少骂他。”

“许达在外面有那么多女人，难道就没有别的女人找上门来的吗？”冯凯问。

“没有，也没有闹过什么令人难堪的桃色新闻。”赵月娥摇头，“在对付女人方面，许达有一手。虽说金钱不是万能的，但对付那种女人有钱就能让她们闭嘴，许达用的应该就是这个法子。不过冯警官……我就不懂了，既然罗红英和许达有关系，而且还有私生子，那罗红英后来怎么又跟广义搞在一起了呢？”

22

时近中午，李夏、冯凯、刘青叶和周游走出赵月娥的客厅。赵月娥和许军坚持送行。

“李警官，冯警官，如果还有什么事需要我配合调查的，随时跟我联系。”赵月娥殷切地和他们一一握手道别，“我去你们那儿也可以。”她转向儿子，“军儿，你送送李警官和冯警官他们。”

许军点头称是，陪着李夏和冯凯他们朝院外走去，目送他们上车。

“赵月娥的话可谓是滴水不漏啊。”上车后，李夏和冯凯坐在后座上。

冯凯没有说话。

“刚才冯队打破时间顺序，问了赵月娥一些问题。赵月娥丝毫没有慌乱，回答得照样井井有条。”坐在副驾驶座上的刘青叶说，“这只有两种可能，一种是赵月娥的的确确不知道真相，另一种那就是赵月娥绝对是撒谎高手，是个人精。”

周游开车。

“可当我问到昨晚许达有什么反常的表现时，许军却有不舒服的表情。”冯凯说。

“要不要单独把许军叫到刑侦大队讯问？”周游看一眼后视镜。

“来不及了。”李夏摇头，“如果许军是个漏洞，这个漏洞已经被赵月娥堵上了。”

“我同意。”冯凯说，“况且，直觉告诉我，许军知道的内幕并不比我们多。他们许家祖孙三代里，最本分的应该就是这个许军。”

回到龙湾分局刑侦大队，他们直接来到监控室。

一个刑警正在监控仪前看着讯问室里的情况。看到冯凯他们进来，他站起来回应。

“怎么样？”冯凯问。他指的是至今仍然呆坐在讯问室里的杨衡。

“他还是一句话都不说。”刑警很无奈。

冯凯看了看监控仪，扭头朝外走去。

杨衡还是坐在那个讯问室里，两个刑警正坐在他的对面。冯凯推门进来，一个刑警起身让座。冯凯挥挥手，示意他自己站着就行。他看着杨衡。

“杨衡，你打算一直沉默到法庭上吗？”冯凯问。

杨衡没有抬头。

“你总得争取一下自己的权利吧？”冯凯试探，“我不相信你有杀许达的主观恶意。”

杨衡慢慢抬起头来望着冯凯，他的眼睛里有血丝。

“DNA 亲子鉴定已经出来了，你和许达的确是父子关系。”冯凯观察他的表情变化。

“他不是——”杨衡大声吼道，“我没有这样的父亲，他是杀死我妈的凶手——”

“我希望你能冷静一下。”冯凯平和地说。

“我就是要亲手杀死他！”杨衡换上冷冰冰的语气，“如果给我第二次机会，我还会那么做！我的回答你满意吗？”

冯凯没说话。片刻后，他转身走出了讯问室。

刘青叶等人正在门外等候。东山省人民医院神经内科主任传来消息，许达的病情不太乐观。

冯凯顾不上休息，带着刘青叶和方菲直奔医院而去。

他们赶到时，周伟已经在等候。

“根据我们对受害者 24 小时连续观察和反复测试，受害者基本符合脑死亡的特征。”神经内科医生介绍情况，“但还有微弱的脑电波，因此，从严格意义上说，他不属于脑死亡，应该算是PVS，也就是持续植物人状态。”

“也就是还有希望能醒过来？”刘青叶问。

“PVS者可能苏醒，也可能持续保持昏迷直至病情恶化。”医生谨慎地说，“从目前看，受害者的脑电波非常微弱，苏醒的可能性相对较小。”

刘青叶和方菲都绝望地看向冯凯，冯凯忍不住皱起了眉头。

“许达要是真醒不过来，那案件是不是就有悬置的可能？”走出医生办公室，方菲一脸郁闷。

“目前为止，许达是我们揭开‘4·05’真相的唯一突破口。”刘青叶也感到失落。

冯凯挠着头发没有说话。往前走了好一阵，他突然停住脚步。

“方菲，我们的警员力量不够。”他问方菲，“你能不能跟省厅和市局协调一下，抽调出专门的警员进行24小时轮值？”

“放心吧，冯队，这事交给我来协调。”方菲一口答应。

忙忙碌碌之间，一天的时间缓缓流逝。

夜幕降临，周伟来到夕阳红护理院门前。他打发走司机，在门口默默地看着护理院灰色的大门，好一会儿，才抬腿往里走。

高四海躺在自己房间的床上，两眼空洞地望着天花板。高风正坐在一旁。看周伟进门，他站起来。

“我刚听说你昨天晚上独闯北山，还差一点儿和杨衡正面交锋？”周伟把他拉到房间外。

“叔，我这不是毫发未伤吗？”高风嬉皮笑脸。

“我该为你庆幸吗？”周伟瞪眼，“你当你现在还是警察吗？”

“是是，人都有冲动的时候不是吗？”高风用撒娇的语气说，“叔，我向你道歉，你放心，我以后再也不敢了。叔，许达怎么样，有可能醒过来吗？”

“应该是持续植物人状态，醒过来恐怕很难。”周伟叹气，“如果许达不能醒过来开口说话，‘4·05’一案是不是就没有结果？”

“应该是吧。”高风点头，“从我了解到的，冯凯他们目前应该只追踪到许达这里，当然，并不是说许达死了，‘4·05’一案就找不到真相了，可……至少就会困难许多。”

一阵令人焦虑的沉默。

“小风，不管怎么说，无论许达能不能醒过来，他是杀害罗红英的重大嫌疑人是跑不了的。”周伟劝高风，“所以，你留在龙湾也没有什么实质的意义了，你跟浩宇联系一下，看能不能让你马上去上海东方法正律师事务所上班……”

“叔，这事我已经想明白了。”高风说，“我不去东方法正了。”

周伟不解地看着他。

“您放心，我现在律师资格证在手，还怕找不到一个饭碗吗？”高风更像是在安慰自己。

“是不是浩宇办事不牢靠？”周伟想到了什么。

“不是不是，叔，您千万不要这么理解。”高风摆手。

“还有一件事，小风，你跟叔说实话。”周伟语气严肃起来，“浩宇是不是看上了许佳桐？”

高风没有说话。

“果然。”周伟伸手捶了一下墙，“他们俩怎么可能呢？不说别的，就冲咱们两家的世仇也不可能吧？这混账东西！”

周伟突然掏出手机拨号。他听着，似乎没有信号，于是拿着手机匆匆朝着门外走去。

高风追了出去。

“叔——”他拉住周伟，“他们要去英国出差，这会儿，应该到机场了。”

“你怎么不早说！”周伟挂断电话，“马上带我去机场！”

“叔，你消消气。”高风劝道。

“小风，你是浩宇的哥哥。浩宇这么大的事，你为什么不跟我们说呢？”

周伟怒从心起。

“叔，你先别急。”高风解释，“这也许只是浩宇的一厢情愿。”

“那也不行！”周伟语气坚决，“你又不是不知道，浩宇要去许佳桐的公司时我就坚决反对的。”

“对不起。”

周伟望着高风还想说什么，但他克制住了自己，把话咽了回去。

“叔，等浩宇回来，我再跟他好好聊聊，行吗？”高风低声询问。

周伟突然有点儿失魂落魄的感觉，回过头来跑回屋里。

高风不明白他这是什么意思。

时间过得很快，一个星期就这么溜走了。

冯凯带着刘青叶和方菲再次来到东山省人民医院，询问许达病情的进展。周伟仍旧和上次一样，早早来到神经内科的办公室，接待他们。灯箱上放着两张许达头颅的 PET 影像图。

“这是许达一个星期前的 PET 影像图和刚刚出来的 PET 影像图。”医生拿着钢笔比画着，“这个对比就很明显，一个星期前的这张 PET 影像图显示受害者的脑电波很微弱，但今天的 PET 影像图显示受害者的脑电波就比较活跃。”

“这说明什么？”刘青叶看看冯凯，发现他也完全不懂这一套套的术语。

“说明受害者的脑电波开始活跃了，脑皮层也有反应。”医生说，“说明他不是脑死亡，不但不是脑死亡，而且比持续性植物人状态的情况还要好一点儿。”

“你的意思是他会苏醒过来？”刘青叶看到了希望。

“目前还不好说，还得继续观察，但这已经是奇迹了。”医生仍旧是谨慎地乐观。

“谢谢你们的努力。”冯凯稍稍松了口气，他转向周伟，“周院长，我想跟你说几句。”

周伟朝医生点了点头。医生离开办公室并关上了门。

“我有一个要求，许达转好的消息先不要通知家属。”冯凯对周伟说。

“如果家属来医院探望时发现了怎么办？”周伟担心。

“许达现在是‘4·05’一案的关键人物。”冯凯说，“你是专家，又是院长，办法你找，我们的要求就是许达有可能苏醒的消息要绝对保密。”

“好，我跟医生商议一下。”周伟点头。

“方菲。”冯凯看着灯箱上的那两张 PET 影像图说道，“你把要求跟护士长强调一遍。”

“明白！”方菲点头。

23

太阳慢慢爬上天顶。

高风正在厨房做着方便面。他放在客厅餐桌上的手机响了起来，高风跑出来，看到是李显打来的。

“老李？”

“我老婆刚才说，许达有苏醒的迹象。”手机里，李显的声音夹在一片车声里，“高风，你可是答应我和玉珍的，许达的情况现在可是绝密的，你别把我们给卖了。”

“你跟我有四年的交情，原因也有我信誉良好这一条吧？”高风半开玩笑地说。

“明白了。”李显轻轻笑了一声，“他们叫我了，那就这样。”

李显挂掉了电话。

高风握着手机，琢磨一会儿，调出冯凯的号码。他刚要拨号，却犹豫了，迟疑很久，还是将电话摁掉。

此刻，英国伦敦正是寒冷的黄昏。

泰晤士河边一栋高级写字楼的会议室里，许佳桐、周浩宇、龙星集团的三个高管正在和英国莱瑞投资中介公司总经理罗伯特、合伙人内森及另外三名公司高管开会。许佳桐、周浩宇他们面前放着几个项目的材料。

屋里气氛紧张，没人有心情看窗外美丽的河景。

内森正在介绍着一个房地产项目，投影屏上放着那个项目的有关图片。

“BAT 项目位于曼彻斯特旧船坞区一块占地 35 英亩的，由曼彻斯特政府所有的荒地。”他用标准的伦敦腔说着，“预计将改造成为一个总建筑面积 350 万平方英尺的商务港，包括写字楼，商铺的住宅，该项目的英方合作伙伴是地产开发商 Aphope，由建筑设计行 Barrells 负责规划设计，一旦 BAT 项目规划获得所在区域曼彻斯特的批准，预计首期将于 2018 年启用，整个项目将于 2022 年完成……”

许佳桐听得非常认真，可一旁的周浩宇似乎不是很感兴趣。

双方聊了一会儿，许佳桐看到周浩宇朝她使眼色。她会意，起身和罗伯特低语几句，走出会议室。周浩宇跟出来。

“毫无疑问，曼彻斯特市政府对 BAT 项目的期许和决心，以及项目一旦按期完工后所带来的经济效应毋庸置疑。”周浩宇对许佳桐说，“但是，这个项目的不确定性也最大。”

“你的理由？”许佳桐问。

“第一，BAT 面临项目审批的不确定性。”周浩宇说，“BAT 项目面临程序烦琐、审查严格以及各种利益游说组织干扰审批环节。第二，曼彻斯特拒绝了曼彻斯特大学学院计划在该区建设大型新校区的规划。如果曼彻斯特拒绝一个同样规划有 10 亿英镑投资、每年给当地带来 1.5 亿英镑经济效益的‘国际大学园’，其未必不可能拒绝一个同样投资规模、每年仅能带来 2.3 千万英镑经济效益的商务港。”

“明天我们就和曼彻斯特区政府进行谈判，先看看他们的决心和态度。”许佳桐说。

“第三，BAT 项目紧邻曼彻斯特城市机场，因此楼层受到严格的限制，这样一来，单位面积的成本和相应的租金，将远高于该地区不受高度限制的楼盘的成本和租金。第四，曼彻斯特是否需要第二个金融中心，或者商务港是否能称得上曼彻斯特的第二个金融中心？无论是中国概念还是亚洲概念，其概念的本质区别不大，无非是将楼盘的销售目标客户扩大了而已……”

“中国概念可能有点儿敏感，而亚洲概念更加国际化。”许佳桐说，“无论如何，BAT 项目都是中国企业投资开拓伦敦市场的一个大手笔。”

“可我更看好帕丁顿枢纽那个项目。”周浩宇说，“BAT 是投资规模最大，造势最大的一个项目，可是，在我们这几天看过的项目里，唯有 BAT 是一个详细规划尚未获得地方政府批准的项目。你说过的，我们这次来英国投资的首要目标是先做一个资产配置，规避未来的资产泡沫破灭风险，跑赢通胀和贬值，如果把鸡蛋都放在一个篮子里，不可预知的风险很大。所以我们这次首选的投资项目应该是房地产和酒店。”

“BAT 项目要改造的船坞区，”许佳桐说，“在 100 多年前的维多利亚时期，就曾经是全英国最先进的码头，二战之后随着大英帝国的衰落而迅速败落，当地的失业率大增，成为曼彻斯特乃至英国最贫困的区域之一。如果我们龙星集团能重振这一区域的雄风，想必能让英国刮目相看。”

说完，许佳桐匆匆推门进入会议室。

周浩宇愣在原处好一会儿，他也推门进入会议室。

与此同时，龙湾分局刑侦大队冯凯办公室里也是气氛紧张。

冯凯正在打着电话，刘青叶和周游进来。冯凯摆摆手，示意他们俩稍等。

“好，好的，宋局，许达那边有新的情况我会第一时间向你汇报……明白。”冯凯挂掉电话，抬头示意刘青叶和周游开口。

“杨衡绑架了李艳的消息是许欢欢透露给许达的。”刘青叶汇报。

“什么时候？”

“你们从李艳家撤走以后。”刘青叶说，“晚上 8 点 45 分，许欢欢趁着我在阳台上打电话的时机，偷了手机在卫生间给许达打的电话，是我的失误。”

“她还说了什么？”冯凯问。

“许欢欢告诉许达，杨衡绑走李艳是为了‘4·05’一案，不是为了钱。许达还问了许欢欢，我们找到杨衡的下落没有，同时还要求许欢欢把通话记录删除。另外，许欢欢还交代，她和许达两年来一直有性关系。”

“现在的老板都喜欢招漂亮的女秘。”周游说，“其实……”见冯凯盯着自己，他赶紧闭嘴。

“不过许欢欢并不知道杨衡是许达和罗红英的私生子，也不知道许达和‘4·05’一案有关联。”刘青叶继续，“还有，许欢欢说李艳并不知道她和许达有性关系。”

这时，方菲匆匆进来。

“冯队，许达转给李艳的两千万是8月17日通过工商银行转的账，和李艳说的日期吻合。”她递过一堆从银行打出来的转账记录单，“李艳银行账户上另外的一千八百七十六万和李艳放的高利贷收入数目基本吻合，出入只有一百万左右。”

冯凯匆匆翻看那些单据。

“冯队。”方菲疑惑，“一次性支付两千万的封口费，许达如果不是‘4·05’一案的幕后真凶，他愿意花这么大的代价吗？”

“可这不是直接证据。”冯凯放下单据，“法庭不会因此就判定许达是‘4·05’一案的幕后真凶。”

“那我们只能把宝押在许达醒过来向我们坦白的口供上了？”周游问。

“医院方面有什么消息？”冯凯问方菲。

“许达的各项指标正往好的方向发展，对我们来说，这是一个好消息。”方菲说。

冯凯站在贴满“4·05”一案有关人员照片的白板前，默默地望着目前放置在顶端的许达的照片。

李夏推门进来，他走到冯凯的身边。

“希望许达能醒过来。”李夏抬头看着满满的照片墙，“这样‘4·05’一案就能真相大白了。”

冯凯没有说话，只是盯着白板。

“你在想什么？”李夏问他。

“许达为什么要布那个局呢？”冯凯像是自言自语。

“什么？”李夏没听明白。

“上次我说过，‘4·05’一案并不像是情杀案，更像是为了灭口杀人。”冯凯扭头看着他。

“也说得通啊，因为许达不想让人知道杨衡是他和罗红英的私生子。”李夏说。

“可许达为什么要牺牲许广义呢？”冯凯问他。

“也许事情没有你想的那么复杂，可能许达是在知道罗红英杀了许广义之后才下决心除掉罗红英的，是临时起意，是激情杀人……”

“我们和许达打过交道，你觉得他是在意私生子事件被曝光的那种人吗？”冯凯问。

李夏张口结舌地望着他。

“对他们来说，能用钱来解决的问题都不叫问题。”冯凯转过头，继续看着白板，好像多看一会儿，答案就能浮现出来似的。

24

高风走进东山省人民医院。他乘电梯来到顶楼，朝院长办公室方向而去。

院长办公室的门虚掩着。高风敲了敲门，里面没有反应。他推开门，看到办公室里并没有人，犹豫了一下走了进去。

他无所事事地转了两圈，走到窗边看着外面城市的景色，这时，周伟和一个助手推门进来。

“叔，对不起，门开着……”高风赶紧解释。

周伟在助手递过来的文件上签着字。助手匆匆带上门离去。

“叔，许达的情况怎么样？听说他有反应了？”

“只能说……目前的情况比想象的好，但结果怎么样谁都不能预料。”周伟突然反应过来，“你是怎么知道这消息的？这消息是保密的，连许家都不知道。”

“叔，许达能醒过来吗？”高风硬着头皮，以问代答。

“我们医院已经尽了最大的努力，剩下的只能看运气了。”还好，周伟没继续追问，“这事也急不了，小风，我还是那句话，你放心去做你的事，案件的事冯凯他们会查清楚的。”

“没那么乐观。”高风摇头，“依我掌握的信息，许达是冯凯揭开‘4·05’一案真相的唯一筹码。”

“我不了解案情，但我看得出来，冯凯已经将许达定为‘4·05’一案的真凶。”周伟告诉他，“可要是许达不能醒来，不能说出真相，‘4·05’案件恐怕一时还定不了案。”

这时，桌上的电话响了起来，周伟走到办公桌前接听。

“喂……”他看了看手表，“好，我马上到。”他放下话筒走到高风的身边，“我得去做个手术，小风，很多事并不是凭主观努力就能达到预期目标的，有的时候得学会放下。叔的心情和你是一样的。”

离开周伟的办公室，高风乘电梯下了几层楼。穿过走廊，他来到楼梯拐角，朝许达所在的重症监护病房方向望去。

重症监护室门口有两个佩枪的警察正在值守。

二人看见了高风，都从椅子上站起来，警惕地看过来。一个警察迎了上来。

“高风，这是禁区。”他拦住高风前进的脚步。

“是对我高风还是对所有人？”高风问。

“我不想回答这种问题。”警察的手按在枪套上。

“不要紧张，我不是来给你们添麻烦的。”高风换上轻松的语气，“我只是来视察一下你们的警戒级别。”

“这里真不是开玩笑的地方。”警察冷着脸。

“对不起。”高风看看周围，返身朝着一旁的安全通道走去。见他推开门进去，值守的警察犹豫了一下，走到安全道通门口推开门朝里面看着。确定高风已经下楼，他才回到座位上，坐了下来。

两个人一直坐到第二天凌晨时分，来接班的赵海和梁欢赶来。梁欢重感冒很久了，一副疲惫不堪的样子。

交接完毕，赵海走进病房查看情况。

梁欢从手包里取出一包雀巢速溶咖啡包，拿起茶杯要朝开水房走去。

“我跟你说过了，感冒少喝咖啡。本来喝咖啡对人身体就不好。”走出病房的赵海拉住他。

“人家老外一天喝七八杯呢，我一晚上才喝一杯。”梁欢打个喷嚏。

“你的体格能跟老外比？”赵海拿起记录本和笔，“营养健康专家说，咱们中国人……”

“少看网上那些健康类的 APP。”梁欢打断他，“那些所谓营养健康专家的话别信，什么叫好，什么叫不好？因人而异，自己觉得好就好。”

说完，梁欢出去。赵海摇了摇头，然后把记录本放入小桌的抽屉里。

不大一会儿工夫，护士婷婷和另一个护士来换药。

她们很快出来，和梁欢和赵海说了几句话，然后离去。梁欢坐下来，喝着咖啡。

赵海从小桌子的抽屉里取出一卷卫生纸走向卫生间。晚上不知道吃了什么，肚子一阵阵不舒服。赵海以最快的速度结束战斗，回到重症监护室门口。他没想到，梁欢居然坐在椅子上睡着了。

“醒醒，醒醒。”赵海上前摇着梁欢的肩膀。

梁欢努力地睁开眼睛，迷糊地看着面前的赵海。

“你怎么又睡了？”

梁欢揉着眼睛，站起来，可是一阵头晕目眩袭来，他又一屁股跌坐在椅子上。

“你这么严重？”赵海拉了他一下。

“头晕目眩的……”梁欢揉脑袋，愣了一下，“我睡了多久？”

“我一泡屎的长度。三分钟，很标准的。”赵海笑道。

梁欢扭过头看着病房的门。

“咋了？”赵海顺着他的目光看去。

“你不觉得有些不对劲？”

“没有啊，什么不对劲？”赵海愣了一下，又看了看。

“我也说不清楚。”梁欢忍着哈欠，“就是……不对，太静了。”

赵海愣愣地看着他。

“少了哗的声音。”梁欢站起来。“心电图的声音，还有呼吸机的声音。”

赵海也静静地听着，走廊里很静很静。

“快去看看，怎么回事。”梁欢催促道。

赵海忙匆匆朝着病房走去。推开门，他一眼便看见心电图仪屏幕上是一条直线。

赵海朝许达走去。只见许达脸色苍白地躺在床上，呼吸机也停止了工作。

赵海紧张起来，伸出手想去摸许达的颈动脉。

“出了什么事？”梁欢在门口问。

赵海手被吓得缩了回来，他扭头看着门口的梁欢。

“他……好像死了。”赵海低声道。

半个小时后，接到消息的冯凯跑出电梯间，直直地朝着许达的病房方向走来。

护士站在门口，方菲和两个警察正在询问着林玉珍和婷婷及另外两名护士。

方菲看到冯凯，忙迎上去。

“魏大炮他们什么时候赶到？”冯凯问。

“正在赶来的路上。”

“死亡原因医生有什么说法吗？”

“说有可能是脑梗塞，也就是脑中风。”方菲回答。

“可他们下午还说，许达有好转的迹象，”

“这是医学问题，我回答不了。”方菲无奈。

冯凯拐过弯，只见许达的重症监护病房门口都是警察。梁欢和赵海两个人也在。他们俩正在接受刑警的询问。

冯凯朝着病房走去，一个刑警递给冯凯一副塑胶手套，并打开了病房的门。

刘青叶正站在病房里，看着已经死亡的许达。病房里就她一个人，她戴着塑胶手套，手里拿着那本记录本。

冯凯戴上手套，进门。

“死亡时间？”他问刘青叶。

“5 点 03 分，心电图显示许达没有生命迹象。”

“在这个时间段前后，都有什么人进入过病房？”

“除了护士、值班医生和两名值守民警，没有别人进过这个病房，不过……”刘青叶把手里的记录本交给冯凯，“在这个时间段里，值守民警梁欢因感冒合了一会儿眼，大概三分钟。”

正在翻看记录本的冯凯抬起头。

“不是两个人值班的吗？”他问刘青叶。

“在这个时间段里，另一个民警赵海在卫生间。”

“看过监控视频了吗？”冯凯合上记录本。

“我刚从监控室出来，监控视频里显示在赵海去卫生间，梁欢睡着的那个时间段里并没有人进入过病房。我已经让周游把监控视频拷贝下来了。”

这时，魏大炮和两名助手戴着口罩、头套、塑胶手套，穿着专门的防护服进入病房。

“对不起，请你们两位先出去。”魏大炮对冯凯和刘青叶说，“空间太小，腾挪不开。”

冯凯和刘青叶从病房出来。冯凯望向梁欢。梁欢紧张地低下头，他拿着面巾纸不停地擦着脸上的汗。

冯凯朝走廊走去，刘青叶跟着他。这时，周伟匆匆地从走廊另一头朝着冯凯走来。

“我已经通知了给许达会诊的两名医生，他们正往医院赶，马上就到。”周伟说。

“等我们的法医鉴定完他们才能进去。”冯凯拦住他。

周伟无奈地停住脚步。冯凯脸色铁青地站在一旁。

“要不要通知赵月娥和许军？”刘青叶低声问冯凯。

“再等等。”冯凯看看手表。

清晨的朔风吹过街道，卷起一片灰蒙蒙的尘埃。

一个多小时后，助手们推着担架车从病房里出来，担架车上放着一个黑色的尸袋。两个刑警站在开着的电梯门前，助手们将担架车推进电梯里。

魏大炮从病房里出来，走到冯凯面前。

“大炮，把手上所有的事都停下来，马上做许达的毒物鉴定。”冯凯吩咐道。

魏大炮没有说话，他走进电梯间，电梯门缓缓地合上。

刚才还热闹忙碌的走廊突然安静下来。冯凯一人站在走廊上站了一会儿，走进病房。

病房里空无一人，那些设备都还留着，这时，冯凯的手机响了，冯凯拿起手机看了看，他犹豫了一下接听。

25

“高风？”

手机里没有声音。

“你在哪儿？”

“许达……是怎么死的？”高风又沉默了一会儿才开口。

“还没有结论。”冯凯已经懒得问他是怎么知道的。也许是周伟通知了他，也许是从哪个老同事那里拐弯抹角打听到的。但现在，这些对冯凯而言已经不重要。

“下一步你打算怎么办？”高风问。

“这不是你该问的问题。”

“可你的一举一动事关我父亲的名誉。”

“如果许达的死因没有意料之外的收获，复查小组会陷入撞墙期，也许一切都得从头开始，也许……在这种时候，给人希望有时会很危险。我的意思你应该能明白。”

“正义不应该是这样运作的。”

“高风，在这个时候我跟你谈这些，已经是我能忍耐的底线了。你千万不要生事了，我现在已经够脆弱了。”冯凯挂断电话，快步走出重症监护室。

他走楼梯下楼，站在医院门口吹了一会儿冷风，心情平复了一些。

警车陆陆续续开走。冯凯上了自己的车，他没有急着离去，而是在脑海里反复回忆着这几天发生的事。

片刻后，他想到了什么，赶忙拿出手机，拨通宋杰的号码。

“冯凯？”宋杰的声音听起来有点儿意外。

“宋局，你上次说高建设是因为私自去海东办案才坠崖身亡的？”

“有什么疑问吗？”宋杰不明白他为何突然问这个问题。

“没有，在1996年，海东县是不是东山省偷渡最猖獗的一个地区？”

“是，怎么了？”

“你上次说，当时县局并没有什么案子涉及海东？”

“冯凯，你到底想说什么？”宋杰更加糊涂了。

“那宋局，请你回忆一下，1996年之前，咱们龙湾县有什么案子涉及海东吗？”

手机里一片寂静，宋杰在思考，冯凯在等待。几十秒的时间，好像几十年那么漫长。

终于，宋杰开口了。

“1986 年，许家福就是在海东县自焚身亡的。”他低声说。

冯凯愣在那里。

“喂？冯凯？你在听吗？”宋杰仍然不明白发生了什么。

“谢谢你宋局。”冯凯挂了电话，他怔怔地望着夜空。好一会儿，他才拿起手机继续拨号。

“你好，这里是龙城市公安局龙湾分局刑侦大队……”一个女声传来。

“我是冯凯。”冯凯打断她，“麻烦你找到档案室的主管，让她马上赶到档案室。”

“马上？”接电话的女警迟疑。

“立即！”说罢，冯凯发动车子，向分局大楼的方向驶去。

他跑到档案室门口时，档案室主任曾阿姨已经在门口等候。

“马上给我调 1986 年许家福一案的所有案卷。”冯凯跟着她走进档案室。

曾阿姨没说什么，转身走进里屋。不大一会儿工夫，她抱着一堆陈旧的案卷出来。她把案卷重重地放在桌子上，灰尘四起。

冯凯打开案卷，从里面取出一沓火灾现场照片。他翻了翻照片，拿起一张，怔怔地看着。

照片中是一具令人头皮发麻的焦尸。

“冯队？”曾阿姨看着他的表情。

“谢谢。”冯凯办了手续，抱着案卷，匆匆回到刑侦大队办公室。

天已经亮了，办公室里人来人往。

刘青叶和方菲坐在桌前仔细地看着监控视频。

视频画面里，梁欢在睡觉。

屏幕上的时间码继续在流逝着，已经到了凌晨 5 时 05 分。

画面中，赵海从安全出口出来，他望着正在睡着的梁欢愣了一会儿，然后上前拍着梁欢的肩膀，赵海和梁欢在说着什么。

“梁欢患重感冒已经三天了，因为警力紧张，梁欢没有要求换岗。据梁欢说，他有些嗜睡是因为吃了不少感冒药。”方菲对刘青叶说。

监控画面里可以看到梁欢努力地睁开眼睛，迷糊地望着赵海。

冯凯进屋，放下案卷，和他们一起看监控视频。

刘青叶按下暂停键，默默地望着屏幕。

“从监控画面看，梁欢和赵海的证词，还有护士长林玉珍，护士王婷婷的证词都证明许达死前并没有陌生人进入过他的病房。”她向冯凯汇报。

“4 点 50 分，护士王婷婷和另一个护士进入病房换的是什么药？”冯凯把视频倒回去，看了一会儿。

“生理盐水、葡萄糖以及一些有助于病人恢复的氨基酸。”方菲回答，“我们已经把护士站当日所有废弃药瓶和注射针筒都带回了法医鉴定中心进行筛查。”

“有没有输错药液的可能？”刘青叶问。

“林玉珍否认了这种可能性。”方菲说。

“有关医生、护士的背景调查进行得怎么样？”冯凯问。

“调查仍在进行，但目前还没有发现可疑的线索。可是护士长林玉珍认为……”方菲顿了顿，“4 点 50 分护士王婷婷和杜小可对许达进行换药和检查时，各项指标都非常正常，有两项甚至比平时还要好，可仅仅过了 13 分钟，许达没有任何预兆突然一命归西，让人有些匪夷所思，林玉珍说她的职业生涯中很少遇到这种情况。”

“医生怎么说？”冯凯问。

“医生的说法有保留，如果死因是脑梗塞，也叫脑中风的话，这种猝死的情况也不是不可能发生。”

“你们继续看视频。”冯凯抱起案卷，向自己的办公室走去。

天已经大亮，高风正在开车。两个小时前，他被李显的电话从睡梦中叫醒。得知许达死了，高风犹豫再三，才给冯凯打了电话。所幸冯凯正在为案子发愁，没空审他是怎么得到的消息。否则，高风真不知该怎么解释。但愿“神探冯”查不到老李和林玉珍的头上。

高风正在忧心忡忡，他的手机响了，是周浩宇打来的。

“浩宇？你们回国了吗？”高风问。

“过两天回。”周浩宇喘着粗气，“高风，许佳桐说，东方法正律所的赵总希望在这几天见你一面。”

“再见一面是什么意思？”

“言外之意，对方还是希望你能去东方法正。”周浩宇说，“但有些话人家不能明说，毕竟东方法正不是一般人能进得了的律师事务所。你赶紧跟赵总联系一下吧，但是要快啊，下个星期赵总要去一趟加拿大和家人过圣诞节，这一去就得明年才能回上海了。”

“我已经跟你说过了，最近我不会离开龙湾。”

“最近不离开还是永远不离开？”周浩宇的语气里满是不解，“哥，见一面对你有什么损失吗？不看我的僧面你总得看许佳桐的佛面吧，人家为你的事是真的劳心劳力。要不是你是我哥，我早就对你羡慕嫉妒恨了，不管怎么说，许佳桐的心里还是有你的。”

“因为她，那我就更不会去了。”

“哥，我只想对你说一句，人都会犯错，可有些错误会错一辈子，别让这个错误毁了你一生。”

“对与错之间或许是有条界线，可这条界线你知道该画在哪儿。”

“我承认我画的界线并不一定适用于你的标准，但是，一个人做事总得有公共标准吧，总得遵循少数服从多数的原则吧？依你的理论，这个世界上对错就没有个判断标准了？”

“可在我的世界里就得用我自己的对错标准。”

“浪费智商是一种罪过，哥，老天赋予你高智商不是让你用来暴殄天物的。”

“别人不了解我，你还不懂我吗？”

“我才不懂呢，我怎么会懂？”

“我们一起长大的，你不记得了？”

“那又怎样？那个时候你就很难懂了！”

“那我告诉你，我是一个怎么样的人。”高风怒道，“我一向顽固得无可救药，一旦决定做一件事情，要我放下就很难很难。老实告诉你，这大概就是我相信自己能搞清楚‘4·05’一案真相的主要原因，不是因为我聪明，而是因为我能像条狗似的死咬着不放。”

“形容得不错，你就是一条疯狗。”电话里门铃声传来，周浩宇依旧骂骂咧咧，“你是我认识过的最孤独的疯狗。”他捂着电话对什么人说，“不是说你，是高风。”

“你是说孤单吧。”高风能猜到是许佳桐在周浩宇身边。

“不是，孤独，这是你自己的选择，你真是个怪胎。好吧，你走你自己的路去吧，不可否认，你的街头阅历并不比我这个高才生缺少价值，不过要记住，你的每一份学费都极其昂贵。”

说完，周浩宇挂掉了电话，一副怒气冲冲的样子。

“高风又怎么了？”刚进屋的许佳桐问。

“他放弃去东方法正的机会。”

“因为是我帮着联系的？”许佳桐问，“谁都劝不了他吗？”

“他都不想帮自己，现在谁能帮得了他？”周浩宇烦躁地说，“明天几点去曼彻斯特市政府？”

“什么？”许佳桐一时没反应过来。

“明天的时间是怎么安排的？”周浩宇催问。

26

“明天上午9点去市政府。还有，我们和地产开发商Aphope公司的合作协议已发到了你的邮箱里，这只是个草稿，你先看一下，有什么意见马上告诉我。”

“我们还不知道曼彻斯特市政府和我们合作的诚意有多大……”周浩宇的心态平和了一些。

“罗伯特已经和他们沟通过了，只要我们的资金没有问题，别的方面他们会尽量开绿灯。”

“佳桐……”周浩宇看着她的自信满满，“这次英国之行，我有一种被你们推着走的感觉。”

“能把话说得直白一点儿吗？”许佳桐背靠着墙。

“我总觉得自己是多余的，一切似乎早就被你掌控，而且……我突然感到摸不清你的脉，你好像变了一个人，变得善变而且缺乏沟通。佳桐，之前咱们在龙星佳桐时不是这么合作的，那时候我们之间的沟通是透明的，我们可以因为看法不同而争吵，甚至争得面红耳赤，不可开交。可现在不是这样了……”

“是吗？我没觉得。”许佳桐试图打消他的负面情绪，“的确，在没有见过BAT项目之前，我们的投资方向是在房地产和酒店业上，但是看到了BAT项目，我的想法变了。而且，我想我已经把我的想法都和你沟通过了。”

“可我坚持认为BAT项目不是我们正确的选择。而且，近20亿英镑的贷款，我相信东山银行承接不了这么大数目的内保外贷，我了解我妈。”

“那可不一定。”

“你这是什么意思？”周浩宇问。

“虽说有些人是你最近的亲人，但你并不了解他们的想法……”

“你好像有所感似的。”

“好了，浩宇，我知道你对BAT项目有你的看法，你可以保留你的意见，但我是决策人。这事已经定了，没得商量。”

周浩宇不可思议地望着许佳桐。

“金融方面你是专家，我希望你能以最饱满的热情投入BAT项目中去，我需要尽快推进 BAT 项目。”说完，许佳桐转身离开周浩宇的房间。

周浩宇想叫住她，但他只是张了张嘴，终究在门关上之前，还是没有出声。

高风走进龙湾分局法医鉴定中心办公室时，魏大炮正在收拾自己的东西。

“看来这刑侦大队的门岗对你来说形同虚设啊。”见他进门，魏大炮没好气地翻了个白眼。

“魏叔，许达尸检过了吧？”高风轻声问。

魏大炮看了高风一眼，没有说话。

“许达是什么死因？”高风厚着脸皮问。

“脑梗塞。”魏大炮低头继续收拾东西。

“脑梗塞？你确认？”

“你什么意思？”魏大炮很介意地问。

“没别的意思。”高风赶紧解释，“只是……什么原因能造成脑梗塞死亡？”

“糖尿病、肥胖、高血压、风湿性心脏病、心律失常、各种原因的脱水、各种动脉炎、休克、血压下降过快过大等都可以造成脑梗塞死亡。”魏大炮闷声道。

“哪些药物能形成脑梗塞？”

“降压类药物、利尿类药物、促凝血类药物和解热镇痛类药物都能造成脑梗塞。”魏大炮说，“这得等毒物鉴定结果出来后才能判定是不是药物形成的脑梗塞。”

“除了药物，还有其他的人为可能吗？”

“脑梗死的临床症状很复杂，它与脑损害的部位，脑缺血性血管大小，缺血的严重程度，发病前有无其他疾病以及有无合并其他重要脏器疾病等都有关。轻者可以完全没有症状，即无症状性脑梗死。还有，除了药物的可能，目前没有发现任何其他致许达脑梗死的外部原因。”

“魏叔，那依你刚才说的，许达的死还是很有可能被人做了手脚的是吧？”高风问。

魏大炮用奇怪的眼神看着高风。

“我昨天下午去医院找过我叔，他说许达的各项指标正在往好的方向发展……”高风对他讲了周伟的判断。

“你认为是谋杀？”魏大炮停下来。

“有可能吗？”

“任何事都有可能。”魏大炮说，“但我刚才说了，除了药物的可能，到目前为止我这儿没有发现任何其他致许达脑梗死的外部原因。”

高风不知道该怎么接话。魏大炮也看着他，保持沉默。

“谢谢魏叔，那我走了。”高风不想再自讨没趣。

他走到门边，忍不住又停住，回过头来望着魏大炮。

“魏叔，上次你说我爷爷怀疑你在 DNA 鉴定事件中做了手脚，难道我爷爷怀疑 1995 年的 DNA 亲子鉴定过程有问题？”

“你爷爷坚信许家福还活在世上。”魏大炮说，“可那次 DNA 亲子鉴定却证明许家福死了。”他低下头，继续收拾东西，“但自从开棺验尸事件后，你爷爷看我的眼神跟从前完全不一样了。虽然他什么都没说，但我知道他内心的潜台词。”魏大炮好像在说别人的事，“他怀疑我，怀疑我被赵月娥收买。”

高风怔怔地望着魏大炮，他不知该如何接这句话。

“所以我才说，不是每个人都能看见真相，但每个人都能成为真相。”魏大炮朝门口走去。

高风忙上前，替他拉开门。魏大炮径直往前走。高风不知道该不该跟上，犹豫半天，转身上楼。

他一直走到冯凯办公室门口，伸手想敲门，最后还是叹了口气，转身离开。

办公室里的冯凯和李夏没注意到门口有人。两个人看着 1986 年许家福一案的案卷，都是一筹莫展的表情。

“李艳那边确认挖不出线索了吗？”李夏问冯凯，“两千万封口费，就为了不让她说出杨衡是他和罗红英的私生子，这代价是不是有点儿大？许达再有钱，也不至于……我总觉得这里面还有别的隐情，李艳应该知道更多。”

“一旦我们得知杨衡是许达和罗红英的私生子，就会把所有的目光投向许达。”冯凯说，“这是许达最不愿意看到的结果，如果杨衡不绑架李艳，这个秘密我们一时也发现不了。我要是许达，会付这两千万。再说，我们对李艳进行了三次讯问，以我的经验，李艳应该把知道的都吐给我们了。”

“现在还有别的侦查方向吗？”李夏不甘心。

“我们手里有的都是间接证据。”冯凯摇头。

“罗红英十有八九是许达杀的。”

“可我们无法证明是他干的。”冯凯还是摇头。

李夏怔怔地望着冯凯。屋里的气氛变得越发压抑。

这时，方菲匆匆来到办公室门口敲了敲门。她走进来，手里拿着一份车辆过户记录和有关资料。

“李总队，冯队，许达那辆丰田皇冠 MAJESTA 的过户手续找到了。”她把那些资料交给冯凯，“1996 年 10 月 21 日，许达将那辆丰田皇冠 MAJESTA 过户给了上海松江的一个叫马小军的人。”

“马小军是干什么的？”冯凯翻着资料。

“一个搞建材的小老板，浙江人。”方菲说，“经过询问和调查，没有发现马小军和许达有什么交集，马小军也说他根本不认识许达，这辆丰田皇冠 MAJESTA 是他从二手车市场买的。”

冯凯将资料交给李夏。李夏认真地翻看着。

“马小军买了这辆车之后一直是自用的吗？”冯凯问方菲。

“是，马小军用了十四年，2010 年才将车报废。”

“4 月 5 日发案，一直到 10 月底许达才将车子卖出。”李夏琢磨，“这中间的时间有点儿长啊，如果这辆丰田皇冠 MAJESTA 就是许达作案用的车，他又急着把它处理，为什么又要搁这么长时间？”

“我们也调查了接手这辆车的二手车市场的那家公司。”方菲回答，“老板说，许达是在4月中旬把车放在他那里出售的，可由于车价太高，普通人买不起，而买得起的人在当年又不愿买二手车，所以搁了半年才出手，为此那老板还亏了近五万块钱。所以他才印象深刻。”

“那个老板接手这辆车的时候，有什么可疑的发现吗？”李夏问。

“他接手的时候几乎是辆新车。他也问过许达为什么要卖车，许达只是说喜新厌旧了，就这些。”方菲说。

李夏把资料扔到桌子上。

“许达的毒物鉴定报告出来了。”刘青叶拿着一张毒物鉴定报告匆匆进来。

冯凯赶紧接过毒物鉴定报告看着。

李夏和方菲着急地望着冯凯。

很快，冯凯沮丧地将毒物鉴定报告交给李夏。李夏着急地看了两眼，然后求援似的望着冯凯。

“什么意思？”

“在许达的体内没有发现任何毒物。”冯凯郁闷，“也没有发现能致他脑梗塞的药物成分。也就是说，许达是自然死亡。”

办公室里一片寂静，所有人都不说话。

27

“下午就得向省厅汇报，我们该怎么说？”过了好一会儿，李夏才开口。

“如实说，”冯凯说，“但案子不能搁置。可我们现在一点儿头绪都没有。”

“从头再来，把沙漠里的沙子统统过滤一遍。”李夏一副不肯罢休的样子。

冯凯望着李夏嘴唇翕动着，想说什么但最终一句话也没说。李夏站起来离开办公室，方菲也跟了出去。

刘青叶犹豫了一下，也朝门口走去。

这时，冯凯的手机响了，冯凯拿起手机，看到来电显示上的“高风”两个字。

“高风？”他接通电话。

刘青叶在门口站住，回过头来望着冯凯。

“冯队，毒物鉴定报告应该出来了吧？”高风问。

“你这是在哪儿给我打电话？”

“龙湾，我的家。”

冯凯挂掉了高风电话。回过头来看向刘青叶。

“你去一趟高风的家。”

“为什么？”刘青叶感到奇怪。

“有时候，他会有些奇思妙想。”冯凯坐下。

“你是让我去当间谍？”刘青叶犹豫。

“我去合适吗？我讨厌处于劣势。”冯凯的语气生硬。

刘青叶似乎有些不情愿地朝着门口走去。

“青叶。”冯凯喊住她，“他真准备放弃去上海当律师的机会，留在龙湾当一个待岗青年了？”

“我怎么知道他是怎么想的？”刘青叶不太痛快，直接抢白道。

“他留在龙湾，你也许还有机会。”冯凯盯着她的眼睛，“他要是去了上海，你们俩的人生轨迹也许从此就是两条平行线，永远也不会有交集了。”

“冯队，你说什么呀！”刘青叶的脸上飞起一片红晕。

“你喜欢他，从幼儿园开始。你和他才是真正的青梅竹马。”

说完，冯凯拿着一份文件夹匆匆朝门口走去，刘青叶愣愣地站在那里，一时不知该如何说。

片刻后，她缓过神，快步朝楼梯走去。

刘青叶开着车，来到了高风家的楼下。她把车停在路边，从驾驶室里看了看楼上，翻下遮光板，对着里面的小镜子整理着自己的头发。

她犹豫了一下，从包里翻了半天翻出来一管口红，往嘴上抹了一点儿。刘青叶满意地看着镜中的自己，翻上遮光板，想要下车。但刚推开车门，她想了想，又把遮光板翻下来，抽出两张面巾纸擦掉了刚抹上去的口红，这才抬腿下车。

她站在车边整了整衣服，做了一个深呼吸，锁上车门，朝着楼洞内走去。

高风对她的到来，显然没有心理准备。他一边请她进门，一边探头朝外面看。

“就我。”刘青叶走进客厅。

高风愣了一下，关上了门。

“我们只有十分钟的时间，一会儿我还有事，拣重点的说。”刘青叶跟着高风走进他的房间，四下打量着。

“这冯凯，鸡贼。”高风嗤笑，“你先说。”

“许达的体内没有发现任何毒物，也没有发现能致他脑梗塞的药物成分，许达是自然死亡。”刘青叶一口气说完，“所以，接下去的谈话内容，希望你不要在这个问题上纠结。”

高风看着刘青叶，眼里满是失望。

“说吧，你还有什么奇怪的想法？”刘青叶问他。

“动机，许达杀罗红英，罗红英杀许广义的动机到底是什么？”

刘青叶刚想开口，高风用手势制止了她。

“我的逻辑是，许广义和许达是一伙的，他们有一个不可告人的秘密，许达必须除掉许广义以达到灭口的目的。而许达没法亲自动手，于是他授意罗红英将许广义毒杀，然后许达再将罗红英杀掉灭口，并将尸体埋在北山山洞以转移当年专案组的侦查方向，把警方的所有资源都集中在抓捕罗红英的身上，这样，许达就神不知鬼不觉地逃过了警方的视线。”

“你的故事可以写一部电视剧了。”刘青叶说，“好，依你的逻辑，那你认为罗红英为什么会乖乖地甘当许达的棋子？”

“罗红英的软肋是杨衡。一个母亲永远都会对儿子的亲生父亲抱有幻想。”

“拜托，当年是许达强奸的罗红英好不好？”

“许达再烂也比杨三水要强百倍，更何况许达有能力让罗红英和杨衡过上好日子。”高风说，“在这点上，出身贫寒的罗红英不傻，要不然，当年罗红英早就报案了，所以，依我的判断‘4·05’案的动机不应该是情杀，而是灭口，只有这样，整个案子才通顺。”

“灭口？”刘青叶没觉得惊讶，“你的想法倒是和冯凯的不谋而合，可现实和故事不一样，现实中的许多案子并没有逻辑可言。”

“可‘4·05’一案有逻辑。”高风坚持，“这不是流窜作案，也不是激情杀人，因为许达、罗红英、许广义之间有前史，有秘密。有秘密就会有谎言，他们用谎言来平衡他们之间的关系。”

“就算你的分析成立，那你认为会是什么秘密让许达如此精心布局来除掉许广义？”

“不知道，但我认为这是我们往前走的方向。”

“我们？”

“不，你们。”高风改口。

“你说的所有前提是认定许达是杀害罗红英的凶手。”刘青叶说，“如果，我是说如果，许达并没有杀罗红英呢？罗红英只是在逃亡期间在错误的时间遇上了错误的人呢？”

“我上次在讯问室对你们说过理由了，因为在北山山洞里没有发现罗红英的衣物残片，罗红英被掩埋时是赤身裸体，这意味着罗红英是被熟人所杀，而且很有可能是在床上被杀，然后被直接移到汽车上运到北山山洞掩埋。所以这个凶手得符合以下的条件，和罗红英认识，而且罗红英能心甘情愿和他上床，会开车，这辆车很有可能是私家车。现在除了许达还有谁符合这些条件？”

“杨三水呀。”刘青叶讽刺道，“我记得有人当时坚定不移地认定杨三水就是杀害罗红英的凶手呢。”

“当时是当时，现在是现在。”高风辩称，“而且我也相信，在嫌疑人的名单中，你们已经把杨三水画去了。现在，许达是你们唯一的嫌疑人，是你们揭开‘4·05’一案真相的唯一筹码，可你们却没有保护好他。”

“你什么意思？”刘青叶不悦，“我事先警告过你，别在这个问题上纠缠不休。”她看了一下手表，“说点儿题外话，你是去上海工作还是选择留下，我都无权说三道四……”

“我选择留下。”高风坚定地说。

“好啊，既然你选择留下，那你就得遵纪守法，做一个合格的龙湾公民。”刘青叶点头，“记住哦，你现在可是一个待岗青年。关于‘4·05’一案，我欢迎你随时把你的想法和我沟通，当然仅限于私下，决不允许私自调查，更不能越红线。如果有了案底，我可保不了你。还有什么要说的吗？”

高风耸肩。

“那我走了，随时保持联系。”说完，刘青叶朝着门口走去。

“青叶。”高风喊住她。

“要是没有我父亲的烈士证书，我高风就不可能穿这么多年的警服。”高风走到她面前，“你知道那份烈士证书对我有多么重要了吧？‘4·05’这几个字对你来说只是一个案件的代号，只是一个需要复查的陈年案子，可对我意味着什么你知道吗？我爷爷的形象已经崩塌了，如果我父亲的形象再崩塌，那警察的形象在我的心里也就彻底崩塌了。我是脱了警服不假，但不代表我对警察这个职业有偏见，毕竟，我们从小就是在警察的家庭里长大的。在龙湾，只有我们两家是警察世家。”

刘青叶的嘴唇翕动着，她的目光里有了一丝柔情。

“所以，请你理解我的心情。”高风的语气很软。

“既然你对警察的职业有如此敬畏，那你为什么要逃离？”刘青叶问他。

“这也是我这两天始终问自己的一个问题。”

“有答案吗？”

高风摇头。

“那你打算怎么办？”刘青叶问，“我是说，你是准备在‘4·05’一案水落石出之后再去上海，还是另有打算？”

“我不会再去上海。”高风说，“有些事情错过了就永远错过了，没有那么多为什么。青叶，谢谢你。”

“谢我？为什么？”刘青叶不解。

“谢谢你终于能这么推心置腹地跟我说话。”高风轻声道，“你爷爷因为开棺验尸事件而死，而开棺验尸事件的始作俑者是我爷爷。开棺验尸事件摧毁了我们两个家庭。其实，我在你面前一直……一直都是挺自卑的。”

泪水涌上了刘青叶的眼睛。

“我平时有那么讨人厌吗？”她克制着自己，努力做出一个难看的笑脸。

“有时候会有那么一点点……”高风挠头，“你别生气啊，反正就是喜怒无常。”

“我知道了，以后注意。再见。”刘青叶匆匆离去。

28

高风关上门，长长地出了口气。

他转过身，看到躺在墙边的几个装书的纸箱。回来好多天了，居然还没把东西整理好，高风自嘲地笑了笑。他撕开箱子上的封条，把书搬出来，在地板上码成几摞。几层书下面，是一些旧的记事本。高风拿起一个本子，漫无目的地翻了翻。突然，他想起什么，来到阳台上。

阳台上堆着一些杂物，有一个纸箱放在底层。高风上前把那些杂物都搬到一旁，拖出那个纸箱。他打开纸箱，里面是高四海的奖状、证书和一些资料。高风把那些东西都清出来，在纸箱的最下面码着二十一本笔记本，有塑料皮面的，也有纸面的，各式各样。

就是它们。高风记得爷爷高四海一直有写日记的习惯，几十年一直如此。这些日记里，会不会有和“4·05”一案有关的线索呢？

他翻开一本日记，看到扉页上写着：1980年至1981年。

高风翻开日记本，里面是密密麻麻的字迹。

第一篇的日期是1980年9月20日。

从今天起，我正式成了一名法医，兴奋之情难以言表。在新的行业里要遵章守纪，不懂多问，尽量熟悉新的环境、新的业务。保守单位秘密，认真学习法律知识，熟悉办案程序和常用的法律条款。换位思考看问题。注意警容风纪。对老同志要尊敬，同事间要互相帮助……

高风放下手里的日记本，把其他本子一本本拿起来翻看着扉页，然后放下再拿起下一本，直到找到了1986年的那本。

他在阳台上席地而坐，翻看着日记。

1986年7月21日

凌晨五点十分，志坚在海东给我打电话，说许家福在一个小区的出租房里自焚身亡，让我速速赶到海东勘验现场。六点二十分左右，我和魏大炮、小金赶到海东，在裕祥小区3号楼内502看到了现场。现场已一片狼藉，屋里都是水。消防、派出所干警、海东县公安局刑侦大队的人都出入过现场，尸体已炭化，头颅已爆裂，一半的躯干已被人踩坏。望着那具尸体，我根本认不出那就是我曾经的兄弟，从四月十一日接到报案说许家福携款逃跑到今天，已过去六个月零六天……

高风翻到日记本的前一部分在寻找着，他找到了1986年4月11日的那篇日记。

1986 年 4 月 11 日

早上我刚到单位，就听说新疆乌鲁木齐市公安局发来协查通报，说许家福在乌鲁木齐携 40 万失踪。下午四点碰到志坚，志坚告诉我事情的经过……

高风一字一句地读着高四海的日记。不知不觉间，天已经黑了下来。他去厨房给自己煮了一碗方便面，把日记本都搬到书房，继续翻看。

一个夜晚就这样在字里行间溜走。

一轮朝阳从东方升起，龙湾区被霞光笼罩。

书房里，高风仍然在看着高四海的日记。他翻到一个日期停下。

1996 年 9 月 23 日

下午四点，建设风尘仆仆地来档案室找我，说他已经决定和陈洁离婚。理由是陈洁跟了他七年，从来没有过过安稳的日子，让她受尽了委屈，他说陈洁也许跟张志强会更幸福。还说自己刚跟张志强聊过，张志强还爱着陈洁，为陈洁单身至今，张志强愿意娶陈洁，也答应会把小风当亲生儿子看待。我狠狠地骂了他，建设没回一句话，看来他已经铁了心。我还能为陈洁做什么呢？

高风看到这里，抬起头默默地望着窗外好一会儿。

屋里很静，微风拂起窗帘。

高风平复一下心情，揉揉干涩的眼睛，低头继续翻看着日记本，他快速地浏览着。

1996 年 9 月 26 日

今天建设走了，没有任何预兆，我去了现场，没有发现他杀的痕迹……

这一页的纸是皱的，有许多字被洇开，纸上留下浅浅的黄色，是眼泪的痕迹。

高风默默地看着。他的手轻轻地抚摸着那一行行被泪水洇开的字。过了一会儿，他翻到日记本的最后一页。

1996年10月3日

赵敏从上海赶来参加明天建设的追悼会，我才知道，在9月16日至23日，建设向单位请了假，一人去上海找过赵敏，向他了解过许军在上海的发迹史，还对许军岳父吴贵祥的死进行过私下的调查。难道建设在上海发现了什么许军的秘密吗？他为什么要对我守口如瓶呢？他从上海回来就要求和陈洁离婚，难道也和这个秘密有关吗？

这是日记本的最后一页。

高风抬起头，在一堆花花绿绿的本子里翻找了半天，皱起眉头。他又把所有的日记本按扉页的日期整理一遍，还是没找到自己想要的东西。

迟疑片刻，他拿起手机，拨通母亲陈洁的号码。

“小风？”听声音，陈洁在街上，大概是刚从医院下夜班，声音很疲惫。

“妈，我想问你一件事。”高风省去了问候。

“你说。”陈洁已经习惯了和儿子的这种交流方式。

“我记得我爷爷在爸爸去世后还每天坚持写日记，一直到2008年因为病情严重彻底不能动笔了才不写的，可我现在找不到我爷爷的那些日记本。”

“日记本？我不知道啊。”陈洁说，“你爷爷得病后我有时会在你上班时回家去看你爷爷，但我从来没有动过你们俩的东西。不过……”

高风把手机放在桌上，他开着免提，他一边翻看着那些高四海的日记本，一边和手机里的陈洁说话。

“2009年吧？具体哪一天我忘了，有一次我到家去看你爷爷，发现在厨房的洗水池里有大量的灰烬。我当时还说过你爷爷，你想想，当时他失忆已很严重，点着火他又忘了，万一引起了火灾怎么办？”

“你确定我爷爷烧的是纸质的东西？”高风问。

“确定。也许你爷爷把那些日记本都烧了，你找那些日记干吗？”

“哦，没事，我就问问。那我先挂了啊。”挂断电话，高风靠在椅子上，盯着天花板。

呆坐了一会儿，他抓起扔在书桌下的双肩包，把日记本都塞进去，背起来出了门。

一路开车来到李显家，高风抬手敲门。

李显打开门，惊讶地看着他。

“你又准备驻扎在我家？这次是因为什么？”

“我想找你聊聊，我需要点儿你的直觉。”高风拎着双肩包进门。

“同事四年，我从来没听你抬举过我有直觉。”李显冷笑道，“你直接说多好。”他学着高风的语气，“我只是需要一个名叫李显的听众，好让我能在他面前滔滔不绝的同时梳理自己的思路。”他指着高风，“你有半个小时的时间，一会儿我还得去检察院送材料。不过我不能保证自己不会睡着，我已经三十六个小时没有合过眼了。”他指着自己的眼睛，“看到没有，我眼白上的血丝比蜘蛛网还密。”他一屁股坐在沙发上，“说吧，只要不让我站起来，我真的累坏了。”

“我给你泡杯浓茶。”高风到处找茶杯。

“别跟我提茶，免得我恶心。快说吧。”李显摆摆手，闭上了眼睛。

“‘4·05’一案可能和许家福一案有关。”高风直接说出自己的判断。

李显猛地睁开眼睛，他有些不懂地看着高风。

“许达和许广义之间有一个秘密，而这个秘密很有可能和1995年的开棺验尸事件有关。”高风分析道，“许达是因为这才让罗红英毒杀许广义的，罗红英得手后，许达再将罗红英杀掉，以达到灭口的目的，听明白了吗？”

“好像……”李显有些恍然，许久，他倒抽一口凉气，“你不会想说你爷爷当年怀疑许家福活在世上的结论是正确的吧？”

“不是没这个可能性。”

“哦，你不但想保住你父亲的名节，还想给你爷爷翻案。”李显笑了笑，“这就好理解了，你为什么要放弃去上海当大律师的机会。”

“我跟你说说我掌握的线索……”

“高风，你得学会什么时候关掉你脑子里的监视器。”李显打断他。

“你先听我说完……”

“你确定不是因为你的自尊心作祟？”李显提醒他。

“自尊心怎么了？金字塔也是自尊心的产物。”高风狡辩。

“你现在的状况不是如履薄冰，而是已经沉下去了，躺在水里了。”李显摇头，“高风，有些时候，我认为你会成为一位优秀的警察，但是更多的时候，跟你共事就像是在俄罗斯轮盘中转枪膛似的。高风，我自认为还是了解你的，我知道网上有关‘4·05’一案和你父亲的流言蜚语会让你疯狂，但听我一句劝，事情还远没到绝望的时候。我告诉你，当人开始绝望，他们就开始变得危险，他们会选择做出伤害，既伤害自己也伤害别人……”

“说完没有？”高风不耐烦了。

李显一摊手。

“我可以接着说了吗？”

“说吧。”李显无奈地闭上眼睛。

29

高风拿出高四海的日记，翻开，给李显读了几段。

“我发现，曾经在一个星期的假期里，我爸偷偷去了上海。”高风继续，“我爷爷，我妈，还有单位里的人都不知道他去了上海。而且我爸去上海是私自调查许军的。他从上海回来就和我妈离婚，这一切是为了什么？”

“什么？”

“只有一种可能，我爸很有可能查到了许广义和许达的那个秘密，而这个秘密很有可能和许军、许家福有关。”

李显睁开眼，但没吭声。

“我爸可能觉得他接下去的调查会有生命危险，所以他才着急和我妈离婚。他这么做是为了保护我妈，保护我。你想想，我爸亲自去找张志强，张志强当年可是他的情敌。”

“听你的口气，你甚至还怀疑你爸是被许达害死的？”

“不是没有可能。”高风怔怔地说。

“你别脑补了。”李显提醒他，“范所当年就参加过勘验你爸坠车身亡的现场。当时县局对你爸的死非常重视，是拿级别最高的案件对待的，为此成立过专案组。但是现场、尸检报告、毒物鉴定、车辆的状况、刹车线，一切的一切都没有疑点，没有一丝人为的破坏痕迹。”

高风无语。

“高风，许达的突然死亡让‘4·05’一案留下了一个缺口，你想把它填上，用一个原因和一个动机，一个看似合理的解释。”李显说，“你在‘4·05’一案找不到这些解释，就异想天开把‘许家福案’移植进来……不过我不得不佩服你，你是有些才华，经你这些一缝合，听着还挺像那么回事……”

“我刚才给你读了我爷爷日记里的有关段落，不是我异想天开……”高风指着摊开在茶几上的几本日记。

“不是异想天开？高风，这事现在带上感情色彩了，不是理性案件了，你刚才滔滔不绝讲的是一个精彩的故事，而不是案件本身。”

“是，一切看上去都是随机的，这个故事听起来就像雷剧，但也许全是真相。”

“不行，我得走了，我已经迟到了。”李显看了一下手表。他跳起来，拿起沙发上的一个公文包："走的时候把门替我带上。"

"等等，许广义的父亲早已病逝了。"高风追上去，"当事人许广义和许达、罗红英都死了，如果换位思考，你会怎么往下查？"

"你问我？"李显冷笑，"我不思考问题的，那是你的工作。但凡你说换位思考时，你心里其实早就有答案了，你只不过是需要我来验证你的想法。"

"说说你的想法会死啊？"高风揪住他。

"看来把你的故事找冯凯再说一遍并不是你的选项。"李显说。

"不现实，说服他的可能性基本为零。"高风摇头。

"说不定还会沦为笑谈。"李显点头，"看来你还没疯啊。你要真想问我的想法嘛……"

"快说。"高风催促道。

"如果许家福真没死。"李显想了想，"那 40 万巨款果真是被许家福私吞了，我说的是如果，那许军肯定是受益者。"他扭头指着茶几上的日记本，"这也许是你爸去上海私自调查许军的原因。"

高风没有说话。

"可残酷的现实是，许家福的的确确已经死了。"李显说，"有当年的开棺验尸和 DNA 亲子鉴定结果为证，所以……没有所以。"

说完，他拿着公文包匆匆离去。高风没办法，只好关上门，开车朝着东山省人民医院的方向驶去。

车开上主路，他拨通周伟的电话。

"小风？"周伟应该是在开会，刻意压低声音。

"叔，我大概半个小时后到。您能到停车场来找我吗？"

"停车场？"周伟不明白。

"有点儿事，不方便去办公室。一会儿见。"高风挂断电话。

他一路开车到人民医院，驶入地下车库，发动机熄火，耐心地等着。

时间仿佛过得特别慢。当高风觉得一辈子都要耗过去的时候，周伟的身影出现在前面不远处。他按喇叭，引起周伟的主意。

周伟快步走过来，进了后车座。高风从驾驶室走出来，进了后车座。

“到底什么事，不能去办公室谈？”

高风拿过那个双肩包打开，从里面取出高四海的那些日记本。

“这是什么？”周伟盯着一堆旧本子。

“爷爷的日记。”高风把一本日记递给他，翻到其中一页，“您看看，咱们再谈。”

周伟狐疑地看他一眼，低头翻看高四海的日记。高风拿着最后一本翻开的日记本坐在一旁。周伟看完了手里的那页，高风再将手里那本日记本递过去。周伟快速地看着，抬起头来看着高风。

“没了？”

“没了。”高风摇头，“我也奇怪呢，爷爷一直记着日记，直到最后发病写不了，我还见过爷爷最后写的日记。全是歪歪扭扭的画符，根本不成字。叔，我说得没错吧？”

“家里都找过了？”

“我恨不得把家都翻个底朝天，也没找到。叔，您有印象吗？”

“你妈那儿有吗？”周伟想了想，摇头。

“我给她打过电话，她说见过爷爷烧东西留下的灰烬，是在 2009 年，具体烧的什么她也不知道。叔，爷爷是不是把那些日记本都烧了？”

周伟愣在那里，思考了好一会儿。

“哦，也许吧。”他看着高风，指着那些日记，“你怎么认为？”

“我觉得，我爸怀疑‘4·05’谋杀案另有隐情，不是他原来想象的那么简单。为此，他向单位请了一个星期的假，去上海偷偷调查许军的发迹史。爷爷之前的态度让我爸看不懂，可我爸坚决不去，还说丢不起这个人。可后来他的态度来了一个 180 度的大反转，自己偷偷去上海私下展开调查，叔，你不觉得这中间有太多的疑点？”

“你觉得许广义的死……不，整个‘4·05’一案是和开棺验尸事件有关联的？”

“我始终认为许达和许广义是一伙的，整个‘4·05’一案的动机不是情杀，而是为了灭口而杀人，而且很有可能和开棺验尸事件有关。”

周伟没有说话，他再次拿起高四海的日记本看着。

“叔，1995年开棺验尸事件是你主持的，你觉得这中间会出什么问题？如果有问题的话。”高风问他。

“什么意思？”周伟没抬头。

“有没有可能出什么错，使得DNA亲子鉴定结果发生错误？”

“不可能，开棺时我在场，是我从尸体上取的检本。”周伟回忆，“许军的血也是我抽的，从头到尾我都在场，绝不可能出错。”

高风犹豫了一下：“魏叔当时是不是你的助手？”

“你……怀疑魏大炮？”周伟惊讶。

“许达死后，魏叔亲口跟我说过，爷爷曾经怀疑过他。”高风给他讲了魏大炮的态度，“爷爷怀疑他被赵月娥收买。他还说，不是每个人都能看见真相，但每个人都能成为真相。我怎么觉得他这话里有玄机呢？”

“不可能，魏大炮虽然话不多，不容易接近，但我相信他。”周伟仿佛是在自言自语，“当年的DNA亲子鉴定绝对不会有问题，我做了两遍。出了那个结果，我当时也差点儿崩溃，我始终相信爸是不会出错的……”

“叔，除了魏大炮，当时还有别人吗？”高风问。

“有啊，我们法医处的李飞。不过，他在2006年的时候患肝癌去世了。”

“他多大？”

“去世时只有四十一岁。”周伟看出了高风的疑惑，“你放心，他的死因没有问题。他从查出患肝癌已是晚期，不过病魔一直折磨了他两年，去世的时候瘦得只剩下一具骨架。”

车里陷入沉默。许久，高风突然想起了什么。

“对了，现在能不能重新进行DNA亲子鉴定？”他问周伟。

“怎么可能？”周伟摇头，“1995年DNA亲子鉴定结果一出来，赵月娥就把那具尸体火化了，现在无法提取 DNA 检本。”

“还有一种办法。”高风低声道，“当年你们提取的检本应该还保留在证物室吧？还有当年的 DNA 亲子鉴定的结果报告都应该保留在档案里吧？我们再想办法搞到许军的检本，这好办，只要让浩宇想办法找到一根许军的头发就可以。拿现在许军的 DNA 有关基因数据和当年你用来做鉴定时用的许军检本的 DNA 数据，就可以发现当年许军的检本是不是被人调包。”

“也没有可能了。”周伟摇头，“因为那些检本和 DNA 亲子鉴定的结果报告都丢了。”

“丢了？”高风不敢相信。

30

“1998 年，许军捐资建了现在龙湾分局的大楼。在搬家的时候，有一车的证物都被雨淋了，被污染了。其中就有许军和许家福的检本和报告。那时候我正在北京上学，我也是后来才听说的。”

高风愣在那里。

“我没想到分局的大楼竟然是许军捐资兴建的。”

“当时县里财政困难，哪有钱建公安局的大楼？”周伟做出无奈的样子，“对了，你把这些想法跟冯凯说了没有？”

“没有。”高风叹气，“我放弃去上海工作，就已经让大家不可思议了，都认为我为了我爸的名节不计后果。现在又扯上爷爷，听起来太疯狂了。”

周伟不说话。

“叔，你觉得我刚才说的话有没有道理？”高风征求周伟的意见。

“可那坟里埋着的的的确确是许家福。”周伟艰涩地说，“那许达和许广义之间还能有什么和开棺验尸事件有关的秘密？”

高风无言以对。

“你准备怎么办？”周伟问他。

“在龙湾查下去，不会有结果的，冯凯他们也正在撞墙呢。或许……”高风想了想，“或许我该去一趟上海。”

“我反对。”周伟语气坚决，“我希望你把你的怀疑原原本本地跟冯凯他们说，让他们去调查。再说你现在不是警察了，许军1996年底去的上海，整整过去二十年了，你没有警察的身份是很难展开调查的。”

“我倒是不这么悲观。”高风说，“恰恰相反，除了在讯问室，有几个人是肯向警察说实话的？叔，你放心，我干辅警四年，片警四年，这八年的基层锻炼让我掌握了一门本领，就是怎么和人聊天。”

周伟一脸担忧地看着他。

李夏和冯凯匆匆走进省公安厅大门。

他们乘坐电梯上楼，来到副厅长办公室。

张副厅长坐在办公桌后，李夏和冯凯坐在办公桌旁，把已经掌握的情况一一做了汇报。

“这么说，你们并没有掌握许达杀人的直接证据？”听完他们的陈述，张副厅长若有所思。

“没有。刚才我说的都是间接证据和一些猜测。”冯凯轻轻点头。

张副厅长没有说话。冯凯和李夏也不开口。屋里的气氛开始变得沉闷而压抑。

“你们现在有方向了吗？”许久，张副厅长问道。

“没有。”李夏和冯凯对视了一眼。

“任何案子都有一个黑暗期，我知道在这期间有多煎熬。”张副厅长看着他们的表情，“李夏，你要暂时回法制总队一段时间，但仍然兼着复查小组组长。”他转向冯凯，“复查小组目前的工作暂时由冯凯负责。”

冯凯一脸严肃地望着张副厅长。

“我觉得你们刚才的汇报里有先预设了‘4·05’一案不是冤案的前提。”张副厅长说。

冯凯想说什么，张了张嘴最终没有说出来。

“我们重新复查‘4·05’一案，并不是因为它在网络上造成了多大的社会影响，而是为了真相。我干了大半辈子的刑警，以前我每破一个案件时，总觉得自己是为被害人报了仇，可是，这个世界上没有任何复仇的举动，能够追回被害人失去的那一口生命之气。我们警察只能带给被害人一样东西，那就是真相。我们永远无法超越真相之上，能为真相付出一切，时间、梦想、婚姻、健康……甚至生命的警察才是一个真正的警察。”

说完这些，张副厅长默默地看着冯凯和李夏，许久，他才继续开口。

“还有别的事吗？”

“没有了。”冯凯和李夏异口同声。

“去吧。”张副厅长点头，“把最困难的部分熬过去，把有限的资源用在优先级别最高的用途上，一旦知道自己要找什么，其他的就容易多了。”

李夏和冯凯告辞。两个人走出办公室，冯凯突然停下来，李夏回过头来。

“其实我有一个新的想法。”冯凯说，“能找个清静的地方聊吗？”

李夏想了想，带他走进一间小会议室。

“我觉得，‘4·05’一案，可能和许家福案有关。”冯凯关上会议室的门，“许家福也许真的没死，而是从海东偷渡出境了。”

李夏一脸震惊：“你说什么？”

“我知道我的想法听起来有些……不合情理……”

“不合情理？你知道1995年的开棺验尸事件吗？”李夏问。

“我知道，我调看了和许家福有关的所有案卷。”

“那你还会有许家福从海东县偷渡出境的想法？”

“是，这个念头刚一冒出来的时候把我自己都吓了一跳。”冯凯揉着自己的脸，“可……这个念头始终缠绕着我，挥之不去。我听说高四海一直坚持认为许家福没死，还三番五次去找领导，要求重启对许家福一案的调查？”

“他已经走火入魔了，他现在不是已经疯了吗？”李夏说。

“疯？他只是得了阿尔茨海默病。”冯凯强调。

“跟疯没什么两样。”

“如果我的分析成立，许达是为了灭口才杀掉许广义和罗红英的，那么这个秘密必须足够大，而且跟女人无关。我认为只有这个秘密……”

“你马上把念头打消了。”李夏厉声道，“1995年的开棺验尸事件是龙湾，不，是龙城市公安局不可揭开的伤疤……”

这时，李夏的手机传来微信的提示音。他掏出手机看了看。

“对不起，我得马上去开个会。”他对冯凯说，“记住，从今往后，你提都别提1995年。”

李夏离去。冯凯一人坐在小会议室里，他不断地搓着脸，然后坐在那里发愣。不一会儿，他掏出手机来拨号。

“冯队？”刘青叶的声音传来。

“青叶，你想办法调查一下许达和许广义在1995年期间的交往情况。”

“你指哪方面？”刘青叶问。

“和钱有关的所有方面。”冯凯犹豫一下，又说道，“这事安排周游他们去做，你去龙星集团门口等我。”

“现在？”

“马上，我们去会会许军。”

冯凯赶到龙星集团时，刘青叶已经在大厅等候多时。在秘书的指引下，他们来到许军的办公室。

许军放下手里的报表，起身相迎。

“对不起，许董事长，打扰你了。”冯凯大步上前和他握手。

“没事，请坐。”许军引他们到沙发边坐下。

“许达去世，我们也想尽快结案，好早日把许达的遗体还给你们。”

“当年我爸的遗体从海东拉回来，不也在太平间里放置了大半年才还给我们的吗？”许军说，“说实话，你们有办案的程序，我都能理解，可是我有一个疑问，如果你们一直找不到许达行凶的证据，难不成许达的遗体就一直放在你们的太平间里吗？”

“这不是我们想要的结果。我们的目标是一致的，就是尽早结案。”冯凯解释。

“说吧，找我有什么事？”许军希望他尽快切入主题。

“跟我们谈谈许达，特别是许达和许广义之间的关系。”

“许达和广义之间的关系？什么意思？”许军警惕起来。

“许达好赌，经调查，之前许达一年要去好几次澳门，最多的一年……”冯凯拿出本子查看着。

“2004 年这一年，许达去了六次澳门。”刘青叶说，“从 1995 年 9 月份开始一直到许广义被杀，许达和许广义一共去澳门五次，而这之前，许广义从未和许达去过澳门。”

“广义的母亲和许达的母亲是亲姐妹，所以，他们之间有血亲，这也是广义和许达走得近的原因。”许军解释道，“从小学到中学我一直是好学生，甚至当过班长。他们俩都不爱学习，所以我们之间走得不近。1986 年底，我去了上海打工，一直到 1988 年许达才去上海投奔我，1995 年我回龙湾投资，是许达把广义招进公司的，其实我和广义也就在饭局上见过几次面，我和广义只是普通的亲戚而已，并没有深交。所以，我不知道他们俩的事，至于你们说他们结伴去澳门赌博的事，我并不清楚。”

“你就不关心许达到底输了多少钱？”冯凯作好奇状，“那都是公司的钱吧？”

“没错，因为钱的事我没少跟许达起争执。”许军叹气，“我们俩一直都是面和心不和，这全公司的人都知道。要不是我妈宠着他，我也许早就把他清除出公司了。”

“你的意思是，令堂愿意为许达的赌资埋单？”

许军没说话。

“我觉得赵女士虽说是农村妇女出身，但看得出，她家教很严。”冯凯说。

“要不是我叔和许达的相救，1986 年被村民打死的也许就是我许军。”

许军说，“我叔和许达对我有救命之恩，这是我妈宠着他的原因，这不难理解吧？我们两家的关系，你们可以找当地的老人问一问，我就不啰唆了。”

“你知不知道许广义是什么时候和罗红英搞在一起的？”刘青叶问他。

“那段时间我的精力都扑在公司上，没有时间和精力管他们这种烂事。”许军摆出送客的态度。

冯凯和刘青叶对视了一眼，起身告辞。

31

“你先回去，继续查许达的经济来往。”冯凯对刘青叶交代几句，走向自己的车。

他开车来到龙湾分局，推门走进档案室。

曾阿姨正在档案室里整理着案卷，见他进门，起身打招呼。

“1995 年 9 月 23 日许家福的案子正式宣布结案的。”冯凯说，“我没记错的话，许军和许家福的 DNA 亲子鉴定是在 9 月 12 日出的结论，可是我并没有在当年的案卷里看到那份 DNA 亲子鉴定报告。”

“是吗？我不清楚啊，清单上没有吗？”曾阿姨愣了一下。

“没有。”冯凯摇头。

“那也许和许家福案的相关证物放在一起了。”

“那……能帮我找一找吗？”冯凯问。

“噢，对不起，那批物证丢失了。”曾阿姨摇头。

“丢失了？怎么回事？”冯凯做出第一次听说此事的样子。

“1996 年，分局的新大楼建成，搬家时正好遇到暴雨，有一车的物证都被雨淋了，能用的留了下来，但被污染或淋坏的都扔了。当时高四海主任为此还发了火，我从来没见过高四海发过这么大的脾气。当时负责押运那批物证的一个警员为此丢了公职。”

“电脑里没有存档吗？”冯凯继续试探。

“1996年，分局还没有建立电脑档案。”曾阿姨面露遗憾，“对不起。”

冯凯点点头，朝门口走去。他走到门口又停住，回过头来问道：“那个丢了公职的警员叫什么名字？”

“想不起来了。”曾阿姨努力回忆片刻，还是放弃了。

“没关系，我可以查到。”说完，冯凯走出了档案室。

午后，高风拿着笔记本电脑和一个本子来到书房里。他把桌子上的东西清了清，然后打开笔记本电脑。

书房里仍然是一片的狼藉。高风顾不得那些，低头敲着笔记本电脑的键盘。

他在百度页面上输入“龙星集团　许军”的字样。百度页面打开，出现了有关的信息。高风点开百度百科有关“龙星集团许军”的条目，仔细地看了看。随后，他连上打印机的线，打开一旁打印机的开关，点了一下打印键。

高风继续敲击着键盘，一旁的打印机里吐出打印好的资料。

高风在“百度一下”的框里输入“上海龙星纺织股份有限公司”的字样。屏幕上出现了几十页和“上海龙星纺织股份有限公司”相关的条目。高风仔细地看了几条，边看边按打印键。

“上海龙星纺织股份有限公司的前身是上海联达纺织厂”“上海联达纺织股份有限公司总经理吴贵祥”……

高风继续敲着键盘，按着打印键。

当他点开“上海联达纺织股份有限公司吴贵祥”的链接时，不禁一愣。

屏幕上显示着“1993年7月，吴贵祥因突发脑梗塞去世”。

高风紧紧地盯视着屏幕。过了一会儿，他敲击着键盘，找到上海市普陀区的地图。他看到地图上有搜索出来的普陀区连锁快捷酒店的水滴符号。

高风照着屏幕上的号码拨号，按下免提键，把手机放在桌子上。他继续敲击着电脑键盘。

“你好，这里是中江路如家……”一个女声从手机里传来。

“你好，我想订一间客房。”高风说。

“你什么时候入住？”女服务员询问。

“等一下啊。”高风搜出龙城到上海的火车时刻表。他看了看手表，“我大概今晚 11 点半到……要一个单人间……”

“目前空着的只有 308 一间是单人房，要订吗？”女服务员问。

“要订。”高风一边报自己的信息，一边在电脑上买火车票。

手机收到信息，显示订票成功。高风看了看手表，脱掉上衣，朝书房外的浴室走去。

高风简单冲了个澡。当关掉水龙头取浴巾时，他仿佛听到了外面有声音。高风赶紧穿上短裤，侧耳听了听，打开卫生间的门走了出去。

他在客厅里看了看，朝书房方向走去。

书房里并没有人，他的手机静静地躺在桌子上。听错了？高风拿起手机走出书房。

黄昏时分。

沈超英正和周浩宇在客厅吃饭，沈超英一边吃一边翻着有关 BAT 项目的文件。她放下手里的文件，扒了口饭吃着。

“项目怎么样？”周浩宇问母亲。他刚从英国回来，时差还没倒过来，没多少胃口。

“看起来还不错，不过感觉投资金额不会少，12 亿英镑能打住吗？”沈超英问。

“20 个亿。”

沈超英一口饭差点儿喷出来，她忙捂住嘴咳嗽着。周浩宇抽出一张餐巾纸递给母亲。

沈超英将嘴里的饭吐在餐巾纸上，但还是在大声地咳嗽着，她的脸因噎到而涨得通红。周浩宇上前给她捶背。

他跑去厨房，倒了杯凉白开过来，递给沈超英。沈超英喝了几口水，终于止住了咳嗽。

“你们太离谱了，整整超出了 8 个亿。”沈超英皱眉。

“这还得在一切都顺利进行的前提下。”周浩宇说，“如果这过程中有一个环节出了问题，那 20 个亿都不一定能打得住。”

“不可能，这超出了我们行的担保能力。”沈超英摇头。

周浩宇没有说话，他扒完碗里的饭，放下碗朝着卫生间走去。

“哎，你怎么走了？还没说完呢！”沈超英在他背后喊。

“你觉得我们还有谈下去的必要吗？”周浩宇自顾自地走进卫生间。

沈超英愣在那里。她犹豫了一下，再次拿起项目文件翻看着。这时，门开了，周伟拎着公文包进来。

“你不是说不回来吃晚饭吗？”沈超英起身。

“晚上的饭局临时取消了。”周伟放下公文包。

“饭不够了，要不我给你下碗面？”沈超英说。

“不用，我不饿，吃点儿菜就可以。”周伟示意她不用忙了。

这时，周浩宇从卫生间出来。

“你回来了？”周伟看着儿子，像在看陌生人。

“昨天下午我就回来了。我去公司，晚上还有一个会。”周浩宇从沙发上拿起公文包，朝门口走去。

“你等等。”周伟喊住他，“把会推掉，咱们父子俩今晚推心置腹地聊一聊，我向你保证，我不发火。”

“改天吧，今天晚上的会议由我主持。”他边说边穿鞋。

“那这事？”沈超英举起手里的文件。

“你再考虑一下，先别忙着回绝。”周浩宇拎着公文包开门离去。

“那是什么？”周伟指着沈超英手里的文件夹。

“他们这次在英国选的投资项目。”沈超英把文件夹扔在桌上。

“怎么了？有问题？”周伟看出端倪。

“他们要我们担保 20 亿英镑的贷款。”沈超英愁眉紧锁。

周伟一脸震惊地看着她，又看看桌上的文件夹。

第二天一早，许佳桐、周浩宇和几名龙星集团的高管在龙城东山银行会面。沈超英和几名银行的高管迎接他们，把众人领到会议室。

“龙星集团在中国之外的首个投资项目，就选定了曼彻斯特港口改造的大工程，手笔和动作不可小觑。”沈超英翻开手里的文件夹，“因为我们目前还没有对这个项目进行相关交易背景的调查和审核，所以我们不能对 BAT 这个项目的可行性进行判断。今天我们只是就投资规模和我们银行需要担保的资金方面的问题和你们做一个简单的沟通。先说结论，我们认为，20 亿英镑的担保额度已经大大超出了我们能承受的范围。”

许佳桐和周浩宇对视了一眼。

周浩宇想说什么，被沈超英抬手打断。

“先听我说完。”沈超英沉着地说，“但这并不是说我们行就完全放弃了这个项目。我们的建议是，你们这次英国之行只是对 BAT 项目完成了第一步的考察，接下去，你们集团还有许多工作要做，比如贵集团要马上在英国成立有关该项目的开发公司，完善你们和曼彻斯特市政府的合作开发协议内容，以确保曼彻斯特市政府在通过项目审批和改动中，不会附加该项目之外的建设条件和配套基建成本。这些工作都需要时间，当然，与此同时，我们行会马上组织相关人员对债务人的清偿能力、可预期的还款资金来源、企业经营状况、负债率进行调查。同时还会赴英国对你们这份意向性协议中的主体资格、担保项下资金用途、预计的还款资金来源、担保履约的可能性及相关交易背景进行审核和调查。”

“所以……”周浩宇再次开口，又被打断。

“我想我已经清晰地表明了我行的观点，有顾虑。”沈超英严肃地盯着儿子，“但如果经过审核和调查后，确认该 BAT 项目的风险可控，我们行愿意和贵集团合作，哪怕这担保的数额远远超出了我们之前的计划。”

“可时间不等人。”周浩宇终于说出一句完整的话。

32

“但必须走完这些流程，我们行才能给贵集团提供保函。”沈超英的语气不容反驳。

“那么结论还是一个变数？”

“是的。”沈超英点头。

“那我们会和别的银行商讨合作的可能性。”周浩宇甩出筹码，“到时候，就算你们行有合作的愿望，结果也不一定能遂你们的愿。说实话，四大行都朝我们集团伸出过橄榄枝。”

“能理解，我们不排斥你们和别的行进行接洽。”沈超英是公事公办的态度。

许佳桐和周浩宇望着沈超英，没说什么。

会谈的气氛就此变得冷淡，大家说了一些无关紧要的话，在会议室门口道别。

“我了解我妈，她这么说，基本上就算是拒绝了。”周浩宇一边往外走，一边对许佳桐说。

“没有绝对，这世上有绝对的事吗？”许佳桐目视前方。

“我真不知道你的自信从何而来？”周浩宇无奈。

许佳桐不说话。

“我们要不要跟别的银行开始接触？”周浩宇询问，“我昨天晚上和中国银行东山支行信贷管理部的陈主任通过电话，他们非常有兴趣。”

“你和你妈商议一下他们行去英国考察的日期和人员。”许佳桐说，“你的任务是把你妈的名字放进考察人员名单里。”

许佳桐加快脚步朝着门外走去，其他几个高管紧紧跟随。

周浩宇亦步亦趋地跟着，疑惑地看了她一眼，没再说什么。

此时的上海街头，车流涌动，人潮不息。

高风从一辆公交车上下来。他看了看四周，拿起手机看着地图上的导航，大致分辨一下方向，朝着导航箭头指示的方向走去。

他穿过狭窄的街道，走进一个老旧小区的大门，找到一栋外表灰乎乎的老楼。

年近七十岁的赵敏打开房门迎接他。

“赵伯伯。”高风低声问候。

“小风，快进来，快进来——”赵敏招呼他进屋。

房间窗明几净，客厅的墙上挂着赵敏老伴的遗像。

“赵伯伯，一年没见，您反而显得更年轻，更有精气神了。”高风落座。

“我跟你说，去年 11 月我还参加了上海国际马拉松赛跑呢。”赵敏露出得意的神情。

“跑完了？”高风故意问。

“跑完了。”赵敏抬起下巴，“上海东方卫视还采访我了呢。不过，我不是年龄最大的，还有一位 74 岁的，比我还大三岁。坐坐坐，我已经给你泡了好茶。”

桌子上摆着水果和一壶绿茶。赵敏给高风倒了一杯。

“对了，一大早我就去菜市场买了番茄、鸡蛋、香葱。”老爷子兴致很高，“今天中午你得尝尝我做的番茄鸡蛋打卤面，按你给的方子做的，我觉得不比你做得差了。”

“真的？”高风微笑，“那我一定得尝尝，看您这个徒弟学艺精不精。”

“你还记得去年我在你家，吃了两大碗你做的番茄鸡蛋打卤面吗”赵敏眯起眼睛。

“我只记得，我跑到药店去给您买大山楂丸和吗丁啉了。”

赵敏爽朗地笑了起来：“我本来就打算好十一再去看看你爷爷的。”

“谢谢赵伯伯。”

屋里暂时陷入沉默。

“你早上电话里说，你这次是为了许军和吴贵祥的事来的？”赵敏转入正题。

“是。”高风对他讲了自己的疑惑和怀疑。

赵敏认真地听着，时不时打断一下，让他再细说一遍。

“除了我爸那些可疑的举动外，还有最重要的一点。”高风从双肩包里掏出打印纸，“我从网上查到，1993 年 7 月，许军的岳父吴贵祥死于脑梗塞，而许达的死因也是脑梗塞。”

“许达有他杀的嫌疑？”赵敏问。

“现场勘查、尸体解剖和毒物鉴定都不支持许达死于他杀的结论。吴贵祥的死因呢？”

“具体情况我不是特别清楚。”赵敏回忆，“当时我正好在新西兰，你爸爸到上海时给我打过电话，说要见一下上海刑侦总队参加吴贵祥尸检的法医，问我认不认识，能不能帮着引见一下。我把那位法医的电话号码给了你爸，但之后你爸在上海了解到了什么线索我并不知情。我回来后给你家打了电话，本想问问你爸在上海的调查结果，没想到却得到你爸坠崖身亡的噩耗，我赶到龙湾参加了你爸的追悼会。”

“赵伯伯，能让我去见见那位法医吗？”沉默片刻，高风试探道。

“好，我马上联系。”赵敏走到书桌旁，拿起电话本。

傍晚时分，赵敏带高风来到范法医家。

“吴贵祥住院后一直昏迷不醒。一开始有好转迹象，但最终还是死于脑梗塞。”范法医年近古稀，但精神很好，声音洪亮。

“范伯伯，你们是什么时候介入的？”高风把录音笔放在茶几上。

“具体是什么情况我已经忘了。我赶到医院的时候，吴贵祥已经在医院的太平间里放了一天一夜了。当时的刑侦总队好像很重视吴贵祥的死，也许是因为吴贵祥是当时上海市优秀企业家吧。我们把吴贵祥的尸体拉回到法医鉴定中心进行了全面的尸检，也进行了毒物鉴定……”

“没有可疑的地方？”赵敏问。

“没有。”吴贵祥摇头，“吴贵祥有心脏病，身体里还有两个支架，药物不离身。就这么个身体状况，他还有精力在外打野食……”老人一个劲儿摇头，“吴贵祥是在宾馆和情人开房时突发心梗。从发病到去世，他在医院的重症病房里待了一个半月的时间，一直处于深度昏迷状态。医生在吴贵祥的体内查出了民间速效壮阳药的常见成分。这对有先天性心脏病的吴贵祥来说其实是致命的。”

“吴贵祥的情人叫什么名字？”高风问。

“想不起来了。”范法医想了很久，摇头，“这你可以问刑侦总队的钱胜利。当年就是他负责侦破吴贵祥一案。钱胜利他们好像查过吴贵祥的情人，但后来不了了之了……不过半年后我因为吴贵祥之死还作为公安的法医证人上过法庭。”

“这事需要上法庭？”高风好奇。

“吴贵祥的侄子吴天要和许军打官司。”范法医说，“吴贵祥死前立过一个遗嘱，他死后将由女婿许军继承公司。吴天一口认定那吴贵祥的遗书是许军伪造的。但最后的鉴定结果是，遗书的确是本人所写。1996年的时候你爸爸来找我，我也是这么跟他说的。”

高风的电话响了。

“对不起，我接个电话。”他起身走到一旁，“浩宇？”

“哥，我今天有点儿时间，想去看看爷爷，你有时间吗？一会儿一起吃个晚饭。”听声音周浩宇是在开车。

“我在上海。”高风低声说。

“你终于去上海了？”周浩宇笑道，“你住哪儿？我那房子空着呢。”

“不用，我住酒店。”高风说，“浩宇，我这儿和人谈点儿事，晚点儿联系啊。”

高风挂断电话，朝着客厅走去，赵敏正在和范法医说着什么。

“范伯伯，能帮我引见一下钱胜利吗？”高风回到沙发边。

“可以。”范法医点头拿起电话，“他现在开了家搏击俱乐部，我帮你们约一下。”

入夜，天气越来越凉。

赵月娥正在自家别墅的房间里，靠在沙发上闭目养神。许佳桐敲门走了进来。

她把门反锁上，然后拉过一把椅子坐在赵月娥的面前。

赵月娥盯视着孙女的奇怪举动。

“奶奶，高风去上海了。”

“他去哪儿我得关心吗？”赵月娥不明白。

“他可是高四海的孙子。”

赵月娥盯着许佳桐：“桐桐，你到底想说什么？”

“奶奶，您应该告诉我真相。”

“什么真相？”赵月娥沉着脸。

“我叔被杀的真相，在机场大厅，我看到有一个女的故意撞在杨衡的身上，准确地说，杨衡没有杀我叔，而是那个女的干的。如果我没有猜错，我叔是被人灭口的。”

“你想多了。”赵月娥说，“不然公安早找到那个女人了。”

“因为那个女的做得很隐蔽，当时现场一片混乱，所有人都惊慌失措，一切都发生在一瞬间，但我都看到了，真真切切。”

赵月娥盯着许佳桐，很久没有说话。

“如果我叔仅仅是杀了罗红英，大可不必这么大动干戈，在警察的眼皮底下冒险要除掉我叔吧？我叔肯定知道一些不为人知的秘密。”

赵月娥呆呆地望着许佳桐。

“从最近发生的一连串的事件中，我猜到发生了什么。”许佳桐倔强地说，“您先是想尽办法把我叔弄出国，在危难之际又让人将我叔灭口，这说明，我叔知道我们家最核心的秘密。这个秘密只能是我爷爷还活在这个世上。奶奶，我现在已经长大了，我能扛住一切，我可以为您分担，为咱们家分担。”

赵月娥沉默半晌，朝着沙发走回来。许佳桐上前搀扶着她。赵月娥突然一把将许佳桐搂在怀里。

“桐桐，奶奶没有看错。”她一字一句道，“你猜得没错，你爷爷还活在世上。”

许佳桐没有震惊，反而紧紧地将赵月娥拥住。

33

天亮了，山里寒风彻骨。

冯凯他们的车停在盘山公路边。冯凯站在路边望着山下的悬崖，刘青叶和周游正站在他的身边。周围很静，只有风拂过树梢时的声音。

那里，就是高建设殉职的地方。

冯凯一动不动地盯着悬崖。他看到一辆轿车在山路上疾驰，快开到一个弯道时，对面的路上驶来另一辆车。两辆车的速度都挺快。在狭窄的道路上会车时，一辆车的车轮往弯道外一滑，惊险地碾轧着路基，绕了过去。

难道……冯凯心头一紧。

昨晚，他找到了因为丢失证物被开除的王彪。王彪告诉他，勘查现场的时候，在高建设车辆坠崖点的公路上发现了摩托车的车辙，而且那道车辙非常靠外，从车辙上看，那辆摩托车跟高建设的车是相向而行的。

当时的专案组判断，那是个急弯道，摩托车突然从对面拐出来，而且又太靠外，高建设来不及反应急打方向盘，不慎坠入山崖。

真的是不慎吗？冯凯想了想，拨通宋杰的电话。

“宋局，高建设在去海东之前有什么反常的举动吗？”

“他和陈洁离婚这算不算反常？”宋杰想了一会儿才回答。

“算一个，还有吗？”

“对了，这之前高建设请过一个星期的假。好像是因为身体，具体原因我不知道，他是直接向当时的申局长请的假。不过……”

“什么？”

“在那段时间……有一天我去人民医院看望负伤住院的一个同事，在医院碰到了高建设的妻子陈洁。陈洁说她根本不知道高建设请了假。她说高建设一直不在家，她还以为高建设在单位。”

“最终你们也不知道那段时间高建设去了哪儿？”

“他回来上班的第三天就去了海东，然后就出事了。冯凯……”

“我知道了宋局，我回去再跟你细谈。”说完，冯凯挂断了电话。

刘青叶愣愣地看着他。

“1996年，那时候高风已经六岁了。”冯凯对她说道，“你给高风打个电话，问问他知不知道那段时间高建设去了哪儿。”

“冯队，你不会怀疑许达和许广义之间所谓的秘密跟许家福一案有关吧？”周游问。

冯凯只是默默地望向山下的悬崖。

刘青叶拿出手机拨号，电话响了一声就接通了。

“高风，你在哪儿？”刘青叶问。

“什么事？”

“1996年，你爸去世之前的一个星期，他向单位请了一个星期的假，你知不知道那段时间你爸去了哪儿？”

“你问这个干什么？”高风的语调警惕起来。

“你别管干什么，就说你知不知道吧。”

“你想知道的话，来找我吧。”高风干脆地回应。

“你现在哪里？”刘青叶不明白他为何这样说。

“我在上海。”

“你去上海干吗？”刘青叶喊了起来。

冯凯听到一惊，抓过她的手机，打开免提。

“你来了，自然会知道。”高风挂断了电话。

“怎么了？”和高风一起走进搏击俱乐部的赵敏问。

“没事，一个朋友。”高风点开微信，写下自己住的酒店，发给刘青叶。

他和赵敏走进俱乐部的休息室。钱胜利在等他们。

三人寒暄几句，转入正题。

“当时，我们三支队的头儿让我接手这事时，我还真挺兴奋的，以为自己这一生终于遇到了大案要案了。”钱胜利回忆，“当年吴贵祥刚刚被评为上海市优秀企业家，上海联达纺织股份有限公司又是上海市政府扶持的准明星企业。”

高风拿出录音笔，打开。

“我们接手时，吴贵祥死了一天多。”钱胜利继续，“所以也就没有什么可以勘查的现场。我们当时分了两步走，老范他们法医中心对吴贵祥的尸体进行尸检和毒物鉴定，我们对外围进行走访取证。当时我们认为最重要的疑点有两个。第一是吴贵祥死的那天晚上正好是许军在医院陪护，这也是吴天一口认定是许军杀了吴贵祥的理由。第二是吴贵祥的发病原因。”

高风不由得坐直了身体。

“我们对许军进行了讯问，没发现疑点。这时候，老范他们的尸检和毒物鉴定报告也都出来了，认定吴贵祥的死因就是脑梗塞……

“范伯伯说，吴贵祥有个情人，您知道她叫什么名字吗？“

“叫田小兰，是吴贵祥公司打字室的一个打字员。田小兰说，吴贵祥那天和她在宾馆开房做那事时吃了速效壮阳药。”

“速效壮阳药是谁带的？”高风问。

“田小兰说是吴贵祥自己带来的，田小兰说她还以为是治心脏病之类的药呢。排除了许军，我们当时把侦查重心都放在了田小兰的身上。结果……”钱胜利摇了摇头，“没有任何线索。其实，吴贵祥发病时是田小兰给他老婆朱淑贞打的电话。朱淑贞和田小兰一起给吴贵祥擦洗干净穿戴整齐，在田小兰离去后才叫的救护车。直到医院从吴贵祥体内查出壮阳药的一些成分时，朱淑贞还说是她让吴贵祥服的。”

“后来是怎么戳穿的？”

“我们去宾馆查开房记录，才发现那房间是用田小兰的身份证开的。”

“林子大了，真是什么鸟都有。”赵敏觉得不可思议。

“钱叔叔，那个田小兰，你有联系方式吗？”高风问。

“吴贵祥死后一年，我就听说她去了深圳，后来据说在深圳发了财，把老公孩子都接到深圳去了。”

高风在笔记本上的“田小兰”的名字上画了一个圈，并标注了一个问号。

“钱叔叔，当年我爸没有找过你吗？时间大概是1996年9月中下旬。”

“那段时间我应该在香港，当年有一起毒案需要我去取证。”钱胜利摸着脑袋。

没有更多的信息，高风起身告辞。他和赵敏在俱乐部门口分手，独自一人在城里逛了一大圈，直到天擦黑才动身回酒店。

还没走到地铁站，刘青叶的电话打了过来。

“我们现在就在江中路的如家，你在哪儿？”

“你们先办入住手续，我已经给你们订了两间房。”说完，高风挂掉电话匆匆进入地铁口。

回到酒店，刘青叶和周游都快等急了。高风把他们领到自己的房间，大概讲了这两天自己了解到的情况。

“这比那些电视剧精彩多了，特别是吴贵祥发病那段。”周游听得兴致勃勃。

刘青叶却愁眉紧锁。

“吴贵祥发病和死亡的过程和许达有点儿像，而且都是脑梗塞死亡。”她喃喃道。

“对，说到点子上了。”高风一拍手，“青叶，你现在可以啊……”

“我还没说完。”刘青叶打断他，“可上海的法医和龙湾的法医们都得出了相同的结论。我们对许达的死因也做了全面的调查……也就是说，你来上海了解到的最有价值的疑点都已真相大白。你接下去还要调查谁？”

“我知道的都告诉你了，你也该有所表示。”高风换话题，“你们查到了什么？为什么要问我爸那段时间的去向？”

"配合公安机关调查是公民的义务，我从来没有听说过公安机关有义务向公民透露案件的侦办细节。"刘青叶站起来走向门口。

"哎哎哎，你算什么朋友。"高风不满。

"你还想要朋友？养条狗吧。"刘青叶白他一眼开门离去，并把门重重关上。

周游站起来也要离去，被高风拉住。

"别走，你师傅让你说。"

"什么？"

"她的意思是由你来透露消息。"高风微笑，"这种时候她会放心地把你留在我的房间里？她这路子是跟冯凯学的。"

周游目瞪口呆地望着高风，摇摇头，老大不情愿地开始讲述自己知道的情况。

34

"冯凯认为我爸当年被一辆摩托车逼下山崖，是人为的，有预谋的，是这样吗？"

听完周游断断续续的描述，高风大概总结了一下。

"那么说，冯凯怀疑'4·05'一案跟许家福的案子，跟开棺验尸事件有关？"

"我没那么说。我……可以走了吗？"周游站起来。

"告诉青叶，明天我去找吴天，有什么新的情况我会跟你们联系。"高风点头。

周游走出高风的房间。刘青叶正在给冯凯打电话。

"我觉得吴贵祥的死因和许达太像了，都是昏迷不醒进入重症监护室，然后各项数据都有好转的迹象，却突然死于脑梗塞。"刘青叶一只手捂着电话。

“你怀疑他们俩的死有疑点？”冯凯问。

“我说不好，但总觉得哪儿不对。你觉得我们在对许达的死因调查中会不会漏了什么？你比我有经验。”

冯凯没有说话。

“还有，当年的田小兰会不会有问题？“

“你想说明什么？”冯凯反问。

“我说不好。”刘青叶犹豫一下，“吴贵祥可能是被人害死的。害吴贵祥的那个人会不会就是许达？许达是1988年去上海投奔许军的。高建设当年上海之行也许查到了许达作案的证据，才引来了杀身之祸，这就能和你的怀疑串联起来了。当然，前提是高建设的确是被谋杀的。”

冯凯依旧没说话。

“冯队，我们怎么办？是留在上海还是回来？”

“你们俩最好到当年上海联达纺织厂所在辖区的派出所，和吴贵祥家所在辖区的派出所，具体了解一下厂子和吴贵祥家庭当年的情况，越详细越好。”

“明白。”刘青叶挂断电话。

她和周游交代几句，回到自己的房间洗了洗脸。时间已经不早了，但刘青叶总觉得心里郁结，好像有什么该说的话没说出来，堵在胸口。她在房间里转了好几圈，犹豫很久，又开门走了出去。

刘青叶来到高风的308房间门口，伸手按门铃，门铃响了好几声，并没有人出来开门。刘青叶侧耳听了听房间里的动静，失望地放下手。她在门口犹豫了一下，看了看手表，然后朝着电梯间方向走去。

刘青叶在一楼下了电梯，走到酒店门口。突然，她站住，盯着不远处的街边。

高风正站在那里望着街面，似乎在等什么人。

不一会儿，一辆出租车来到他的面前。高风朝出租车的后座方向看了看，拉开副驾驶座的车门钻进出租车。

刘青叶往门口方向走了几步，她注意到后车座上似乎坐着一个女人。

那辆出租车在酒店门口掉头。刘青叶看到，出租司机后座位置上坐着许佳桐。许佳桐似乎正在和司机说着什么。

出租车朝着来的方向飞驰而去。刘青叶的脸上露出愤怒，她仿佛不相信自己的眼睛。

“浑蛋！”她恨恨地骂了一句，转身进了酒店。

夜已经深了，许佳桐和高风下了出租车，在街面上走着。

“非常感谢你能出来陪我。”许佳桐看着路面。

“你怎么突然来上海了？”高风问。

“明天是我妈 20 周年的忌日。”

“节哀顺变。”

“我听浩宇说，你来上海了。”许佳桐说，“他以为你终于想通了，打算去东方法正。不过我了解你，你不会去律所了。”

“对不起，我辜负了你的一片心意。”高风道歉。

“你不欠我什么，即使是当年……”许佳桐挤出一点儿笑容。

“其实……我一直没有问过你，当年你为什么会看上我，你到底喜欢我哪一点？”高风停下来。

“温柔、神秘、理解我。”许佳桐不假思索地回答。

“温柔是你的错觉，你没看到我冷酷的一面。神秘也是你的错觉，我只是不善于表达自己。理解你不是你的错觉，只是我恰巧和你是同一类型而已。”

“什么类型？”许佳桐不解。

“恐惧型依恋者。”

许佳桐更加糊涂。

“恐惧型依恋者，就是一群想爱又怕受伤害的人，亲密关系让他们感到矛盾，他们既会因为担心失去而想要亲近，又会因为害怕亲密而想要逃避。

这些性格的形成和他们的原始家庭中的缺陷有关。比如你的爷爷、我爷爷的经历给我们的童年造成了羞耻感和困惑。”

“高风，本来人与人的靠近不可能完全无痛，更何况我们两家的前史又是那么复杂和极端……我能理解你当年的决定。毕竟，虽然有 1995 年的开棺验尸事件，但你爷爷还是相信我爷爷活在世上的，所以，你爷爷坚决反对你和我交往是正常的逻辑，要不然，我倒是会怀疑你跟我接近是因为动机不纯。”

“动机不纯？这话怎么说？”高风假装不懂。

“你知道我指什么。”许佳桐不看他，“高风，我能理解当年你爷爷为了阻止我们俩在一起所做过的一切，但我不理解的是我认识的那个倔强、反叛、敢爱敢恨的高风为什么突然就屈服了，逃离了，这真的让我困惑，因为那不是我认识的你。拿你们警察的话来说，这里面有一个缺口，或许只能用秘密和动机来填上。”

“秘密和动机？”

“在我和你爷爷之间，你选择了你爷爷，有血缘的因素，但……但从内心深处，你还是选择信任你爷爷的，是吧？”

“你指哪方面的信任？”

“浩宇说过，小时候，你爷爷是你心里的偶像，你那时的理想是像你爷爷一样当一名法医。我说的是这种信任。”

“你是说，我相信我爷爷认为你爷爷还活在世上的判断是对的？”

“你说呢？”许佳桐反问，“要不然，以你的个性不会这么容易屈服的。高风，你知道吗？从小到大，我自信心受到最大打击的就是你当年的离开。我当时信心满满的，真以为你可以跟我浪迹天涯。”

“那你是怎么看的？”

许佳桐一惊。

“你觉得，你爷爷还活在世上吗？”

“说实话吗？”许佳桐愣愣地看着他。

高风没有说话。

“我爷爷和你爷爷是当年龙湾最传奇的那个故事的主角……”她望着远处，“我倒是真想见他一面，如果他还活着。”她回过头来盯视高风，“你来上海，是为了验证你爷爷当年的判断吗？”

“你爷爷和上海有什么交集吗？”

许佳桐稍稍愣了一下:“你来上海是这个目的吗？有的话,我还真想听。”

高风没有说话。

“拿走你想要的，为它付出代价。”许佳桐自言自语。

“什么？”高风没听清楚。

“我从一本书上看到的这句话。世界上有什么道理比这话更简单、更重要？只要承认凡事都有代价，而且愿意承担，就什么都能得到。”她的声音更小了，“我们拿到我们想要的，正在付出代价。”

“你想要什么？代价又是什么？”

“我怎么觉得咱们的对话有了一股火药味？”许佳桐看了一下手表,“好了，不跟你聊了，再聊下去我怕谈话内容会变味，我走了。”

说着，她伸手拦下一辆路过的出租车。

“许佳桐。”高风喊住她，“看来，你和赵总已经求证过了。”

许佳桐回头看了他一眼，钻进出租车的后座。

高风站在街边，默默地望着出租车远去，他的目光里有一种疑惑。

许佳桐坐在出租车里望着后视镜，眼里闪过一丝阴冷的光芒。她犹豫了一会儿，然后拿出手机拨号。

“奶奶，有吴天的电话吗？嗯，好，您发给我。”

很快她收到赵月娥发来的消息。许佳桐点开信息里的电话号码。

“喂？”吴天浓重的上海口音从电话那头传过来。

“吴伯伯，我桐桐啊，许佳桐。”

“哎哟，今天日头从西边出来了，这么多奇怪的人怎么一天时间里都找上我了？”

“除了我，还有什么奇怪的人？”许佳桐假装听不懂。

“还有一个龙湾来的高风也说要见我，更好玩的是，二十年前他老爸也来找过我，看来龙湾发生了大事。来，跟吴伯伯说说，我就是爱听许家的八卦。”

许佳桐面无表情地听着，目光更加冰冷。

“对不起师傅，麻烦你在这儿停车。”她捂着电话，对司机说。

车靠边停下。许佳桐缓步走到黄浦江边，看着黑漆漆的江水。

她一直站到天微微亮。

许佳桐望着晨曦中的黄浦江，头发在风中凌乱。游船的汽笛声把她从沉思中拉回来。许佳桐抹掉脸上的眼泪，拨通赵月娥的电话。

“桐桐？”赵月娥的声音传来。听起来她也是一夜没睡。

许佳桐嘴唇翕动着，可就是说不出话来。

“桐桐，说话。”赵月娥有点儿焦虑地喊起来。

“高风……”

“高风怎么了？”

“他必须死。”许佳桐哭出了声。

35

上海如家快捷酒店308房间，高风被门铃声吵醒。他拿过床头柜上的手机看了看，才早上6点10分。

“谁啊？”高风没好气地喊。

“我。”刘青叶的声音传来。

高风拿起外套穿上，然后走到门边打开门。刘青叶一身运动装站在门口，她的背上还有汗渍。她自顾自地进了屋，回身对他怒目而视。

“你有没有感到你进来时，这里的温度降低了？”高风不明白她这又是怎么了。

“你昨晚和她干什么去了？”刘青叶问。

“我想知道接下来是一场什么性质的谈话。”高风明白过来。

“我是‘4·05’复查小组的成员，你是普通公民，你说是什么性质的谈话？”刘青叶一脸严肃。

“没别的意思，看来我得调整一下自己的态度。”高风笑了。

“少跟我嬉皮笑脸的。”刘青叶把手机的录音键打开放在高风面前的桌子上。

高风坐在椅子上。

“简单地说，她只是想跟我自由地待一个晚上，还说在她的人生中，她最自由最享受的就是和我在一起的那段日子。”

“无耻。”刘青叶冷冷地说。

“对不起，你得像个专业人员。”高风指指在录音的手机。

“高风，你有一种罕见的能力，不，是天赋……就是惹毛我。”刘青叶忍着火气，“她还说了什么？”

“我们就在街边走了走，谈了一点儿无关紧要的问题，或者说是和我们之间那段感情有关的一些琐碎的问题。”

刘青叶盯着高风。

“她为什么来上海？在这个时间点上？她又怎么知道你也在上海的？”

“她来上海是因为明天是她母亲20周年的祭日，是她打电话约我见面的。她说是从周浩宇那里得知我在上海的。”

“你为什么要答应去见她？是因为旧情难舍，还是因为怜香惜玉？反正意思都一样。”

“我不想回答。”

“你必须回答，因为你掌握着我们的侦查方向和细节，而许达是许佳桐的亲叔叔。你知道你们俩私下见面的性质有多严重吗？”

“你打算拿这个来威胁我吗？”

“只要你和我们是一边的，你就用不着担心这些。”

“我只能说，你不用担心我的良心，它缝合得好好的。”

“既然你知道这点，那我再问你一遍，你为什么还要去见她？”

“因为我想知道她想见我的目的。”

“那你认为她见你是什么目的？”

“我不清楚。”

“刚才你所说的，有一句真的吗？”

“青叶，你从来没有信任过我是吧？”

“你和她的过去……你的所作所为，还能让我信任你吗？”

“青叶，你现在把我当虫子一样用拇指摁着，我一点儿都不喜欢。”

“从你的眼神里可以看出，你想帮她。”

“从我的眼神里，哦，多么强大的洞察力，现在你从我的眼里看到了什么？”

“你现在还信任她吗？”

“我只相信人的私心。”

一阵沉默。

“犯傻不是犯罪，但为此撒谎，那问题就大了。”刘青叶追问，“你必须告诉我实情。高风，我再问你一句，你有没有为许佳桐保守什么秘密？”

“秘密是女孩子的东西，男人讲究的是信誉。青叶，我并不是那种会谈心的人，特别是在你面前，可我并没有向你隐瞒什么。”

两个人再次沉默。刘青叶起身走到高风的面前，拿起桌子上的手机关掉录音键，朝着门口走去。她走到门口又回过头来。

“高风，我要警告你两点。第一，从现在起，你要忘掉她的存在，不然我会动用我所有的专业资源，让你后悔得想回到娘胎里去。第二，我们现在的关系……准确地说，你现在是我们的线人，你现在是一个无业游民了，所以，交一个警察朋友对你有好处。”

刘青叶转身拉开门离去。

高风无奈地摇了摇头。

这时，他的手机里传来短信的提示音，高风拿起手机看着，是吴天给他发来的定位地址。他们约好下午两点见面。

一上午没什么事，高风躺在房间里把所有的电视频道换了几轮。

吃过午饭，他按照吴天发来的地址，找到一家很有年代感的咖啡厅。

他一进门，就看到角落一个座位上坐着一个五十来岁的男人，此刻他正焦急地看看手表又看着门口。这人穿得很体面，但人却显得有些憔悴和世故。

“请问你是吴天吗？”高风走过去。

“你迟到了 10 分钟。”这算是肯定回答。

“对不起，路不熟。”

“这不是理由，路不熟你就不能早点儿出来？”吴天不依不饶。

“你说，当年我爸也是在这里跟你见的面？”高风不想纠缠。

“没错，我喜欢这家咖啡厅。”

“再次抱歉。您要喝点儿什么？”高风表示他请客。

“一杯卡布奇诺，还有两个法式香蕉煎面包，一个焦糖布丁。先这么多，一会儿再看。”

高风笑了笑，朝着柜台方向而去。

他点了餐回到桌边，拿出录音笔，进入正题。

“当年，许军真算是走了狗屎运。他从韩国西川株式会社拉回一笔大生意，把我们厂从破产边缘给拉了回来。”吴天回忆，“后来，我和许军就一直负责他们的业务。吴贵祥……我舅舅专门为他成立了一个外销科，他是科长。第二年，也就是 1989 年，工厂改为有限公司，法人和总经理是我舅舅。同年许军娶了吴小玲，还升为副总经理……”

“从 1988 年 9 月开始，韩国西川株式会社就一直跟你们厂……公司合作吗？”

“不，1991 年合作就停止了。”吴天说，“好像是那个韩国公司破产了。但那个韩国公司救了吴贵祥，救了厂子，当然，也救了许军。”

“听说你一直怀疑吴贵祥的死跟许军有关？还为此跟许军打了官司？”

“许军是他的女婿没错，可再怎么说，女婿总是外人是不是？更何况许军老爸的事当时你们龙湾公安还没结案呢。你是没见过我舅舅，他可精明了，我相信他不会糊涂到如此地步。再说了，我舅就算想把公司交给许军，公司的法人总得是自己的女儿吴小玲吧？你说呢？”

“那么说，你对上海刑侦总队的侦查结论并不认同？”

“‘面带猪相，心头嘹亮，这句话你总听说过吧？许军表面看上去憨厚得很，可一肚子坏水，他一进厂就在打吴小玲的主意。”

“有证据吗？”

吴天哑口无言。

“是不是因为许军在你舅舅面前抢了你的风头和利益，你对他心存偏见？”

“有偏见怎么了？他要是不出现，那公司迟早是我吴天的，我就是对他有偏见，犯法啊？”

“有野心不犯法。”高风承认。

“许军除了狗屎运他有什么？论个性没个性，论能力没能力，他凭啥就混到了今天这个地步？”吴天突然问，“他到底犯了什么事？”

“我没说他犯事，有吗？”高风好奇他为何这么问。

“1996 年，你爸就从龙湾跑到上海来找过我，二十年后他的儿子又跑来问许军的事，他要是没事，你们父子俩吃饱了撑的？”

“1996 年，我爸问了你些什么？”

“就是你问的这些。”

“谢谢。”高风关上录音笔。

“完了？”

高风有些不明白地望着吴天。

“我可是得了脑瘤，命不久矣。我放弃了去医院化疗的时间来见你，又花了我这大半天的时间，你总得表示表示吧？对别人来说时间就是效率，对我来说时间就是生命。”

高风怔了一下，他从口袋里取出皮夹子，里面的钱并不多，他全取了出来，数了数，只有四百多。

“四百，我只有这些现金。”他把钞票放在吴天面前。

“你没有微信吗？给我转一千吧。”

高风怔怔地望着吴天，不知道说什么好。

高风离开咖啡厅，时间还早，他不想回酒店干躺着，坐公交车在老城区跑了一圈。找了家里弄中的小饭馆吃了晚饭，他才回到酒店。刘青叶和周游不在房间，估计是出去吃饭了。

高风走到自己房间前，拿出门禁卡开门。

他进入房间放下双肩包，给刘青叶发了两条微信，但她一直没回。

高风有点儿累了，他拿起桌子上一瓶免费矿泉水打开喝了几口，给刘青叶打电话，但电子音告诉他，对方正在通话中。

“怎么搞的？”高风嘟囔一声，又喝了几口水。冷不丁地，一阵眩晕的感觉袭来，他觉得头昏昏沉沉，好像不是自己的了。

电话铃声响起，他晃晃脑袋，看清楚不是刘青叶打来的，而是许佳桐。

“喂？”高风有气无力地开口。

“你怎么了？”许佳桐的声音里夹着机场的背景音。

“我……可能病了……”高风嘟囔。

“严重吗？”

36

高风努力让自己坐起来但没成功。他伸手摸了摸自己的额头，他的手在颤抖。

他瞪大眼睛，屋里的东西渐渐变得模糊起来。

“有事吗？”他强撑着问许佳桐。

“高风，自从咱俩分开后，我一直希望能在梦里见到你，我觉得自己应该梦见你，这是你欠我的，但你从未在我的梦里出现过……”

手机里许佳桐的声音变得越来越遥远。

“你……想说什么……”

“我想说，尽管往事如烟，但只有你我的那一段记忆没有从我的指间流逝。在我想起来的当时和现在，始终让我感觉温暖，历历在目，完全属于我……”

许佳桐的声音越来越遥远。

高风努力让自己清醒，但已经不行。他握着手机的手在不断地颤抖着。

“我……中招了……”

“高风，我这次来上海见你，是想送你一个礼物……”

高风努力听着，但许佳桐的声音仿佛已经在外太空。他再次努力挣扎起身，结果只是重重地砸在床上，失去了知觉。

“你能听到吗？”上海虹桥国际机场头等舱休息室里，许佳桐对着手机喊着高风的名字。

手机里没有声音。

“喂？高风？”

手机里还是没有声音。

许佳桐挂掉了电话，泪水从她的眼里滚落下来，她回过身匆匆地朝着卫生间方向走去。不远处的许军一脸奇怪地望着女儿。许佳桐冲进卫生间，躲进一个隔间里，泣不成声。

十几分钟后，刘青叶和周游走进酒店大堂。刘青叶和冯凯通过电话，想让魏大炮重新检查一下许达的尸体。挂了电话，她看到高风发来的微信和未接来电。给他打回去，一直没人接。

刘青叶不明白怎么回事，只能拉着还没吃饭的周游跑了回来。

电梯上了三楼，刘青叶和周游匆匆从电梯里出来。这时，一个身材矮小的男人背着双肩包，拉着一只大大的行李箱，朝着电梯间快步走来。电梯门正要合上，刘青叶忙返身帮着他开电梯门。

男人微笑着朝刘青叶点头示意。他拉着拉杆箱进入电梯间，电梯门合上。

刘青叶和周游匆匆来到308房间门口，刘青叶按门铃。但里面没有动静，刘青叶再按，里面还是没有动静。

刘青叶拿出手机拨号。几秒钟后，房间里传来手机的声响。

“手机没拿，他在卫生间吧。”周游用力敲门，“高风，高风？”

里面还是没有反应。

刘青叶越发感到不对劲：“让开。”她拉了一下周游，飞起一脚把房门踹开。

刘青叶还没挂断电话，铃音从床下传来。

她扭头朝着屋外飞奔而去。周游愣了一下，也追了出去。

刘青叶从楼梯跑下一楼，一个路过的服务员差点儿被刘青叶撞飞出去。

“保护好308房间，谁都不许进去，我们是警察。”周游对着服务员们喊道。

服务员们都愣在那里。

刘青叶从酒店里冲出来。她看到刚才那个拉着大行李箱的男人，开着一辆大众车正要离去。男人在车窗里看到了刘青叶。

“停车！”刘青叶拔出了枪。

可是男人一轰油门，车子飞速地上了街面，朝着远处飞驰而去。

周游追出来。刘青叶枪口对准大众车，可是街上车来人往，她不敢开枪。

一辆停在门口的网约专车上，正在下车的乘客愣在那里，正在帮客人从后车厢拿东西的司机也愣在那里。

周游飞奔过来，他掏出警官证朝司机晃了晃。

“警察，征用你的车。”

还没等那个司机反应过来，周游和刘青叶已经上了车。

男人正镇定地开着车。他踩着油门看着后视镜里追来的周游。

前面是一个十字路口，正是红灯，有车在等着红灯，男人紧打方向盘。他上了右拐车道，右拐车道上并没有车，男人超过了等车的车阵，快到十字路口时，他朝左猛打方向盘。

大众车从最右边的右拐车道猛然左拐，越过等红灯的车，在路口飞速地左拐，差点儿和正面而来的车撞在一起。

周游也跟着大众车的路线在十字路口猛打方向盘。这时，变了灯。路口等红灯的车准备直行。周游猛按汽车喇叭，猛打方向盘掉头。车子掉过头朝着远处的大众车追去。

刘青叶拿着手机打 110 报警。

“我是东山龙城市龙湾分局的刑警刘青叶，我现在正在江中路上，有人涉嫌绑架正驱车逃走，车号是沪 AS1221，嫌疑人正驱车在江中路往北方向逃窜……”

“我们的是一辆网约车，应该能定位。”周游一边加速一边说。

“车号多少？”刘青叶问。

“问我，你找啊。”周游猛追不舍。

刘青叶在车里储物箱里寻找着有关车辆的证件，半天，她终于翻出了行驶证。

“我们的车号是沪 BP5879，车主姓名是陈鹏。”她对着手机说，“我们的车可能是辆网约车……”

十字路口的交通灯直接变成红灯，大众车却加速驶过十字路口。

周游把着方向盘朝十字路口驶去。他闯过红灯，路边的一个警察正拿着对讲机在报告情况。

刘青叶紧盯着前方：“他往右拐了，快……”

“闭嘴！”周游开到路口，快速地打着方向盘。

两辆警车飞速驶至十字路口，直接横在了马路上，堵住了车流。正在行驶的车辆纷纷放慢车速停下来。有交警下车拿对话机和指挥中心通话，有交警持枪朝着车流的后方跑去。

男人飞快地开着车。他看到前面远处停着的车流，有交警拿着枪从车流里跑出来，举枪指着他的方向。

男人看了看后视镜，周游的车正超车追来。

男人十分冷静，他朝对面的车道望去，一辆集装箱大货车正响着喇叭相向而来。

男人猛地将油门踩到底，车子开得飞快。

他突然向左一打方向盘，车子朝着护栏冲去，撞开护栏飞上对面的车道，那辆集装箱大货车来不及刹车躲闪。两辆车头对头撞在一起，发出震耳欲聋的巨响。

一切都发生在一瞬间，等众人回过神，大众车的车头部分已经被撞得面目全非。大货车往前滑了几米，一头撞在路边。

“高风！”刘青叶推开还在行驶的网约车车门，扑向那辆大众车的后备厢。

她想打开那后车厢，但后车厢也有些变形，根本打不开。

交警们跑了过来。

“快，里面有人。”刘青叶声嘶力竭地喊着。

交警拿过一根撬棍将后备厢撬开，那巨大的行李箱正在里面。刘青叶扑上来拉开行李箱的拉链，只见高风正蜷缩在行李箱里面。他脸色苍白，仿佛已失去了生命体征。

泪水从刘青叶的眼里夺眶而出。她要扑上去，交警们忙把她拉开。一个交警上前摸着高风的颈动脉。

“放开我，放开。”刘青叶挣扎，踢打着，“高风，你这浑蛋，你要是就这么走了，我饶不了你……”

“他还活着，快叫救护车。”交警回头喊道。

刘青叶愣在那里，泪水在她的脸上恣意地淌着。

37

深夜，上海虹桥国际机场，周游正在国内到达出口焦急地等待着。他看到冯凯从机场里走出来，挥手迎上前。

“高风怎么样？”冯凯来得急，连行李都没带。

“他醒过来了，除了有轻微脑震荡，没有外伤。医生在他的体内查出了地西泮镇静剂成分。”周游带着他往停车场走，“高风说，很有可能是通过客房里的免费矿泉水吸入的，上海刑侦总队的人正在对高风的房间进行现场勘查。这小子命大，万幸的是他塞在那个行李箱里，行李箱倒是起到了缓冲作用。”

“嫌疑人呢？身份查实了吗？”

“面目全非，根本认不出来相貌了。”周游说，“据说身上没有任何身份证件，也没有手机。但那辆大众帕萨特可能是从神州租车公司租的，上海刑侦总队正在调查。不过，最重要的一点是，嫌疑人是男扮女装的。”

“男扮女装？”冯凯想了一下，“走，马上去现场。”

他和周游来到如家酒店时，看到酒店门口停着好几辆警车。

拉着警戒线，警灯在闪烁着，警员们正在门口或打着电话或和用对讲机通话。冯凯和周游坐的那辆警车飞驰而至。

上海刑侦总队的小赵跟着冯凯和周游从车上下来，他出示警官证，带着冯凯和周游走进酒店。

三人乘电梯来到三楼，上海市刑侦总队的石磊手里拿着一个文件夹正在走廊上打着电话。

“好，好的……明白，我这边有什么新的情况会马上跟你汇报……那先这样。”石磊挂断电话，看着走过来的冯凯等人。

“石支队，这是龙城龙湾分局刑侦大队的冯队长，这是周游。这是我们的副支队长。”小赵介绍。

“石磊。”石磊和冯凯握手。

“小赵在路上大致介绍了一下情况，现在有什么新的线索吗？”冯凯问。

“我们从神州租车公司查到了嫌疑人登记时用的身份证，身份证上的名字叫丁辉，苏州人，不过，那身份证是假的。”石磊带着他走向308房间，“但我们在酒店的入住记录上查到了丁辉，有趣的一点是，丁辉……我们就暂且这么叫他吧……丁辉跟高风是同一个晚上入住的如家，只不过登记入住的时间比高风晚了 45 分钟。服务员说丁辉是通过携程网订的房间，携程网提供的丁辉订酒店时所用的手机号码是上海的号码，是个一次性手机号。还有今天晚上 7 点 10 分左右，酒店的门厅，电梯间和三楼的监控探头全部被激光照射失灵，最关键的是……”

他们已经走到门口，309 和 308 房间的门都开着，里面有警察在忙碌着。石磊指着两间房间。

“他住高风对面。”

冯凯看向房间里面。穿着警用现场勘查服的警员们正在房间里提取指纹。

“我们在指纹库里没有找到和丁辉相匹配的指纹。”石磊打开手里的文件夹，取出一张从电脑里打印出来的丁辉的身份证交给冯凯，“你认识他吗？”

冯凯仔细看着身份证上丁辉的照片，摇了摇头：“没见过。也就是说，目前根本无法确定他的真实身份？”

“我和刘青叶谈过。”石磊收起照片，“她说高风来上海是私自调查一起案件，是你们龙湾的一起陈年积案？”

“高风的身份想必你已经知道了。他现在已经不是警察，他这是私人调查。”冯凯解释，“他调查的，正是我负责的案件。”

正在这时，石磊的手机响了，他看了看手机，朝一边走去。冯凯看了看两间房间，他走到一旁，拨打电话。

“冯队？你到了？”刘青叶的声音传来。

“我在如家快捷酒店。高风醒着吗？”冯凯问她。

“又睡了，镇静剂的剂量比较大，要我叫他吗？”

“叫醒他。”

“好的，你等一下。”

电话那头传来刘青叶和高风断断续续的谈话声。

“有什么难受的地方吗？”是刘青叶在说话。

“这是我睡得最踏实的一觉。”高风的声音听起来很虚弱。

“冯队要跟你说话。”

“喂？”高风接过电话。

“感觉没问题吧？”冯凯问。

“没有问题。”

“高风，你来上海的那天，都有谁知道。”冯凯问高风。

“我叔知道，还有李显知道，别的……没有了。不过，你为什么要这么问我？”

“嫌疑人是跟你同一晚入住上海如家酒店的，比你晚45分钟，他就住在你房间正对面，309房间，他是通过携程网订的酒店。”

“可我并没有告诉过我叔和李显他们，我在上海住什么酒店，几号房。”电话另一头，高风明显愣了一下，“他是怎么知道这些信息的？这个人我见过，还打过招呼，他是哪里人？”

“他的所有身份信息都是假的。”

“这……”高风愣了好一会儿，“可我从龙城到上海火车站再坐地铁到江中路的如家，这一路上我并没有感觉到有人跟踪，他又是怎么找到的如家？”

“也许你没有注意到。”

“不会，我乘交通工具出行，都会仔细观察周围的人。我刚才回想了一遍，我确认在这一路上没见过他。只有一种可能……”

“他在你手机里植入了窃听软件？”

“对，你让上海警方马上查我的手机，还有高铁上和上海虹桥火车站的监控录像，看他是不是从龙城一路跟着我来的上海，如果是……那许达的死，甚至杨三水的死或许都和他有关。”

“好。”冯凯的手机有别的电话打进来，“高风，我先挂了，魏大炮找我。”冯凯挂断和高风的通话，接通魏大炮的电话。

“老魏。”

“我复查过了，许达是被谋杀的。”魏大炮朗声道。

“死因？”冯凯并不觉得奇怪。

“我早就想到过，如果许达是死于谋杀，只有一种致死可能，那就是空气栓塞。简单地说就是往血管里注入空气，史上最古老的致死方法。”

“可……他是怎么做到的？通过输液让空气进入血管？他身上没有别的针眼啊？”

“不，这么做对凶手来说时间太奢侈了，你不是说值班警察离开只有三分钟的时间吗？50公斤的成年人，要注射100ml的空气，还要在1分钟之内注射完，才会有生命危险。这也是我一直困惑的地方。正如你刚才说的，因为在许达的身上根本找不到针眼，我恨不得把许达的每寸肌肤都查过了。刚才我终于找到了那个针孔。”

“在哪儿？”

“在许达左眼眼球的后方，有根大血管上有个小针孔。有人趁许达昏迷的时候把他的眼球压到旁边，从眼角的地方注入空气，这是通往脑部距离很短的地方，这会立刻导致失明，接着是脑部出现血块，形成脑梗塞死亡。凶手很聪明，这么做真的难以留下痕迹，他差点儿把我骗过去了。”

冯凯听着魏大炮的描述，无法掩饰脸上震惊的神情。

“好了，我会马上写报告。但是，有一个问题得需要你解决，那就是凶手是怎么进入许达病房的？”

说完，魏大炮挂掉了电话。

冯凯愣在那里。过了一会儿，他马上拿起手机打给方菲。

“方菲，马上把许达猝死当晚省人民医院的监控录像送到相关部门鉴定。”

“鉴定什么？”方菲问。

“许达是死于谋杀，那一定是有人在监控视频上动过手脚！”

石磊打完电话，走过来。现场还没处理完，暂时不会有任何结果。他建议冯凯先去休息，明天一早在上海公安局刑侦总队碰面。

38

第二天，冯凯和刘青叶叫了辆出租车，如约而至。

他们向上海刑侦总队的大门走去。小赵从里面出来迎接。这时，方菲的电话打了过来。

“冯队，监控视频作过假。凶手把前一晚录下的监控视频植入许达死当晚的监控视频里，不仔细检查，完全看不出来，天衣无缝。时长四分十二秒，凶手有足够的时间进入许达的病房实施谋杀。”方菲一口气说完。

“可监控视频上面的日期显示是完整的呀！”冯凯仍有疑问，“这也是当时没有做技术鉴定的原因。”

“只有一种解释，有人黑入了省人民医院的监控系统。还有，我们对那个时段内医院的停车场、大门等地的监控视频进行了仔细的筛查，查出和你描述近似的一名可疑女性和一辆小型厢式货车，我马上把视频截图发给你。”

“那辆小型货车的车主是谁？”冯凯问。

“正在查，有结果我会马上向你汇报。目前就这些。”

“好。你马上把截图发过来，另外，调取高风家外街面的监控视频，看丁辉和那辆小型货车有没有进出过高风家的小区。”

“好，我马上去办。”

冯凯挂掉了手机。他和刘青叶跟着小赵走进刑总大门，来到石磊的办公室。

刑警们正在办公室里忙着，石磊在办公室里接听电话，示意他们俩先坐。

“那就查附近的店铺和商场之类的，看他们是否有监控探头拍到过……海量也得查，一家家摸排。”石磊挂了电话，走到冯凯面前。

“我先说说我们龙湾的调查情况。”冯凯说，“丁辉是从龙城跟着高风到的上海，而且，他涉嫌通过入侵省人民医院的监控系统，用前一晚的视频将行凶当晚的视频覆盖，骗过了我们，进入许达的病房，利用空气栓塞的杀人手法谋杀了许达。”

说着，他将手机的微信打开，给石磊看方菲发来的照片。石磊示意他把照片发给自己。

“你的分析没错，高风的手机里被植入了一款窃听软件。”石磊转身开始操作电脑。

“是什么时候植入的？”刘青叶问。

“12月21日下午5时37分，当晚6点45分高风坐G228到了上海。”

“这么说，丁辉是潜入高风家实施计划的。”刘青叶诧异，“他真够胆大的，高风是警察出身，他就不怕被高风发现？”

冯凯想着什么。

“有了。”石磊让他们看电脑上放大的龙湾发来的视频截图。

屏幕上出现穿着女装的“丁辉”从停车场小型货车里出来的画面。

紧接着是“丁辉”来到省人民医院门口的画面。一辆救护车停在画面前，护士和医生们把一个担架车从车上抬下。

画面中可以看到，“丁辉”和护士及家属一起推着那个担架车朝大门走去。

“天啊，他真够贼的。”刘青叶盯着男扮女装的“丁辉”，“要是没有目标就靠平时筛查，哪能查出他来？”

“可他到底是谁呢？会不会是你们龙城的人？”

“不，不可能。”冯凯摇头。

“你凭什么这么肯定？”石磊问。

“从目前掌握的证据看，这个凶手有以下几个特征：第一，有技术。他得精通电脑，甚至是一名黑客。还得掌握这么精准又不露痕迹的杀人手法，还要有高超的化装术。第二，有胆量。他敢在大白天潜入高风的家里往他的手机里植入窃听软件。在酒店里和高风及刘青叶他们撞面不慌不忙镇定自若，说明他心理素质极强。第三，有计划。所有的一切都在他的计划中，而且在行动前都做了周密的善后安排，包括到目前为止我们也没有在他身上找到任何身份证件，没有发现手机，以及手机用的是一次性手机卡……这所有的一切说明什么？”

“职业杀手？”石磊明白了。

“对，只有这个解释才符合他的所作所为。而且……要雇职业杀手的话，雇的人也得够专业才行，必须有门路，这不可能去网上找，很多普通人也会雇杀手，可是雇来的没有什么专业精神可言。”

“不见得能杀得了人。”石磊点头。

“你们说得我寒毛直竖。所以？”刘青叶皱眉。

“所以，我认定他不是龙城人。”冯凯说，“我在龙城从警这么多年，还没有发现龙城出过类似的人才。

“那他和他的幕后真凶到底是谁呢？”石磊看着屏幕，愁眉紧锁。

刘青叶的手机响了，来电显示是个陌生的号码。她以为是骚扰电话，直接挂断。但没过几秒钟，这个电话又打了进来。

“青叶，听看守的警官们说，你去刑总了。”电话接通，高风的声音传来。

“你……在哪儿？”刘青叶一惊，以为高风又跑了。

“我在护士站借的电话。”

“你怎么擅自离开病房呢？”

“丁辉的身份查明了吗？”高风问她。

“这些不是你现在要关心的问题。”

“我现在只关心这个问题。”

“没有任何线索。”刘青叶犹豫一下，看看冯凯，才开口，“冯队认为他是一个职业杀手。”

“别的呢？”高风的语气很平静。

“你不惊讶？”刘青叶好奇。

“因为和我想的一样。”

“我的寒毛都竖起来了。”刘青叶忍不住吐舌头。

“那是肾上腺激素飙升，警察接到大案时的本能反应。”

“我没时间跟你贫。”刘青叶换上严肃的语气。

“你怎么不懂我的幽默呢，连上海的警察小哥都夸我幽默。你还没有回答我的问题。”

“无可奉告，你知道规矩的。”刘青叶不想和他废话，“好了，如果没有别的事，我得挂了，办完事我会去医院看你。别乱跑，医生说你有脑震荡，免得吓到别的病人，拜。”

刘青叶刚放下手机，铃声又响了。她看了看手机号，愣了一下。

“是许佳桐。”她对冯凯说。

冯凯点点头，刘青叶接通电话。

“是青叶吗？我是许佳桐。”电话里的声音听起来很慌乱。

“我是，你说。”

“到底出了什么事？我给高风打电话说关机了。”许佳桐的声音里有点儿哭腔，但听起来怪怪的，“然后我刚才又给上海普陀区江中路如家快捷酒店打过电话了。他们说网上说的那个被绑的房客可能就是我说的高风……”

“你在哪儿？”刘青叶问她。

“龙湾。但我昨晚才从上海回来的，前天晚上我还和高风见过一面。高风怎么了？网上说他生死不明……”

刘青叶没说话

“喂？青叶！”许佳桐与其说伤心，倒不如说是着急。

“我知道了，我们这两天会去找你。”刘青叶仍然是公事公办的态度。

“你现在能跟我说实话吗？”许佳桐催促道。

“对不起，我无可奉告。这两天请你保持手机畅通，我们会随时联系你。”说完，刘青叶挂掉了电话，看向冯凯，“她说在网上看到有关的消息，想证实是不是和高风有关。”

冯凯没有说话。

这时，刘青叶的手机又响了，刘青叶没看手机拿起来就接听。

“对不起，我刚才说了，无可奉告……”

“是刘青叶吗？我是小吴，江中派出所的小吴。”

“对不起，我以为是别人，有事吗，小吴？”刘青叶道歉。

“刚才如家酒店的服务员给我打电话，说高风穿着病号服去了如家，都把人家吓着了，我现在手头有案子要处理，赶不过去。”

“明白了，谢谢你。”刘青叶挂了电话，“高风跑去如家酒店了。这人，刚答应我……他就……嘿！”

刘青叶气不打一处来。

正在这时，两个警员正匆匆进来向石磊汇报。他们找到了丁辉租住的地方。

“你马上去如家。”冯凯对刘青叶说，“我去丁辉住所。”他跟着石磊一行人往外走，“怎么发现的？”

“天网。”一个警员回答，“我们根据前天晚上丁辉离开如家酒店的路线查到的。”

刘青叶跟在他们后面出门，叫了辆出租车，直奔如家酒店。

来到酒店，她没坐电梯，一口气跑上三楼。高风果然穿着病号服，呆呆地站在走廊里。

“你倒是在这儿挺悠闲的啊。”刘青叶走上前，“一会儿网上就出现一个疯子从上海疯人院里跑出来的帖子了。”

“原来这就是你们在我病房门口派两个警察小哥驻守的理由？”高风歪着头问她。

“损人不利己，你知道你这么一跑，那两个小哥会受什么处分吗？”刘青叶骂道，“刚才人家给我打电话都哭了，你这人是不是从来不替别人着想？”

“那你还救我。”

“救死扶伤，这不光光是医生的职业道德。我们警察连杀人犯都要救呢，何况你？你跑到这里干什么？故地重游有什么感想？”

“我在想我这后半生里该怎么还你这个人情。”高风蹒跚地走向电梯间。

刘青叶望着高风的背影，她的目光里有一丝柔情。她想说什么，可张了张嘴还是没有说出来，只是抬腿跟着高风朝着电梯走去。

高风先进了电梯，他按住电梯按钮等着刘青叶，刘青叶钻过警戒线进入电梯，高风怔怔地望着刘青叶，他的手还按着按钮。

“你这么看着我干吗？”刘青叶被他盯着，有点儿不好意思。

39

没错，韩国西川株式会社……

好像是那个韩国公司破产了，倒闭了，但那韩国公司救了吴贵祥，救了厂子，当然，也救了许军……

吴天的话又回荡在高风耳边。

过了一会儿，电梯关门报警音才让他回过神。高风发现刘青叶正用看疯子的眼神着自己。

高风把目光从刘青叶的脸上移开，但他的手仍然按着电梯按钮，电梯在报警。

“你不舒服？”刘青叶问。

“韩国。”高风嘟囔了一句。

刘青叶一脸蒙地望着他。

“韩国……”高风还在思考。

“走吧。”刘青叶打了一下他的手，按下关门键。

电梯一路下行，高风跟着刘青叶走出酒店。

她拦下一辆出租车，把他带回医院，交给两个护士做检查。她自己出去向冯凯汇报。

很快，她回到病房交给高风一部手机。

“这部手机你先用着，手机号码在手机的背面贴着。”刘青叶说，“冯队让我马上赶到刑侦总队。高风，我可跟你说好了，你老老实实在病房里待着。”

“你要再跑，医院可就要扣我们工资了。”护士抱怨道。

“听见没有？别再给别人添麻烦。”

高风似乎还在想着事。

“那我走了。”刘青叶转身。

“等一下。”高风冷不丁拉住她的手。

“干吗？”刘青叶甩开他，脸有点儿红。

“对不起，剩下的我自己来，能给我们俩一点儿独处的时间吗？我有点儿事要跟我同事谈。”高风对护士们说。

“你要干吗？”刘青叶更蒙了。

护士们走出病房。高风欲言又止。

“说话！”刘青叶快忍不住发脾气了。

“有时候，人们的自我保护方式很滑稽，比如，你不去谈论某事，它就不存在了，或是消失了……”高风看着窗外，自言自语。

“高风，我不像你现在有那么多充裕的时间。”刘青叶推了他一下，“你在说什么？”

“我爷爷完全失去记忆之前的那段时间里，我爷爷每天对我说得最多的话是什么你知道吗？”高风不理她，继续说道。

“什么？”刘青叶完全蒙了。

“五个字，‘许家福没死’……”

“你说这个干吗？”刘青叶打断他，“你到底想说什么。”

“请你耐心点儿听我把话说完。”高风看着她，“这五个字给我的家庭造成了太大的伤害，也让我的成长过程里蒙上了永远抹不去的阴影。所以，我从来没把这五个字当成是真相，只以为是我爷爷说的疯话。”

刘青叶似乎悟到了高风想说什么，她吐了一口气，犹豫了一下，没开口。

“可我现在想说，许家福没死，他就在韩国。”高风说。

刘青叶愣愣地看着他。

“你也以为我说的是疯话，是吗？”高风问她。

“我没那么说。”刘青叶耸肩。

“冯凯的怀疑是有道理的。”高风说，“你们想过没有，我爸从上海回去后，为什么突然提出跟我妈离婚？为什么又私自一个人要去海东县？又为什么在去海东县的路上突然意外坠崖身亡？这海东到底有什么秘密？”

刘青叶等他说完。

“因为海东县离韩国济州岛最近，因为那几年海东县和韩国的走私生意猖獗，还因为……还因为当年海东有许多蛇头，有许多人是通过这些蛇头偷渡去的韩国。”

刘青叶愣在那里。

“所以，许家福没死。1986 年，在海东县出租房里烧死的不是许家福，许家福找到了一个替死鬼，他金蝉脱壳，从海东偷渡去了韩国。”

“可……”刘青叶想说什么，但忍住了，“没事，你接着说。”

“杀手一定是韩国人！让许军在吴贵祥的厂子里站稳脚跟，让许军娶到吴贵祥女儿的也是韩国的公司！”

“说完了？”

高风点头。

“这故事虽说有点儿雷，但绝大部分的逻辑是通的，可你需要解决一个最大的难题……”刘青叶提醒他。

“1995 年开棺验尸，DNA 亲子鉴定。”高风会意。

“说实话，在回来的路上，我脑子里不是没有闪过这个念头。”

“所以这就是许达和许广义之间的秘密，所以才会有‘4·05’一案的发生，所以才会有罗红英的失踪，所以才会有现在杨三水的死，许达的死，所有的这一切全是许家福在韩国幕后操纵。还有，韩国的职业杀手为什么要对我下杀手？因为我和我爸一样，触及了真相的核心。所以说，我爸很有可能真如冯凯所猜的是死于谋杀！”

“我真的该走了，你的话我都听进去了，我会把你的想法如实向冯队汇报的。”刘青叶沉默了一会儿，低声说。

“青叶，谢谢你。”

“谢我什么？救你命还是能耐下心来听你的故事？”

“像我这样一个无照警察的话，只要有人愿意听我就很开心。”

“高风，咱们俩从穿开裆裤时就认识，在我的印象里，这是你第一次对我说谢谢。”

高风有些尴尬地看着刘青叶。

“所以说开心的是我。不过，你现在的任务就是休养，剩下的全交给我们。”说完，刘青叶开门离去。

她走到电梯间，电梯门打开。

里面却刚好出来一个熟人——周浩宇。

两个人面对面，只是点了点头，因为实在无话可说，刘青叶进了电梯。

周浩宇朝着走廊跑去，边跑边看着门牌号。

两个警员紧张地望着跑来的周浩宇，其中一个把手放在枪套上。

“对不起，我找高风。”周浩宇上气不接下气。

“你是谁？”

“我是他弟弟。”

“身份证。”

周浩宇忙拿出身份证递过去：“他怎么样？”

“周浩宇？”警察看着身份证上的名字疑惑。

正在这时，病门的房打开了，高风站在门口。

“他是我的弟弟，没错，让他进来。”

周浩宇想扑上去。两个警察却挡在了高风和他之间。

“不许靠近。”一个警察回头指着高风，“你不许出来，关门，进房间。”

“他都证明了我是他的弟弟，我……你们为什么不让我进去？”周浩宇急了。

“你得证明自己不是来杀我的第二个杀手。”高风无奈地耸肩。

“你还有兴致开玩笑？”周浩宇指着高风的鼻子，“你知道我在飞机上这一个小时都是怎么度过的吗？你不会给我打个电话报个平安啊？唉，早知道我刚才应该拦住刘青叶，让她带我过来。”

“我的手机被警察没收了，这是刘青叶刚给我的。”高风给他看手机，“号码我自己都记不住。”

周浩宇哭笑不得地隔着两个警察和他对视。

“要不，你们给刘青叶打个电话？”高风对警察们说，“他真是我弟弟。”

两个警察对视一眼，让开路，放周浩宇进门。

“对方为什么要杀你？”周浩宇一屁股坐在床边。

“谜，待解。”高风也坐下来。

“你到底惹到了谁？”

“我也不清楚，因为现在杀手的身份还没有查出来。”高风耸肩。

“你没有跟我说实话。”周浩宇换上不悦的表情，“我不喜欢有人盯着我的眼睛还对我撒谎。”

“我只是当事人，不是警察。”高风更加无奈。

“跟‘4·05’一案有关？”

“这个问题你不应该问我，你该去问刘青叶。”高风抛出挡箭牌。

“那你回答我最关键的一个问题。”周浩宇不放过他，“你为什么要来上海？你在私下调查什么？”

高风默默地看着他。

“还有，你始终没有给我一个正面回答，你到底为什么要放弃去东方法正而选择留在龙湾？你到底查到了什么？”

“别问我这些，医生说我有脑震荡。”高风想糊弄过去，“对了，我一直忘了问你，爷爷怎么样了？”

“别转移话题。”

“你别追问了，我不会告诉你的。因为……我现在也不确定，你别逼我，该告诉你的时候我自然会告诉你的。”

“不，你的眼神告诉我，你更多的是不信任，不信任我。”周浩宇站起来。

“我不想给你带来危险。我是你哥，我得保护你的安全。”

“少来。”周浩宇嗤笑，“在这个用钱就能搞定一切的现实里，谁能保护谁还难说呢。”

“也许你说得没错，我现在就需要你的保护，你得先去帮我把医药费付了。”

周浩宇无语地看着他。

“我已经推心置腹了，别说我刚才说的全是废话。”

“是不是跟许达的死有关？”周浩宇问，“你真以为我是你那永远长不大的弟弟？我的智商是155，比尔·盖茨也就160，可你呢？才102，才刚刚达到及格线。”

“跟我爸的死有关。”

“什么？”周浩宇瞪大眼睛。

“我爸可能是被人谋杀的。”高风说，“我只能说这些。这正是我留在龙湾的原因，也许，这也是有人要对我下手的原因。”他看着说不出话的周浩宇，“我说，你到底帮不帮我付医药费？”

周浩宇一声不吭地走出病房，不到十分钟就回来了。

40

“医药费刘青叶已经帮你垫付了。”

“得，我已经有保护伞了。”高风自嘲地笑了笑。

“这么多年没见刘青叶，我才发现，有时候童话还是有可能转变为现实的。”

“什么意思？”高风不解。

“丑小鸭变成白天鹅的童话啊！”

“你对她不怀好意？”

“我？你是装糊涂还是真不知道？”周浩宇一脸不屑，“她喜欢你，从小就喜欢你。”

“那是两回事，开裆裤时代，我和她还玩过过家家呢，幼儿园的时候，她还跟老师说她长大了要嫁给我呢。”

“不，我说的是真爱，男女之爱。”

高风怔怔地望着周浩宇，一脸不解的样子。

“从高一起我就看出来了，可你那时正和许佳桐热恋。”周浩宇说，“我经常会看到这样的场面，你默默地望着许佳桐的身影或者是你们俩深情对视的时候，刘青叶就会在不远处以仇恨的目光盯着你。这就叫，爱之切则恨之深。”

高风愣在那里。

“那时候你的眼光哪能扫到她的身上？她现在是不是动不动就怼你？挖苦你？”

“我还奇怪呢，她怎么就变得这么刻薄了。”高风挠头。

“人是不会变的，他们只是变得更加谨小慎微地隐藏真实的记忆了。挖苦你是她对自己内心感情的防御。我告诉你，她还爱着你。”

高风没有说话。

“你真没感觉出来？”周浩宇盯着他，“所以说你的智商低嘛。当然，或许另有原因……”

“我跟许佳桐的关系已经跟你说清楚了，我不想再说这些车轱辘话。”高风打断他，“浩宇，刚才我跟你说的事，还有我在上海遇到的事，你都先不要跟叔婶说，我怕他们担心。这是我们兄弟俩的一个秘密，行吗？”

周浩宇犹豫一下，默默点头。

刘青叶回到上海刑侦总队，冯凯在等她。他们去丁辉的住所，不出所料，一无所获。

但上海警方已经查清，他在虹桥国际机场入关时，用的护照上的名字叫李英姿。他是男扮女装入关的。所以，护照肯定是假的，人名也肯定是假的。

冯凯已经向东山省厅领导建议，最好能和上海刑侦总队成立联合专案组，越快成立越好，以便下一步侦查工作的开展。因为这不单单涉及上海、龙城两地的警务合作，还涉及韩国警方。

上海刑侦总队已经联系了市局国际合作处，尽快联络韩国警察厅，请他们协助调查这个杀手的真实身份。

刘青叶把高风的想法告诉冯凯。她能看出来，冯凯丝毫没有觉得惊讶。

“我也是这么想的。”冯凯递给她一瓶水。

“什么时候……”刘青叶恍然地望着冯凯，“怪不得你那些天埋头在许家福的案卷里，还美其名曰了解龙湾的历史。天哪，你这么早就想到这儿了？李夏他们知道吗？”

“说过。”

“他怎么说？”刘青叶一口气喝下半瓶水。

“让我趁早放弃这奇思怪想，以后也不许再提 1995 年的开棺验尸和 DNA 亲子鉴定事件。所以，咱们统一口径，从现在起，咱们对外一致称，这是高风的想法。”

“鸡贼。”刘青叶撇嘴。

“这叫策略。”冯凯朝办公室方向走去。

刘青叶愣在那里：“这么说我爷爷当年的想法是正确的？我的天哪。”她自言自语道。

“青叶？”冯凯回头。

“来了！”刘青叶喝掉剩下的半瓶水，把瓶子扔进垃圾桶，追上冯凯。

石磊、周游还有两个上海的警员正在办公室里。听完冯凯和刘青叶的叙述，他们都是一脸震惊。

“我的天哪，这剧本可比国内任何电视剧都精彩多了。”石磊感慨，“可……当警察的最不喜欢的就是戏剧效果。”他问冯凯，“你认为高风说得有理吗？”

“我说什么都没用，得看证据会说什么。”冯凯谨慎地说，“我会马上让人把许家福一案的所有案卷和‘4·05’一案的案卷的复印件送过来。”

“我们这边有三个侦查方向。”石磊想了想，“第一，重查吴贵祥的死因。第二，调查和吴贵祥合作的韩国西川株式会社的背景。第三，查清这名职业杀手的真实身份。可吴贵祥的尸体早已化为尘土，要想重新推翻当年的结论已经不可能，所以我认为第一个方向不会有结果。还有，就算高风的推断成立，1993 年许家福从韩国派来的杀手也不可能是这位。”

石磊指了指一旁白板上贴着的杀手“丁辉”的几张照片。有监控视频拍下的截图，有男身的，也有女身的，有署名“丁辉”的假身份证复印件，还有署名“李英姿”的假护照复印件。

“1993 年他或许正在吃奶。”石磊说，“我们的重心只能放在第二和第三个侦查方向上，但要想有进展得看韩国警察厅的配合力度有多大。”

冯凯走到白板前望着杀手的照片。

“两条腿走路吧，我们马上赶回龙城，从另一条战线杀入。”

“如果许家福是这一切的幕后操纵者，那你们的难度也不小。”石磊走到他身边，“赵月娥和许军有没有参与其中，又是怎么参与的，这些证据都不好找。”

“这就和登山一样，高山那么多，为什么人一定要爬这一座呢？”冯凯说，“因为它是世界上最难攀登的高峰，不论对身体还是心理来说都是如此。攀登的过程中没有一刻是愉快的，你只会觉得焦虑、劳累、恐高、缺氧，稍有不慎就会招致灭顶之灾。可人们为什么还会选择它？”

“征服它。”石磊说。

“因为它看起来绝对不可能到达峰顶。”冯凯点头，“山峰太高，空气太稀薄，天气变幻莫测，一切都可能出错。这就是爬坡攻顶的故事，可最后它会成为神话，会为成营火周围流传的故事。”他转身看着大家，“你们可能工作一辈子都碰不上这种案子。这件案子如果才几天就被侦破，那么它也很快就会被遗忘，史上的传奇罪案都有什么共同点？它们都旷日费时，都是爬坡攻顶。”

“冯队，我们明天回龙城？”刘青叶问。

“马上出发去机场。”冯凯观察她的脸色，“你还有什么事要办？”

“没有，我们走吧。”刘青叶站直了身体。

石磊安排了一辆车，先送他们回酒店取行李。路上，周游订了回龙城最早的一班飞机，还好，有票。

刘青叶和周游跟着冯凯来到机场时，已经是黄昏。她示意周游先去办手续，自己走到候机厅角落，拨通高风的电话。

“高风，我和冯队他们得马上赶回龙城。”她捂着电话，“我们已经在机场了。”

“你就把我孤零零扔在上海？”

“我问过医生了，他说你最多两天就可以出院，不过，石磊他们还要留你几天，有些事他们要问你。你放心，他们会保护好你的安全的，到时候，他们会派人把你送回龙城。”

“谢谢他们，也谢谢你，帮我垫付了医药费。钱我会还你的，要利息吗？”

“这才多少？你还是想想怎么还我的人情吧。再见。”

刘青叶挂断了电话，她怔怔地站在那里望着远处。站了好一会儿，她才回过头来，转身朝着冯凯和周游的方向走去。

几个小时后，飞机轰鸣着在龙城机场降落。冯凯一行人顾不上休整，直奔龙湾区刑侦大队的办公室。

方菲已经整理好资料，在等他们。

龙湾分局刑侦大队已经查明。

12 月 19 日下午 3 点左右，杀手的白色小型货车进入了高风所在的小区。一直到 12 月 21 日下午 5 点 15 分离开的小区。高风是在 5 点 10 分左右离开的小区。

侦查员已经在火车站的地下停车库里找到了那辆货车。

车是从网上租的，车主是龙城人。杀手用“丁辉”的身份证，在 11

月16日下午2点从车主手里租下车子。他付了两个月的租金，共一万五千元，还有身份证的复印件和两万块的抵押金。

刑侦大队调查发现，这个杀手到龙湾后没有住过任何的酒店宾馆。从他11月16日租到这辆小型货车一直到12月21日离开龙城，他似乎一直都吃住在这辆小型货车里。不过，那辆小型货车已被他清理得干干净净，到目前为止，技术人员没能在这辆车上提取到一枚指纹。

11月22日傍晚6点，杀手开着这辆货车进入杨三水家的小区，一直到第二天，也就是11月25日凌晨5点10分左右离开了杨三水家的小区。当日上午9点10分，刘青叶和周游发现杨三水在家中“自杀身亡”。

“这么说，杨三水并不是自杀身亡。”刘青叶回想起当时的情景。

41

“11月26日晚上10点，杀手开着这辆货车进入过李艳家的小区。”方菲继续介绍，“一直到11月28日凌晨1点30分左右离开的小区，而城中派出所民警是在1点20分左右接到田小山报警后赶到的李艳家。”

“这么说，是杨衡搅局才救了李艳一命。”周游插了一句。

“最关键的，许达去英国的当晚。”方菲拿出几张视频截图放在办公桌上，“也就是在27日晚上8点10分，杀手开着这辆货车进入龙城国际机场地下停车场，然后在9点21分左右离开。而许达是在9点15分左右在机场安检口被杨衡所刺的。”

冯凯看着桌上的截图。

一张截图中，可以看到一片混乱中，一个女性往许达的身上倒去。

“我当初的判断是对的，杨衡并没有刺杀许达。”冯凯看着放大的截图，能看清杀手化成女人的脸，“是这个杀手趁混乱之际故意撞向杨衡。他只是利用了杨衡手里的刀，借刀杀人而已。”

刘青叶接过视频截图。

“要不是杨衡，许达或许早去了英国。”冯凯说，“所以……许达去英国是被人安排的？”

“赵月娥？”刘青叶问。

“不然呢？许达远走英国，而杀手从韩国潜入龙城当清道夫。多么周全的计划。”冯凯说。

“可这一切因为杨衡的搅局才使事态变得失控。”方菲说，“人算不如天算。”

“可……我们怎么才能将这些证据链和许家串联起来？”刘青叶思索。

方菲再次从文件夹里取出几张视频截图。是省人民医院停车场和梁欢所在的小区的视频截图。

11 月 27 日晚 10 点，杀手开着小型货车进入省人民医院停车场。第二天凌晨 6 时离开医院停车场，一路跟着值班警员梁欢和赵海的车来到了梁欢所在的小区。直到早上 8 点 10 分离开。然后杀手再次进入省人民医院停车场，一直到次日凌晨，也就是 11 月 29 日凌晨 5 点 12 分离开。而许达是在 5 点 03 分死亡的。可以推测，他在梁欢喝的咖啡里动了手脚，让他睡得更死。如果当时立即对梁欢进行抽血化验，说不定能查到镇静剂的成分。

“我们起码被他骗过了三次。”周游咬牙切齿，“杨三水的死，机场的借刀杀人，许达的猝死……”

“有这个杀手和许家……赵月娥、许军、许佳桐联络的证据吗？”刘青叶问方菲。

“杀手用的应该都是一次性的手机卡。”方菲摇头。

冯凯一直没有说话，他默默地听着他们的议论。

“海东。”许久他缓缓开口，“明天，我们去一趟海东。”

第二天一早，周游开车，载着冯凯和刘青叶出发。车开出龙湾，刘青叶的电话响了。

“是高风。”刘青叶看表，“上海刑侦总队的人应该把他送回龙城了。”她按下免提键，“高风？你到了？”

“刚到。”高风说，“我还以为你会来接我。”

“大队不是安排了两个人去……”

“他们不是来接我的，是来盯着我的。”高风哼了一声，“还要二十四小时警戒！要是这案子拖个一年半载的呢？局里的警力充足还是怎么的？你也不想想，他们现在还有必要再派人来杀我一个平头百姓吗？我已经成功地把风险转嫁到你们的头上了，他们傻呀。”

“我不是领导，我没有资格派人去保护你，你想多了。”刘青叶打断高风的牢骚。

旁边的冯凯露出一丝狡黠的笑。

“是冯凯吧？”高风不知道刘青叶开了免提，“没想到他还挺官僚和教条的，往小了说，他这叫浪费警力，往大了说，他这叫限制公民的自由，我可以告他的。”

“你别嘚瑟了，要不是你是重要的证人和线人，我们才懒得关心你呢。”刘青叶忙说。

“要不这样吧，你们真想保护我这个证人和线人，不如把我安排在你家。我很老实的，我保证。有时间咱们还可以商讨一下案情。”

“你？省省吧，你还真不是我喜欢的类型。”刘青叶恼羞成怒。

“那是你的损失……”

刘青叶气得把电话直接给挂了。

周游忍不住笑出声来。

“你敢再笑！”她回过头来看着冯凯，“把人撤了。”

“咦，你是头儿还是我是头儿？再说了，是你建议给他二十四小时警戒的。”冯凯不紧不慢地说。

“烂泥扶不上墙。”刘青叶气哼哼地道。

冯凯微笑着拿出手机来拨号。

“是我，冯凯。”他对接电话的警员吩咐道，“你们可以撤了，不用跟着高风。但是告诉他，得每天给刘青叶打一个电话报平安。”

“干吗要让他每天给我报平安？”刘青叶对他怒目而视。

“你自己刚才说的，他是重要的证人和线人，再说哪有那么多的为什么，这是命令，因为我是你的领导。”冯凯收起手机。

周游用暧昧的眼神望着刘青叶。

“好好开你的车。”刘青叶瞪了周游一眼。

这时，冯凯的手机响了。冯凯看了看手机接听。

“说话方便吗？”石磊问。

“你说。”

“韩国警察厅查出了那个杀手的真实身份……他叫朴赞选，1980年出生，韩国江原道人，曾在韩国海军陆战队特种部队里服役，退役后成了一名职业杀手。他会汉语和英语。”

“就这些？”

“就这些。职业杀手以杀人为职业，任务来源于集团指派或者是委托人的委托，韩国方面没有查出他上海这单生意的雇主是谁。”

“那韩国西川株式会社的情况呢？”冯凯问。

“韩国西川株式会社的确在1988年11月至1991年11月和上海联达纺织厂做过纺织贸易，三年的交易额有近六十亿……”

“六十亿？”冯凯几乎喊出来。

“货币单位是韩元。”石磊笑了。

“我说你能不能一次说完！”冯凯也笑了。

“但西川株式会社已于1991年12月破产倒闭。原因是竞争激烈，西川株式被别的企业吞并。”

“那个叫李昌旭的社长呢？”

“死了，你能猜出是什么死因吗？”石磊问冯凯。

“脑梗塞。”冯凯丝毫不觉得意外，“韩国方面有没有查过李昌旭的背景？”

“李昌旭1946年出生于釜山，1974年随父母迁居首尔，1975年他父亲成立西川株式会社，做纺织贸易，算是家族企业吧。1980 年他父亲去世，李昌旭继承产业。没有查到他跟许家福有什么来往。不，准确地说，韩国警察厅根本没有查出有许家福偷渡到韩国的线索。”

冯凯拿着手机没有说话。

“如果李昌旭和上海联达纺织厂做贸易是受许家福指使，如果这个猜测成立的话。那应该在……1988 年的时候吧，许家福在韩国不但站稳了脚跟，而且有了相当的实力，这种实力分两种，一种是生意上的实力，另一种就是黑社会势力。但这两方面韩国警察厅都没查出线索，情况就是这些。看来我这次韩国之行前景不妙啊。”

“你们什么时候出发？”冯凯问。

“六天后。”

“我想派个人和你们一起去。”

“你不信任我们？”

“你是老大哥，有些事我不能命令你做，我这么解释行吗？”

“你派谁来？”

“刘青叶。”

“好吧，我跟领导汇报一下。”石磊说，“不管怎么说，这案子的主角是你们，我们只是做上海的这边工作，我能理解。你那边怎么样？”

“正在进展中，有结果我会及时向你汇报。谢了。”

“那赶紧让刘青叶办手续。我会马上给你们局发函。”

“快到码头了。”周游提醒冯凯和刘青叶。

两个海东派出所的民警已经在码头等着了，一个年迈的渔民和他们坐在一起。

“1986 年？这太久了。得让我想一想……你们刚才说的是哪一天？”老渔民听了冯凯的叙述，一脸紧张。

“1986 年 10 月 17 日，也许是 18 日。我想不会再晚了。”刘青叶说。

“1986 年？我想起来了，村里老鬼和小六子，还有林小军是在你说的那个日子里死的。”

“死的？什么意思？”刘青叶问。

“好像是头一天吧，老鬼来找我……哦，他大名叫施德贤。小六子是他侄子，叫施安。他们死前头一天，老鬼来找我，让我跟他往济州岛跑一趟活，我没接。”

“跑活就是运偷渡客。”派出所民警解释。

“你为什么没接？”

“因为天气预报说有台风。”

“他们接的是什么客？为什么要在那种恶劣的天气下出海？”

“我没问，都是老鬼接客，我们只负责干活，这是规矩。”

“那他们是怎么死的？”刘青叶问。

“台风。第二天他们的船没有回来，我就知道出事了。一个星期后，镇派出所来人说，韩国人在济州岛附近的海面上发现了老鬼他们的那艘船，已经被台风刮沉了，连个尸身都没找到。”

“你刚才说老鬼要拉你一起去，你拒绝了，当时老鬼跟你说过什么吗？”

“不记得了。”老渔民想了想，摇头，“不过我当时劝过他，可他好像没听就走了，还把我骂了一顿。”

“骂了什么？”刘青叶好奇。

“大概就是我忘恩负义吧，还说以后有活也不找我了。不过，政府同志，也就是从那天起，我再也没有干过那种活。”

“老鬼的船编号是多少？”冯凯开口。

“东海渔……357号。”

冯凯对两个民警点点头。他们和刘青叶走到远处，聊了几句，拿出手机打电话。

“我……”老渔民紧张地看着他。

“您请回吧。”

42

冯凯目送老渔民蹒跚地离开，抬头望着一望无际的海面。此时风和日丽，能看到海面远处隐约的韩国济州岛。不一会儿，刘青叶走回来。

"刚才小吕联系上了当年的派出所王所长，王所长记得这件事，证实老鬼的船，也就是东海渔357号是在1986年10月17日在韩国济州岛被发现的，当时他还去了济州岛协助调查，船沉了，没有找到任何尸体，并不清楚当时船上有多少名偷渡客。当时韩国警方出具的调查结论是因台风出的意外。"

冯凯没有说话，他再次回过头来望着海面。

"老鬼的船出事时间和当年海东县出租房纵火自焚事件的时间点是吻合的，都在1986年7月21日。"刘青叶说，"许家福当晚很有可能就在老鬼的那艘船上。"

"可证据呢？"

刘青叶张了张嘴，欲言又止。

冯凯一脸严肃地望着海面。

"要不要向省厅汇报？"刘青叶问他。

"走，先回龙湾。"冯凯一边走向自己的车，一边给李夏发微信。

不久，李夏回复，请他晚些时候去省厅向张副厅长汇报。

回到龙湾，冯凯稍做休整，便赶往东山省厅和李夏会合。

两个人来到张副厅长的办公室。冯凯把掌握的情况做了汇报。张副厅长看着桌上的照片和视频截图，一脸严肃。

"只有许家福活着，偷渡去了韩国这个前提成立，这所有的谜团才能解得开。"冯凯总结道。

"你一人得出的结论，还是你们共同的结论？"张副厅长抬起头。

"准确地说是高四海的孙子，高建设的儿子高风得出的结论，我觉得他的猜想有道理。"

“你不认同？”张副厅长问李夏。

“说不通。”李夏回答，“1995 年亲子鉴定结论已经证明许家福死了。”

“就算他的这个猜想有道理，你们怎么证明呢？”张副厅长低头又看了一遍照片。

“要证明这点，去韩国调查是一个方向，主要调查 1986 年许家福有没有乘坐蛇头老鬼他们的船偷渡到了韩国。而我们复查小组的调查方向主要集中在两点上。第一，调查 1995 年开棺验尸的整个过程及 DNA 亲子鉴定结果是不是有问题……”

张副厅长抬头盯着冯凯。

“我觉得这事得慎重。”李夏说，“毕竟 1995 年开棺验尸事件是我们龙城公安系统的一个耻辱。如果现在对这件事重新调查的话，我估计网上又要狂欢了。”

“从现在我们掌握的线索看，‘4·05’案和 1986 年许家福的‘10·17’案是可以并案调查的。”冯凯坚持。

“我私下了解过，当时开棺验尸，DNA 亲子鉴定全程都有武警警戒，高四海也全程在场，整个亲子鉴定的过程都由周伟负责，我认为这个环节出问题的可能性不大。”李夏不肯让步。

“可疑的是，许军的血液检本，坟里那具尸体的 DNA 检本物证，包括鉴定报告，在事后不是丢失就是毁灭。”冯凯说，“只有一种可能，他们想毁灭当时留下的所有证物。”

“你是说，有内鬼？”李夏一惊。

张副厅长还是没有说话，只是默默地听着他俩的对话。

“如果我们现在重启调查，能得出结论的可能性有多大？”冯凯问他。

“1995 年的 DNA 亲子鉴定距离现在二十一年了，所有的物证都没了，你说查出来的可能性有多大？”

冯凯哑口无言。

“再说了，你想怎么查？”李夏诘问，“再秘密也有泄密的可能，这事一旦泄露出去，那龙湾分局、市局，甚至省厅得面临多大的舆情危机？现在的龙星可不是当年的龙星了，它是省里最大的纳税大户。东山的GDP数据有多少得靠龙星来支撑，你说吧，可能性有多大？”

张副厅长阴着脸，依旧一言不发。气氛十分压抑。

“张副厅长，我的建议是，我们这边先别轻举妄动。”李夏提议，“先看看石磊他们在韩国那边有什么进展，如果许家福真的偷渡去了韩国，他总能留下痕迹的。”

“冯凯，你刚才分析得都有道理，但这一切也只是猜测。”张副厅长终于开口，“在没有确凿证据的情况下，我同意李夏的意见。作为警察，社会和现实不允许我们有犯错的空间，稍有不慎，我们将万劫不复。”

冯凯欲言又止。

“线索的重点在于，你只需要一个好机会，它们就会串联起来。”张副厅长说，“现在这个机会就是韩国方面的调查进展情况。就这样吧，我们静待韩国方面的进展。”

冯凯看着张副厅长和李夏，眼里有一丝绝望。

高风的车开上海边堤岸，远远地，他看见堤岸上停着许佳桐的车子。高风停了车，看着许佳桐从车里出来，朝着自己走过来。他一动不动，直到她上了副驾驶座。

“脑震荡没有落下后遗症吧？”许佳桐关上车门。

“你这开场白不错。”高风目视前方。

“那你想象中的开场白应该是什么样的？”许佳桐问。

“大难不死之类的吧。”

“那好，我按你的剧本来。”许佳桐缓缓地点头，“大难不死必有后福。”

“所谓大难不死，就是有了灾祸之后，得到的不是同情，而是莫名其妙的祝福。”高风扭头看着她，“剧本只写到这儿，剩下的就要看咱俩临场发挥了。”

“案子有结果了吗？”许佳桐没话找话。

“上海警方没有再给我打过电话，应该还没有吧。”高风搪塞道。

“到底是什么原因人家想杀你？”

“我刚接受了上海警方的讯问，回来又被龙城警方问了一遍。”高风撇嘴，“所以现在，我真不想听到这个问题了。”

“我一直觉得你是一个挺坦荡的人，心里有话为什么不能开诚布公地说呢？”许佳桐皱眉。

“你指哪方面？”高风假装不懂。

“你去上海的目的。”

高风做出惊讶的表情，看着许佳桐。

“我给吴天打过电话。”许佳桐说。

“据我所知，吴天和你家的关系并不好。”

“涉及我外公外婆在上海的一处房产。”许佳桐解释。

高风看着车窗外的海面，不说话。

“吴天说在 1996 年的时候，也有一个龙湾的警察去找过他，对，那就是你爸。”许佳桐试探道，“你爸为什么去找他？事情的真相在 1995 年不都搞清楚了吗？”

“你在上海见我的目的是什么？”高风没回答她的问题。

“我想你我见面的时候，还有我给你打的电话里都说清楚了。”

“你在电话里说要给我一个礼物，什么礼物？”高风追问。

“我在电话里都说了。”许佳桐盯着他，“你是装糊涂还是演戏？”

“因为当时我身上的镇静剂正在发挥药效。”

“对不起。”许佳桐低下头。

“你应该在电话里感觉出了我当时的不正常。”

“我当时在机场，周边很喧闹。”许佳桐忙说，“我没有感受到你的不正常。”

“我后来查过我手机的通话记录，在那个电话后，你没有再打电话给我。”

“我马上登机了。”

“如果你还在意我，你会打的，甚至不会登机。”

“你这话是什么意思？”许佳桐狐疑地看着高风。

高风扭头看着她的眼睛，不说话。许佳桐避开他的目光，很久才开口。

“那好，我告诉你，我想把自己献给你，这就是电话中我说的要送给你的那个礼物。看来，你真是中了麻药，不记得了。”

高风不禁一愣。

许佳桐淡淡一笑，抬起头坦荡地看着他。

“为什么？”高风不解，“你明知道我盯上了你们家族，你为什么还要这么做？”

“因为那是我的心里话，因为这句话在我心里憋了八年。”

高风冷冷地看着许佳桐。

“别用这种眼神看我，我不在乎你信不信。”许佳桐说。

高风转过脸望着海面。

“高风，你做这一切，是因为什么？”许佳桐低声问，“我许佳桐并没有对不起你的地方。”

“我留在龙湾是为了真相。”高风回答。

“那你认为真相是什么？”

“你当年问过我一个问题。”高风说，“我爷爷为什么坚持认定你爷爷没死。”

“是什么？”

“海东出租房里的那具尸体有三十二颗牙齿，而你爷爷只有二十八颗牙齿。”

“我问过这个问题吗？”许佳桐明知故问。

“如果我没记错，你的天赋就是你的记忆力惊人。”高风看着她，“要不然，你当年也不可能被牛津录取。”

“你到底想说什么？”

“我认为，你是专程去上海见我的。因为你刚才不小心说了真话。”

许佳桐的脸色冷了下来。

“你说，‘高风，我这次来上海见你，是想送你一个礼物，我想把自己献给你’。这不是你的口误，从我认识你起，你就没有过口误。许佳桐，其实你当时在电话里最后还说了一句话，当然，你有你不说的理由，但我会想起来的。”

“高风，我终于明白你当初离开我的原因了。”许佳桐拉开车门下了车。

“许佳桐！”高风跳下车。

许佳桐站住，回过头来。

“你还记得我们在上海，你说过的那句话吗？”高风扶着车门，“你说，只要承认凡事都有代价，而且愿意承担，就什么都能得到，还说，拿走你想要的，为它付出代价。”

许佳桐的脸色变得难看。

“许佳桐，我想对你说的是，我希望我找的真相中，你有不在场的证明。”说完，高风跳上车，开足马力离去。

许佳桐看着高风远去的车子，面无表情。

43

为它付出代价……为它付出代价……

高风开着车，这句话一直在他脑海里翻滚着。开过一个十字路口，他突然快速并线，掉头，朝着龙湾分局刑侦大队的方向开去。

他跑进冯凯办公室的时候，冯凯正在整理桌上的资料。

“许佳桐知道内情。”高风开门见山。

“什么？”冯凯见他莫名其妙地跑进来，没头没脑地抛出这句话，有点儿糊涂。

“她知道许家福还活在世上的内情。”高风说，“她是为了我才去上海的，她在上海和我见完面后给多年不联系的吴天打电话，目的是探听我的情况，她知道我要去见吴天，也知道十年前我爸去上海找过吴天的事。她在我喝了杀手为我准备的那瓶有镇静剂的矿泉水后，很准确地给我打了一个电话，她打那个电话的目的应该是向我告别，她知道我不久于人世……”

冯凯放下手里的资料，等他说完。高风的嘴唇翕动着，噎住了。

“所以？”冯凯催促他下结论。

“是她命令杀手除掉我的！”高风终于说出这句他最不愿承认的话。

“你找我的目的，是想让我马上拘捕许佳桐？”一阵沉寂后，冯凯问道。

高风说不出话来，他只是怔怔地看着冯凯。

“就算你刚才所说的一切都属实……”

“属实，完全属实。”高风打断他。

“高风，你也当过警察，你觉得这算证据吗？”

高风没词了。

“如果说，注意，我说的是如果。”冯凯强调，“如果许家福还活着，如果赵月娥知情，许佳桐知情，甚至许军也是共犯，那我告诉你高风，那些自认为比他们脑子更机灵的人，在龙城从来没有好下场……”

“你说谁？”高风的语气有了一丝怒意，“谁是那些自认为脑子更机灵的人？我爷爷，还是我爸，还是我？”

“我只是想说，许家福还有许家的所有人，他们可比你老谋深算得多了。这个案子从 1986 年案发到现在，过去了三十一年。也就是说，他们为这个案子，已经经营了三十一年！现在除了留下韩国杀手朴赞选一个名字，所有的证据都已经被他们抹得干干净净。是，理论上说，他们留下了不少的缺口，罗红英的死，许达的死，当年吴贵祥的死，韩国西川株式会社和许军的关系，包括你刚才说许佳桐要杀你，这所有的一切都是缺口，但都停留在你我的推论里。没有实证，什么都没有！有吗？”

“那你们就找！”高风怒道，“找出线索，找出实证，找到你能控制的事。是罪行总会留下痕迹，这些缺口不仅仅只存在于理论中。许家福纵火自焚，这是他们编的第一个谎言。这三十一年来，他们为了圆这个谎不知说了多少个谎言！你只要戳破其中的一个，所有的谎言就会不攻自破。”

“没错，一个谎言必然要用更多的谎言来圆！这是放之四海而皆准的真理。”冯凯依然冷静，“我们现在要戳破的，就是许家福已经死了的这个谎言。这就是你说的‘第一个谎言’，那个原罪。只要我们在韩国找到了许家福的身影。”他伸出双手，做了一个爆炸的姿势，“嘭！所有的谎言不攻自破。”

高风看着他，不说话。

“朴赞选在我的眼皮底下成功地杀掉了两个人，加上你算半个。”冯凯放缓语气，“我冯凯什么时候受过这样的窝囊气？我恨不得现在就去把赵月娥、许军和许佳桐铐起来！可我能这么干吗？能吗？他们在龙城，在东山，可比我冯凯、你高风体面多了……只要出牌时机不对，你手里握着一对大小王也不一定能炸得死他们。破案就是这样，你得在水里丢下好多好多鱼饵，等上很久也不见一条鱼来咬……”

“可你丢鱼饵了吗？”高风着急，“万一……万一韩国的调查不顺利呢？要是你手里不攒点儿筹码，到时候你能保证把这案子拿下吗？别说颜面无光，到时候你冯凯将会声名狼藉，就跟我爷爷一样！”

冯凯一时语塞。

“对不起，我来不是跟你吵架的。”高风低头认错，“说实话，就凭你认定我爸死于谋杀，我高风就服你，说实话，除了我父亲，我还没服过你们刑侦大队的谁。”

冯凯还是不说话。

“我理解你的处境。”高风说，“你有时候不作为，是因为不可为。我要是你的上级，也不会同意在这个节骨眼上重新调查 1995 年的亲子鉴定事件。你在体制内，可我高风现在不是。你办不了的事，我高风可以办。”

“恭维、理解，却又给我下套。”冯凯看着他直摇头，“高风，你到底是想帮我还是想害我？”

“如果你真正欣赏我，我会是你的一把利剑，不然……”高风换上冷冰冰的语气，“我是死过一回的人，什么都豁得出去。”

说完，他朝门外走去。

“站住！”冯凯喊住他，“记住，坏人得次次走运，好人走一次运就够了。”

“你的意思是再怎么努力，真不如幸运来得重要？”高风回头盯着他，“也是，事不关己，守株待兔便可，何必因为努力而丢了乌纱帽呢？”

“你说什么？”冯凯气得指着他的鼻子，脖子上青筋暴跳。

高风没再说话，开门离去。

冯凯那指着高风的手微微颤抖着。

第二天一早，韩国仁川国际机场接机厅里，金在勇拿着一张写着“上海，石磊”字样的接机牌，在人群中等待着。

石磊、刘青叶、上海刑侦总队三支队警员蒋跃华、上海刑侦总队女翻译韩悦拿着行李正匆匆随着人流从机场里出来。蒋跃华看到接机牌，指了指金在勇的方向，四人朝着金在勇走去。

见面后，几人少不得一番客套寒暄。金在勇领着石磊等人从机场里出来。在外面抽烟的崔志友警长赶紧扔掉手里的烟，迎上来。

“这位是我们的警长崔志友，他是我们国家中心局有突出贡献的警长。”金在勇给中国来的同人们一一做了介绍。

“石先生，我们先送你们去酒店，你们好好休息一下。”崔志友和石磊握手，“然后由我带你们逛逛首尔，晚上我们局长会设宴招待你们。”

“我们在飞机上已经休息够了。”石磊说，“再说首尔离上海不远，没有时差，我们想马上和崔警长谈谈案情和下一步的工作安排。”

“那……这边请吧。”崔志友引他们上车。

来到酒店，石磊一行稍做休息。崔志友便搬来了案件资料，请韩悦翻译，给他们介绍韩国警方已经了解到的情况。

“李昌旭的资料我都已经发给你们了。”崔志友拿起一张李昌旭在西川株式会社门口拍的照片，“1988 年 11 月至 1991 年 11 月之间，他的西川株式会社的确和上海联达纺织厂做过交易额六十亿韩元的纺织贸易，李昌旭也因脑梗塞死于 1991 年 9 月……”

“死在何处？”石磊问。

崔志友不解地看着他。

“许达和吴贵祥都是死在医院，死因也是脑梗塞。”石磊解释道。

“家属凌晨发现李昌旭在家中猝死。”崔志友说，“警方进行过调查，没有发现他杀的痕迹。就算是谋杀，现在也已经找不出证据。当然，理论上，李昌旭和西川株式会社或许有一些线索可挖，但我说的只是理论上，现在再去找实证还是有很大的难度，二十五年过去了，有时候时间可以掩盖一切。当然，我们可以尝试一下。”

他把李昌旭的照片扔回桌子上，然后拿起许家福的照片。

“对了，有一个重要的线索。”刘青叶说，“1986 年 7 月 21 日，有一艘中国渔船在济州岛一带被台风刮沉，船号是东海渔 357 号，我们认为许家福很有可能在那艘船上。”

崔志友拿出手机点开照片，交给刘青叶，是几张当年打捞上来的“东海渔 357”号渔船的残骸。

“这是前天我在济州岛警察署的档案里翻出来的。”

“有船上人员的信息吗？”刘青叶问。

“除了船，没有找到一具尸体。”崔志友摇头。

“渔船是离济州岛多远的地方打捞上来的？”刘青叶追问。

“六海里。”

44

“六海里？”刘青叶好奇，“那离海岸已经很近了，如果许家福等人已经上岸了呢？还有，蛇头组织偷渡，一般在当地……也就是在济州岛上肯定有接头人，你查到那些接头人了吗？”

“拜托，就算有接头人，这偷渡的生意也是不能见光的。”崔志友笑道，“再说，三十一年过去了，你让我怎么查？”

“至少有切入口。”刘青叶不肯放弃。

“全国人口基本信息资源库，出入境人员资源库。”崔志友耸肩，“机动车驾驶人信息资源库，在逃人员信息资源库，违法犯罪人员信息资源库，全国华人信息资源库都没有发现他的记录……”

“我想，他现在的名字不可能再叫许家福了吧？”石磊提醒崔志友。

“不单单是名字。”刘青叶猜测，“如果许家福真的在 1986 年偷渡到了韩国，他恐怕也早已面目全非。”

“面目全非？”崔志友不解。

“你想想，你们国家的特产是什么？”刘青叶反问。

崔志友一脸困惑地看着刘青叶。

“人参、泡菜、烤肉、石锅拌饭、大酱汤、参鸡汤……”他掰着手指头数着。

“整容啊。”刘青叶提醒他。

金在勇恍然大悟一般地敲着自己的脑袋。

“你们韩国有这样一句俗语：‘耳朵好看的人有做乞丐的，但鼻子好看的乞丐却找不到’。”刘青叶说，“韩国有‘整容王国’的美誉，提到美女，人们总能联想到韩国整容。”她指了指崔志友手里的许家福照片，“如果许家福偷渡到了韩国，手里又有钱，他为了掩盖罪名生存下来，就很有可能做过整容手术。”

大家都惊讶地望着刘青叶。

“你的意思是说，这是我们调查的重点方向？”石磊问刘青叶。

“还有别的方向吗？”刘青叶反问。

“怎么找？”崔志友很不乐观，“韩国在册的整容外科医生有 1500 多人，还不包括那些不在册的，你有目标吗？”

“如果朴赞选和李昌旭的背后都站着许家福，那许家福的智商太高了。”

刘青叶指着桌子上朴赞选和李昌旭的那些照片，“事实上，他在1983年就开办了村办企业，而且搞得风生水起，要不是走私皮棉被罚了巨款，他现在说不定早就是一个成功的企业家了。说远了，我只是想说明许家福的能力有多强。所以，许家福不会让一个知道自己秘密的人活下来的。”

“你的意思是说，我们找在那段时间里非正常死亡的整形外科医生？”崔智友明白了。

“包括脑梗塞死亡。”刘青叶提醒他。

“至少它是目前最容易操作的。”崔志友点头，“当然，前提是许家福的确是在1986年的时候偷渡到了韩国。好，我联系一下大韩整形外科医师协会。”

很快，医师协会有了回复。根据协会元老姜元景先生的回忆，1985年到1988年，并没有哪位整形医生死于非命。但是，姜老先生清楚地记得，在1991年，有一位医师死于事故。

他叫南东满，首尔人，1980年成立了韩国整形医疗美容协会，为了学习西方先进的整形技术，派遣了整形医疗团队到欧洲学习，访问和考察。南东满就是第一批被派遣出去的学员之一。回国后，他开了“南东满整形外科诊所”，他主攻脸部轮廓整形、鼻部整形和面部整形，是当时国内这方面比较优秀的专家。

不幸的是，1991年9月3日，南医师的诊所发生了爆炸，整层楼着火，造成五人死亡，一人受伤。

爆炸确实可疑，但1991年的时间，和工作组的推测对不上。一时间，中韩两方的警察，都不知道该怎么走下一步。

抱着试试看的心态，崔志友打算去拜访一下当时负责案件的警察署长。

警长已经年近六旬，听他们道明来意，便差人翻出了当年的案卷和照片。

照片上的现场一片狼藉，在瓦砾中隐约可见“南东满整形外科诊所”的招牌。一张照片上，现场的救护人员正在抬着南东满的遗体往外走。

“爆炸发生的时间在上午10点10分左右。”警长回忆，“楼内的人反映，当时爆炸声非常大，整栋楼都能感觉到晃动。幸亏‘南东满整形外科诊所’在顶楼，不然造成的伤亡会更大。”

“死伤都是诊所的人？”崔志友翻看照片。

“死的是南东满，诊所的两个外科整容医生，两个助手，三个护士。”警长点头，“一共八个人，可以说，‘南东满整形外科诊所’全军覆没。”

“是一枚定时炸弹造成的？”

“是，一枚自制的定时炸弹，威力很大，这是从现场搜到的残片。”警长递上炸弹残片照片，“这个案件当时非常轰动，警察厅亲自派人来督办的，但是没有任何结果。”

“你们当时的嫌疑人里，有没有这个人？”崔志友拿出许家福的照片。

“没有印象。”警长摇头，拿过一旁另一个厚厚的档案袋，打开，从里面取出厚厚一沓的档案，“所有当年我们调查过的嫌疑人都在这里面，一共有二十七名。”

嫌疑人的档案中并没有许家福的身影。

“那个受了重伤的护士呢？”崔志友问。

“一个月之后在医院死了。”

“来诊所做整形人员的患者档案呢？”

警长推给他们一个堆满灰土的箱子。箱子上用韩语标记着“1991 年 9 月 3 日，江南区‘南东满整形外科诊所’爆炸案”。箱子里是密密麻麻的患者就医档案。

崔志友、石磊、刘青叶和蒋跃华、金在勇翻看着纸页发黄的档案，韩悦在一旁轻声地向石磊和刘青叶翻译着档案上的信息。

他们一直翻到深夜，一无所获。

“别找了，都已经看了三遍了。”崔志友丢下手里的档案，“没有一条信息是能和许家福联系起来的，你们发现没有，甚至没有信息跟华人联系起来。”他问石磊，“在中国，许家福有没有用定时炸弹制造过案件？”

石磊看一眼刘青叶，刘青叶摇了摇头。

“时间不早了，我看今天就到此为止吧。”金在勇建议，“你们回去休息吧，哎，要不要我带你们去逛逛首尔的夜景？”

石磊和刘青叶他们都怔怔地望着桌子上的那些档案，没有说话。

次日的深圳，是一个晴好的日子。

田小兰正在厨房做着面包。突然，她家里养的英国斗牛犬飞快地朝门口扑去，在门口叫着。不一会儿，传来门铃声。

田小兰拿起一张厨房用纸，边擦手边朝门口走去。狗在狂叫着。

“阿宝。”田小兰赶开狗，打开门，只见一个陌生的青年在门口朝她微笑。

“请问你是田小兰女士吗？”高风问道。

“是我。你……”田小兰疑惑地看着他。

“你不认识我，我是从原上海市公安局刑侦总队的钱胜利那里得到你的地址的。”高风说，“当年他负责侦办吴贵祥的案子。”

“那你是？”田小兰疑心更重。

“我叫高风，原东山省龙城市公安局龙湾分局的警员，有关吴贵祥的一些情况我想再跟你了解一下。”

“我当年都已经说清楚了，对不起。”田小兰要关门。

“你有两个选项。”高风抓住门把手，“A. 跟我谈，B. 跟龙城市公安局龙湾分局的刑警谈。要是我，我会选 A。我特地选择这个时间上门，是因为你丈夫此刻正在高尔夫球场。回答我几个问题，我保证比你想办法打发我走更省事。”

田小兰愣了一会儿，还是打开了门，放他进屋。

高风跟着她走进客厅，打开手机上的录音机，放在一旁。他看到不远处的钢琴上放着一组家庭照片——田小兰和丈夫，还有一对已经长大成人的儿女及一个孙女，三代同堂，其乐融融的样子。她丈夫看上去至少比她要大一轮。

“事情的经过就是这样。”田小兰的说辞，和高风在上海时听到的差不多，“那速效壮阳药是吴贵祥自己带来的，我根本不知道那是壮阳药，还以为是心脏方面的药呢。”

“你和吴贵祥的关系保持了多久？是怎么开始的？”高风问。

“我想我没必要跟你说这些，你并不是警察。”田小兰厌恶地说。

“那好，我就打开天窗说亮话吧。”高风摊手，“吴贵祥的死可能是谋杀，目前上海市公安局刑侦总队已经开始介入调查。”

“吴贵祥是死在医院里的，而且是在发病后一个半月后才死的，跟我有什么关系？”田小兰哼了一声。

“我知道那速效壮阳药是你带去的，也是你让吴贵祥服下的。所以，你和吴贵祥的死有关，只不过你是被别人利用了。要不然你不会活到现在，你可能早就被他们灭口了。我告诉你田小兰，我相信你是无辜的，但龙城市公安局龙湾分局的刑警可不一定这样想。”

田小兰的眼神里透出一丝紧张。

“房子不错，得花不少钱吧？”高风指指周围。

“我的钱是从股市里挣的，我的钱是干净的。”田小兰忙说。

“我只是想说，你现在的生活很安逸，有一个别人都羡慕不已的家。”高风说，“但是，要是你把握不好机会，这份安全感就会转瞬即逝。你不想失去这一切吧？”

“你是在威胁我吗？”田小兰站起来，“对不起，请你离开，我帮不了你。”

“我来这儿不是为了让你帮忙。”高风起身，“但也许你的确能帮自己一个忙，这样对咱俩都好。”

他从口袋里掏出一张之前还在派出所时的名片放在茶几上：“这是我之前的名片。如果你想趁警察来之前跟我谈，就给我打电话。我在深圳会待两天。”

说完，高风离去。田小兰忙把门关上，她紧张地靠在门背后，过了一会儿，她走到窗边望着外面，然后回过头来，拿起高风的名片。

45

在窗边呆立很久，她给高风发了条短信，转身跑进卧室，换上衣服出门。

田小兰来到她指定的咖啡馆时，高风已经在等候了。

“谢谢你愿意再和我谈谈。”他打开手机里的录音机。

高风和田小兰坐在咖啡厅里，高风的手机开着录音功能。他感谢田小兰愿意再见他一次。

“其实，那快速壮阳药不是吴贵祥的。”田小兰喝了一口咖啡，“他叫杨波，在浦东的工地上承包了一个小工程。我俩……就不说是怎么认识的了，反正……上过几次床。”

“他是哪里人？”

“他说他是河北承德的，可我觉得他说话的口音有点儿像东山人。”田小兰说，“我跟他来往并不是为了爱情，更不是为了婚姻，所以就没管太多。”她又抿了一口咖啡，“我其实跟他上床也就三次吧，他的床上功夫很好。他说都是因为吃了一种速效壮阳药，还给了我一盒。”

“是你给吴贵祥服的？”

田小兰点头。

“当时你为什么不跟钱胜利说实话？”

“换作是你，你敢吗？”田小兰苦笑，“说实话，我还挺喜欢吴贵祥的，但他毕竟岁数大了，厂子规模越来越大，他的压力也越来越大，所以……我们的性生活并不是每次都让我满意。”

“吴贵祥出事后，那个杨波找过你吗？”

“没有。”田小兰摇头，“从此以后他就从我的生活里消失了，我也没有什么难受的，本来我对他就没有付出过感情。事情过去后，我就从厂里辞了职来了深圳。”

“除了山东口音，杨波还有什么别的特征？”高风问。

“他个子有一米八多，肤色偏黑，很结实……”

“如果我请个模拟画像专家，你能给他提供一幅模拟画像吗？”

“我想可以……”田小兰想起了什么，“对了，他的左臂……”她摸着左臂三角肌的位置，“就在这个位置上文有一只貔貅的文身。”

“你确定是貔貅吗？”高风忙问。

“他自己说的。”田小兰点头，“文身在那个年代很少见，之前我只在国外的电影和电视剧里见过，我当时非常好奇，专门问过他。”

“文身是单色的还是彩色的？”

“彩色的。就这些，我跟他交流不多，他不善言辞。每次见面也只有匆匆个把小时，基本上就在床上度过。”田小兰很在意地对高风说，“这一切能不让我老公知道吗？我不能失去他，也不想失去现在的生活。”

“我明白。”高风收起手机，“找到了模拟画像专家，我会马上跟你联系。”

田小兰点点头，起身匆匆离去。

韩国，首尔。

石磊、刘青叶、蒋跃华、韩悦坐在公务车的后座上。崔志友坐在副驾驶座上，金在勇开着车。刘青叶的手机微信提示音响了。

冯凯发给她两张照片，一张是一位青年男子的脸部模拟画像，另一张是一幅左臂三角肌位置上的一只彩色的貔貅文身。

刘青叶正一头雾水地看着，冯凯的电话打了过来。

“我给你发了两张模拟画像，收到了吗？”

“收到了，怎么回事？”

“高风去了深圳，找到了当年吴贵祥的情人田小兰，这是田小兰给的一个嫌疑人画像。田小兰给吴贵祥服用了速效壮阳药，而这速效壮阳药就是这个嫌疑人给的，嫌疑人具体的特征描述我马上发给你。我和高风一致认为，从文身特征上看，这个嫌疑人应该是许家福从韩国派来的。你们马上根据这个线索调查。”

“好，还有别的指示吗？”

“根据这个文身判断，嫌疑人一定跟韩国的黑社会有关，所以，你们一定要小心，注意自身的安全。”

冯凯挂断了电话。

刘青叶把图片转发给了石磊、蒋跃华和韩悦。

“崔警长，这个文身你有什么印象吗？”她给崔志友看手机。

“这是二十世纪七八十年代活跃在仁川一带的一个黑帮。”崔志友说，“这个帮派的名字就叫貔貅。所有的成员左臂上都文有貔貅，形状越大，色彩越多，就说明他在帮派里的地位越高。”他对金在勇说，“去仁川警署。”

他们赶到警署时，朴大升警长已经准备好了貔貅帮的资料。

“我认为，你们要找的人就是他。”朴大升拿出几张跟模拟画像人物很像的一个人的照片，“他叫金森，1958 年出生在仁川，是一个华人二代，他父母祖籍东山，在仁川中华街经营一家餐馆，你们去过仁川的中华街了吗？”

“没有，你接着说。”崔志友摇头。

“从他左臂上貔貅文身的大小和颜色上看，他在貔貅帮的地位不低，他应该算是元老级的，对了，貔貅帮是在 1978 年成立的。那时金森 20 岁，正是加入黑帮的年龄。不过，在 1991 年 3 月，他被貔貅帮清除出帮派。”

“为什么？”

“据说是背着帮派和俄罗斯人秘密做毒品生意，这就是他被清除出帮派的原因吧。1993 年 12 月，金森的尸体在仁川港的海边被发现，是中枪身亡……”他从一旁拿过一本案卷递给崔志友，“这是金森一案的案卷。”

崔志友犹豫了一下，他打开手机，给朴大升看许家福的照片：“这个人，你有印象吗？”

“没见过。”

“我们要详细了解金森在貔貅帮里的经历，能不能找一个懂得这段历史的人？”

“那只有找崔天星。”朴大升说，“貔貅帮的创建者。现在他是韩国著名企业天星株式会社的董事长。”

众人和朴警长道别。崔志友抱着资料，带着石磊一行来到位于首尔的天星株式会社。崔志友让中国同人在车里等一下，带着金在勇匆匆走进气派的大门。

已是古稀之年的崔天星仍然精神矍铄，神清气爽。崔志友一行进门时，他正站在窗前望着窗外首尔的景色。他的助理文龙俊正在一旁，文龙俊挺拔健硕。

“董事长，我是国家中心局警长崔志友，这位是我的搭档金在勇。”崔志友向崔天星鞠了一躬。

“坐。”崔天星走到沙发边，“金局长说是有一个中国的案子可能牵扯到貔貅帮。这样吧，你们问，我来回答。”

崔志友从文件夹里取出一张许家福的照片递过去：“对不起，我想先问一下董事长，对这个人，您有印象吗？”

崔天星戴上老花镜，然后拿起许家福的照片仔细地看了看：“应该没见过，有必要让我知道他是谁吗？”

“他叫许家福，是当年东山龙湾县许村的村支书。中国警方怀疑他在1986年偷渡到了韩国。”

“1986年？”崔天星又看看照片，“那些年是有一些人从中国的东山省和大连等渔港通过蛇头偷渡到韩国来的，不过，这个……许……想不起来见过，我可以找人帮你们问问。这张照片能留给我吗？”

“可以，谢谢您。”崔志友又从文件夹里拿出一张金森的照片推到崔天星的面前，“董事长，这个人，您认识吧？”

“金森嘛，当然认识啊。1977年我在仁川组建貔貅帮的时候，他是第一批成员。他天生就是混黑道的，心狠手辣，当年他可是我最得力的助手。他要是一直忠心耿耿地跟着我，今天肯定是能发达的，可惜了……”

“您当年为什么要把他逐出貔貅帮？”

“他沾赌又沾毒。这两个嗜好让他欠下了一大笔外债。为了还清债务，他背着我和俄罗斯人做毒品生意，你要知道，在韩国的组织暴力帮里，有一条不成文的规定，就是不沾毒品生意，他这是犯了帮规。我虽然对他心有怜悯，可我是老大，为了控制手下人，我得杀一儆百，不然我会有领袖危机。”

“那是哪一年的事？我是说金森被逐出貔貅帮？”

“1989年还是1990年？我有点儿记不清了。那时我在日本避难，貔貅帮并不由我负责。不过，金森在1993年的时候死了。这些想必你们都了解了吧？”

“说起金森的死，董事长您知道什么内幕吗？”

“为这事，当年负责此案的黄元重警长询问过我，我想有关案卷里都有记录，我真的不知道。”

“有，1993年9月，他在中国上海出现过，或许还是一起案件的嫌疑人。”

“是吗？1993年9月？”崔天星惊讶，“都过去二十三年了。那么说，他的死也有可能是被人灭口的？”

“这也是我们找您帮忙的原因。”崔志友说。

崔天星再次拿起金森的照片看着：“我可以找人问问，但事情过去了这么多年，我不能保证能找出什么有用的信息。”

“董事长，你曾被西元派追杀而逃到国外隐姓埋名两年？这事您方便说吗？”崔志友试探。

“1989年5月18日夜，我正在回家的路上，西元派里的一个线人向我通报，他们要在我家伏击我。”崔天星叹气，“我只得躲避在外，第二天中午才知道我全家遭到灭门……”

46

他沉默了一会儿，才继续开口。

“本来我是想跟他们拼个鱼死网破的，但……我的两名手下将我击昏连夜带着我离开韩国去了日本。直到 1992 年，政府打黑，西元派首领安成浩被抓进监狱后我才回到了韩国，从此以后我金盆洗手，退出了黑帮江湖。”

“董事长当年一定是个有血性的男儿，全家灭门的血海深仇，您就这么轻易放过了？”崔志友犹豫地问道。

“西元派的安成浩出狱后，成立了成浩株式会社，也想进入房地产业。但我花了两年时间，让成浩株式会社破产了。”崔天星眼中浮现出寒意，“安成浩终于在 2004 年跳楼身亡。媒体都说安成浩是我崔天星逼死的，我从来没有承认过。但今天我承认，安成浩是被我逼死的，是在法律允许的范围内。”

崔志友默默地望着崔天星，点点头，起身告辞。

他们走后，崔天星又回到窗边看着窗外的景色。不一会儿工夫，文龙俊拿来一部海事卫星电话。他把电话交给崔天星，带着所有人撤出房间，关上门。

崔天星拿起海事卫星电话拨号。

“是我。”

“怎么样？”赵月娥的声音传来。

“我把他们打发走了。”

龙城国际机场，每天不论早晚都很忙碌。高风背着双肩包，从机场里出来。

“我刚飞回龙城。你那边怎么样？”他在和刘青叶通电话，“中间我给你发过两条信息，你也没回。我可不想听到什么‘无可奉告’之类的话。要不是我从田小兰那里找到线索，你们现在说不定还在首尔抓瞎呢。”

“你说完没有？”刘青叶不耐烦。

“怎么了？你听上去情绪不佳。”

“我们好像一直在兜圈子，只见树不见林。”刘青叶闷声道，“所有的点都卡在金森这儿，从他身上，从貔貅帮……一切的一切都没有和许家福能扯得上关系的线索。可这说不通，所有的线索都印证许家福的的确确就是到了韩国……”

高风停住脚步，皱着眉头看着远方。

“还有两天就得回国了，我……”刘青叶抱怨道。

“你用不着伤心，这在我的预料之中。”高风说，“其实我们的一切行动都在他们的掌握之中，你不觉得吗？许家福知道你们的韩国之行，他会等着你轻轻松松上门去抓他吗？”

“你少给我泼冷水。高风，我现在需要听什么话，你是真不懂还是假不懂？连安慰人都不会。我看你的脑回路的确有问题！”

手机里传来忙音。

高风看了看手机。他想拨回去，但犹豫了一下还是把手机放下。

天空乌云密布，天边传来滚雷声，顷刻间，电闪雷鸣，暴雨倾盆。

高风跑进一辆等客人的出租车。“去龙湾，龙星集团。”他抹了一把脸上的水，对司机说。

他不知道许军在不在龙星，也拿不准就这么跑进去，人家会不会见他。不管了，他必须赌一把。高风望着窗外的雨帘。

车子穿过层层雨雾，驶入龙湾区。龙星集团的大楼在雨中有些看不真切。

还好，秘书和许军通了个简短的电话，把高风放进了董事长办公室。

“是高风吧？”许军在办公桌后微笑。

“谢谢许董事长能见我。”高风进屋，关上门。

“你先坐一会儿。”许军看他身上都湿透了，拿起话筒拨个内线电话，吩咐秘书泡一杯热茶，再拿块干净的毛巾进来。

“您不用客气。”高风抖抖头发上的水。

“有几年没见了，不过我常在朋友圈里看到有关你的消息。”许军示意他坐下聊。

“那许董事长有没有看见前阵子我在上海出事的消息？”高风问。

许军怔了一下。这时，传来敲门声，秘书端着一杯热茶进来。他把茶放在高风的面前，递给高风一块进口毛巾。

“谢谢。”高风接过毛巾，擦着头发。

“董事长，有事叫我。”秘书意味深长地望了许军一眼，离开办公室，轻轻关上了门。出门前，他特意看了高风一眼，让高风觉得浑身不自在。

“你在上海出了什么事？”许军回到之前的话题。

高风把手机递给许军。许军犹豫了一下，他接过手机，看到一组撞车现场照片。车祸现场十分惨烈，其中一张照片里，可以看到高风从大行李箱里被抬出来。

“这是……怎么回事？这是你吗？”许军异常惊讶。

“是我。”高风点头，“要不是警方及时赶到，我可能早被人杀了。”

“杀了？”许军更加震惊，“这……可是光天化日……是谁，谁要杀你？”

“一个从韩国来的职业杀手。”

许军脸上的肌肉几乎僵住了。他不敢相信自己的耳朵，但看高风的样子，肯定不是在和他开玩笑。

“这……有点挑战我的智商，为什么，为什么？”他喃喃道。

“或许跟您父亲许家福有关。”高风盯着他的眼睛。

许军愣在那里，一时有些语塞。

“许董事长，能给我一点儿时间吗？”高风说，“我想和您说说我的想法。”

许军呆呆地看着高风。

外面的雨下得越来越大。

高风在讲，滔滔不绝。许军在听，脸色越来越苍白。

天色渐渐暗下来。

“你不觉得你的想法太荒唐了吗？”许军听完高风的话，努力克制着内心汹涌的情绪，做出冷淡的样子。

“董事长，我现在什么都不是，只是一个无业游民，所以我的想法，你不需要担心。”高风喝了一口已经变得冷冰冰的茶水，“你该关心的是，冯凯他们是怎么想的。”

“你为什么要告诉我这些？”许军双手握在一起。

“因为我相信，在你们家，你是唯一被蒙在鼓里的那个人。”

这时，门开了，许佳桐走了进来。她显然已经从秘书那里得到了消息，看到高风，她毫不惊讶。

“真是意外啊，你怎么会在这里？”许佳桐的语气很平静。

“谢谢许董事长能见我，再见。”高风起身朝着屋外走去。

许佳桐目送他离开办公室，回过头来望着许军。许军一动不动地坐在沙发上，气氛十分压抑。

“爸，能告诉我，他为什么要来找您？”许佳桐走到父亲身边。

“找我有事吗？”许军看着窗外。

许佳桐在许军对面的沙发上坐下来。

“爸，您别信高风说的……”

“别信？你知道高风跟我说什么了吗？”许军打断她。

“跟他爷爷当年说的话一样。”许佳桐不屑，“因为他对你说的那些，他在前几天也跟我说过。”

许军看着女儿，没有说话。

“爸，您听我说……”

“对不起桐桐，能让我一个人待一会儿吗？”

“爸？”

“我这个要求过分吗？”许军的语气不容置疑。

“那好，爸，等您冷静下来我再和您说。”说完，许佳桐朝办公室外走去。

许军一人坐在沙发上，全身僵硬，面色如灰。

外面仍是暴雨如注。

他独自坐了很久，抓起手机，拨通冯凯的电话。

“许董事长？”冯凯得知来电的是许军，语气中有些意外。

“冯大队长，你现在方便吗？”

“我……去市局办点儿事。”

“我现在必须见你一面，我在龙湾公园的门口等你。”

“那好，我马上赶过来，你等我一下。”

“一会儿见。”许军挂断电话，几乎是跑出了办公室。

他跑进电梯时没注意到，在楼道一角，许佳桐正默默地看着他。

许佳桐看着电梯面板上的数字变成 1，才转身匆匆离开，来到一间会议室门口。

刚刚散会的周浩宇和其他几个高管走出来，和她打招呼。

“你妈在英国还习惯吗？”许佳桐示意周浩宇进去谈。前几天，在周浩宇的安排下，沈超英已经去英国考察 BAT 项目了。

“挺好的，一切都挺顺利。罗伯特照顾得很周到。”周浩宇走进会议室，关门，“当然，对英国的美食‘炸鱼薯条’，她还是接受不了。”

许佳桐微微一笑。

“后天他们就要回国了。”周浩宇说，“不出意外，东山银行会给 BAT 项目出保函的。对了，我妈昨天还问，咱们英国的分公司什么时候挂牌？”

“最晚月底。正在找人算吉日。”

“你还信那些？”周浩宇感到不可思议。

“我的看法是：人作为万物之灵，福来而不知，祸来而不觉。不知道自己一生的整体档次，不知道自己该做什么不该做什么，不知道前途如何发展，不知道自己这一生哪方面是弱项，自己适合哪方面等等，这是悲剧。”

“那么知道了呢？”周浩宇被许佳桐说糊涂了。

“会心安，会少奢望，会努力做自己该做的事，会少做错事，会想得开。恋爱败了会尽快战胜心魔，投资败了会尽快走出逆境……命差的以守拙为主，命强的大胆干就行。可以不以一时胜败束缚住自己前进的脚步，这样就是活得明白。”

窗外，风雨开始偃旗息鼓，不多时便只剩下淅淅沥沥。世界似乎又暂时恢复了平静。

47

许军一个人站在公园大门外的路边，看着冯凯的车飞驰而至。许军等车停下，拉开车门，上了副驾驶座。

“让你久等了，要到我办公室去吗？”冯凯问道。

“不，就在这儿谈。”许军有些局促。

冯凯关了车的发动机，然后等着许军开口。

许军望着车窗外，脸色严峻。

沉默了很久，冯凯刚想开口，许军还是抢先了。

“下午高风到我办公室来找我了。”

冯凯震惊地看着许军，听他讲了事情的经过。

“跟我说实话，你们是不是也是这么想的？”一口气复述完高风的“奇思妙想”，许军警惕地盯着冯凯。

冯凯没说话。

“那么，高风说的一切都是真的？”许军的脸上有了一丝绝望的神情。

“对不起，许董事长，高风只能代表他自己。”冯凯谨慎地回应，“他现在不是警察了。再说，他说的一切也都是他自己的猜测，根本没有证据……”

“猜测？那你们为什么要派人去韩国进行调查？”

“那个职业杀手的确是韩国人。”冯凯犹豫片刻，找了一个他没法反驳的理由。

许军的嘴唇在翕动着，却说不出一句话。

“对不起，我不该这么说的，这已经违反了办案的纪律。”冯凯示意他谈话该打住了。

“我明白了。”许军自言自语。

“许董事长……”

“谢谢你能见我。”许军打开车门走了出去。

冯凯想叫住许军。可他犹豫了一下没叫出声，他看着许军上了一辆出租车。

过了一会儿，他拿起手机，提醒自己千万冷静，用颤抖的手拨通高风的号码。

“许军找你了？”高风早已想到了他的意图。

“马上滚到我的办公室来。”冯凯扔下手机，发动汽车。

夜色降临。

冯凯正在办公室里焦急地踱着步。高风出现在门口。

“许军跟你说什么了？”高风冷静地问。

冯凯指着高风想说什么，犹豫一下，他放下手，匆匆走到门前把门关上。

“高风，你给我闯下了多大的祸你知道吗？”他压低声音。

“我不这么觉得，我认为我是在帮你。”高风笑道，“让你看清整体情势。”

“整体情势告诉你什么？”

“许家正处在一个跷跷板的处境里。”高风说，“据我从上海调查得出的结论，我认为，许军应该是无辜的。他并不知道他的励志故事，其实是许家福和赵月娥给他使的暗力。”

冯凯示意他继续。

“许家福、赵月娥在跷跷板的这边，而许军在跷跷板的那头。你想，在跷跷板的处境里，你应该投向输的一方，因为那一方比较情急，更愿意付出你想要的代价。如果许军知道真相，他会怎么做？他第一时间去找你了。你是不是觉得我的判断是对的？”

冯凯冷冷地望着高风没有说话。

“通过我和他的谈话，我更坚信自己的判断，我坚信许军是局外人，他不像是知道真相的人。”

冯凯没有说话。

“你跟我说实话，他见你的时候，你是不是感觉他快要疯了？”

冯凯冷冷地望着高风没有回答。

“一个疯子瞬间就会让跷跷板失去平衡的。青叶他们在韩国找不到任何有用的线索，在龙湾，面对赵月娥，面对龙星，你又无从下嘴。在这个撞墙期里，你是不是已经到了崩溃的边缘？难道你还能想得出比我这个更绝妙的办法吗？”

“你知道这风险有多大吗？”冯凯终于开口。

“高风险才能有高收益，这是颠簸不灭的真理。我们没有什么可失去的，我们的一举一动他们都了然于心。我相信是许佳桐向那个杀手发的杀我的命令，没有人比我更了解许佳桐……还有，你以为在韩国的许家福没有准备好迎接石磊和青叶他们的调查吗？青叶他们在韩国受挫就是事实。”

“这个想法在你脑子里盘桓很久了吧？”冯凯问他。

“我和吴天谈完话这个想法就有了。是，这是招险棋，可现在留给我们的选择不多了，这是接近真相唯一的办法。”

冯凯又陷入了沉默。

“冯队，你放心，我已经把这个风声传到许军的耳朵里了。剩下的，我们只需要静观其变。如果上司怪罪下来，你完全可以把这个锅甩给我高风。”

“你是一个不折不扣的疯子。”

“我不相信你没有想过这个办法。”

“你凭什么这么说？”

“因为我说过，我欣赏你。冯大队长，能得到我高风赏识的人并不多。”

山中的月色，看着比大城市里的更加冷清。许佳桐和赵月娥坐在山中度假村的一个套间里。

“奶奶，您觉得这个方法管用吗？”今天傍晚，许佳桐和赵月娥搬来山庄，没告诉任何人。她确信，父亲正在四处找她们，在找他想要的答案。

保险起见，许佳桐换了一个手机号给周浩宇打了个电话，告诉他自己要和英国方面接洽分公司挂牌的事，不想分心。她让周浩宇对所有人说，自己是替分公司开业，找大师算吉日去了。这个所有人，自然包括她的父亲许军。

“在这个时候，你跟你爸解释什么都是没用的。”赵月娥看着月亮，“越解释，他反而越会钻牛角尖。让他好好享受几天没有家人的清静，应该对他有好处。”

“奶奶？”许佳桐担心地欲言又止。

赵月娥没有说话。她坐在沙发上，定定地望着黑洞洞的夜空。

“如果当初我们把真相一五一十告诉军儿，又会是什么样的结果呢？”她自言自语。

许佳桐坐下来，拉住赵月娥的手。

“这三十年来，我每时每刻都在想象这个画面。”赵月娥依旧在自言自语，“我要是把真相告诉军儿，他会有什么反应呢？我想过上百种答案……”

“奶奶，别自责了。”

“事情发展到今天的这个地步，我没有什么好后悔的。”赵月娥低声道，“一切都是自己选择的，不想承担后果，就最好不要开始。”她回过头看着孙女，“可对你，为什么我就能轻易说出口呢？”

许佳桐想说什么，但说不出来。

“桐桐，你恨奶奶吧？”

许佳桐微微一笑，但她笑得有些凄苦。

“那就是恨过。”

“奶奶，您休息吧，不早了，我还要给罗伯特发封邮件。”许佳桐起身，朝着门口走去。

“桐桐？”

许佳桐停住犹豫了一下，回过头来。

“奶奶，我认同您刚才说的那句话。不想承担后果，就最好不要开始。所以说，要恨也是恨自己。”

说完，许佳桐走出房间，关上了门。

她并没有回自己的房间，而是一路加快脚步，走出了山庄。山庄依山傍水，一边就是大海。

许佳桐走得有点儿漫无目的，走着走着，她跑起来。

“时间在每个人身上下了工夫，你要记住，代价有时就像一把野火，随时都在变化，选择权不总在你手上，而你也不一定事先就知道该付出什么代价。”

高风的话，回荡在她耳边。许佳桐一路跑到山崖边，看着茫茫大海，眼泪在她脸上流淌。

中午的龙城国际机场接机厅，人头攒动。

周游在接机的人群中。高风挤过来，拍了拍他的肩膀。

“你怎么来了？”周游吃惊。

“来接刘青叶。”高风解释，“我已经跟冯凯请示过了，不信你问他，你回去吧。”

“你又蒙我是吧？”周游不信。

“你不要说得这么难听，只是给你一个推脱责任的借口。”高风笑道，“不过，我真要跟冯凯请示他也会批准的，知道为什么吗？”

“为什么？”

“因为他想当月老。你要是连这都看不出来，那你趁早离开刑侦队，因为在那里你没有前途。”高风一脸坏笑地看着无奈的周游，“当电灯泡其实挺招人烦的是不是？所以……”他做了一个请走人的姿势。

“说实话，你是不是看上青叶了？”周游没动弹。

“看上？这话得这么说，得看她是不是对我有什么期待。”

“我没问她期待什么，我问你是不是爱上她了？”

“理论上有这可能。”

“好吧，别说我没给过你机会。不过高风，你要是拿不下青叶，有什么说法没有？”

“没有说法，因为我不想让你到时候失望。”

周游无趣地离去。

高风回过头来望着出机口，他看了一会儿，看了看手表，然后拿出手机来拨着电话。

“刚开完会，你就像掐着表似的。”周浩宇的声音传来。

“晚上有时间没有，一起去看看爷爷吧。”

“等等……我看一下安排……”

高风正在等着周浩宇的回复，突然后背被猛击一掌。他的手机差点儿从手里滑落。高风回过头来，只见刘青叶正一脸怒气地看着他。

“对不起对不起，我接个电话，没看到你。”

“接个电话？我还打电话把周游给臭骂了一顿。”

“你在跟谁说话呢？”电话里，周浩宇问高风。

“你快说，几点？”高风捂着话筒。

“本来有个会，不过可以推。吃完晚饭，7 点左右？”

“可以，晚上见。”高风挂掉了电话，帮着刘青叶推行李，“请息怒，我专程来接你的，别打击我的热情。哦，对了，周游说什么了？”

“他只说是冯凯让你来接我的。”

“赶到城里正好是饭点，这样吧，我请你吃饭。”高风推着行李，“然后再把你送回家。怎么样？服务到位吧？”

“没有陷阱吧？”刘青叶警惕地看着他。

“别这么说，我们是同一条战壕的。”

48

两个人开车来到城里一家热闹的餐厅，在角落里找到一张桌子。饭菜很快端上桌，两个人默默吃着，竟然不知道该聊什么。

“说说你在韩国的经历？”高风开口

“除了这个话题，你就没有别的跟我聊了吗？”刘青叶低头吃饭。

“聊什么？你想结婚吗？”

“你这是在求婚吗？”刘青叶一愣。

“我不懂婚姻，那是神秘制度。”高风尴尬。

“凭你三寸不烂之舌把周游从机场赶走，还假惺惺地请我吃饭，你以为我不知道你的目的？”刘青叶放下筷子，“不就是想从我这里刺探情报吗？”

“别这么说，你不在龙湾的这段日子里，我和冯凯配合得挺好的，再说了，情报？有吗？你不是一无所获回来的吗？”

刘青叶站起来要走，高风忙起身拦住她。

“好好好，我承认我有私心，但我的前提是好的，我想帮你。”他好言相劝，“看在我给你们找出金森的分上，说说你们这次在韩国的调查？我知道你们没有找到什么机密的线索，要不然我也不会为难你。”

刘青叶无奈地坐下，整理一下思路，把可以说的告诉他。

“大致情况就是这些。”她拿出笔记本电脑，打开几份资料。

高风翻看资料，很快，他停在崔天星的照片上，仔细地看着。

“哎，说说你的看法？”刘青叶问他。

“这崔天星的经历都仔细查过了？”

“查过了。崔天星是 1989 年 5 月 18 日离开韩国逃往日本的，1992 年 4 月回到韩国，他在日本期间，他的两名手下一直跟他在一起。而南东满的诊所是 1991 年 2 月 3 日被炸的。还有，韩国西川株式会社的李昌旭却是在 1988 年 10 月才和许军在广州认识的，这是时间点上的不吻合，还有，崔天星是貔貅帮的老大，从小在韩国长大，许家福就是再有胆子，也不敢把自己整成他吧？露出破绽的概率也太大了。”

“南东满诊所被炸案也没有任何头绪吗？”高风看着诊所被炸毁后的照片。

“这案子至今仍是韩国的悬案。”刘青叶说，“我不理解的是，许家福在韩国人生地不熟的，也不懂韩语，他总得有个适应的过程吧，在这个过程中，他总得和外人接触吧？总会留下什么蛛丝马迹吧？可……我们费了九牛二虎之力，却找不到任何目击证人。”

高风合上电脑，不说话。

“难道他一到韩国就做整容手术了？就算是，那是在 1986 年，那他为何要在两年之后才对南东满和他的诊所下毒手呢？这所有的一切都说不通啊。”

高风还是不说话。

“嘿，我说了大半天了，你总得说点儿什么吧？”刘青叶轻轻拍了下桌子。

“可所有的一切都证明，许家福的的确确就在韩国，这没错吧？”

“废话，这还用你说？关键是如何让他现形。”

“别气馁，说不定许军会让许家福现形的。”高风对刘青叶讲了他和许军的会面。

“也就是说你给许军下了一个饵？”刘青叶听得一脸震惊。

“现在就看许军能不能上钩了。”

“你小子……冯队怎么说？”

“他还能怎么说？事已至此，表面上他是把我狠狠剋了一顿，但看得出心底里他乐见坐收渔利。我看得出来，他心里其实也有这个想法，只是他没办法实施而已。”

“没看出来，你还真挺心狠手辣的。”刘青叶咋舌。

“换作我，我会少说点儿带刺的话，多说点儿感恩的话。”高风提醒她。

“连褒义贬义都听不出来，我真是高估了你的直觉。不过……”刘青叶琢磨，“你这个办法说不定还真能行得通。”

“你不必太佩服我，我毕竟在警察这行里混得有些年头了。我有天生当刑警的直觉，知道该什么时候采取行动，这样就已经掌握了这个职业九成的本领。”

“嘁，说你胖你就喘。”刘青叶给高风挟了一筷子的菜，“要不，明年你再考公务员吧。我看冯凯还是挺喜欢你的，你可以当他的手下，我的徒弟。”

“不是一个好主意。”高风摇头。

“你觉得我不配当你的师傅？”刘青叶沉下脸。

“不，我不喜欢办公室恋情。”

刘青叶盯着高风，高风被她看得有点儿心虚。

“我得走了，下午得赶回队里向冯队汇报。”刘青叶看表。

“我哪句话得罪你了？”高风看不懂她的反应。

“高风，我不知道你的话里有哪句是发自肺腑，哪句是应景的幽默。我不想猜，这很累。不过还是得谢谢你请我吃这顿饭。”刘青叶拿着笔记本电脑和双肩包朝外面走去。

龙湾区龙星集团大厦里，各个部门都在忙碌。

周浩宇正在电脑上写报告。敲门声响起，许军推门进来，手里拿着那份 BAT 项目的文件夹。

“董事长。”周浩宇忙站起来。

“浩宇，你有时间吗？”许军关上门，走到桌边。

“董事长，有什么事需要我做的吗？”

“能跟我说说 BAT 项目吗？”

周浩宇疑惑地看着许军，又看了看他手里拿着的那份文件夹。

“没问题，董事长想了解哪方面？”他请许军坐下。

“我仔细看了你做的这份贷款计划，看得出，你对这个项目还是抱着谨慎乐观的态度的，并不像桐桐那么冒进。”许军拍拍文件夹，“说说你对 BAT 项目的看法，包括你们最开始是怎么接触到这个项目的。”

周浩宇犹豫片刻，慢慢给许军解释了自己的担忧。

“这么说，你当时并不看好这个项目？”许军对他的态度并不感到意外。

“至少和帕丁顿枢纽项目比起来，我更看好帕丁顿枢纽项目。”周浩宇有些为难，“有 10 年建筑结构保证，999 年的产权时间，而且位置优秀，有景色，有实业，有道路，有前途，还有交通便利，帕丁顿车站在门前，5 条地下轨道交通线以及快速 crossrail 线……总而言之，我们龙星是第一次在海外投资，帕丁顿枢纽项目更适合我们，而且操作性和安全性更强。再说许总也表示过，我们第一次在英国的投资项目是房地产和酒店业，我们只是在海外先做一个资产配置，规避未来的资产泡沫破灭风险，跑赢通胀和贬值。”

“你刚才说安全性？”

“虽然曼彻斯特地方政府目前是批准了BAT项目，但这个项目开发周期太长了，不可预知的风险大。”

“是桐桐坚持要做BAT项目的？”

“我是做金融的，可能思维会相对保守一些。”周浩宇犹豫了一下，“不过董事长，我是信任许总的，许总在上海创办上海龙星佳桐的时候也有一些冒进的观念，为此我也和许总有过分歧，但事实证明，许总当时的想法后来都一一实现了。”

许军没有说话，他在想着什么。

“董事长？”

许军朝门口走去。他走到门口又停住：“你能不能把刚才所说的写一份BAT的风险评估报告交给我？”

“董事长，这要是让许总知道了，她会开了我的。”周浩宇为难。

“你要是不写，我现在就可以开了你。我还是龙星集团的董事长，龙星集团是由我许军一手发展壮大起来的。还有，这报告的事，你用不着跟桐桐说。你现在就写，我在这里等着你。”

说完，许军又回到沙发上，坐了下来。

周浩宇呆立在那里。他知道自己没有选择，只得回到办公桌旁，打开文档编辑器。许军在一旁，默默盯着周浩宇敲键盘。

49

周浩宇交了报告，匆匆赶到夕阳红护理院。

高风已经在高四海的房间里。

周浩宇上前，拉着高四海的手。高四海没有任何反应。

这是意料之中的事，几天前，医生已经通知周伟，高四海时日不多。家里已经在准备墓地，只是大家都心照不宣地不提这个悲伤的话题。

“怎么样？”周浩宇问高风，“那个杀手的身份查明了吗？”

“没有消息。”

“叔的死因呢？你上次说叔有可能是被人谋杀的？”

“二十年的陈年积案，哪有那么容易查出来？”高风叹气，“没有侦查方向，没有合理怀疑嫌疑人，没有定罪物证的三无案件，往往是警察最头疼的案件，也最容易成为悬案、积案。”

“从小爷爷就说，这世上没有完美犯罪。”周浩宇说。

“理论上是可以这么说。”高风无奈，“但现实中总有一些案件没有思路和方向，这其中的因素很多，对于有预谋、有计划的犯罪，犯罪分子往往具有较强的反侦查意识，甚至能够通过多种渠道学习到一些反侦查技巧。比如转移犯罪现场、对痕迹进行掩盖、制造虚假不在场证明、破坏关键性定罪物证等。再加上公安机关办理重大刑事案件时的人手比较有限，时间精力也是有限的，为一个案子可以短时间投入大量警力，但如果毫无进展，就只能转向其他案件，等待出现转机再继续侦查。”

“那你准备怎么办？”周浩宇问他，“就这么耗下去？你总得为将来想一想吧？”

“不是有你吗？我还能饿死吗？”高风调侃。

“对了，上午你给我打电话的时候，你旁边那个女的是谁？”周浩宇坏笑。

“给我留点儿隐私行不行？”

“别以为我听不出来，是刘青叶吧？”周浩宇意味深长地看着高风。

高风笑笑，没有正面回答。

“有进展吗？”

“她对我忽冷忽热的，我也拿不准她的想法。在这方面就显示出我的智商比你低的劣势了，女人真是一个奇怪的物种。”

“你啊，别管女人是怎么想的，你得先搞清楚自己是怎么想的。对她有感觉吗？”

“改天再说这个话题。”高风打断周浩宇的八卦，“你怎么样？你看上去很疲惫，我可是第一次看到你这种状态。”

“我最近事多，月底可能得去英国。我们集团在英国的分公司要挂牌，偏偏这两天许佳桐又请假……”

“请假？为什么？”高风一愣。

“她没说原因，我还纳闷呢。”周浩宇摇头，“在上海创业的时候，四十摄氏度的高烧，她还来公司上班，在办公室一边挂吊瓶一边听汇报。”

“这算是异常情况吗？”

“反正不算正常，这么多年我没见她请过假。”

周浩宇皱着眉头在想着什么。

“还有什么烦心事？”

“没有，挺好，对了，明天我妈从英国回来，一起来家里吃顿饭吧。”

正在这时，周浩宇的手机响了，周浩宇看了看手机，走到门外接听。

“董事长？”

“你在哪儿？”许军问。

“我……在护理院看我爷爷。董事长，有事吗？”

“你的报告我看了，有几个问题我还想问问你。”

“您在办公室吗？”周浩宇看表。

“在。”

“我一会儿去办公室找您。”

周浩宇回到高四海的房间，高风坐在床边发着呆。

“我得赶回公司。”周浩宇掏出车钥匙。

“你刚来。”高风没见他这么忙过。

“许军召我马上回公司。”

“出什么事了吗？”

“奇了怪了，许军今天突然对我们马上在英国投资的那个项目产生了莫名的兴趣，这之前，他好像并没有这么好奇。”

“那这个项目有什么问题吗？”

“问题？没有。我妈去英国就是为了这个项目，市里、省里也都看好这个项目。不过……”周浩宇苦笑一下，“我三言两语跟你说不清楚。”

“除了对这个项目，许军还有什么不正常的吗？”

“你为什么这么问？”周浩宇不明白高风为何突然这么关心许军。

“你好像有些担心，心事重重，这不是你的风格。”

“是有一点儿。许佳桐用一个新的手机号，告诉我说这两天不来公司。可许军却似乎并不知道许佳桐的去向。很显然，他也应该不知道许佳桐的新手机号。你说是不是有点儿奇怪？”

“你可以当警察了。”高风说。

“或许我还真有这方面的基因。”周浩宇俯身亲了高四海的脸颊一下。

他走出房间，给许佳桐打电话。

许佳桐正在房间里看着笔记本电脑上罗伯特他们发过来的有关 BAT 项目的一些文件，全是英文的。她一边看一边在文档上用英文修改着。

“浩宇？”她拿起嗡嗡作响的手机。

“我纠结了一下午，但觉得还是得给你打这个电话，哪怕现在就被你爸开除。”周浩宇说。

“怎么了？”许佳桐合上电脑。

“他下午来找我，问我有关 BAT 项目的情况，他说他仔细看了我做的那份贷款计划，他认为我对这个项目抱着谨慎乐观的态度，然后仔细打听了这个项目的情况……”

“你跟他说了你的意见？我是说当初反对的意见？”

“我只是说了跟帕丁顿枢纽项目相比而言……你知道，我这人说不了谎话。”

“然后呢？”许佳桐站起来，神色严肃。

“他让我写一份《BAT 项目风险评估报告》。”

“你写了？”

“我说我要是写了，你会开了我。可你爸却说，如果我不写，他当时就开了我。他坐在我的办公室里等着我写完才走的……刚才，他又给我打电话，让我现在马上去他的办公室。”

许佳桐气得想说什么，但她努力克制住自己的情绪。

“我是不是要收拾东西走人？”周浩宇试探道。

“先不谈这个，你马上把那份报告发给我。”许佳桐急匆匆地说。

“好，马上。那我还要去他办公室吗？”

“照常去，事后给我打电话。”

“怎么一夜之间，我成了你们之间的夹心饼干？你们俩之间到底发生了什么？”

“周浩宇，如果你还想在龙星待下去，最好先学会闭上你的嘴。还有，你写的这份报告不能流出去，不能给任何人看，听明白了吗？”

说完，许佳桐挂了电话，不一会儿，她的手机传来微信提示音。许佳桐匆匆浏览手机上的报告。她站在那里犹豫了一下，然后坐在电脑前，以最快的速度用英文写着邮件。

“罗伯特：计划有变，我下星期二过来，争取下星期把公司的事办完。”

她点击发送按钮，看到发送成功的提示。许佳桐站起来，拿着手机，跑向赵月娥的房间。

赵月娥正在卫生间里洗漱。门铃声响起。

“谁啊？”赵月娥走向门口。

“奶奶，是我。”许佳桐的声音隔着门都能听出很焦虑。

赵月娥打开房门。

“我爸盯上了 BAT 项目。”许佳桐跑进门，“他逼着周浩宇写了一份《BAT 项目的风险评估报告》。”

“我没……听懂。”赵月娥示意她别急，把话说清楚。

“我没跟您说过。”许佳桐解释道，“其实在英国的时候，周浩宇看出了 BAT 项目中的一些问题，当初他是不建议考虑 BAT 项目的，是我强制他支持的。有了这份风险评估报告，我爸肯定会竭力反对这个项目实施。其实对 20 亿英镑的海外贷款，我爸一直是心怀忐忑的，上次去上海的飞机上，他跟我谈过他的担心。我看他现在是想拿这个项目做筹码，逼着我们和他谈。”

赵月娥没有说话，她朝着房间里走去。

“我已经给罗伯特发了邮件，下星期二我就赶到英国去。”许佳桐跟着她。

赵月娥坐了下来，没有说话，她显得有点儿筋疲力尽的样子。

两个人就这么坐着，一直到天黑。

50

夜色中，能感受到紧张的不仅仅是赵月娥和许佳桐祖孙二人。

东山省公安厅，此刻也是灯火通明。

冯凯、李夏、刘青叶坐在办公室里。

“对不起，让你们久等了。”张副厅长走进门。

冯凯等人起身。

“张厅长，这位是刘青叶。”冯凯介绍道，“她父亲是刘建军，市局交警支队政委。她爷爷是刘志坚，当年龙湾县公安局局长。”

“你爷爷当年是我的偶像。”张副厅长和刘青叶握手，“龙湾 1983 年‘6 · 24 光明电影院爆炸案’就是你爷爷破的。在现在那都是教科书级的经典案例。坐。”

大家坐下来。

“刘青叶，你先谈谈这次韩国之行的情况吧。”

刘青叶拿出资料，详细汇报了他们掌握的情况。所有人在静静地听着，思考着。

等她说完，冯凯汇报了和许军会面的前后经过。

张副厅长皱着眉头听着。

“不得不说，案子推进到今天这一步，高风有一定的贡献，但这一次他对许军所做的一切是很不理智的，有可能会把我们目前的成果毁于一旦，如果许军并不是像他认为的那么单纯呢？如果许军也是整个阴谋中的一分子呢？”

刘青叶想说话，冯凯用眼神制止她。

张副厅长不说话，气氛很压抑。

“你认为呢？”张副厅长问冯凯。

“从我和许军接触和交谈的情况看，我的直觉，许军应该是局外人。高风的判断我认为是正确的。的确，从罗红英的尸骨被发现以来，我们的调查就一直处在被动之中，这说明他们的的确确对我们的一举一动都了然于心，他们在上海对高风下手，说明他们已经知道我们怀疑到了许家福身上。刺杀高风的计划失败后，他们应该做好了防备之策，石磊和青叶他们在韩国的受挫，就能很好地说明这点。我们没能让许家福现形，而我们又没有掌握赵月娥和龙星卷入许家福案的实证，在无法找到更好的调查切入点的情况下，高风这招或许是个办法，当然，我不排除这其中有不可预知的风险。”

“没有证据，我们无法对赵月娥实施监控监听。”张副厅长担心，“这个方案有没有效果你怎么知道呢？”

“高风的弟弟，就是高四海养子周伟的儿子周浩宇，目前是龙星金融集团的总经理。”冯凯说。

“周浩宇已经知道了我们的计划？”

“没有，高风没有跟他说。但我相信高风有办法从周浩宇那里得到风声的。”

张副厅长拿起金森的照片。

“也就是说，在目前的情势下，我们能做得不多？”他以肯定的语气说。

“是。”冯凯点头，“哪怕是发现了许家福在韩国的蛛丝马迹，我们都有理由名正言顺地对赵月娥和龙星展开调查，但……”

张副厅长没有说话。

办公室里又陷入静默。

第二天下午，高风在龙城机场候机厅的人群中，看着出口的方向。

沈超英和东山银行的三名高管正拿着行李从出口出来。

高风朝沈超英举起了手。本来周浩宇答应来接机，但他突然又被许军拉去公司开会。任务自然就落到了无所事事的高风头上。

沈超英看到了高风。她和三名高管说着什么。高管们和沈超英挥手道别。沈超英拿着行李朝着高风走来。

“路上还顺利？”高风接过行李。

“降落时有点儿颠簸。”

沈超英和他一起走到停车场，问起家里和高四海的情况。她看起来精神不错。

“婶儿，对英国的印象如何？”高风放好行李，发动了车子。

“印象深刻。”沈超英坐在车后座上，“我本科是学英语的，我自以为我的英语还可以，来英国之前，我还特意看了几部最新的英剧，预先开始适应英式英语。哈哈哈哈，到了英国之后我才发现并没有什么用……一到曼彻斯特，我就发现，我根本听不懂他们的英语，口音真是难听啊。再说吃的，在英国心血来潮想吃碗拉面，在谷歌地图上找到了一家评分 4.5 分的拉面馆，当面端上来的时候，我忍住没有哭出来。这不是清汤挂面吗！说好的浓汤拉面呢？我回家煮个方便面味道都比你重啊！不过，很多人吐槽的炸鱼薯条我认为倒是挺好吃的，够精够饱满，挺适合我。”

“浩宇一说起英国，一说起国外都是满满的羡慕嫉妒恨。”高风笑道，“您呢，却全是槽点。婶儿，这就是代沟。”

“哈哈哈哈，也不全是啊。”沈超英说，“有教养，素质高，懂礼貌，老牌帝国主义还是留下了许多文明的。”

“婶儿，您这次去英国是为了龙星的事？”高风切入正题。

“是啊，龙星不是要在英国投资吗？他们要内保外贷，我们这趟就是去考察他们的这个项目。”

“内保外贷？”高风不懂这些名词。

“内保外贷是指境内银行为境内企业在境外注册的附属企业或参股投资企业提供担保，由境外银行在境外的分行给境外投资企业发放相应贷款。我们东山银行为这个项目提供担保。”

“婶儿，我不懂内保外贷，你帮我普及普及？比如说有什么优势？”

“先说优势啊，第一是跨境‘增信’，可以帮助国内企业走向国际市场，使其境外分公司获得海外融资。第二是实现资金或资产的‘间接出境’，在有钱出不去的情况下，国内企业用国内的资产或者存款在银行获得授信，通过境内银行开立保函至境外分支行，由境外分支行将资金输送给境外企业，以此达到间接出境的目的……”

高风默默地听着。

“第三，内保外贷因贷款主体在境外，对境内银行来讲仅仅是一笔表外的或有负债，还能够一定程度上规避境内贷款的规模、贷款用途等问题。第四，由于境内外资金成本存在差异，使得跨境担保也经常被用于跨市场的资金套利业务，通过银行保函，从海外获得低成本的融资。”

“那……风险呢？”

“主要的风险就是内保外贷作为或有债务，一旦发生履约会导致实际的资金流出，对我国国际收支及人民币汇率的稳定性产生影响，如管理不慎还可能演变为资金外套或资产转移的通道。”

高风的眉毛一挑，他回过头来望着沈超英。

“资产外套或资产转移？”

“嗯，就是资产外逃。”沈超英点头。

“利用内保外贷进行资产外逃？我不懂。”高风确实听得一头雾水。

“这种操作方式通常是以境外平台公司为借款主体，以境内资产作为抵押，向境内银行申请内保外贷，但是如果境外债务人未能到期还款，则境外分支银行会向境内银行提出保函项下索赔。根据保函开立的内容，大多数情况下境内银行必须‘见索即付’，无条件付款，随后再向境内企业进行追索。这个赔付的过程即形成了境内资金的流出。”

“龙星集团是我们东山的明星企业，它不可能做出这种事吧？”高风开车上了高速。

“我这次亲自去英国，就是和我们东山银行香港分行的负责人一起做这方面的考察啊。这个项目要贷款 20 个亿，这还是第一笔贷款。”

“20 个亿？”高风被这个数字吓了一跳。

“后面的单位可是英镑哦。”沈超英提示他，“按现在的利率就是近 180 亿人民币。这数目对四大行来说当然是毛毛雨，可对我们东山银行来说，就是大数目了，再加上我们是第一次做这种内保外贷的跨境业务，可不能出任何问题。”

“怪不得您亲自出马，那这下放心了？”

“嗯，一切都符合程序，那项目也不错，省里也非常重视。”沈超英看着窗外的风景。

“那接下来的程序呢？”

“龙星集团在英国的分公司在这个月底前就正式注册成立，一旦他们的分公司成立，我们就可以向东山银行香港分行开立保函。”

“你们香港分行拿到你们的保函就可以向龙星集团的英国分公司发放贷款了？”

“你这小脑瓜一点就通。”

高风微微笑了笑。

沈超英的手机响了起来，是银行同事打来的。她接通电话，聊着公务。

高风脸上的笑容立即消退得一干二净，他皱起了眉头。

51

一路没遇到堵车，高风把车开到周伟家的地下车库。

车驶入停车位，沈超英和高风从车上下来。高风帮着从后备厢里拿出行李。这时，他的手机响了。

“对不起，婶儿，我接个电话。”高风退到一旁。

沈超英在车边等着他。

“青叶？”高风接通电话。

沈超英回过头来，饶有兴趣地看着高风。

“刚才开会，我调成了静音，刚看到你发的消息。怎么了？又要我帮你蒙谁？”刘青叶在电话里老大不情愿地问。

“同学会？不行，我刚从机场回来，今天有安排……”高风对着电话胡扯，“再说浩宇也去不了……”

刘青叶没吭声。

“喂？”高风故意提高声调。

“我听着呢。”刘青叶冷笑，“你演独角戏就行，用不着我给你踱台词。”

“都有谁啊？”高风装模作样。

沈超英忙上前来推了推高风，高风回过头来，沈超英示意高风捂住手机。

“等一下啊。”高风对着手机说。

“你可以去。”沈超英笑着看高风。

“不行，婶儿，我跟浩宇说好的，今晚陪您和叔一起吃晚饭。”高风捂着话筒。

“忘了跟你说了，刚看到浩宇的微信，他说公司有事，晚上他回不来。”

“那我陪您和叔。”

“我说去你就必须去，去同学会吧。”

“为啥？”高风装作不解的样子，“说是同学会，就是俩同学从外地来龙城，想一起聚聚，人也到得不全，再说我从来不去参加这些同学会的，浩宇知道。”

“浩宇跟我说了。浩宇说青叶对你有意思，你也有想法。”

“这浩宇，婶儿，八字没一撇的事……”高风装出不好意思的样子。

“你要不去婶儿不高兴了。”沈超英指指电话，“跟青叶说，你马上就赶过去。快，人家等急了。快啊。”

“真去啊？”高风故意为难地看了看沈超英。

“你这孩子怎么这么磨叽？家里人吃饭哪天不是吃？”沈超英又推他一下。

“青叶啊，那我就过来一趟吧。”高风对着手机喊道，“一会儿你们在哪儿？我过去找你们。”

“我在刑侦大队。”刘青叶揉揉耳朵。

“那好，一会儿见啊。”高风挂了电话。

刘青叶站在大队的走廊里，怔怔地望着手机。冯凯经过。

“咋了，你发什么愣？”

“一会儿高风可能过来。”

二十多分钟后，高风从电梯间里出来。他来到办公室，站在门口，朝里面寻找着。

“青叶。”

刘青叶抬头看见高风，起身走过去。

“冯凯在吗？”高风问她。

“听说你要来，他推掉要事特地在办公室等你。”刘青叶带高风走向冯凯的办公室，“没想到你真是个戏精啊。”她冷眼瞧着高风。

“不是被你逼的吗？”高风撇嘴，“本来我还想让你配合一下的。”

“国内要是有脱口秀节目，你可以去当主持了。”

“你是给我做职业规划吗？”

他们一起走进冯凯的办公室。高风关上办公室的门，办公桌前的冯凯抬起头来。

“我觉得许佳桐和赵月娥想把龙星集团的资产转移到国外。”高风给他讲了从沈超英那里听来的各种名词。

冯凯皱着眉头。

“怎么？你不认同我说的？”高风问他。

“逻辑是通的，可证据呢？只凭沈超英说的内保外贷有向国外转移资产的风险？沈超英不也说了吗？BAT项目是好项目，更何况还有市里、省里的大力支持。你让我怎么向上头说，就因为凭你说的有可能就把BAT项目封杀吗？可能吗？”

高风无语了。

“可……要是赵月娥他们真的把龙星集团的资产转移到国外怎么办？”刘青叶问冯凯。

“在没有找出确凿的证据之前，我们无法采取任何行动。有时候一件事正在往不好的方向发展，但是即使作为当事人，也只能静静地旁观。”

“你说什么？”高风急了，“我把找到的线索，我的猜测，我的怀疑都一五一十地告诉你，信任你，没想到等来的却是这番话。”

“那我问你，法律的公正到底是指什么？”冯凯不紧不慢地问道。

高风愣在那里。

“法律公正是必须追寻的，公正不是最后的结果，而是一个过程，我们现在所追求的司法公正就是一个尽可能公正的过程，在这个法律体系中，我们警察的任务就是要建立一个不易被人钻空子的严谨的证据链。怀疑和猜测能形成证据链吗？亏你还差点儿成为一名律师。”

“说得倒是挺冠冕堂皇。”高风不吃这一套，“如果赵月娥现在不是一个富人，而只是一个穷人，如果龙星集团不是中国民营企业500强，不是东山省的明星企业，而只是一个小作坊，哼，我相信，你早就把赵月娥传讯了，说不定只需10分钟就得到了赵月娥的口供。所以，这就是我当想律师的原因，我当律师的原则是从富人身上多要点儿钱，以便免费向穷人提供法律援助。”

“如果我们不讲司法程序，为了迅速结案违背司法程序，那……甚至都不用我们出手，网络上的谣言就能让龙星集团瞬间崩盘。可你想过没有，龙星集团有近六千名员工，这中间有多少是你概念中的穷人？他们的利益和权利如何得到保障？公平正义的司法程序必须满足以下的条件：第一，重证据。第二，重视正当程序，不经正当法律程序不得剥夺任何人的生命、自由或财产。”

“所以，你眼看着赵月娥他们在咱们的眼皮子底下向海外腾挪资产，也无能为力了？”

“我们的任务就是找出证据。”冯凯强调。

“那好，你尽可以坐在这里静静地旁观，我高风会把证据拿给你看的。”高风转身离开了办公室。

刘青叶追了出去。

冯凯坐在房间里思考，过了一会儿，他拿起手机拨号。

“冯凯？”李夏的声音传来。

“我想马上和你见一面。”

一夜平安无事。

第二天上午，许佳桐在山庄自己的房间里，遥控着秘书替自己订去英国的机票。

“对，23 日，下个星期二。”

“许总，这次和你一同去英国的还有谁？”秘书问道。

“我爸，周浩宇，邹凯，王建平，丁婷婷……”

“好的，那给董事长，许总您，还有周总订头等舱，邹凯他们订经济舱吗？”

这时，手机提示音响起，有其他人的电话进来。许佳桐看了看手机屏幕。

“可以，我要接个电话。”她对秘书说。

“许总，需要我帮你们订英国的酒店吗？”

“不用，先这样。”许佳桐挂掉了和秘书的电话。

那个电话正坚持不懈地在打着。许佳桐认得许军的号码，她犹豫了一下，接听手机。

“爸？”

不用问，是周浩宇没扛住，把她新启用的号码给了许军。

“你和你奶奶准备在外面待多久？你们以为逃之夭夭就能解决一切问题吗？”许军在电话里怒气冲冲地问。

“爸……”

“你也知道一切，是吗？”

“爸，您应该这么问。”许佳桐说，“‘你知道高风他们所做的一切，是吗’？是的，我知道。”

电话里一阵沉默。

“还有什么事吗？”许佳桐问。

“我要见你，马上。为了 BAT 项目。”

“BAT 项目怎么了？”

“我要宣布中止这个项目！”许军大吼一声，挂了电话。

许佳桐愣了片刻，跑向赵月娥的房间。

52

许军推门进来时，赵月娥和许佳桐正在书房里的电脑前看着什么。

许军关上门，从包里取出周浩宇写的那份《BAT 项目风险评估报告》甩到桌子上。

“你们是不是想把龙星的资产都转移到英国去？”

许佳桐想说什么，赵月娥伸手拉了她一下。

“桐桐，你先出去。”

许佳桐犹豫了一下。她走出门去，把门掩上，并没有关实。

许佳桐筋疲力尽地靠在墙上，她听着房间里赵月娥和许军的对话。

赵月娥拿起那份报告翻了翻，然后扔在桌子上。

“BAT 项目是市里、省里重点关注和支持的项目，英国曼彻斯特市政府也非常支持这个项目，你凭什么说我们是想利用这个项目来做资产转移？”

“我不傻，就算你和我那死去的父亲暗中助力帮我成了吴贵祥的女婿，帮我坐稳了上海联达纺织股份有限公司法人和总经理的位置，可是龙星从 1994 年 600 名员工，销售收入 6 亿发展到现在有员工 6000 余人，整个集团年销售 450 亿，连续 4 年入围中国民营企业 500 强的东山省明星企业，难道都是你和我那死去的父亲的功劳？难道我许军就完全是一个没有企业经营头脑的傀儡？”

赵月娥没有说话，她面无表情地听着许军的牢骚。

“我现在才明白，为什么在罗红英尸骨被发现后，你就匆匆召开董事会，不跟我商量突然把桐桐提拔为集团的总经理。”

“你接着说，一口气全说完。”赵月娥沉着脸。

“因为你怕当年的事情败露，你知道警方会展开全面的调查，会查到许达的身上，会查到我那死去的父亲身上，会把当年你们做的一切都一点点剥出来。于是你一方面利用桐桐在英国的资源，搞什么海外投资，其实质就是想把龙星的资产想尽办法转移到海外，为日后潜逃国外做好铺垫，另一方面，我那死去的父亲坐镇韩国指挥，派职业杀手潜回龙湾，消除一切不利于你们的证据。”

“说完了？”赵月娥的语气异常冷静。

许军一时竟然不知道该怎么回应。

“那你准备怎么做？”赵月娥指指桌上的报告。

“我不会让 BAT 项目实施的。龙星是我的产业，是我许军打下的江山！我不会眼看着让你们把它就这么毁掉。”

母子二人怒目而视。

门外，许佳桐在默默听着，一脸凄苦。

“如果你刚才说的一切都是真的，那你以为这龙星集团还会姓许吗？还会是你许军的产业吗？”赵月娥举起那份风险评估报告。

“我没有参与你们的阴谋，我是清白的。”

赵月娥笑了。她一抬手，把那份报告扔进废纸篓里。

“军儿，那我告诉你，我可以马上召开公司的董事会罢免你。”

“公司章程没有规定，董事可以不通知董事长，直接召开董事会，做出决议。且公司章程规定召开董事会应提前10天通知全体董事。如果你们召开公司董事会，你们就违反了《公司法》第二十二条第二款以及公司章程中董事会召集程序的相关规定，我可以拒绝交权。我不会交出公司印鉴、财务印章、企业法人营业执照。如果你们非逼我，我可以向人民法院提起诉讼，要求撤销董事会决议。”

“军儿，你赢不了了。如果你不交权，上诉法院，龙星集团将处于群龙无首的境地。你以为公司董事会答应，股东们会答应，市政府、省政府会答应？”

许军哑口无言地望着赵月娥。

“再说你父亲的事。”赵月娥看向窗外，“1995年，高四海和刘志坚坚决要求开棺验尸。在你的说服下，我冒着被众乡亲戳脊梁骨的耻辱，同意了。整个开棺过程，高四海的养子周伟在你父亲尸身上取骨的过程，还有周伟从你身上抽血的过程，全程都是武警警戒，难道你忘了吗？”

许军无法反驳。

“你和你父亲的DNA亲子鉴定他们做了三遍，那好，你现在告诉我，结果呢？”

许军的嘴唇翕动着。

“说话！”赵月娥厉声道。

“匹配。”

“匹配？是完全匹配。”赵月娥拍桌子，“那好，你认为你亲妈，一个农村妇女，何德何能能改变那个结果？你这么信任高风，那高风又是怎么跟你解释的？”

“可韩国职业杀手又是怎么回事？”许军的心里一片混乱，“他为什么要杀杨三水和许达，许达二十六个英文字母都认不全，你又为啥要匆匆把他弄到英国去逃避警方的调查？他出事的那天，匆匆赶到家里来，和你在屋里又偷偷地商议着什么？”

“我早就跟你说过，因为去年许达带着两名省里的官员以考察为名在韩国的七乐赌场首尔江南店欠下了三千万的赌债，是高利贷，许达只告诉我两千万，我东挪西拆，把这两千万的窟窿给他补上了，可剩下的那一千万今年已经翻成了六千万。我怎么还？你能替他还吗？还是龙星能替他还？今年8月中央巡视组就在东山，如果把那两位官员翻出来，龙星还能有好日子过吗？这些，我能跟冯凯说吗？”

“那韩国职业杀手……”许军张口结舌，“他是为了赌债来杀许达的？”

“那你以为呢？真以为是你那死去的爸派来的？刘青叶和上海刑侦总队的人刚从韩国回来，如果他们找到了你爸还活在世上的证据，你我现在还能站在这儿说话吗？”

许军无言以对。

“军儿，1986年，不管我怎么劝说，你都要执意逃离龙湾，为了什么？”赵月娥起身，走到许军面前，“早早和这个家划清界限，是为了你那可怜可悲的自尊心。1995年，不管我怎么劝说，你都要执意回到龙湾投资，为了什么？为了向当年唾弃你的人炫耀自己的成功，还是为了你那可怜可悲的自尊心。现在，你甚至接过咱许家仇人之后制造的暗箭射向你最亲近的家人，为了什么？”她伸出手戳向许军的胸膛，“也是为了维护你那点儿没有底线的自尊心。军儿，你最大的失败就是活得过于自尊。”

许军不由自主地往后退着，躲开母亲的步步紧逼，他的头上渗出了汗水。

“我和桐桐离开家，是想给你一点儿幡然醒悟的时间，可你呢？为了你那点儿自尊，还叫嚣着要向人民法院起诉你的亲妈和你的亲女儿！军儿，你还是我的儿子吗？我怎么觉得我完全认不出你了呢？”

许军说不出话。

“连谁给你的伤口撒的是云南白药，谁给你的伤口撒的是盐，你都分不清，你还有什么资格当龙星集团的董事长？狼若回头，必有缘由，不是报恩就是报仇。就算高风是什么人你不清楚，那高四海是什么人难道你还不知道吗？他们高家个个都是恶狼，你要是再不离他们远远的，你在他们面前只会连骨头都不剩。”

许军面色如灰。

“为了你的自尊心，你怀疑我，怀疑许达，怀疑你的亲生女儿，我都能理解。可我不能理解的是，你为什么连自己的努力和人生都要怀疑，都要厌恶呢？在这个年代，只要努力，猪也会成功，你难道真觉得自己的能力连只猪都不如吗？”

许军一屁股坐在椅子上。

“你马上写一份辞职报告，理由是，健康原因。”

“健康原因？”许军已经彻底蒙了。

赵月娥从书桌上的文件夹里拿出一张医院的诊断书，还有一份打印出来的辞职书。

“这是医院的诊断书和辞职报告。”她看了看手表，“你只要签个名就行，给你十五分钟够了吧？”

赵月娥把那份诊断书和辞职报告扔到许军的身上。她走到门口，停了下来。

“军儿，我只说一句。”赵月娥看着手足无措的儿子，“如果恨我能让你从自我厌恶中解脱，那你怎么恨我都成，家人就是为此而存在的。”

说完，赵月娥打开门，离去。

许军一人孤独地坐在椅子上，他拿起那份人民医院的诊断书看着。

【诊断书】

测试结果：总积分：73　标准总分：79.26　参考诊断：有（重度）抑郁症。

许军呆呆地望着诊断书，诊断书和辞职报告从他的手里飘落在地。他双手抱着头，绝望地低下脑袋。

53

傍晚，周伟、沈超英和周浩宇正在吃饭，一家子好像没什么话可说。周浩宇的手机传来的微信提示音打破了沉默。

“可靠消息，许军因健康辞职。由赵月娥兼任董事长。”

周浩宇看着消息，愣在那里。

“咋了？”周伟放下筷子。

周浩宇没有说话，他起身拿起手机朝客厅阳台走去。许佳桐的电话响了两声，接通了。

“怎么回事？公司传言，说你爸辞职了？”

“是真的。我正准备给你打电话。”

“健康原因？是不是因为他反对BAT项目？”

“重度抑郁症。”

周浩宇没有说话。

“下星期二我们去英国，你把相关文件准备好。”许佳桐那边应该还有别人，听起来有不少人在交谈。

“这么着急？你不是说月底的吗？”周浩宇惊讶。

“机票已经给你订好了。还有，你给我爸写的那份报告如果没传出去，马上销毁，更不能告诉你妈！”

许佳桐挂了电话，周浩宇呆在那里。

这时，沈超英匆匆跑出来。

“网上说许军辞职了。”她给儿子看手机。

这是一篇名为《传龙星集团董事长许军因健康辞职》的帖子。周浩宇扫了一眼，看到“重度抑郁症”“向董事会递交辞呈”“董事长一职由董事会主席赵月娥兼任”之类的描述。

“这消息可靠吗？”沈超英向儿子求证。

“属实，我也是刚刚知道。”周浩宇点头。

“这不会影响 BAT 项目的推进吧？”

“不会，现在是赵月娥兼任公司的董事长，她是支持这个项目的……”

“支持？难道许军不支持这个项目吗？”沈超英敏感地打断他。

“我没那么说，有吗？”周浩宇应付着，“我的意思是说你不用担心项目。还有，我下个星期二就和许佳桐去英国，注册分公司。”

“不是说月底吗？”沈超英更加疑惑。

“提前了呗。”周浩宇皱着眉头，看着黑漆漆的夜空。

冯凯的车在路上疾驰。

“你怎么看？我是说赵月娥向海外转移资产的事。”坐在副驾驶座上的李夏问他。

“80% 的可能性。可问题是……我想过了，还是没法找证据。”冯凯握紧方向盘。

“让经侦介入呢？”

“怎么介入？查账？这根本查不出来。除非他们到英国找到 BAT 项目本身是有问题的证据，可……这可能吗？”

“那……我们就这么坐以待毙？”李夏焦虑地看了冯凯一眼。

“唯一的切入点，还是 1995 年的 DNA 亲子鉴定。”冯凯思索着。

这时，李夏的手机响了，是张副厅长打来的。

“龙星集团的董事长许军辞职了，你们知道吗？”

“不清楚啊？为什么？”李夏一惊。

“你跟冯凯马上到我办公室来一趟。”

“好，我正好和冯凯在一起，我们马上到。”

冯凯踩油门，车加速，在黑夜里冲向前方。

一个小时后，二人走进张副厅长办公室。

“张副厅长，许军突然辞职可能跟BAT项目有关。”冯凯一进门，就讲出了自己的判断。

“是龙星集团要投资的那个英国项目吗？”张副厅长问。

“是。因为赵月娥和许佳桐很有可能利用这个项目向海外转移资产。”

冯凯简单讲了从高风那里得到的消息。

“境内企业利用境内资产做担保，在境外获得融资并从事投资并购活动，如目的仅为资产转移，则一般会陷入不计成本的非理性投资，增加境内实体负担，竭尽其资源，最终导致衰败甚至破产，这种情况如大规模发生，可能引发重大实体经济风险。”

“你们有证据证明BAT项目是这个目的吗？”张副厅长问。

“没有，这只是猜测。”

“那这跟许军辞职有什么关系吗？”

“据高风说，自从他把真相告诉许军后，许佳桐突然在公司消失，而且许军也不知道许佳桐的去向，这几天许军表现得很焦躁，而且突然对BAT项目表示出极大的兴趣。”

“你的意思是说，许军很有可能也发现了BAT项目的问题所在？他是被迫辞职的？”

“我也只是猜测，没有证据。”

“那你们有什么方案能阻止这个项目进行吗？”

冯凯和李夏对视了一眼。

“难度在于，据说市里甚至省里有关领导对龙星集团的BAT项目非常支持。”冯凯摇头。

“领导？谁？”张副厅长问。

“不清楚。”冯凯实话实说。

“张副厅长，如果没有实证，我们恐怕很难阻止这个项目。”李夏说。

“我去了解一下。”张副厅长沉吟道，“除此之外，你们还有什么侦查方向吗？”

“我仔细想过了，在找不到许家福偷渡韩国的确凿证据下，现在留给我们的唯一的缺口就是1995年开棺验尸和DNA亲子鉴定。”冯凯说。

“好吧。尽可能把调查缩小到可控的范围内，调查内容不得外泄，更不能传到网络上。”张副厅长一脸严肃，“不然，你们俩该承担什么责任不用我说吧？”

“明白。”冯凯挺直腰杆。

“明白。”李夏犹豫一下，立正，敬礼。

深夜，高风在家中看着网上满天飞的帖子。许军辞职是东山几天以来的最大新闻。这时门铃突然响了。

“别问我许军辞职的事。”周浩宇进门，抱怨道，“我已经接了几十个电话了。”

“你觉得许军有重度抑郁症的嫌疑吗？”高风翻着手机帖子。

“我不是医生，不过，我刚查过百度，根据有关数据显示，目前我国大约有抑郁症患者3000万人，全球范围内，有超过5亿人正在遭受抑郁症的折磨。而且，在我们身边可能就会有抑郁症患者，他们有可能看上去与常人无异，甚至谈话幽默风趣，然而内心却已经开始腐烂，绝望。更可怕的是，有些人还不知道自己得了抑郁症。”

“抑郁症是不是赵月娥想让许军彻底出局的一个借口？”高风怀疑。

“许军是赵月娥的独生子，她有什么理由要换掉许军？”周浩宇反问。

“公司换高层，通常是两种情况，第一，谁都能取胜，你居然没有取胜，换。第二，你不听话或者做事不让人顺眼，换。你觉得是哪一种呢？”

周浩宇愣了一下，没说话。

“公司所有的高层人事变动的背后，皆是因为‘观念’冲突。我说得没错吧？”

“你到底想说什么？”周浩宇盯着他。

“许军是被辞职的，赵月娥是因为BAT项目受到了威胁才把‘重度抑郁症’冠在许军的头上的。其实你心知肚明是不是？”

“就算你说得有道理，但龙星集团的江山是许军打下的，说下就下？”周浩宇摇头，“我要是许军，我不会甘心沦为一个‘布偶’的。”

“准确地说，龙星集团的江山是许军的岳父吴贵祥打下的，从某方面上说，许军只是一个继承者和政策福利的受益者。要说能力，他根本不是赵月娥的对手。”

“看来你已经有结论了。”

“如果我说赵月娥和许佳桐是想利用BAT项目把公司的资产向境外转移，你认不认同？”

周浩宇避开高风的目光。

“不可能，就算我不了解赵月娥怎么想，但许佳桐绝对不可能有这种想法！”

“为什么？”

“因为她有情怀。”周浩宇说，“她从英国回来我就跟着她在上海一起创业，我知道她的梦想。而且，她的梦想也是我的梦想。”他看着窗外的灯火，“用国际化的视野，国际化的眼光，国际化的价值体系，为中国创造价值，这就是她的梦想。中国圣贤思想中有这么一句话，不怕事不成，就怕道不立。做一家企业的目的和意义是非常重要的。龙星集团的价值体系已经被潮流淘汰了，你没看出来吗？它已经开始衰败了，所以，就算许军是被辞职的，我不但不奇怪，反而更加佩服许佳桐，因为心不同，道的层面就不同，看到的结果也就不同。”

“没想到许佳桐在你的心里有这么大的光环。”高风吃惊。

“没错，她在我的心里就是一个好女人。”周浩宇的语气，有些陶醉，“跟她走在一起，就仿佛一只温暖的探照灯把你挑了出来，让你沐浴在它的灯光下，你一下子感觉暴露无遗，受宠若惊，仿佛每个人都在看着你，感觉自己从无名之辈变成了一个人物，一个别人确实想要交谈和交朋友的人物……”

“评价许佳桐，你漏了最核心的一点，就是野心。”高风打断他的浪漫臆想，“许佳桐是一个有野心的女人，你爱上这种女人，你会失去自我。除非你是比尔·盖茨、默多克，有大把大把的钱让她消费野心。”

“高风，我发现你真的变了。”周浩宇不解，“你和许佳桐之间到底发生了什么？当年是你从她身边离开的……”

“这跟我和许佳桐的感情故事没关。”

“那跟什么有关？”周浩宇追问。

“因为……”高风克制住马上要冲口而出的话，顿了顿，“浩宇，因为这事跟婶儿有关，婶儿的东山银行是出具保函的境内银行，如果赵月娥和许佳桐真的是利用内保外贷向境外转移资产，那婶儿和东山银行会有什么后果？”

“对不起，我妈亲自和东山银行香港分行的人去英国考察过BAT项目，结论想必你已经知道。”周浩宇看了一下手表，“我还有事。”

他走到门口，回过头。

“哥，我只说两点，第一，侦办案件的危险之一，就是先做出结论，再试图制造证据来符合结论。你应该让证据说话，而不是人为操弄证据。第二，我就是喜欢许佳桐，我就是爱她。是，她是拒绝了我，我不在乎。我只想待在她身边，只要让我每天都看到她，我就感到幸福。希望你不要在我面前再说伤害她的话。”

54

龙湾区赵月娥家别墅里，亮着几盏灯，显出几分寥落。

许军正默默地坐在桌前看着窗外，他面容憔悴，一夜之间头发花白了不少。这时，传来敲门声，许军回过头来看着房门，没有说话，也没有起身的意思。他继续扭头看着窗外没有星星的夜空。

门开了，许佳桐走进来，她端着一盘水果。

“爸，您是知道的，我的龙星佳桐正是做得风生水起的时候，我本来是争取明年把上海龙星佳桐推上市的，有两家著名的基金公司也正在给我的公司做上市的规划。可奶奶说，为了龙星集团，我必须放弃龙星佳桐……”

许佳桐把水果放在茶几上，泪水涌上她的眼眶。

“爸，龙星就像是你的亲生儿子，龙星佳桐就像是我的亲生女儿……”

“可周浩宇说 BAT 项目是存在风险的。”许军心酸地说。

“爸，你在这个行业里摸爬滚打了二十多年，做企业哪能不冒点儿风险？是，按道理，咱们龙星在海外的第一笔投资应该求稳。最稳健的投资是房产和酒店。从这个角度上说，周浩宇看中的帕丁顿枢纽项目完全符合这些要求，我不是不懂这个道理。”

“那你为什么非要选择 BAT 项目？”

“BAT 项目要改造的船坞区，在 100 多年前的维多利亚时期，就曾经是全英国最先进的码头，二战之后随着大英帝国的衰落而迅速败落，当地的失业率大增，成为曼彻斯特乃至英国最贫困的区域之一。如果我们龙星集团能重振这一区域的雄风，想必能让英国刮目相看，BAT 项目是中国企业投资开拓伦敦市场的一个大手笔。这是我当时对周浩宇说的原话。其实，我还有一层意思没有跟他说，那就是这种项目省里会喜欢，那些官员会喜欢，为此，他们会全力支持我们。”

“可……万一不可控呢？”许军问道。

“周浩宇当时最大的担心是曼彻斯特市政府不会全力支持这个项目，但经过女儿的努力，曼彻斯特市政府现在是全力支持，他们已经跟我们签订了有关协议，会为这个项目大开绿灯。英国人做事不像咱们中国人好大喜功，他们更现实，没有一定的把握，他们不会表这个态的。爸，您应该相信女儿。”

许军没说话。

“爸，您真该去英国看看那个船坞区，听听英国人对我们龙星是抱有多大的希望。这也是女儿想让您这次跟我一起去英国的原因。爸，女儿已经给您订好了机票。如果您在英国待着不习惯，您可以跟我们一起回来。”

“桐桐，我相信你。爸也想去，可……”许军长叹一声，“因为许达的事，‘4·05’复查小组已经怀疑我们许家，我想，他们会怀疑 BAT 项目的真实目的的……我又主动辞去了董事长一职，如果现在我又出境的话，他们会想得更多……”

“爸，市里、省里对 BAT 项目非常支持，警方的怀疑都是无稽之谈，他们不敢顶着压力轻举妄动的。”

“1995 年市里、省里想要我回龙湾投资，那支持的力度有多大？可刘志坚他们不是照样顶着政府的压力挖开了你爷爷的墓？”

许佳桐没话说了。

“所以，这时候我必须留在龙湾。”

许佳桐无言以对。

“桐桐，你说的我都信，你放心去吧，拼尽全力把 BAT 项目做好。”

“谢谢爸爸的信任。我早就对您说过，我不会把你这二十年来的心血拿来挥霍的。”许佳桐对父亲微笑，“您说得在理，那我也不强求您，要不这样吧，这段时间你到龙湾山庄好好静养一段时间，爸，没别的意思，我只是觉得那地方隐蔽，不会有记者什么的骚扰您的。”

许军沉默很久，终于点了点头。

许佳桐从许军的书房里出来，关上门。她呆呆地站在门口，脸上的笑容瞬间消失殆尽。

第二天正午，周伟送来采访的记者团队走出办公室。

“周院长请留步。”女记者和摄像师与他握手道别。

周伟站在门口目送他们离去，然后关上门回到办公室，从口袋里拿出手机来看。手机里有一堆未接电话，包括两个冯凯的未接来电。

周伟犹豫了一下，给冯凯回拨过去。

“周院长，您好。”冯凯立刻接听，“有点儿事我想跟您谈谈，今天方便吗？”

“什么事？”周伟谨慎地问。

“电话里说不方便。”

“你等一下，我看一下日程安排。”周伟走到办公桌前翻了翻日程安排表，“如果急的话，晚上 8 点左右行吗？”

“可以。我一会儿把咱们见面的地点发给你。因为谈的事需要保密，所以我们订了一个宾馆的房间，你不介意吧？”

“没事。晚上见。”周伟挂掉电话，他微微地怔了怔，然后再次翻看着手机上的未接电话和微信。

这一天，他都在忙碌，直到天黑，才匆匆吃了几口饭，开车来到冯凯发送的地址。

这是一个不起眼的小旅馆。

周伟来到冯凯指定的房门前。

门虚掩着，周伟推开门，这是一间小型会议室，里面坐着冯凯、李夏、刘青叶和方菲。周伟在门前不由得愣了一下。见他进门，所有人都站了起来。

“对不起，我来晚了。”周伟愣了一下，走进房间，关上门，“有个手术，晚了点儿。”

“周院长，你现在还亲自做手术？”李夏问。

“给省医大带了两个研究生，我不亲自动手怎么教学？”

周伟在冯凯和李夏他们的对面坐下。刘青叶给他端过来一杯茶，方菲把一个数码录音机放在桌上。

“对不起，周院长，让你专程跑一趟，请你理解。”冯凯说。

“我当过警察，你上午在电话里又说保密，又专门在宾馆开了房间，我就知道大致会是什么阵势。”

“我们几位你也都熟了。”冯凯看看周围的同事，“那我就开门见山了。我们请你来，主要是想了解 1995 年对许军和许家福墓中的尸体进行 DNA 亲子鉴定的整个过程。在那次 DNA 亲子鉴定中，你是主要负责人。”

“之前我父亲高四海和刘志坚局长，如何劝说赵月娥和许军接受 DNA 亲子鉴定的过程，不用说吧？”周伟问。

“不用。你就直接从开棺后从尸体上取 DNA 检本开始说起。”冯凯说。

“我还是多说两句吧。”周伟坐直身体，“1995 年 3 月，公安部为了向全国公安系统普及 DNA 刑事鉴定技术，委托公安部第二研究所举办了一期为期三个月的培训班。省公安厅派我去北京参加这个培训班的学习。我记得是 5 月 12 日吧……对，5 月 12 日，我在北京给我爸打了一个电话，告诉他可以利用 DNA 亲子鉴定技术对墓中的尸体进行身份确认。当时我爸接到我的电话后非常高兴，毕竟，从 1986 年海东许家福自焚案到 1995 年的这九年时间里，我爸和刘志坚局长承受了极大的心理压力……”

他停了一会儿，看听众们的反应。

“这是 1995 年 DNA 亲子鉴定事件的起因。下面我详细说一下 1995 年 DNA 亲子鉴定事件的具体操作过程。当时，整个 DNA 亲子鉴定过程只有我、魏大炮和李飞参加，魏大炮和李飞的人选是报省厅审查过的，都是党员，家属与亲戚都和许村没有关联，业务能力也是省法医处最强的。当然，从严格意义上说，当时魏大炮还不算是省法医处的人，他只是从我爸那里借调过来的。”

“当时你们法医处有多少人？”冯凯问。

“12 个。之所以只选了魏大炮和李飞，是因为担心人多手杂。”周伟说，“当天，原计划是上午完成从墓里取尸体腿骨检本，下午 1 点左右抽取许军的血液检本，下午 3 点就可以开始做基因检测了。可实际上，开棺取检本的过程并不顺利，一直拖到下午 4 点多才完成。”

“为什么？”

“先是等许军，许军在开棺前两天回上海处理公司的业务去了。本来说好是前一天晚上他从上海赶回来的，但实际上许军一直到中午 12 点半才飞到龙城，赶到现场时已经是下午 1 点了。而赵月娥说必须等到许军赶到才能开棺。这是一；第二，许军赶到后，赵月娥又请了法师在墓地做了道场，一拖就拖到了下午 3 点才开始开棺。所以，等我们取到尸体的腿骨检本赶回省厅已经是下午 4 点 40 分左右……”

55

冯凯和刘青叶一边听着周伟的叙述一边在本子上记录着什么。

“从墓地回来后，我和魏大炮，还有助手李飞拿着从尸体上取下的腿骨检本先回到了实验室，大概过了半个小时，也就是在 5 点半左右许军才来到我们法医处，我和李飞负责去抽取许军的血液样本，魏大炮留在实验室……”

“你的意思是你和李飞去抽取许军的血液样本时，实验室里只有魏大炮一个人？”冯凯追问。

“是的，不过当时我们实验室门口有武警把守，外人进不去。”

“当时，有没有出现过什么异常情况？”

“异常……”周伟思考了好一会儿才犹豫着开口，“也算不上异常，只是……我们采样后，实验室突然停电了。不过，时间不长。”

“停电？”冯凯眉头一皱，“当时天应该已经黑了。停电后你们三人待在实验室里的时间大约有多长？”

“不会超过五分钟吧。”

“后来停电的原因查了吗？”冯凯和李夏对视。

“查了，据说是电路出了问题。那晚是全市大停电，足足停了四十五分钟。”周伟说，“所以我说，也算不上异常。来电后我们进入实验室，我对检本又做过一遍检查，没有发现异常。然后就开始做基因检测……过程我就不说了，都是术语，不好解释。最后，宋杰几乎是把我和我爸从东

唐站押回龙湾县公安局的。我爸和我去北京公安部进行复检的企图……“

冯凯、李夏，刘青叶和方菲都默默地听着周伟的叙述。

“大概过程就是这样。不过，我爸却始终认为，我们的DNA亲子鉴定过程中有问题，他甚至……”周伟叹气，“甚至怀疑我们法医处有内鬼，我爸不断地向市局和省厅反映他的观点，但是上级部门并没有采纳他的意见。因为该事件影响恶劣，我父亲被调离了法医岗位，被调到县公安局档案室工作。不过，我父亲的怀疑让我们法医处处于非常被动的局面。魏大炮本来是可以留在省厅法医处的，我也竭力坚持他留下，但最后……魏大炮还是回到了县公安局。”

“对不起，你们第一次鉴定结果出来后，魏大炮和李飞是什么反应？”冯凯问他。

“应该都挺震惊的吧，当时……我自己太震惊了，当时都蒙了，脑子里快速地推演了一遍整个过程，是不是哪个环节搞错了，所以……”

“你1997年考上了北京医科大学的研究生离开了省厅，脱离了公安队伍。”冯凯问，“你为什么要做这个选择呢？”

“因为我父亲。”周伟的脸上浮现出一丝哀伤，“我能看出，他对我很失望。人类最负面的情感既不是悲痛，也不是愤怒，而是羞耻感。是，在那一刻，我体会到了那种羞耻感。”他沉默片刻，“经过一年多的复习，我考上了北京医科大学心外科专业的硕士研究生。”

“那……毕业后，你又为什么回到了龙城呢？”冯凯不明白。

“是，留在北京医大当老师或者去北京著名的三甲医院当医生，我都有机会。”周伟抹掉眼角的泪水，“我喜欢北京，喜欢在北京的城市街道上行走，身边是熙熙攘攘的人群，没有一个人认识我。不会有一个对我知根知底的人探究地看着我，我的邻居不会对我品头论足，不会攻击我或者散布关于我家庭的谣言，更不会把动物尸体扔在我家的门口还在门上写下‘去死’的血字。可是……”

他停了好一会儿，平复情绪。

“在做决定的那天，我在北京城里走了整整一天，从海淀走到前门、天安门、王府井……我甚至到雍和宫求过签。最后，我还是决定回龙城。因为建设已经走了，而我成了他唯一的儿子。他虽说是我的养父，但我知道他爱我……我已经伤过他一次心了，难道我忍心往他心窝子上再捅一刀？男人跟父亲的关系太复杂了，根本无法用逻辑来解释，对不对？”

冯凯和大家默默地望着周伟。

“我知道我不该问，但是……你们为什么要重启对许家福的调查？”周伟问冯凯。

“我不能回答你的问题，请你谅解。”冯凯遗憾地看着周伟，“还有一个问题，周院长，当初你是省厅唯一掌握DNA刑事鉴定技术的人，你认为，1995年的那次DNA亲子鉴定有问题吗？如果有问题，问题出在哪儿？”

“鉴定过程没有问题。如果有问题，我是说如果那次鉴定真的有问题，那问题应该出在DNA检本上，问题就出在那个蹊跷的停电上，问题就出在我、魏大炮和李飞三个人的身上。就像我爸当年所怀疑的，DNA检本被我们三人中的一个调了包。”

会议室里一片静默。

“要是当年省里市里不那么着急招商引资，不那么看中许军手里的资金和项目，要是省厅能顶住舆论的压力，再给我们一点儿时间和机会的话，其实当时找出真相并不难。只要再从棺木里重取一次DNA检本，重新再抽一次许军的血样就可以。可是……赵月娥得知鉴定结果后马上就把那具尸体火化了，理由是，包括那块墓地在内的许村地界上的土地都被龙星征用了。我知道的就这么多了。”

周伟这句话，算是做了结束陈词。

时间已经很晚了，冯凯合上笔记本，送他出门。

“周院长，你是从这行里出来的，保密纪律就不用我多说了吧。”冯凯和周伟握手告别。

“我知道。如果还有什么事需要我配合的，随时跟我联系。”周伟朝电梯走去。

“周院长，你认为许家福还活着吗？”刘青叶突然问。

周伟回过头来。

“说实话，这也是让我困惑了二十一年的问题，我相信我爸当年的判断，但我也相信科学，当然，前提是1995年的DNA亲子鉴定结果没有问题；前提是我、魏大炮和李飞中没有内鬼。”

“谢谢。”刘青叶点头致意。

周伟微微一笑，转身离去。

大洋彼岸的英国，此时正是阳光普照。

周浩宇出了电梯，拎着手包朝着走廊走去。他来到自己的房间门口，拿出门卡开门，可是门却打不开。周浩宇仔细看了看门号，然后再次用门卡刷着门，门还是不开。周浩宇无奈地回到楼下前台，请服务员帮忙换卡。

前台的服务员正在给周浩宇处理着。周浩宇倚着前台望着大厅和门口。这时，一辆豪车来到了酒店的门口停下。文龙俊从副驾驶座上下来，他拿着手机在门口打着电话。

周浩宇拿上门卡正欲朝电梯间走去，这时，他看到许佳桐和内森正从电梯间出来，匆匆向门口走去。而他们都没有注意到周浩宇。

许佳桐和内森来到门口。许佳桐犹豫了一下，上前和文龙俊握了握手。两个人聊了几句，文龙俊一边微笑一边帮他们打开后车门。许佳桐和内森进入那辆豪车。

周浩宇朝着电梯间走去，走了两步他又停了下来，他从口袋里掏出手机来看。

是高风发来的消息：“留意一下BAT项目里有没有韩国和海外华人的身影。此信息内容不要让许佳桐知道，谢了。”

周浩宇缓缓地抬起头来望着酒店的门口，豪车已经离开了酒店。

它穿过城市，很快驶上郊外公路，不久，又离开公路，拐上乡间小路。

坐在车里的许佳桐，双手紧紧地攥在一起，紧张地盯着车窗外。

“没事吧？”一旁的内森问。

“我没事。”许佳桐接过他递来的纸巾，“只是稍稍有点儿晕车，可能是时差的问题，一会儿就好。”

“到了。”内森抬手指向车前。

许佳桐顺着他手指的方向望去，一座城堡矗立在不远处。

豪车穿过小径，来到了庄园的大铁门前停下。边上的高墙上有一台摄像机正对着它。

不一会儿，庄园的大铁门缓缓打开，车开进了庄园。

崔天星和罗伯特正站在别墅前谈话。

崔天星看见豪车朝自己驶来，也显得很紧张。他匆匆整理着自己的领带，手在微微颤抖着。

豪车驶近停下。文龙俊下车，打开后车门。

许佳桐从车上下来，微笑地望着崔天星。

崔天星也镇定地走上前来。

“我来介绍一下，这位是许佳桐女士。”罗伯特说，“这位是崔天星先生，崔天星是韩国天星株式会社的董事长，现在天星株式会社是我们莱瑞的股东。”

许佳桐和崔天星礼节性地拥抱了一下，崔天星的手在颤抖着。

“那我们进去谈吧。”罗伯特引大家走进别墅。

“罗伯特，我跟许女士先说几句。”崔天星说。

罗伯特微笑地点头。

56

崔天星引领着许佳桐朝着不远处的一个小房间走去。

两个人走进房间，崔天星将门关上并反锁。

许佳桐站在房间里，她没有回头，泪水涌上眼眶。

“桐桐……”崔天星站在她身后，声音哽咽。

许佳桐努力控制着自己，缓缓地回过头来。

“桐桐，我……就是你爷爷。”

许佳桐没有说话。

崔天星想上来拥抱许佳桐。许佳桐往后退了一步，崔天星不知所措地站在那里，气氛十分尴尬。

“你等一下。”崔天星哽咽道。

他走进卧室。

许佳桐无措地站在房间里。过了一会儿，崔天星从卧室里出来，他的右手放在身后。

崔天星走到许佳桐的面前，右手伸出来，他的手里拿着一个很旧的小马布偶。

“这是你送给爷爷的小马布偶，你还记得吗？”

许佳桐用颤抖的手接过了小马布偶。

“桐桐，无论是开心还是不开心，爷爷在睡之前都要跟它说说话。我一直想跟你相认，可你奶奶不允许，说在国内见面不安全，当年听说你考上了牛津大学，爷爷高兴得一夜没睡……其实，在你去牛津的第二个月，爷爷就来过一次英国，偷偷去学校见你……我……”

崔天星已经满脸的泪水。

许佳桐望着手里的那个小马布偶，还是没有说话。

“桐桐，你要是不愿意认我这个爷爷，爷爷不会怪你，只是……”

许佳桐抬起头来。

“爷爷……”

崔天星上前将许佳桐紧紧地拥在怀里。

“对……不起……爷爷对不起你……”崔天星泣不成声。

许佳桐终于张开双臂紧紧地拥抱着崔天星，潸然泪下。

很久，祖孙俩才停止了哭泣。

崔天星仔细端详着许佳桐。许佳桐似乎仍然有些不太适应这种相逢，她的目光在回避着什么。

“你比在牛津的时候瘦了好多。”崔天星喃喃道。

“爷爷……”

“桐桐，我知道你的压力，对不起，要让你承受这么多。”

“爷爷，您身体还好吧？”

“你放心，爷爷的身体结实得很，人生百岁，七十者稀，我还要和你奶奶在英国开始新的人生呢……”

许佳桐打量着崔天星。

“可是我爸……”

“你奶奶跟我说了。没事，等东山银行的保函一到，贷款出来后，就让罗伯特以曼彻斯特市政府的名义向你奶奶和你爸发个邀请，还有时间。放心吧，只要他们找不到我，就没有证据对龙星和你们展开调查。”

“对不起，爷爷，咱们该出去了，不然罗伯特他们该怀疑了。”许佳桐看表，“我今晚不走，到时候咱们再聊。”

龙湾区，夜色正浓。

陈洁拎着一大袋水果敲开高风的家门。

“刚才给你发了条微信，你没回我，我还以为你不在家呢。”

“是吗？我没注意。你什么时候从广州回来的？”高风接过水果。

“昨天。本来昨天我就想来的，但医院里一堆的事要处理。”

“你又拿来这么多东西，上次你拿来的还没吃完呢。”

“没吃完？压根就没动。”陈洁打开冰箱，“你就这么对付吧，把身体搞坏了你后悔都来不及。”

“我知道了，以后一定注意。”

“你和青叶的事怎么样了？”陈洁问儿子。

“婶儿跟你说的？”

“怎么了？你婶儿不说，你还打算瞒妈多久？”

“都还是没影的事……”

“没影？那就让它变得有影。”陈洁边收拾冰箱边说，“说实话，我一直希望你俩能成，青叶从小就黏你。”

“妈，小时候懂什么呀？就算那个时候有感情，肯定不会是爱情啊。只能是一种友情或者是一种亲情，再或者就是一种打发无聊时光的玩伴。”

“小风，妈相信青梅竹马的爱情。这种爱情至少没那么多利益，没有那么多欲望，没有那么复杂，是干净的，晶莹剔透的，而且单纯。能一起分享童年的人，才可以叫作青梅竹马。人们都是孤零零地待在这个世界上的，人生苦就苦在这里……如果你和青叶能牵手，你们在寂寞的时候至少还可以一起回味那段青梅竹马的童真岁月啊！我跟你说啊，对青叶你要主动点儿。”

高风不说话了。

陈洁抬起头来看到了高风的目光，她也不说话了。

“妈，你跟我爸在一起寂寞吗？”高风问。

“不说他为了办案经常整月整月不回家，就是平常能回家，一般我都已经睡了，第二天早上我起床帮你们做饭，他吃完早饭就匆匆走了，有时候他经常是不吃饭就走了。我呢，还要送你上幼儿园，然后去上班……那个年代也没有手机，平常联系也不方便……这就是我和你爸的婚姻，应该说凑合得还算可以，虽然时不时也能见上面，却发现有好几个月没有好好说过话了……”

高风看着一墙的家庭照片。

“其实我能忍受他的工作，但不能忍受他玩命。”陈洁说，“他对死人的关心甚于活人，他的心都扑在那些死人身上……不，或许应该这么说，他跟我的七年婚姻里，绝大部分的时间都用在了惩奸除恶上。这就是绝大部分刑警之家的生活。”

“看这些照片，我总觉得我爸和我爷爷相处得并不融洽，为什么？他俩到底有什么隔阂？”高风问母亲，“我不了解我爸爸，这么多年来我一直都想知道他到底是一个什么样的人。”

陈洁走到餐桌前坐下，高风也走过来坐在陈洁的对面。

“因为你爷爷法医的职业，你爸爸从小就接触到太多的社会阴暗面，他说他经常会偷偷地翻你爷爷的包，偷看里面存放的一些犯罪现场照片。”

“我从小也爱偷看那些照片。”高风微微一笑，“我记得为此我奶奶还跟我爷爷大吵一架。从这点上说，我继承了我爸爸的阴暗面。”

“除了脾气，别的方面你跟你爸真是挺像的……在许家福一案没有出来之前，其实你爸和你爷爷的关系还算可以。”陈洁问高风，“你爷爷和许家福一家的关系你应该知道一些吧？”

“知道。”高风点头。

“你奶奶和你爷爷也是许家福的爸爸九爷做的媒。”陈洁说，“在1986年许家福卷款逃亡前两家关系一直非常融洽。许家福出事后，是青叶的爷爷负责这个案子，那时候，青叶的爷爷是县公安局刑侦大队大队长。你爸爸说，在那大半年里，你爷爷还在刘志坚面前为许家福说过不少好话，认为许家福卷款逃走肯定是事出有因……”

高风仔细地听着。

“1986年10月，许家福逃到海东自焚身亡后，青叶的爷爷让你爷爷去了现场，你爷爷对那具烧焦的尸体进行尸检后得出许家福没死的结论。从那以后，咱们家和许家就势不两立了。那段时间，那是轰动全县的大新闻。那时，我刚刚从卫校毕业分到县人民医院工作，经常会听到人们在议论你爷爷。大部分的流言蜚语都是不利于你爷爷的，主要是说你爷爷忘恩负义。不但如此，当时县里的领导对你爷爷的结论也相当不满。”

“为什么？”

“因为许家福卷走的都是村民的集资款，许村村民经常去县政府门前集体上访，还把许家福的弟弟活活打死，县政府最怕的就是群体性事件。

为了维稳的需要，县政府也希望早早结案。所以当时你爷爷的压力非常大，好在有青叶爷爷支持，所以，许家福的案子一直拖着没有结案。”

高风默默听着。

“所以，这件事也给你奶奶带来了巨大的精神压力。1989年9月，你奶奶被查出患了乳腺癌，发现的时候已是中晚期，当时就住在我护理的病房里。医院建议马上送到省人民医院做手术，但你奶奶坚决不肯去，一个半月之后你奶奶就……”

陈洁叹气，停了一会儿。

“你奶奶是典型的农村妇女，半文盲，没有工作，一直在家相夫教子，是非常明事理的人，你爸爸说，你爷爷的成功有一半是你奶奶的功劳。你爸爸也说过，在许家福这件事上你奶奶很困惑，觉得你爷爷做的一切让她抬不起头来做人，甚至都不敢再回娘家。但是，她从来没有向你爷爷抱怨过一次。”

高风依然没有说话。

“或许每个人都是一个矛盾体。你奶奶去世后，你爸就和你爷爷彻底疏远了。你爸爸认为，你奶奶本来能挺过来的，能活更长时间的，那是她不愿意再挺下去了，因为她想早点儿离开这个让她困惑的人世……其实，你奶奶一直不喜欢你爷爷为你爸爸和你叔叔做的职业规划，她不希望他俩再当警察。”

陈洁捋捋头发。

“嗨，我跟你说这些干什么。”她站起来，“祖辈的事，父辈的事，都过去了。你也好，青叶也好，得过好自己的生活，明白吗？”

高风没说话，点了点头。

陈洁又坐了一会儿，起身离去。而高风回忆着母亲的话，竟然一夜没睡着。

57

第二天一早，他拿着母亲买的水果，又去楼下超市买了点儿酸奶，开车来到一家小宾馆，敲开3层的一个房门。

门开了，马兰和他互道早上好。

“你稍等一下，我马上就好。”马兰跑进卫生间。

上次去深圳见田小兰时，高风找到了马兰的地址。见了面才知道，她怀了杨衡的孩子。

高风好说歹说，劝马兰回来见杨衡一面，顺便帮他问问关于“4·05”一案，他还知道什么。高风总觉得，杨衡咬定罗红英不是凶手，必定有原因。

可惜，杨衡还是那个臭脾气，面对马兰，就是不肯开口。

高风把东西放在桌子上。马兰从卫生间里出来，穿着一身牛仔服。

“不合适吗？”马兰看懂他的眼神。

“是一家投资公司，有没有更职业一点儿的？”

杨衡被判了三年。高风托李显帮马兰找了个前台的工作，让她在龙城先安顿下来。老李嘴上说和他恩断义绝了，但还是帮了忙。

“我……真没有别的衣服了。”马兰为难。

高风打量她一番，拿出手机，给刘青叶打电话。

“你能不能借一身衣服？比较职业的那种。马上要用，现在店里都没有开门，只有求你了。”高风问她。

“我的衣服？你给谁穿？”刘青叶问。

“当然不是我穿了，一个姑娘，年龄和身材都跟你相当，十万火急。”

“谁啊？我没听说你还有这种女性朋友啊？”刘青叶不大高兴。

“借不借吧你就说。”

“我在队里，一会儿有事走不开，要不这样吧，你过来拿钥匙自己到我家去翻吧。”

“啊，这合适吗？”高风犹豫。

“顺便把那女的带来让我看一眼。”说完，刘青叶就把电话挂了。

“走吧。”高风收起手机，带着马兰出门。

路上有点儿堵车。他们来到龙湾分局刑侦大队楼下时，刘青叶已经等在路边。

“你好，美女警察。”马兰下车，和刘青叶打招呼。

“你不是杨衡的女朋友吗？马……”刘青叶有点儿惊讶。

“马兰。”马兰和她握手，“高风帮我在龙湾找了一份工作，上午要面试，高风觉得我的衣服不合适，青叶姐，给你添麻烦了。”

“你准备在龙湾待下来？”

“是这么打算的。”

“也是，三年时间很快就会过去的。杨衡还好吧？”

“还那样，茅坑里的石头，又臭又硬。”

“好好给他做做思想工作。”刘青叶问马兰，“你要面试什么工作？”

“一个投资公司的前台。”

“我建议你用衬衫与套装搭配，衬衫选择有线条的，显得干练。我那套深蓝色的套装适合你，端庄大方。”刘青叶递上家门钥匙。

“谢谢青叶姐。”

刘青叶回过头来朝着仍然坐在驾驶室里的高风招了招手。

“别用审犯人的眼神看我。”高风下车走过来。

“你玩这套……你想从杨衡嘴里套什么吧？”刘青叶低声问。

“这就是刑警和片警的区别，你们的眼里全是警惕，我们的眼里全是温暖。”

“少跟我贫嘴，快说，你到底想从他嘴里得到什么信息？”

“青叶，我说想从杨衡的嘴里套出许家福的下落你会信吗？”

刘青叶以为他疯了，死死盯着他。

“所以嘛，互相不信任，没有谈话的基础嘛。”高风耸肩。

这时，刘青叶的手机响了。刘青叶白了高风一眼，转身朝着楼里走去。

目送她走进去，高风示意马兰上车。

“高风，青叶是你女朋友？”马兰坐在后座上。

“她是我的女性朋友。”高风心虚地回应。

“一个普通的女性朋友会让你带着别的女人进她的闺房乱翻衣服？告诉你，衣柜是女人的一面镜子，从衣柜里，你可以想象到这个女人的穿衣风格、长相性格、生活方式和人生态度。有时候，衣柜是女人最忠实的伴侣，女人的衣柜是她一生的缩影。”

高风默默地听着。

“我一直希望有一个真正属于我自己的衣柜。当凌乱的衣柜被整理得井井有条，无用之物被打包扔掉，你的心情也会好许多。”马兰看着窗外，自言自语。

刘青叶租的是一个一室一厅的小户型房子，房间里有些凌乱，客厅的书架上堆满了书。阳台上放着一台跑步机，甚至还挂着一个沙包。

“比我的房间还男性。”高风嘟囔。

“你没来过？”马兰跟着他进屋。

“所以说她是我的女性朋友嘛。”高风指了指卧室，“衣柜应该在里面，你自己进去挑吧。”

马兰走进卧室。

高风走到书架前看着书架上放着一些镶在小相框里的照片，突然，他愣住了。

书架上有一张高风和刘青叶在幼儿园时期的合影。照片里，高风和刘青叶手拉着手面对镜头笑着。

高风拿起那张照片默默地看着。他有些感动。

书架上另一个相框里的刘青叶穿着警服，英姿飒爽，仿佛正在望着高风微微地笑着。

他用手机拍下那张合影，发给刘青叶。

“我怎么没见过这张照片？”他发送消息。

“不许拿走！”刘青叶回复。

高风又拍下刘青叶穿着警服的那张照片，发给她。

“那我拿这张了。”

“为什么要拿我的照片？”

“因为我喜欢她啊。”

好几分钟后，刘青叶才回复。

“是真心话还是大冒险？”

“我不太了解你，之前也没有试着去了解，这是我的错。”

站在刑侦大队走廊的刘青叶看着手机，微笑，但眼睛里有些泪水。

她擦擦眼角，走进一间小会议室。会议室的门开着，魏大炮正一个人坐在里面。

很快，冯凯带着李夏、方菲等人进来。

魏大炮略显紧张，方菲把一个数码录音机放在他的面前。

“对不起，大炮，因为今天的谈话属保密范畴，所以安排在这儿。”冯凯说。

魏大炮微微点了点头。

“我们请你来，主要是想了解 1995 年对许军和许家福墓中的尸体进行 DNA 亲子鉴定的整个过程。”

魏大炮仔细地听着。

“你是什么时候从当时龙湾县公安局法医科借调到省公安厅法医处的？”

“1994 年 4 月份。”

“因为什么？”

“我是因为当年的‘龙城连环杀人案’被临时抽调进省厅专案组的。该案件在 1995 年 4 月告破……周伟处长想把我留在省厅，高四海也同意。但周伟处长突然接到通知要去北京参加公安部的 DNA 刑事技术鉴定方面的培训，就没来得及向省厅打调我的申请报告……”

“然后呢？”

“然后就是开棺验尸……”。

“请你具体说说。”

魏大炮再次点了点头，开始讲述。

他的叙述比起周伟，显得言简意赅，但大体的过程没什么出入。

冯凯他们仔细地听着。刘青叶不时地在笔记本上做着记录。

“停电的时候，我们正准备开始。”

“几点？”冯凯打断他。

“7 点 5 分。”魏大炮很肯定。

“然后呢？”

“然后……周伟让李飞找手电，李飞没找到，这时刘志坚敲门，说是全市大停电，可能得等半个小时，他让我们出去等。”

“刘志坚没进来时，你在干吗？”

“我啥也没干，就那么站着。”魏大炮说，“然后，四十分钟左右吧，来电了。我们回到实验室继续做基因检测。主要是五个步骤，DNA 提取、PCR 扩增、后 PCR 反应、毛细管测序仪检测、分析数据出具报告。这些过程还要讲吗？”

“不用。”

“第一次鉴定结果是第三天上午出来的，检测出来的 20 基因座位点符合遗传规律且累积亲权指数大于等于 10000，也就是两个检本的亲权概率大于 99.99%。也就是说许军和那具尸体是属父子关系。这结果当然不符合我们这次鉴定的目的，于是我们又回到实验室做了第二次基因检测。相同的程序，结果还是一模一样。”

“第一次鉴定结果出来时，周伟当时是什么反应？”冯凯问。

“当时，他整个人都僵在那里，打击非常大。他又仔仔细细地检查了一遍每个步骤的记录。”

“李飞呢？”

“应该都十分震惊。因为在鉴定之前，周伟信心十足。他的情绪多多少少影响到了我们。”

“你本来还是可以留在省厅的，可你为什么坚持要回县公安局法医科？”

“因为高四海在背地里偷偷对我和李飞的家庭情况进行调查，李飞知道后差点儿打了高四海，他因此被处分，调离了法医处。在这种情况下，我已无法再在法医处待下去。再说，高四海当时已经被调离，县局法医科也缺人。”

“你觉得整个鉴定过程有什么疑点吗？”

“程序上没有问题，操作也没有问题。”

“如果有问题，你认为会出在哪个环节？”

“我是法医，讲究证据，没证据的事我不敢瞎猜测。”

小会议室陷入沉默。

“你们还有什么问题吗？”冯凯问其他人。

大家都摇了摇头。

“大炮同志，今天的谈话是绝密的，希望你能遵守组织纪律。”冯凯起身，合上笔记本。

“我知道。”魏大炮起身离去。

“我认为周伟说得对。”李夏说，“如果有问题，可能就在停电的那个时间段里，准确地说，就在他们三人待在实验室的那五分钟的时间里。”

“要不要去市电业局查一查？”刘青叶问。

“不行，那这次调查内容就基本公开了。”冯凯摇头。“周伟、魏大炮、李飞三人中必有一个是内鬼。而且，那是一次里应外合的行动，外合就是那次蹊跷的停电。许达和许广义应该就跟停电事件有关。”

58

英国伦敦，已是夜深时分。

周浩宇正在淋浴，他仰起头闭着眼，任由水冲刷着自己的脸。

良久，周浩宇走出浴房，抓起毛巾。这时，门铃声响了。

周浩宇裹上浴巾走出卫生间。他走到门前，从猫眼向外看。

许佳桐正站在门口，她的手里拎着一瓶威士忌酒，朝着猫眼做着鬼脸。

“对不起，请稍等。”周浩宇拉开衣柜，从里面取出一件浴衣穿上，然后系紧腰带，转身去开门。

许佳桐也不看周浩宇，直接进入客房。她似乎已经有些醉意了。

周浩宇犹豫了一下，关上了门。

许佳桐拿起两只酒杯放在桌子上，拿起酒瓶往那两只酒杯里倒着酒，然后把酒杯递给周浩宇。

“你已经喝多了。”周浩宇没接酒杯。

“今天就是喝多的日子。”许佳桐脸色微红，“晚上的发布会和酒会很成功，浩宇，我们的理想，很快就能变成现实了。”

周浩宇犹豫了一下，他接过酒杯将酒一饮而尽。许佳桐微笑着望着周浩宇，在灯光下，她的脸红扑扑的，显得格外娇媚。许佳桐拿起自己的酒杯要喝，周浩宇上前一把拉住她的手。

“行了，你不能再喝了，你已经醉了。”

许佳桐靠近周浩宇。

周浩宇能听到她的喘息声。

周浩宇松开了许佳桐的手，往后退去。

许佳桐却一把拉住周浩宇的腰带，腰带顺势被解开。浴袍散开，周浩宇忙去掩浴袍，许佳桐却突然靠上来。

她的酒杯掉在地毯上。

许佳桐双手紧紧地抱住周浩宇。

周浩宇还没反应过来，许佳桐的嘴唇紧紧地贴在他的唇上。周浩宇愣住。许佳桐却像一条蛇一样身体紧紧地贴着周浩宇，她狂热地吻着周浩宇。

终于，周浩宇抵挡不住，也紧紧地抱住许佳桐。两个人热烈地吻着。

许佳桐拉着周浩宇朝床边走去。她倒在床上娇媚地望着周浩宇，眼睛里喷着欲火，双手在解自己的衣服。

周浩宇也在匆匆地解自己的衣服。

地上那杯被洒的酒水，慢慢洇湿了周围的地毯。

龙湾，午后，刘青叶正在办公桌前戴着耳机，边听录音边做摘录。

她放在桌子上的手机屏幕亮了。刘青叶拿起手机打开微信，是崔天星和许家福两张照片同框的图片。

刘青叶怔怔地看着，这时，她的手机振动起来。

“你发来的这张照片是啥意思？”她摘下耳机，接听高风的电话。

“你说话方便吗？”

“你等一下。”刘青叶把数码录音机放进抽屉里锁上，拿着手机走进楼梯间。

“你能不能让韩国的国际刑警想办法查一查崔天星这个人？”高风问她。

“为什么要查他？”

“这就是重点所在，我不知道他有什么要查。”

“请教一下，那怎么查？”

“比如搞到崔天星的DNA？”

“你搞什么呀？”刘青叶对他的胡思乱想很无语，“我不是跟你说过我们为什么把他排除在外了吗？”

“他逃到日本三年多，可被媒体曝光只有一次。而南东满外科诊所恰巧是在这期间被炸的，难道这是巧合？这是一；第二，他是黑帮老大，完全有能力胁迫李昌旭的西川株式会社和吴贵祥的联达纺织厂做生意，而且也知道从什么渠道去找像朴赞选这样的职业杀手；第三，金森之前是他的手下；第四，刚才我把崔天星和许家福的照片同框发给你，你不觉得他们俩有点儿像吗？”

“我没觉得。”

“我是说脸部轮廓。”

刘青叶犹豫了一下，她打开微信仔细地看着崔天星和许家福的照片。

“从脸部轮廓上看，我觉得许家福要想把自己整容成崔天星并不是什么难事。”高风说。

“我还是没觉得有像的地方。”

“我还是觉得崔天星和我们要找的线索有太多的重合点。”高风坚持。

“太夸张了吧？崔天星原来就是仁川有名的人物，现在又是韩国商界的成功人士，就算外科整容技术能把许家福整得和崔天星一模一样，可……声音呢？”

“我上网查过了，通过手术改变一个人的声音一点儿问题都没有。”

“可毕竟他是名人，熟悉和认识他的人太多了吧？一不小心不就穿帮了？”

“可你别忘了，他最近的亲人都已惨遭灭门！”

刘青叶沉默了一会儿。

“我还是觉得你的想法有点儿匪夷所思。”

“只要韩国的国际刑警肯帮忙，搞到崔天星的DNA并不复杂吧，头发、喝过水的水杯、烟蒂、唾液……这又不需要通过国际合作局和上海刑侦总队，我想只要你打个电话就能办到。”

“你凭什么这么说？”

“就凭你的杀伤力。”

刘青叶听了这话似乎有点儿受用，她在想着。

“青叶，到现在咱们还是一无所获，两手空空。许佳桐他们马上就要从英国回来了，到时候东山银行的保函就开出去了，可我们却什么都做不了。你们的调查也没有结果吧？”

“什么调查？”刘青叶装糊涂。

“对我叔、魏大炮的调查。”

“你怎么知道？”

“因为，冯凯现在只有这条线索可以查，除此之外，他什么也做不了，可他也不想想，这么正面调查能问出什么？我看他真是狗急跳墙了。”

“你说什么呢？”

“最后一句话我收回。怎么样？真的，青叶，我说了，只要国际刑警肯帮忙，这事可以一试。你放心，到时候我来想办法搞许军的DNA检本。”

“然后你再来一次DNA亲子鉴定？”

“现在搞DNA亲子鉴定用不着像1995年时那么兴师动众，咱们找家亲子鉴定中心神不知鬼不觉就给办了。”

刘青叶犹豫着。

“青叶，咱们总要做点儿什么吧？坐以待毙的感觉你觉得好吗？我知道这听起来也许是一件超级荒唐的事，但刑事侦查就是这样的，因为推理模式是回溯式的，其方法就是不断逼近目标真理的假说验证排除法，面临的主要困难就是如何从纷繁芜杂的表象下发现事物的内在联系，如何把一个个支离破碎，真假难辨的线索去粗取精、去伪存真……”

“当年我的刑事侦查学的成绩是99分，别跟我说这些没用的。”刘青叶打断他。

“有时候疯狂的想法说不定就能击中要害呢？靠一点儿运气，以及找到对的人！”

“那崔志友挺自以为是的，我不能保证他能帮忙。”

“没试过你怎么知道呢？”

“好吧。”

“你笑起来真的很美。”

“谁跟你笑了。”

“我是说我身边的另一个刘青叶，拜！”高风不等刘青叶回答就把电话挂了，好像是做贼心虚的样子。

凌晨时分的伦敦。

周浩宇睡得正酣。睡在他身边，穿着内衣的许佳桐轻轻坐起来。

她蹑手蹑脚地下了床，蹑手蹑脚地从床头柜上拿起周浩宇的手机，点开，然后轻轻地拿起周浩宇的右手大拇指按在手机的按键上。

周浩宇仍然在打鼾，毫无察觉。

许佳桐站在床边翻着周浩宇的手机通话记录。她仔细看了一遍，然后进入微信，点开高风的微信号。

“留意一下 BAT 项目里有没有韩国和海外华人的身影。此信息内容不要让许佳桐知道，谢了。”

许佳桐面无表情地看着。她关上手机，把它放回床头柜，穿好衣服，轻轻出了客房。

穿过走廊，许佳桐开门进了自己的套房。她走进卧室，只见罗伯特坐在床上正露着诡异的微笑望着她。

“马上订机票，我们直接从曼彻斯特乘坐今天晚上的航班回中国。”许佳桐脱下衣服，走向卫生间。

“今天晚上？”罗伯特震惊地看着她。

“从现在开始，让内森派人盯着周浩宇，不能离开视线范围。一直到他上飞机。还有，想办法给他的手机装上定位和监控软件。”

“你在他的手机里发现了什么？”罗伯特问。

许佳桐没有说话，走进卫生间关上了门。

天亮了，周浩宇仍在熟睡着。急促的门铃声将他吵醒。他睁开眼睛愣了一下，这才想起什么，回头望着枕边，许佳桐早已没了踪影。

周浩宇迅速坐起来，他打量着房间。他的宿醉还没有过去，似乎头疼欲裂。他揉着脑袋。门铃继续响着。周浩宇起身从地上捡起那件浴袍穿上，蹒跚着来到门口。

周浩宇打开门，内森进来。他用手挥了挥鼻前的空气，然后走到窗前拉开窗帘打开窗子。

“动作快一点儿，一会儿带上行李退房。”

“退房？”周浩宇没听明白。

“今天晚上你们直接从曼彻斯特回龙城。”

“我们不是后天才走吗？”周浩宇愣住。

“计划变了。”

“为什么？”

“没有为什么，是许佳桐改的计划。”

“她呢？”

“她已经和罗伯特去曼彻斯特了。”内森看了看手表，“给你十分钟时间。”

周浩宇走进卫生间，打开水龙头，看着镜中略显憔悴的自己，长叹一声，闭上了眼睛。

59

韩国首尔，一个脏乱差的平民居住区，街上人来车往，也是一片繁忙。

崔志友和金在勇坐在一辆停在街角的车内，耳机里传来警员的汇报，目标出现。

车外不远处，一个中年妇女正从小区里出来。她拉着一个拉杆箱，挎着一个包，打扮得十分普通，就像是一个家庭妇女。那妇女警惕地朝四周看了看，然后沿街朝着崔志友他们的方向匆匆而来。

“准备抓捕。”崔志友看看环境。

妇女匆匆走着，她走到街角看了看手表，然后用手机打电话，她一边打着电话一边朝着某个方向望去。一辆轿车从车阵里出来，朝着她开过去。

“有人接应。”金在勇说。

“行动，快。”崔志友对着耳机说。

崔志友的话音刚落，就见从一旁的商店里冲出两个青年人，朝着那名妇女扑去。妇女不远处的一对青年男女恋人也突然转头。四人合力，一秒之内便将那妇女摁倒在地。

那辆接应的轿车见势猛打方向盘想跑，就见三辆车子从不同方向出现将那轿车围住，几个便衣警察从车里冲出来举枪对准那辆轿车。

崔志友下车朝着那名妇女匆匆走去。

便衣警员们已经将妇女铐住并将她拎起来。周围的行人都惊愕地望着眼前的一幕，有人拿出手机来拍照。

崔志友走到妇女面前。

一个警员将妇女的脸托起来。另一个警员从她身上搜出一本中国的护照，翻开递过来。

崔志友打开那本中国护照。她护照上的姓名叫路金兰，中国辽宁沈阳人，1965年出生。

崔志友看着护照上的照片，然后又看了看妇女的脸。

“你叫什么名字？”他用韩语问。

一旁有个女警用汉语翻译着。

“路金兰。”

“你是哪里人？”

“中国辽宁沈阳。”

“带走。”崔志友合上护照。

便衣警员们将路金兰带上警车。崔志友回过头，轿车上的一男一女两名嫌疑人趴在车前盖上，几个便衣警察将他们铐住，准备带上车。

崔志友拿起手机，向局长汇报。

“人已经拿下，没错。她就是中国公安部追缉的‘红通’要犯路金兰。”

“马上把她带回来。”说完，局长挂掉了电话。

崔志友看了看手机，他轻声地骂了一句。警员们迅速驱车撤离现场，周围又恢复了平静。崔志友朝着自己的车走去。这时，他想起了什么，拿出手机来看。

他有一封待收的邮件，邮件标题是《问好》，发件人是刘青叶。

崔志友警长，你好。崔天星当年逃到日本躲了三年，可被媒体曝光只有一次，而南东满外科诊所恰巧是在这期间被炸的。再说，偷偷来往于韩国和日本并不是什么难事。第二，他曾是黑帮老大，完全有能力胁迫李昌旭的西川株式会社和吴贵祥的联达纺织厂做生意，而且也知道从什么渠道去找像朴赞选这样的职业杀手。第三，金森之前是他的手下。第四，经仔细比对，崔天星和许家福的脸部轮廓有些像，做外科整容手术并不是什么难事。崔天星和我们要找的线索有太多的重合点。所以，能帮我们弄到崔天星的DNA检本吗？当然，这属私人请求，给你添麻烦了。非常感谢。刘青叶。

崔志友皱着眉头望着手机，他猛抽了几口烟然后把烟扔掉，站在那里发怔。

“看上去挺美的一个姑娘，没想到却是一个疯子。”崔志友想了想，他给刘青叶回了一封邮件，钻进车里。

东山银行，沈超英正在办公室里，给文件夹里的文件签字。一个女助理正站在她身边等待着。这时，桌子上的手机响了。沈超英看了看手机，合上文件夹。

“谢谢行长。”女助理匆匆离开办公室，并把门关上。

“许总？”沈超英接通许佳桐的电话。

“沈行长，没打扰您吧？”

“没事，你们英国之行顺利吗？”

“很顺利。沈行长，我们明天就回龙城了，您看，您什么时候能帮我们出保函？”

“这么急？你们不是在英国还要待两天的吗？”沈超英听到日期，有点儿惊讶。

“事情都办妥了，没有留在英国的必要，再说，曼彻斯特市长一个星期后要出访加拿大和美国，这一走又十几天过去了。我想趁他离开英国之前把贷款的事给办妥了。没有给您增添麻烦吧？”

“没有，昨天省里领导还问起这事呢。别的材料我们这里都有了，现在就缺一份你们英国分公司的营业执照，只要营业执照一到，我们就可以出具保函了。”

“那太感谢了。那这样，明天一下飞机我们就把营业执照送到您那儿。行吗？”

“大概几点？”沈超英问。

“下午 4 点左右能到。”

“4 点？可以，那我等着你们。”沈超英翻看日程表，“那这样的话，我们后天尽快把保函开出来。”

“明晚，您、我还有浩宇一起吃个便饭有时间吗？”

“晚上我还有个会，谢谢许总的美意。”

“谢谢沈行长，那明天见。”

“明天见。”许佳桐挂了电话。

她和周浩宇拿着行李走进头等舱，周浩宇接过许佳桐手里的行李放入行李箱，两个人的座位挨在一起，许佳桐并没有看周浩宇，她正在看着手机。

周浩宇在座位上想了一会儿，然后转过头来看着许佳桐。

“佳桐？”

许佳桐抬起头，朝他微笑。

“昨天晚上的事……”

“我们都喝醉了。”许佳桐从容地说。

周浩宇怔怔地望着许佳桐，许佳桐又低头看着手机。

“可……要是我当真了呢？”

许佳桐放下手机想了一会儿，然后抬起头来。

“浩宇，并不是我冷酷无情，说实话，从心底里我是喜欢你的，要不然我一回国创办龙星佳桐时第一个人选也不会是你。昨晚的事怪我，其实我从你那儿离开后到现在一直没合过眼，我的心里也很纠结。”

周浩宇不知道她要说什么，紧张起来。

“浩宇，你管的是龙星集团最重要的部门，你我目前的关系会让我失去判断力的。这也是我不喜欢办公室恋情的原因。”

“你是想让我辞职吗？”

“如果你真心爱我，想追求我，那你必须离开龙星。这是我的处事原则，公私绝对要分开。”

“你觉得我有希望吗？”

“我刚才说过，我是喜欢你的，也许，还有爱。”

两个人四目相望，眼神里却没有所谓的爱，一个充满疑惑，一个笑意有点儿僵硬。

“你可以注册一个投资公司。我会尽全力帮你的，在这方面你是天才。”

“我什么时候离开公司合适？”周浩宇问许佳桐。

“当然是越快越好，贷款一办下来，BAT 项目就进入实质性操作阶段了，这是一场恶战，而且你也知道，对龙星来说，这场战役只许胜不许败。我要时刻保持头脑清醒。”

“明白了，我考虑一下，会尽快告诉你我的决定。”

许佳桐用含情脉脉的眼神望着周浩宇，她伸出手来握住周浩宇的手。

“浩宇，你要明白，从理智上，我不希望你离开龙星。可从情感上，我又希望你早早离开龙星，你能理解我现在的矛盾吗？”

“我也是跟你一样的心情。”周浩宇微微一笑。

许佳桐拉起周浩宇的手放到自己的嘴唇上，深情地吻了一下，然后放下继续看着手机。

周浩宇微笑地看着许佳桐忙碌，但他的目光里并没有激动和兴奋。

长途跋涉总能让人精疲力竭。但在许佳桐的急切面前，晕机、时差似乎都变得轻如鸿毛。

下了飞机，他们推着行李，直奔东山银行。

二人走进沈超英办公室时，她正在电脑前看着一份投资报告。

“你们还真准时。”沈超英起身和许佳桐握手，“年轻人办事就是利索。”

许佳桐拿过周浩宇手里的那个公文皮箱打开密码锁，从里面取出一份英国分公司的营业执照的正本交给沈超英。

沈超英接过来看了看。

“没问题，我已经吩咐下去了，明天尽快给你们办出保函。”

“谢谢沈行长。”许佳桐从公文皮箱里取出一条奢侈品牌的围巾和一瓶香奈儿香水，“这是我的一点儿心意，不成敬意。”

“你的心意我领了，但东西我不能收。”

“浩宇？”许佳桐向周浩宇求助。

“我妈是个有原则的人。”周浩宇笑道。

“你看，我儿子给我做证吧。”沈超英说，“许总，只要你们把BAT项目做好，就是送给我的最大的礼物。”

“也是，‘八项规定’嘛，那我就不勉强了。”许佳桐把围巾和香水放回公文包，“沈行长，晚餐真的没时间吗？”

“改天吧。”沈超英示意她，自己还有工作。

“我就不打扰您了。”许佳桐转向周浩宇，“浩宇，你什么安排？”

“我得回去睡一觉，现在脑子里一片糨糊。”周浩宇揉脑袋。

“那你先回去吧，让阿姨给你做点儿好吃的。”沈超英心疼地看着儿子。

许佳桐上前和沈超英拥抱了一下，和周浩宇一起出门。

回到车里，她吩咐开车的许松林，先送周浩宇回家。

半个小时后，奔驰车驶入周伟家的地库，停在电梯间边上。许松林下来，打开后备厢给周浩宇取行李。

周浩宇出来接过行李。他站在那里朝着车里的许佳桐挥了挥手，许佳桐也在车里朝他挥了挥手。

奔驰车朝着出口方向疾驰而去。

60

周浩宇望着那辆奔驰车消失在视野里，然后拖着行李朝着电梯间方向走去。他走到电梯间门口犹豫着，然后又转过身来拉着行李朝着车库里走去。

周浩宇来到自己的那辆跑车旁，从包里掏出遥控器打开后备厢，把行李放入后备厢，钻进驾驶室内。

周浩宇呆呆地坐在车里，地下车库里很静，他就那么一动不动地坐着。不知不觉间，他睡着了。

外面天色渐渐暗下来。

坐在跑车里熟睡的周浩宇终于被手机的铃声惊醒。他坐在那里愣了一会儿，看了看四周才明白自己在车里睡了几个小时。手机的铃声在不断地响着，周浩宇从口袋里掏出手机看了看接听。

“浩宇，你在哪儿呢？阿姨说你没有回家。”沈超英焦急的声音传来。

“对不起，妈，我回自己的住处了。你别管我，我只是想好好地睡一觉，我不想被打搅。”

“好吧，那你好好睡吧……”沈超英轻声说。她还在开会。

“妈，保函……”

“你放心，我会催着的，争取明天下班之前开出来。”

“明天下班之前？”

“这是最快的速度了。”

周浩宇在想着什么。

“喂？”沈超英不知道儿子什么意思。

“知道了，挂了。”

周浩宇挂掉电话，他坐在车里想着什么，然后他拿起手机在拨着号。

“老六？”一个男人的声音传来。

“老三，麻杆现在还在干着旧业吗？”周浩宇问。

“他不干这个还能干啥？你找他？”

“你有他的联系方式吗？我有急事求他帮忙。”

“我先跟他说一声你要找他，现在警方正在通缉他，你等着，别挂啊。”

周浩宇拿着手机等着。车库里很静。

“老六，他现在的手机号是18810839971，记下了吗？”老三的声音传来。

“记下了，谢谢。改天再聊。”

说完，周浩宇挂掉了手机，然后开始拨号。

“喂？”安宁接了他的电话。

“麻杆，我老六。”周浩宇自报家门。

“真是你吗老六？”安宁的声音听起来有点沙哑。

“我的声音都听不出来了？”

“我已经两天两夜没睡了。”

“麻杆，你在上海吗？”

“在啊。”

“我今天晚上飞过去找你，你把你的地址发给我。有件要事求你帮忙，很急。”

安宁似乎在犹豫着。

“你放心，我周浩宇不是出卖老同学的告密者。”

“你飞机落地后再给我打个电话。”安宁这算是同意了。

“好，多晚你都等着我。”周浩宇挂掉电话，然后一边拨着另一个电话一边发动着汽车。他给自己订了一张晚上10点飞去上海的机票。

回到龙湾区别墅的许佳桐和赵月娥正在看着有关的文件。她的手机响了，许佳桐看了看手机号接听。

“周浩宇的车正在机场高速上，好像正往机场赶，速度非常快。”许松林汇报。

“机场？”许佳桐看了一眼手表。时针已经指向9点05分。

“要我赶过去吗？”许松林请示。

“不用。不过许叔，你盯紧他的动向，有什么异常马上告诉我。”

许佳桐挂掉电话看着赵月娥。

“机场？他下午不是刚从机场回来吗？”赵月娥疑惑。

“如果他是去机场，那很有可能是去上海，10点最晚的一个航班。我之前常坐的那个航班。”

“上海？他去上海干什么？”赵月娥更加不解。

许佳桐也在不解地想着。

“你确定他在英国没有发现你爷爷吧？”赵月娥问她。

“您放心。他没有抓住我任何把柄。”许佳桐摇头，“奶奶，您就别担心了，明天只要保函到手，我就会逼着他辞职的。”

“桐桐，这两天我右眼跳个不停，会不会有什么问题啊？”赵月娥伸手揉眼睛。

“奶奶，您知道我从来不迷信这些的。那是您心思太重了，没休息好。不早了，您早点儿去睡吧。”

许佳桐扔下手机继续看着文件。

她忙完手里的事，已经是深夜了。许佳桐算着周浩宇应该已经下了飞机，拿起手机给他打电话。

周浩宇刚刚上了一辆出租车，让司机去昆山。

出租车在隧道里疾驰，周浩宇坐在后座上，他看了看嗡嗡作响的手机，来电显示是“许佳桐”。

周浩宇犹豫了很久。终于，当车开出隧道的时候，他挂掉了电话。

车子一路来到昆山未改造的老城区，停在一处僻静的小巷。

坐在后座上的周浩宇紧接着拐过一个路口，看到安宁出现在车灯下。

“师傅，你就停这儿吧。”他把钱递给出租车司机，“不用找了。”

出租车停了下来，周浩宇下车朝着宁安走去。

安宁一直盯着那辆出租车，直至那出租车消失在视线里，他又朝小巷里前后仔细地看了看，才领着周浩宇朝小巷里走去。

一路上，他没有说一句话。周浩宇也不敢说话，他紧紧地跟着安宁。被安宁的气氛所感染，他也边走边朝着后面看着。好像随时有人会跳出来抓住他们似的。

安宁领着周浩宇穿过几条小巷，进入一个老旧的小区，这小区的门口没有保安。

两个人来到一幢破旧的居民楼前。安宁停下来再朝身后看了看，才带着周浩宇进了楼洞。

这是一个三居的老房子，客厅很小，屋里的状态只能用三个字形容——脏、乱、差。一看就是一个单身汉的住处。门上装的是电子锁，安宁推门进来。

周浩宇跟着他进入房间，他看着环境，不由得皱起了眉头。

这时，安宁上前和周浩宇拥抱，两个人互相拍了拍肩膀。

“吃饭了吗？要不要我给你做点什么？”安宁问他。

周浩宇看了看那油腻的厨房和水槽里堆满用过的碗筷，摇头：“不用，我在飞机上吃了，这房子是租的？”

“嗯，这一年里我换了三个地方了。”安宁用眼神示意周浩宇赶紧道明来意。

“我想让你帮我黑进一个英国公司的内部系统。”周浩宇从背包里拿出笔记本电脑。

安宁把餐桌上的东西往一旁推了推：“我早猜到了。”

“没问题吧？”周浩宇把电脑放在餐桌上，打开。

“我不敢保证，我得先看看。”安宁坐下来。

周浩宇匆匆地在电脑上操作着，然后把笔记本电脑屏幕转到安宁的方向。

安宁看着页面。这是一个罗伯特的莱瑞投资中介公司的 OA 系统。

“莱瑞投资中介公司。你要找什么？”安宁问。

“说实话，我也不知道。不过，如果有疑问，就顺着金钱往下查，如果后头带着一串零的数字出现在了不该出现的地方……你懂的。”

安宁看了周浩宇一眼，拿起笔记本电脑朝里间走去。周浩宇跟着他。一个卧室的门上装着一个电子锁，安宁按了指纹，把房门打开，推门进去。

周浩宇站在门口目瞪口呆地看着屋里。

那间卧室里，完全是一个计算机工作室，硕大的台子上放着各种仪器，而且一尘不染。窗户密闭拉着厚厚的密不透风的窗帘。

周浩宇走进卧室观察着。安宁在电脑前飞快地敲击着键盘。

“给我一点儿时间，你随便。”安宁一边敲电脑，一边头也不抬地说。他戴上耳机，听着音乐，沉浸在自己的世界里。

周浩宇默默地看着安宁。

安宁的眼睛紧紧地盯着电脑屏幕，他从深夜一直忙到天光大亮。

桌面上两台大的苹果电脑上都是代码。

周浩宇推门进来，外面已是白天。周浩宇过来轻轻地拍了拍安宁的肩膀，安宁跳起来，他瞪着一双充满血丝的眼睛惊恐地望着周浩宇。

周浩宇指了指耳机，安宁这才摘掉耳机。

“你搞什么？”安宁不喜欢别人打扰他。

“对不起，我给你做了早餐，先吃点儿早餐再干吧。”周浩宇指指屋外。

安宁犹豫了一下。他在电脑键盘上敲了一会儿，然后跟着周浩宇走了出去。

走出卧室，安宁出来看了看那整洁一新的房间愣了愣。他走向餐桌，餐桌上放着两碗方便面，里面各放了两个鸡蛋。

“我就找到这些食材，对付着吃吧。”周浩宇把一碗面推给他。

安宁不说话坐下来狼吞虎咽地吃了起来。他的脑子似乎还沉浸在网络的世界里。

“很难吗？”周浩宇问。

“什么？”安宁抬起头来。

“我是说不好破译吗？”

“他们用的是Look' n' Stop防火墙，这是被誉为世界顶级的防火墙，与同类产品相比具有最为突出的强劲功能以及与众不同的特点，不仅功能评测在知名防火墙中是最强的，而且软件大小只有区区600多K，十分小巧，占内存非常小，可以监控dll，有很强大的防御黑客攻击能力……不应该呀，他们只是一家投资中介公司而已，要配备这么强大的防火墙干什么？”

说完，安宁继续吃着，突然，他又抬起头来说道。

“我现在只挖掘漏洞，很少入侵，有点儿生疏了。你再给我一点儿时间。”

周浩宇默默地望着安宁。很快，安宁就把一碗面吃完了，他望着另一碗面。

“你不吃吗？”

周浩宇把面条推到安宁的面前：“你吃吧。”

安宁不客气地将面碗端过来吃起来。

61

“麻杆，你就不能换一种生活方式吗？”周浩宇问他。

安宁瞪着那双充满血丝的眼睛：“我是有案底的人。老六，我不瞒你，我现在很有钱，你如果需要用钱，尽管开口。”

“你是我们六个舍友里最有才的……当年学校不该开除你的，处分太重了。”周浩宇惋惜地看着老同学。

“其实，我没跟你们说实话。”安宁认真地说，“当年我在‘黑客基地’聊天室当讲师，给别人做VIP培训，讲入侵，一节课给我2000块钱，我那贫困生助学金一年才3000，还不是每年都评得上。再说，我每节课都拿别人的网站做试验，比如这节课我要讲这个漏洞，我就去找符合条件的网站，先把漏洞留好，讲课的时候现场入侵，一步步解说，工具发下去之后再把步骤说一遍，当时真的祸害了不少网站。这么说来，学校当年开除我并不算过分。”

说完，安宁笑了笑，其实他笑起来很天真。他三下五除二就把那碗里的面条吃完了，把碗一推，嘴一抹，朝着机房里走去。他走了几步回过头想了想说道。

“我现在也没什么理想和信仰了，以前还会有一种精神，想在中国黑客圈占有一席之地，我分享一些东西，让大家觉得我值得尊敬，我会有一种成就和满足感……我还是挺怀念当年的那种日子，赚钱不多，但去名人的邮箱、网站看看，在群里贴贴王力宏的 ICQ 聊天记录，能知道别人不知道的信息就是一件很幸福的事情，现在……”

安宁站在那里愣了一会儿，然后转身匆匆进了机房。

周浩宇实在太累。他走到沙发边和衣躺下，很快就坠入梦境。等到睁开眼睛，已经是下午 3 点。

周浩宇伸了一个懒腰，走进卧室。

安宁正一边听着耳机里的音乐一边在电脑前打着游戏。周浩宇看了看电脑屏幕，上前拍了拍安宁的肩膀。安宁再次惊跳起来。

周浩宇指了指耳朵，安宁把耳机摘下来。

“怎么样？”周浩宇问。

“下午 2 点左右就进去了。”

“你为什么不叫我？”周浩宇气急。

“我看你正睡得死，没忍心叫你。”

说完，安宁把周浩宇的笔记本电脑推过来，自己戴上耳机继续玩着游戏。

周浩宇的笔记本电脑页面上显示着英国莱瑞投资公司的账户页面。他马上坐下来仔细地看着。

屏幕上显示的都是莱瑞投资公司的秘密账户，上面详细记录着资金的往来，都是英文。

周浩宇看着，突然，他愣住了。

屏幕上有一笔从韩国打过来的资金，有五百万英镑。汇入方是韩国天星株式会社。

“韩国天星株式会社？”周浩宇自言自语。

安宁在一旁继续打他的游戏，根本没听见。

周浩宇跳起来，冲出机房。

他跑到客厅，拨通沈超英的电话。

“浩宇，保函已经开出来了，就在我这里。”沈超英的声音听起来很平常，“我一会儿就让手下把保函发到香港分行，我已经跟佳桐说过了，她……她马上就过来取保函的通知书。她没告诉你吗？”

“妈，保函不能发出去。”周浩宇对着手机喊。

“你说什么？”沈超英明显是意料之外。

“你不能把保函发到香港。”周浩宇强调。

“为什么？”沈超英一头雾水。

“你先别问我为什么，等我回来，一定等我回来。”周浩宇急躁地喊着。

“等你回来？你在哪儿？”沈超英更糊涂了。

“我在上海，妈，我再说一遍，你绝对不能把保函发给香港分行。”

“你去上海干什么？”沈超英追问。她彻底被儿子搞糊涂了。

“妈，我说了等我回来。”周浩宇说，“妈，不管编什么理由，目的只有一个，先不要把保函发出去。妈，答应我。”

沈超英沉默了好一会儿才开口。

“好，我等你回来。”

周浩宇挂了电话。

沈超英愣在办公室，好一会儿才反应过来，她拿起手机拨号，可是对方却在占线。

沈超英坐在办公桌前，她拿着那份装有保函的文件夹，手微微颤抖着。她站起身拿着那份保函朝门口走去，走到门口她又站住。

沈超英回到办公桌边，思考一下，匆匆出门。

十几分钟后，许佳桐的身影出现在东山银行。她朝着沈超英的办公室走去，路过助手的办公室。

“许总！”助手跑出来。

许佳桐正要敲沈超英的门，她回过头来。

“许总，沈行长有急事出去了。”助手解释。

许佳桐微微怔了一下，她微笑道：“沈行长说会等我的。”

助手微笑着打开沈超英办公室的门，里面空无一人。

“那，保函的事她有交代吗？”许佳桐问。

“哦，她说保函出了一点儿问题，今天发不出去了，保函通知书也取不了了。她说十分抱歉。”

“她说原因了吗？”许佳桐镇定地问。

“没有。要不你给她打个电话吧。”

“好的，谢谢小王。”许佳桐微笑着，镇定自若地拿出手机拨号。

手机里传来电子音：“您好，您拨叫的用户已关机，请您稍后再拨。”

许佳桐脸上的微笑顿时消失殆尽。她站在原地思考了一会儿，一边往外走，一边联系赵月娥和许松林。

许佳桐回到别墅时，赵月娥已经在书房等她。祖孙二人没怎么交流，因为心里都清楚眼前的处境。

她们耐心地等着。许佳桐一脸镇定地看着放在桌上的两部手机。终于，其中一部手机响了，许佳桐立即拿起来接听。

“许总，高风和刘青叶在夜市吃夜宵，谈笑风生。周浩宇的车还在机场的停车场里，亮子盯着呢。许总……要不要把周浩宇车上的跟踪器取下来？”

“这个时候千万不能碰，机场到处都有探头……你等一下，我想想。”

许佳桐在想着。

赵月娥在一旁望着许佳桐，略显紧张。

“许叔，按计划行事吧。”许佳桐挂断电话。

“桐桐，必须这么做吗？”

“奶奶，没有别的路可走了，目前我们要做的，就是先消除隐患。您放心吧，许松林的计划很周全，不会留下证据的。只是接下来我们恐怕得接受冯凯他们的调查了。”

几个小时后，周浩宇随着人流，背着电脑包走出龙城国际机场。他从口袋里掏出手机将手机打开。看到有一个许佳桐的未接电话，两个沈超英的未接电话和三个周伟的未接电话。

“我在机场，你在哪儿？我要见你。”他拨通高风的电话。

“有事吗？”高风那边的声音嘈杂，好像是在路边摊。

“有事。要紧的事！”周浩宇说。

“我……我在外面吃夜宵，这样，我一会儿回家等你。”

“好，咱们见面说。”说完，周浩宇挂了电话。

他跑进停车场，上了自己的跑车，发动汽车驱车朝着地库出口方向驶去。一辆轿车从不远处的停车位里开出来，跟着周浩宇的车朝着停车场出口方向而去。坐在驾驶座上的亮子死死地盯着跑车，保持着距离。

周浩宇浑然不觉。他踩着油门，车子风驰电掣地在机场高速上行驶着。

许松林穿着黑色皮衣皮裤，戴着一双皮手套正坐在一辆摩托车上看着手机上的GPS定位。一个红点正在机场高速上移动着。这时，他的手机响了，许松林接听手机。

“林哥，我们马上到东坝了。”亮子汇报。

“好，按计划办。”许松林戴上头盔。这是一个全封闭的头盔，戴上后根本看不出车手的面目。

许松林踩着油门，摩托车朝着远处飞驶而去。

很快，摩托车来到东坝机场高速入口。许松林交了费，然后驶过入口，朝着机场高速公路飞驶而去。

周浩宇开着车，路上没有其他的车。他看一眼后视镜，发现一辆轿车正疯狂地朝着他的车追上来。

周浩宇疑惑地看了看，他打了右转向灯，并线到右边的车道。可后面的那辆轿车也并了过来，车速仍然非常快。

周浩宇皱着眉头望着后视镜。他踩着油门，车子在加速。看面板上的指针，跑车的速度已经达到了160迈。

“搞什么啊。”周浩宇看着后视镜骂骂咧咧。突然，他意识到了什么，恐惧地望着后视镜。

周浩宇再次提速，并打着左拐的转向灯，朝着最里道并去。后视镜里的那辆轿车也快速地并向最里道。

周浩宇急踩油门，跑车的车速已近200迈。

后视镜中的那辆轿车被迅速地拉开距离，被周浩宇的跑车远远地抛在后面。周浩宇恐惧地望着后视镜，在后视镜中寻找着那辆轿车。正在这时，右车道上许松林的那辆摩托突然切进来。

周浩宇慌忙中向左打着方向盘。

顿时，飞速行驶中的跑车失去了控制，撞上了最里道的栏杆。

周浩宇在车里紧紧地握住方向盘，但车子在空中翻滚了几圈，重重地摔在地上，倒扣在公路上，激起一片骇人的尘烟。

62

亮子停下车，飞速地跑上去。他钻进尘烟里。远处不断响起汽车的刹车声。

跑车里，周浩宇睁着双眼已经没了生命体征。

亮子迅速从车里拿出周浩宇的那个电脑包，背在身上。然后找着车底盘上的跟踪器，那个跟踪器还牢牢地吸附在车的底盘上，亮子快速地将跟踪器取下来塞进口袋。

这时，在尘烟中有几个人朝着跑车方向飞奔而来。

“快，快打120。”亮子冲着他们喊道。

有人拿出手机拨打着120。

另外几个人上前来帮着抢救车里的周浩宇。现场一片混乱。

亮子从人群中退出来，他拿出手机来一边假装打着电话一边朝着自己的车方向退去。

“喂，喂？120吗？你们赶快来，机场高速出交通事故了……”

不断有人朝着出事地点跑来，机场高速上已经停了许多的车。

亮子匆匆上了自己的车，然后把周浩宇的电脑包和那个跟踪器塞进后面的一个行李包里。然后他开着车，小心翼翼地跟着一些车辆沿着最右侧的车道朝前开去。

很快，警车、救护车的鸣笛声响彻云霄。

高速公路只开了一条最右侧的车道放行着车辆。在车祸现场停着几辆闪烁着警灯的警车。交警在现场进行勘查，有些交警正在指挥着车辆通行。

一辆警车从应急车道上飞驰而来。冯凯、周游和方菲匆匆从车上下来，看到 120 急救中心的人正将周浩宇的遗体放入尸袋里。

冯凯朝着一旁的两名现场指挥的交警走去。

“你好，哪位是雷队长？”

“我是，你们是龙湾分局刑侦大队的？”雷队长走过来。

“我叫冯凯。”冯凯和他握手。

“跟我来。”

冯凯和周游跟着雷队长朝着现场走去，一边小心翼翼地避让着地上摆放着的证物牌。

“是什么情况？”冯凯问雷雨田。

“据现场目击者说，当时出事的跑车可能是为了避让一辆摩托。”雷雨田边走边说，“不过跑车当时的速度大概有 200 迈，地上没有刹车痕迹，说明当时他根本来不及刹车，直接打的方向盘……”

“摩托？”冯凯警觉地停下脚步。

“怎么了？”雷雨田停下来，看着他的表情。

“那摩托呢？”冯凯四下搜寻着。

“跑了。我已经让人去调看所有出入口的监控视频了。”雷雨田继续往前走着。

冯凯跟着雷雨田走到尸袋前。雷雨田示意急救中心的人把尸袋打开，急救中心的人将尸袋的拉链拉开，那拉链的声音仿佛格外刺耳。

冯凯默默地看着周浩宇，一旁的周游忙捂上嘴，方菲怔怔地望着尸袋中的周浩宇。

“是他。”冯凯低声道。

“应该是没有喝酒，不过得看最后的血液酒精检测。”雷雨田说，“还要检测是不是毒驾。跟你的案子有关？”

“还不能确定。不过，无论如何得找到那辆摩托车和那个摩托车手。”

“冯队，高风来了。”一旁的方菲提醒冯凯。

冯凯回过头来。

高风、刘青叶正和交警说着什么，交警不让他俩过来。

“别让他过来。”冯凯对雷雨田说。

“不许他俩靠近！”雷雨田拿起对讲机交代道。

高风要冲过去，两个交警拦着高风。

刘青叶意识到了什么，她紧紧地拉住高风。

“让我过去，他是我弟弟，让我过去——”高风撕心裂肺地吼着。

“高风，高风，你先冷静一下……”刘青叶紧紧抱住奋力挣扎的高风。

冯凯回过头，看着惨烈的现场，面色凝重。

摩托车……

他仿佛看到一个黑影骑着摩托车，在林间小道上穿行着，在山崖边停了下来。黑影走到崖边看了看山崖下的大海，然后走回摩托车边。他从储物箱里取出一个黑色的厚塑料袋，一双皮鞋。

黑影摘下头盔，脱下身上的衣服，把头盔和衣服全部扔进那个黑色的塑料袋里，把鞋也脱下来扔进黑色塑料袋里，再把黑色的塑料袋扎紧，扔进摩托车的储物箱里锁上。然后，他推着那辆摩托车来到崖边推下山崖。

黑影站在崖边望着那辆摩托车朝着黑黝黝的大海坠落下去。

摩托车……20 年前的高建设，现在的周浩宇，这里面到底还有多少不为人知的秘密。

冯凯抬起头，凝视着茫茫夜色。

周浩宇的尸体被送进医院。

清理现场还需要很久，冯凯知道留在这里没有意义，于是带着周游和方菲去了医院。刘青叶和高风与他们同行。

“杀人灭口。”坐在医院的办公室里，高风两眼冒火，拍着桌子，“浩宇一定是在英国发现了许佳桐的阴谋……你们还站在这儿干什么，还不赶快去把许佳桐拘留起来？”

刘青叶和周游，方菲互相看了看没有作声。这时，冯凯推门进来。

“周浩宇是从上海飞回龙城的。”

“上海？他……他不是从英国回来的吗？”高风愣在那里。

“他和许佳桐是在昨天下午四点半从英国飞回龙城的。可在昨天晚上10点，周浩宇又飞往了上海。”冯凯说，“我已经让石磊他们查周浩宇在上海的行动轨迹。高风，周浩宇去英国前你都跟他说过什么？你跟他说了许家福偷渡韩国的事？”

“没有，我只向他说了BAT项目可能涉嫌向境外转移资金，他不相信，因为……”

高风没有说下去。

“因为周浩宇喜欢许佳桐。”刘青叶说。

“他登机前我给他打过电话，他没接。于是我给他发了一条微信。”高风把自己的手机打开，点开微信递给冯凯。

“留意一下BAT项目里有没有韩国和海外华人的身影。此信息内容不要让许佳桐知道。”冯凯低声读了一遍，把手机还给高风。

“浩宇在英国期间没有跟你联系过？”刘青叶问高风。

“没有。我也不敢跟他联系，怕被许佳桐发觉。你们在他的手机里发现了什么？”

“他的手机已经被轧坏了。”冯凯摇了摇头。

“他从英国回来为什么不跟我联系？为什么要去上海？”高风在自言自语。泪水在他脸上横流。

这时，冯凯的手机响了，他看了看匆匆出了门。与此同时，高风的手机也响了，他看了看接听。

“我们到医院了，你在哪儿？”周伟的声音听起来虚弱不堪。

“我马上出来。”高风跑出办公室，奔向大门的方向。

刘青叶追了出去。

他们在走廊转过一个弯，看到周伟和沈超英迎面跑来。两个年轻的交警出现在楼道里，手里拿着文件夹。

周伟和沈超英愣了一下站住，高风走上来。

周伟脸色苍白，他站立不住，忙伸手扶住墙壁。

“浩宇呢，浩宇在哪儿？”沈超英一把抓住高风的手臂。

高风紧紧地抱住沈超英。

“放开我，我要见浩宇。”

高风紧紧地抱住沈超英不松手。

周伟发出一声撕心裂肺的干吼，然后身体顺着墙壁滑了下去。他愣愣地坐在地上，紧紧地捂住胸口，然后缓缓倒在地上。

“高风，快叫医生。”刘青叶赶紧上前，扶起周伟软弱无力的身体。

“医生！医生！”高风忙松开沈超英朝走廊跑去。那两个交警也跑上来。

“快帮我把他放平。”刘青叶解开周伟胸前的扣子。

两个交警帮着她把周伟放平。刘青叶拍着周伟的面颊。

“周院长，周院长……”她大声喊着，摸了摸周伟的颈动脉，对他进行胸外按压和人工呼吸。

沈超英怔怔地望着地上的周伟，她朝周伟走了两步，然后回过身踉跄地朝着走廊深处走去。

63

高风陪着披头散发、精神恍惚的沈超英坐在医院走廊的排椅上。方菲站在一旁，不知道说什么好。冯凯和刘青叶、周游在不远处说着话。

冯凯的手机响起，他看了看，走到远处接电话。

高风抬起头，看到许佳桐正朝着急救室匆匆而来。他站起来，大步奔向许佳桐。刘青叶见状，忙追了上去。冯凯和周游、方菲愣了一下，也匆匆跟了过去。

“我刚刚得到消息……”许佳桐停住脚步，眼泪汪汪。

“刚刚得到消息？你敢再说一遍？”高风咬牙切齿，指着许佳桐的鼻子。

“高风，你什么意思？把话说明白了！”许佳桐的脸冷下来。

“是你杀了浩宇！”高风一声怒吼。

“高风！”刘青叶冲过来，把他拉开。

“你说什么？”许佳桐朝高风走了两步，来到近前。

“你就是杀害浩宇的凶手！”高风挣脱刘青叶的手。

“高风！你给我住嘴！”冯凯跑过来。

“你们在这儿吵闹什么？这是医院，是急救室，要吵到外面吵去！”护士跑过来。

许佳桐竭力控制自己的情绪，泪水滚落下来。

“我带你去见他，请跟我走。”刘青叶对她说。

许佳桐回过身跟着刘青叶朝远处走去。

“许佳桐，我会为浩宇报仇的……”高风对着许佳桐的背影大喊。

冯凯让周游和方菲留下看着高风，他跟着刘青叶和许佳桐走向太平间的方向。

阴暗的房间里，弥漫着清冷的气息，令人毛骨悚然。

刘青叶走到覆着白布单的周浩宇遗体前，把他脸上的白布单掀开，许佳桐惊恐地望着周浩宇的脸，泪水滚涌而出。

刘青叶和冯凯在一旁看着她的表演。

突然，许佳桐一阵恶心，她忙捂住自己的嘴，刘青叶忙从一旁拿出一个垃圾桶。

许佳桐对着垃圾桶翻江倒海地吐了起来。

“出去谈谈？”冯凯递给许佳桐一张纸巾。

许佳桐点点头。

她跟着他们，来到一间简易的办公室里。刘青叶打开手机上的录音功能。

“你们最后一次联系是什么时候？”冯凯问。

“昨天从英国回来，我把他送到他父母家的地库就走了。”许佳桐回忆，“晚上9点45分左右，因为项目的事我给他打了一个电话，手机通了，但他没有说话。过了一会儿他就把手机关机了。”

她翻了翻手机记录，把手机递给刘青叶。

刘青叶接过许佳桐的手机，看着手机上的通话记录。

“前天晚上11点30分左右吧，我又给他打过一个电话。”许佳桐继续。

“这么晚了你怎么还给他打电话？”刘青叶疑惑。

“还是因为项目的事，我正在写一份报告，需要一个会议纪要。他的手机是通了，但他没接。”许佳桐说，“昨天上午九点半，下午两点我给他打电话，他的手机仍然处于关机状态。一直到昨天下午5点28分，我才打通了他的电话，可他又挂了。”

“他为什么老挂你的电话？”冯凯问。

“因为在英国的时候，我们俩互相表白了，还……”许佳桐犹豫一下，“那天晚上我们俩在一起了，做爱了……”

刘青叶冷冷地望着许佳桐，一脸的厌恶。

“因为什么？是冲动还是有感情？”冯凯问。

“我知道他一直爱我，但因为他是我的手下，又是我们集团的金融主管，职位很重要也很敏感。办公室恋情是一种危险的恋情，我不喜欢。我早就跟他说过，如果他真心想追求我，就必须辞职。”

“你让他辞职了？”

“因为……我发现我也是真心爱他的，所以他必须辞职。昨天从英国回来时，他说给他一点儿时间，让他仔细考虑一下。他一直不接我的电话，我以为他是在考虑这件事。”

“你以为？”冯凯对这个措辞有些敏感。

“本来今天下午五点半，浩宇他妈……就是沈超英行长打电话让我去东山银行取保函的通知单的，可当我赶到东山银行，沈超英却不见踪影，而且说保函有问题，我这才感觉浩宇去上海可能跟这件事有关。”

“你怎么知道他去上海了？”冯凯警觉起来。

许佳桐稍稍怔了一下。

“昨天晚上 9 点 45 左右那个电话不是接通了吗？当时我在手机里听到机场广播里正在播催促周浩宇登机的信息，那是前往上海的航班。”泪水再次涌上许佳桐的眼眶，“他有可能去找他当年的舍友老五麻杆去了。”

“谁？”冯凯皱眉。

“真名叫安宁，一个黑客。安宁 2013 年因入侵一家企业的内部账户，并将交易情况曝光在网络上被刑拘六个月，现在不知什么原因又被上海警方通缉。”

“周浩宇为什么要去找那个黑客？”冯凯问。

“这也是我想知道的。”

“那周浩宇不让他母亲把保函发给香港分行是不是发现了 BAT 项目有什么不可告人的秘密？”

“我可以问心无愧地说，BAT 项目经得起调查，它没有秘密，我们不怕调查。”许佳桐面无表情地说。

“你先回去吧。这段时间你最好不要离开龙城，我们可能随时找你问话。”冯凯替她开门。

“可沈超英扣着保函不发给香港分行，我们怎么办？”许佳桐站起来。

“对你来说，保函是不是比周浩宇的死因更重要？”刘青叶说。

“都重要。”许佳桐不为所动，“但龙星集团的境外投资项目不能因为周浩宇的离世就停下来，我们跟英国曼彻斯特市政府都是签过协议的，这也是事实。”

“我们会尽快调查，也希望你和你们公司能好好配合我们的调查。”冯凯说。

“我能去看看沈行长吗？”许佳桐走到门口。

“我认为这不是好时机。”冯凯送她出门。

许佳桐在走廊里镇定自若地走着。

刘青叶和冯凯走向周伟的病房。

高风正站在病房门口。周伟的呜咽声从房里传出来。

“医生跟我说了你叔的情况。你婶儿呢？”冯凯问高风。

“我先让方菲和周游把她送回去了，一会儿我再过去陪她。”

“要不你现在回去吧，我在这里陪你叔。”刘青叶担心地看着高风。

“是我害死了浩宇。”高风自言自语，“杀害浩宇的凶手是我……”

他竭力控制，但还是忍不住浑身颤抖。

刘青叶上前抱住高风，高风在她的怀里哭出了声。

“这不是你的错，你千万不要自责……”刘青叶已泪流满面。

片刻，高风控制住了自己的情绪。他推开刘青叶转过身去，擦着泪水。

“你走吧，这里不需要你。”高风摇头，“我需要的是你们赶紧找到证据，将许佳桐和赵月娥绳之以法。”

“可……”

“走！”高风轻声但坚定地说。

“浩宇去上海是找一个黑客，”刘青叶低声说。

高风惊愕地回过头来。

“那黑客是他大学时期的舍友。名叫安宁。”

“那你们在周浩宇的电脑里发现了什么？”

“电脑？”刘青叶一愣。

“要不然他去找黑客干什么？”

刘青叶猛地一敲自己的脑袋。她回头朝冯凯的方向望去，冯凯已经不在。她跑向办公室的方向。高风跟了过去。

“冯队。”刘青叶推门跑进办公室。

这时，冯凯的手机响了。他用手势制止刘青叶。

电话是交通队的雷队长打来的。他们在现场没有找到笔记本电脑，硬盘，也没有U盘，只有一些衣物和两本书。

“你赶紧给机场派出所打电话，让他们查看监控录像，看周浩宇有没有带行李。”冯凯挂断电话，对刘青叶说。

很快，机场派出所小赵确认，周浩宇昨晚上飞机前和今天下飞机出机场，都没带行李，只随身背着一个笔记本电脑包。

小赵已经将两段监控视频都发到刘青叶的手机上了。

“马上给物证鉴定中心打电话，让他们马上赶到交警支队接管周浩宇的证物。”冯凯看了几遍视频，吩咐刘青叶。

“一定是那个摩托车手，是他从现场取走了浩宇的电脑包。”高风说。

“给我们一点儿时间。”冯凯说。

交警支队已经确定，那辆摩托是从东坝驶入的机场高速，从机场高速直接上了环城高速。它从东屯子路出环城高速上了231省道，在孙河一带失去监控。因为是一辆套牌车，查不到车主的真实身份。由于车手戴着封闭式头盔，高速入口的视频截图上，根本看不清车主的面目。

“冯队，我建议你们把保函暂时保管起来。”高风说。

冯凯想了想，点头：“你赶紧去看看你婶儿吧。”

高风知道自己在这里已经没意义，离开了医院。

64

高风来到周伟家时，沈超英正躺在床上以泪洗面，床上放着几张周浩宇小时候和大学时期的照片。

高风走到床边望着沈超英想说什么，可又不知道该如何开口。

“浩宇为什么要去上海，他又为什么不让我把保函发出去？到底是为什么？”沈超英哭泣。

“婶儿，您先别急，现在警方正在调查。可能……”高风柔声道。

沈超英哭得更厉害了。

“婶儿……”高风犹豫好久才开口，“浩宇有可能是被谋杀的。”

沈超英腾地坐起来，一脸震惊。

“浩宇的笔记本电脑不见了。而且，浩宇这次去上海是见一位大学舍友，但那个舍友是一个黑客。”

“为什么？他发现了什么？”沈超英浑身颤抖。

“可能和 BAT 项目有关。”高风说，“婶儿，您仔细想一想许佳桐跟你们商谈 BAT 项目内保外贷的经过，这中间有没有什么疑点？”

沈超英想了想，摇了摇头。

“婶儿，BAT 项目有可能是许佳桐设的一个圈套，许佳桐的目的有可能是想把龙星的资产转移到境外。”高风提示她，“内保外贷许佳桐是用什么作担保的？”

“龙星的两个房地产项目，10 亿人民币的存款和龙星集团 6% 的股权，加起来有近 54 亿人民币。”

“BAT 项目不是要贷 20 亿英镑吗？他们怎么才用 54 亿人民币作为担保？”

“BAT 是龙星集团的项目，也是省里重点扶持的项目，龙星集团只要存入 30% 的保证金就可以获得我们银行的保函。”

“所以，他们只要质押 54 亿人民币的房产、现金和股权就能得到 20 亿英镑的贷款，是这个意思吗？如果许佳桐压根就没打算还这 20 亿英镑的贷款呢？”

沈超英目瞪口呆。

“所以，要是浩宇发现了许佳桐的真实用意……”

“你的意思是……是许佳桐杀了浩宇？”沈超英更加震惊。

“冯凯和刘青叶他们正在找证据。”

“不可能，绝对不可能。”沈超英摇头。“浩宇爱许佳桐，许佳桐也喜欢浩宇，他们俩的感情我早就看出来了。”

“婶儿，人有一副好心肠和举刀杀人其实并不矛盾，这世上有很多坏事，都是一些最平凡、心地善良的人，为了自己或者自己所爱的人的幸福干下的。”

沈超英怔怔地望着高风。

“不管怎样，保函先不能发出去，这也是浩宇生前的要求。”高风恳求。

“那我要怎么做？”沈超英问他。

“浩宇死因没有调查清楚之前，我建议让‘4·05’案件复查小组暂时保管那份保函。”

东山省公安厅门口，刚刚和李夏碰面的冯凯走向自己的车。刘青叶正在驾驶座上刷手机。

“你在干什么？”冯凯上了副驾驶座。

“我看看网上有没有人发事故现场的视频或照片。”

“周浩宇的跑车是从机场地库驶入机场高速的。”冯凯在自言自语，“那辆摩托却是从东坝入口驶入机场高速的，可摩托车进入机场高速的时间点恰好就是周浩宇的跑车快接近东坝段的时间点，摩托车手为什么能把时间掌握得这么好？”

“你是说有人一直在跟踪周浩宇的车？”刘青叶没抬头。

“还有一种可能，就是他们在周浩宇的车上安装了GPS定位仪。要不然解释不通。”

“可交警支队和我们物证部门的人都没有在周浩宇的车上和事故地段发现有跟踪装置。”

“把机场停车库当晚的监控视频都调出来仔细检查。”

刘青叶没有说话，她正盯着手机屏幕。

“冯队你看。”她把手机递给冯凯。

屏幕上的画面很黑，可以看机场高速上一片尘烟，亮子朝着尘烟里跑去，镜头非常摇晃。

有几个人在奔跑着，几个人正在跑车旁。有人趴在地上，伸出手在摸着驾驶室里周浩宇的颈动脉。跑车的安全气囊都弹了出来。

在背景中有亮子的身影，他拿着手机正在打电话。他隐隐地背着一个包，随即亮子很快离开了画面。

“这么模糊，不好办啊。”冯凯皱眉，“先回刑侦大队。”

回到办公室，他们开始连夜调取各种视频，一直忙到天亮。

刑侦大队对当晚机场地下停车场的监控视频都进行了仔细检查，没有发现跟踪周浩宇跑车的可疑车辆。

那辆可疑的摩托车，在凌晨 1:05 消失在孙河附近的公路上，当时是朝着西部方向去的，至今没有更多线索。

“应该不会有结果，他是老手了，他知道怎么让那辆摩托车消失。”冯凯看着地图。

“你是说……这个摩托车手和高建设的死有关。”刘青叶一惊。

“1996 年让物证车翻车的也是他！”

“二十年过去了，如果二十年前他是一个二十多岁的小伙，那现在应该是四十多岁了……”

刘青叶突然悟到了什么，她回过头来看着冯凯。

“许松林！”冯凯脱口而出。

“我们没证据……”

“去见见他再说。”冯凯抓起桌上的手机，朝门口走去。

他们来到龙湾区赵月娥家别墅时，许松林正在院子里擦车。见到冯凯、刘青叶、周游和方菲进门，他有些意外。

“是许松林吗？”冯凯掏出证件，“我们是龙湾分局刑侦大队的，我们想问你几个问题。”

“问吧。”许松林用布擦着手里的水，然后把布扔掉。

燕子从屋里出来。

“昨天晚上 10 点半至 12 点这段时间你在哪里？”

“昨天晚上我是 7 点回来的，然后就一直在这儿。”许松林回答，“我和燕子一直看电视，看到 11 点左右吧，我就去睡觉了。”他回头看了看燕子，“不信你问燕子，燕子，你过来。”

燕子犹豫了一下，朝着冯凯他们走来。

“他刚才所说属实吗？”刘青叶问。

“是啊，我和林哥一直在看电视呢。”燕子点头。

“你跟我来。”方菲带着燕子走到一旁问话。

“你能说说都看了什么吗？”冯凯问许松林。

“先是电视剧《好先生》，然后是《最强大脑》，再然后是《是真的吗？》，就这些，看完就去睡了。”

“都是些什么内容？”

许松林正要开口，赵月娥从屋里走了出来。

“松林，燕子，你们怎么了？”

“表婶，警察问我昨天晚上都在哪儿。”

“冯队长，青叶，这到底是怎么了？”赵月娥气定神闲。

“我们只是问一下许松林昨晚到底在哪儿。”冯凯解释。

“昨天晚上？他和燕子一直在客厅里看电视啊。”

“你住在这儿？”冯凯问许松林。

“是，我从 1993 年开始就住在我表婶家了。”

“说起来，松林他爸和许家福是表兄弟。”赵月娥说，“松林他妈在他五岁的时候就跟人跑了，他爸 1994 年出车祸去世，几个姐姐也都出嫁离开了许村。我看他一个人在村里晃着，吃了上顿没下顿的，也怕他学坏，就让他住我家来了。正好那时候许军、许达也都在上海，我一个人住显得冷清。我出钱让他去考驾照，本想让他拿下驾照有门技术可以出去跑跑运输啥的，可他不想走，正好我那时也需要一个司机。就这样松林一直留在家里，平时闲了也帮着整整院子，帮着燕子干点儿力气活什么的。”

“你今年多大了？”刘青叶问许松林。

“42 岁，属鼠的。”

“你一直单身？”

“是。”

“为什么？”

“没有为什么，我不想结婚。”许松林冷冷地说。

“松林，既然公安问了，你就如实说，你不说人家也查得出来，还免得招人怀疑。”赵月娥催促道。

“1990年，我交了一个女朋友，可她脚踏两只船，我气不过，就打了她一顿，可……”

“那小妖精就带着她的另一个相好的把松林打了，打得很惨……”赵月娥说，“松林现在是五级伤残，那小妖精和相好的一个被判了两年，一个被判了五年，可又有什么用？”

院子里一时沉默。

“我们可以去你住的房间看看吗？”冯凯问许松林。

许松林看着赵月娥。

“我替他做主了，松林，带冯队长去。”赵月娥对许松林点头。

许松林带着冯凯、刘青叶和周游朝着屋里走去。

冯凯注意到院内墙上的监控探头，他停了下来。

“这院里的监控开着的吗？”

“坏了有半年了，一直说修，但忘了。”赵月娥回答。

冯凯没说话，他朝着屋里走去。

许松林打开自己的房间，站在门口。冯凯、刘青叶和周游进屋。这是一间十几平方米的房间，里面吊着一个沙袋，还有哑铃等健身器械。墙上贴着一些豪车的图片。一个小书架上放着一些汽车方面的杂志和汽车修理方面的书。

“你也订《汽车之友》？我从创刊号起就开始买了，那时我才五岁。”周游问许松林，“我特喜欢车，曾经想当赛车手，你最喜欢哪款车？”

“路虎。”

“我也喜欢摩托车，你呢？”周游翻杂志。

“我不玩摩托车。”许松林闷声道。

“哦，遗憾，其实喜欢路虎车的男人应该会喜欢摩托车的。”

刘青叶看着墙上的那些汽车图片，摸了摸其中的一张。

屋里没发现任何和摩托车有关的线索，他们只能告辞。

65

“那些书放得过于整齐了，这不像一个单身男人的书架，一定是整理过了。”车开出赵月娥家的院子，周游立马说道。

“我摸了摸那墙上贴的汽车图片，显然，是刚贴上去的，还有点儿潮。”刘青叶说。

“还有，我刚才问燕子时，燕子显得有点儿紧张，说话像是在背书。”方菲说，“很显然，他们是串过口供的。”

“还有那监控，坏了半年了？前面还说许松林喜欢修理呢，这不是自相矛盾吗？”刘青叶说。

冯凯看着车窗外没有说话。

“冯队，要不要看看小区大门的监控？”刘青叶问他。

“可以，但不会有痕迹的。老手了，他了解我们的破案风格。”冯凯低声说。

周游把车停在路边：“冯队，你一夜没睡了，你在车里眯一会儿吧，我和青叶、方菲去就行。”

他和刘青叶、方菲下车朝着别墅小区的大门走去。

不出冯凯所料，他们没找到想要的线索。

回到刑侦大队时，技术人员还在机房处理刘青叶找到的手机视频。高风也来了。

“这就是浩宇的包。”高风指着模糊的视频，“这是2012年他生日时我送他的礼物，那时他刚大学毕业。这包有的地方皮子都磨白了，可这么多年来他一直都用着。”

“这么说，摩托车手还有同伙。”周游说。

“这就能解释摩托车能这么精准地掌握时间的原因了。”刘青叶说，“摩托车手在周浩宇的车翻车时直接驶离了现场，是他的同伙快速跑进现场取走了周浩宇的电脑包。”

“这家伙的面目能再清楚点儿吗？”冯凯问技术人员。

“只能这样了，冯队，因为他处于运动之中，再加上当时的光线条件并不好。”技术人员摇头。

“大致面目有了。”冯凯盯着屏幕，“青叶，再对照这张截图，把当晚……不，把从周浩宇赶到机场到第二天晚上他离开机场这段时间机场地下停车场的所有监控都仔细梳理一遍。我相信，这小子当时一定在地下停车场里监视着周浩宇的车。”

冯凯和周游匆匆离去。

“我这里只有机场地下停车场前天晚上的监控视频。”技术人员说。

“你马上打电话给机场派出所，让小赵把大前天晚上9点之后的地下停车场的所有监控视频都传过来。”刘青叶对方菲说。

方菲跑出机房。

“青叶。”高风示意刘青叶跟自己出来，走到一个角落。

“你让韩国的崔志友警长查一下，许佳桐和浩宇在英国期间，崔天星的行踪。”高风低声说，“浩宇一定是在英国发现了许佳桐的可疑之处，才会下决心去上海，找黑客寻找具体证据的。”

“你是说这个可疑点和韩国人有关？因为你给浩宇发的微信内容？”

“我让他留意一下BAT项目里有没有韩国和海外华人的身影。”

“上次，我给他发过邮件，让他帮着弄崔天星的DNA样本，可他……他不会配合的。你想，崔天星现在在韩国是一个有头有脸的人物，他怎么可能会去得罪呢？”

“如果说让他弄崔天星的DNA是为难他的话，让他打听一下崔天星这几天的行踪不会给他带来任何风险吧？你能给他打个电话吗？”

“好吧。”刘青叶点头。

高风的手机响了。

“小风，你叔不见了！”沈超英在电话里哭诉。

“什么？”高风觉得脑子里嗡的一声，“婶儿，别急，我马上过来。”

刘青叶看着他跑远，叹了口气，转身回到机房。

很快，机场送来停车场的监控。刘青叶和方菲一直看到天擦黑，终于找到了那个人影。

“怎么样了？”冯凯进门。

“应该就是他。”刘青叶指着电脑。

屏幕上是亮子离开停车场收费口时被拍下的画面。驾驶座上方的挡光板翻了下来，只拍到了亮子的下巴。

“他把挡光板放下来了，遮住了大半张脸，但从穿着打扮上看就是从车祸现场拿走周浩宇电脑包的人。”刘青叶切换监控画面，“这是16日上午9点12分，这辆奥迪A6进入机场地下停车场收费口被拍下的画面。他进入停车场就停在离周浩宇的车大概150米的停车位上。”

“9点12分进入停车场一直到晚上11点45分离开停车场，这中间的14个小时里他都没有离开过车吗？”冯凯问。

“没有，他没有下过车。”刘青叶说，“我已经和市交管局核对过了，这辆奥迪A6是套牌车。我一会儿马上去市交警支队调看有关的交通监控录像，看看能不能查到这辆奥迪车的行踪。从放下挡光板和在14个小时里不下车的细节上看，他显然具有很强的反侦查能力，估计不会摸排到多少有用的线索。”

冯凯皱着眉头。

刘青叶拿起桌子上的那张从网上视频截下的亮子离开车祸现场的截图。

“目前我们掌握的只有这张从网上视频上截下的照片。”

“周游呢？”冯凯问。

“他去找上传那段网上视频的当事人了解情况了……”刘青叶回头，“这不，他来了。”

周游跑进来，摇头：“他说对这个人没有任何印象。”

“冯队，要不要向民众公开征集当晚拍下的所有现场手机视频？”刘青叶问。

“可以试试。”冯凯点头，“周游，这事你来办。青叶、方菲，你们赶紧去市交警支队查看有关这辆奥迪 A6 的监控录像。”

刘青叶、周游和方菲都应声匆匆离去。

冯凯站在那里默默地望着桌上的电脑屏幕，他显得有些焦躁和无奈，他拿起桌子上那张亮子离开车祸现场的模糊截图看着。

刘青叶和方菲找到了监控。二人来到监控室，在技术人员的帮助下，查看着周浩宇出事当晚市里一些交通要道的监控录像。

夜深了，刘青叶的手机振动起来。她掏出手机来看，竟然是崔志友打来的。

“崔警长？”刘青叶走到门口接听电话。

“你该叫我警查，崔警查。”崔志友听起来很开心。

“你不就是警察吗？”

“不是不是，是警查，检查的查，我升官了。”

“哦，那恭喜你。”

“你怎么样？我是说你们那个案子？”

“你这个电话来得正好。”刘青叶说，“我正想给你打电话。崔警长，哦，崔警查，这称呼怎么这么别扭呢？崔警查，我想麻烦你一件事。”

“说，今天我高兴。”

“麻烦你查一下崔天星在上个星期有没有去过英国，准确地说，上个星期天崔天星在不在英国。”

电话里一阵沉默。

“崔警查……怎么不说话？这件事对你来说很难办吗？”

“青叶，你可能还不清楚崔天星在韩国的地位……”崔志友为难，“而我只是一个小小的警查……”

“我当你是一个为了正义和真相，不惧怕任何恶势力的警察呢，看来我高估你了。”刘青叶说，“对不起，我还要去工作，我已经两天两夜没有合过眼了。”

“为什么？”

“还是那个案子，我的一个高中同学刚刚被他们杀害。再见。”

“等等。”崔志友犹豫一下，“你要查崔天星，具体什么时间？”

“上个星期，崔天星在不在英国，准确地说，上个星期天崔天星在不在英国。”

“好吧，我帮你问问。”

高风的车飞速来到夕阳红护理院停车场。沈超英看过了医院监控，周伟是下午 5 点多离开病房的，手机一直关机。

高风下车，朝着护理院里跑去。他一口气跑到高四海的房间，看到周伟正坐在高四海的病床前。

周伟拉着高四海的手默默地望着高四海。而高四海却闭着眼处昏迷状态之中。

“叔。”高风含泪走上前。

周伟木然地回过头来望着高风，他的双眼空洞无神。

“叔，回家。”高风扶着周伟，慢慢走出房间。穿过漆黑的走廊，一路走到车边，周伟一言不发。

高风开着车，周伟坐在后车座上，他默默地望着车窗外。

“浩宇有可能是被谋杀的？”听了高风的一番话，他沉默了半晌才开口。

“冯凯他们正在调查。”

“除了那辆摩托车，他们找到别的证据了吗？”

“具体调查过程我并不清楚，我现在无权介入他们的调查。”

周伟望着车窗外没有说话。

“是因为 BAT 项目吗？”

“可能吧。据说浩宇去上海是找一个黑客。目前 BAT 项目的保函已经被冯凯他们扣押。”高风说，“我怀疑 BAT 项目有境外转移龙星集团资产的嫌疑，我把这个怀疑跟浩宇说了，还有……”

“什么？”

“许家福没有死，他很有可能偷渡去了韩国。”

66

周伟似乎没有震惊。

“叔？”高风从后视镜里看着周伟，“您似乎并不吃惊。”

“复查小组在调查 1995 年 DNA 亲子鉴定的事。”周伟平静地说。

“所以，我给浩宇发了微信，让他在英国期间帮着留意一下许佳桐有没有和韩国人打交道。也许，是这条微信害了他。叔，是我害了浩宇，我不该把他卷进来的。”

“不，是我害了浩宇。”周伟默默地望着前方，仿佛是自言自语，“当初我不该妥协，如果我坚决不让他去龙星佳桐，就不会有现在的结果。是我害了我儿子……”

高风没有再说话。

他送周伟回到家。沈超英匆匆从卧室里出来，欲言又止，担心地看着丈夫。

“高风，你回去吧。”周伟坐在客厅。

“叔，我现在反正也没事，我还是留在这儿吧。”

“不用，你回去好好睡一觉。你放心，我和你婶儿能挺过去的。”

“那……”高风犹豫一下，“好……婶儿，那我先走了。我明天再过来看您和叔。”

沈超英点头。

高风走出客厅，关上门。

沈超英上前扑进周伟的怀里，周伟紧紧地将沈超英拥在怀里。

“对不起，我只是……想静一静。”

沈超英没有说话，她只是紧紧地抱着周伟。

高风离开周伟家，在路上开着车，心情低落。突然，冯凯的电话打了过来。

“你在哪儿？”冯凯很着急。

“我……马上到家。”

“一会儿见。”冯凯挂了电话。

高风不明白怎么回事。他提高车速，回到家门口时，正看见冯凯的车迎面而来。

“许佳桐为什么要杀周浩宇？”一下车，冯凯就问。

“因为周浩宇发现了BAT项目的秘密。”高风带他上楼，走进自己家。

“对不起……我的问题其实是，如果周浩宇在第一时间里将他发现的秘密告诉了你，那许佳桐还有杀周浩宇的必要吗？”

“那她要做的恐怕就是逃亡。”

“那许佳桐是怎么知道周浩宇没有在第一时间里把秘密告诉你的呢？”

“浩宇的手机一直没有开机。”

“不，周浩宇从上海飞回龙城，飞机刚落地，他就给你打过电话，他的原话是什么？”

“浩宇给我打电话，我问他在哪儿。因为电话里乱糟糟的，他说他在机场，他问我在哪儿，还说要见我。我说我一会儿回家等他。他说好，咱们见面说。就这些。”

“如果这时候周浩宇就把秘密告诉你了呢？”

高风不解地望着冯凯。

“我认为，许佳桐在得知周浩宇是去上海找黑客安宁后，她就一直派人在监视着你，她只有在确认你还不知道真相的情况下赶紧杀掉周浩宇，拿走他的笔记本电脑，这样才有可能保住秘密不至于外泄。”

“如果许佳桐在周浩宇的手机里植入了窃听软件呢？职业杀手朴赞选就在我手机里植入过这种窃听软件。”

“如果是这样，许佳桐完全有时间派人赶到昆山杀掉安宁和周浩宇。”冯凯说，“青叶告诉我，接到周浩宇电话时，你和她在夜市吃夜宵。那天晚上，有没有人跟踪过你？”

“你们找不出拿走浩宇电脑包的那个家伙吗？”高风问。

“不行，凭那张模糊的视频截图我们做不了什么，机场地下停车场的监控里拍不到他的脸，因为挡光板一直是放下的，而他开的那辆奥迪 A6 是一辆套牌车。”

高风坐了下来。

“你现在要做的就是静下心，仔细想，不要放过任何一个细节。”

“闭嘴！”

冯凯走到厨房给自己倒了一大杯水，仰脖全部喝下，然后放下水杯，看着正静静坐在客厅里的高风的背影。

高风闭上了眼睛。

很久，冯凯没说话，高风仿佛入定一般。

突然，高风像触电一样睁开眼睛，他怔了一会儿，抬头看着冯凯。他依稀记得，那天晚上有个男人一直坐在他和刘青叶附近，拿着手机。

深夜，龙城某棚户区两层楼小屋内烟雾缭绕。张飙和两个年轻人正在斗“地主”。

“飙子。”一个青年拍他。

“等会儿！”张飙恶声恶气地喊道。

“你先想着，我去撒泡尿。”另一个青年把手里的牌放入口袋，朝着门外走去。

他从房间出来，穿过一条狭窄的走廊和挂满衣服的小院，走进小小的卫生间。他按了按灯的开关，灯没有亮。青年骂了一句，开着门解手。

小院里仿佛有动静，青年回过头，只见有人影正从院墙外翻进来。

“谁啊？”他慌忙提起裤子。

一个人影朝他扑过来。

“有人——”

一支黑洞洞的冲锋枪的枪口已经顶住了他的脑门。

听到动静的张飙扔下手里的牌站起来，破门声传来的瞬间，他抄起烟灰缸将电灯泡砸灭。

张飙拎起椅子朝着窗户扔去。

窗户玻璃被砸碎，张飙踩着另一张椅子飞身跃出窗外。这时，刘青叶、冯凯和特警们冲了进来。

青年目瞪口呆地举着手望着那些黑洞洞的枪口。

“张飙。”刘青叶朝他喊道。

青年吓得指了指那破碎的窗户。

刘青叶飞身上椅子跃出窗外。

张飙正从露台上朝着对面的屋顶飞身跃过去。刘青叶冲上了阳台，同样朝着对面的屋顶跃过去。

张飙从屋顶上飞身跃下，朝着小巷外飞奔而去。刘青叶在后面紧追不舍。

张飙在小巷里飞奔而出，在岔路口看了看，然后朝着另一条小巷狂奔。

刘青叶追到岔路口，不见了张飙的踪影。这时，一条小巷里传来狗的狂吠声，刘青叶朝着狗叫的方向飞奔而去。

张飙已经冲出小巷。看到周游的车停在面前立马飞身跃起，从车顶上翻滚过去，又朝着小巷深处狂奔而去。

刘青叶的身子擦着车子一掠而过。

周游忙驱车朝着前方疾驰而去。他来到一个路口，拼命地打着方向盘，车子急速右拐弯朝着小巷的岔道开去，车身紧贴着墙面，擦出一道火花。

刘青叶依然在飞奔着，离前面的张飙越来越近。

张飙一边跑一边回头。这时，周游的车子突然快速地横在小巷路口，等张飙回过头来时已来不及收脚。他一头撞向周游的车子，重重地摔倒在地。

刘青叶拔出枪来对准摔倒在地上的张飙，上气不接下气地说道：“什么玩意儿，你以为自己在跑铁人三项吗？”

张飙抬起头来，血从他的额头上流下来。他绝望地望着刘青叶的枪口。

周游拎起张飙，把他推进警车，带回刑侦大队。凌晨时分，李夏和高风闻讯赶来。

“我……我不知道我犯了什么法。”讯问室里，张飙双手戴着手铐，头部绑着纱布。

“你可想好了，你现在说，算是主动配合，如果我们拿出了证据，可对你的刑期不利。”冯凯翻开笔记本。

“要说打个牌赌点儿钱就算犯法那我认栽……”

冯凯冷冷地看着张飙。他从文件夹里取出几个录像视频的截图拍在桌子上。周游起身把那几张截图推到张飙的面前。

“睁大眼睛，仔细看。”

第一张截图是白天，高风家小区门口，张飙坐在出租车驾驶室里。

第二张截图是夜里的十字路口，张飙坐在出租车里。

第三张，背景是夜市排档区，张飙坐在一张餐桌旁看手机。

第四张是放大后的截图，张飙手机屏幕上拍到高风和刘青叶正在餐桌前说话。

张飙低下头。

“是谁让你监视高风的？”冯凯问。

“我没监视他，只是凑巧了，我拉了一个客人到那个小区，然后去夜市吃个夜宵……”张飙胡编。

“你是出租车司机吗？”

张飙不说话了，头更低了。

“你开的那辆出租车车主已经报了车辆失窃。”

张飙不说话。

“你现在有两个罪名，第一是盗抢机动车罪，可处3年以上10年以下有期徒刑……可第二个罪名就重了。”

张飙抬起头来，有些疑惑地看着冯凯。

“你不知道自己犯了什么罪？”冯凯问。

张飙犹豫了一下，木然地摇了摇头。

“那你跑什么？”周游问。

张飙欲言又止。

“故意杀人罪，可判死刑。”冯凯一字一句地说。

“什么？杀人？我没有杀人！”张飙急了，“再说，那出租车也不是我偷的，我朋友说那车是他从别人那儿借的，他只让我帮他盯着高风，如果……如果高风有什么异常举动就让我马上通知他。”

“什么叫异常举动？”

“如果高风神色紧张，匆匆忙忙去龙湾分局刑侦大队什么的。我根本没有杀人，也没有盗抢出租车。”

“你那个朋友是谁？给我一个名字。”冯凯拿起笔。

张飙低下了头不说话。

冯凯又从文件夹里取出几张照片推到张飙的面前。

是周浩宇车祸现场的照片。

张飙惊恐地看着照片，汗水从他的额头上渗了出来。

67

“前天夜晚发生在机场高速公路上的这起车祸其实是一起有预谋的杀人事件。张飙，你现在就是这起杀人事件的嫌疑人之一，至少，你是共犯。”

“不，不，不是我干的。”张飙喊道，“我什么都不知道，他给了我两千块钱，就让我盯着高风的一举一动，我没干其他的……”

“我再给你最后一次机会，你那朋友叫什么名字？”冯凯盯着张飙。

张飙说不出话。

冯凯站起身，将桌上的那些照片收回文件夹。

“张飙，别说我没给过你机会，本来你可以立功赎罪的。”他和周游朝门口走去。

“亮子。”张飙低声说。

“大名叫什么？”冯凯回头。

“蔡亮。”

冯凯走出讯问室，高风等人跑过来。

“找到这个蔡亮！”冯凯看表。

几个小时后，冯凯的车驶上龙湾区至龙城跨海大桥。

冯凯坐在车的后座，和蔡家村派出所林所长通电话。高风坐在他旁边。刘青叶坐在副驾驶座上，周游在开着车。

“林所长，我们马上赶到，请你监控住他的家人。”冯凯放下电话，“蔡亮从出事当晚就没有回过家。村主任去他家摸过底了，家人也不知道他去了哪儿，手机关机。”

冯凯想了想，拨通李夏的电话。

“李总队，蔡亮可能在周浩宇死的当晚就逃离了龙城，建议马上对蔡亮进行公开悬赏通缉。”

“好，我马上去办。”李夏说。

蔡亮家在龙湾区的蔡家村，他老婆黄靖抱着襁褓中的孩子，面对一群警察手足无措。

“我真不知道他去了哪儿，他到底犯了什么事？”她哄着哇哇大哭的孩子。

“你是什么时候跟他失去联系的？”刘青叶问她。

“15号，16号？我也记不清了，他三天两头不在家。儿子不到一岁，女儿又在读初中，婆婆生病住院，我一天都忙得晕头转向的，哪记得住这些？”

高风站在一旁听了听。他走到一旁望着堂屋墙上挂着的家庭照片。

墙上的家庭相框里，是蔡亮一家的生活照。

其中有一张是蔡亮和他母亲的照片。蔡亮搂着他母亲正望着镜头笑着，看得出母子关系很好。

冯凯正在屋里和刑警们仔细地搜查着。

高风走了出去。

院子里站着派出所的林所长和两个派出所民警，还有村主任。高风走到林所长面前。

“林所长，蔡亮的妈得了什么病？”

“直肠癌，上个月查出来的。”村主任回答，“因付不起手术费，她本来一直在家里吃点儿中药，前天才去区人民医院做的手术。还是我帮忙派车把他妈送到区人民医院的呢。做手术，还有化疗费用加起来得小七八万呢。蔡亮坐了五年牢，出来后也找不到一个正经工作，就靠打点儿零工为生，家里有一个上中学的女儿，又刚刚生了一个儿子，经济拮据得很。我还正在为他妈的手术申请农村医保呢……”

“蔡亮跟他妈的关系是不是很好？”高风问。

“蔡亮他爸在他两岁的时候就得病死了，母子俩相依为命……蔡亮是村里出了名的孝子。”

高风回头看着小院，没有说话。

在蔡亮家没发现什么线索，冯凯请林所长抽出警力，重点监控，带着自己的人匆匆离去。

“蔡亮母亲的手术费是黄靖用现金支付的，一共是五万六千元。”刘青叶汇报刚接到的消息。

正望着车窗外的高风回过头来。

“这钱一定是蔡亮交给黄靖的，黄靖和蔡亮在周浩宇出事后他们俩一定见过面，而且，这么大一笔钱，她不可能不问出处。所以，黄靖说谎了，她有可能知道蔡亮的下落，或至少有联系。”

“已经有人去电信局调黄靖手机的通话记录了。”周游说。

“没用的，他们用的肯定是一次性手机。”

冯凯没有说话，默默地望着车窗外。

“据村主任说，蔡亮是村里出了名的孝子。”高风说，“我有个想法。”

大家都看着他。

“去龙湾区人民医院。”高风对周游说。

他们来到医院时，陈洁和院长、肿瘤科的肖主任已经在等候。

“手术完成得还算顺利，切下的肿瘤组织经病理检测后确定是溃疡型中分化腺癌。”肖主任给院长看核磁的片子，“肠旁淋巴结见转移性癌，经复查 MR，发现肝部出现了一个转移病灶，大小有 3.3cm×1.4cm，根据患者目前的身体状况不适合短期再次手术，需要选择其他的治疗方案，我们给家属的建议是靶向治疗。”

“家属是患者的什么人？”高风问。

“一个女的，三十岁左右，说是患者的儿媳。但她说家里没有多余的钱治疗了，可能要放弃后续的治疗。”

“医生，靶向治疗费用是多少？”刘青叶问。

“一般要一两万块一次。靶向药物有国产和进口之分，两者价钱相差较大，国产的也要六千一次。当然，患者还得做基因检测，看其是否具有目标基因的突变，以判断患者是否能从靶向治疗中获益，并不是每个患者都适合靶向治疗的。”

高风轻轻地拉了陈洁一下，两个人朝着办公室外走去，走到一个僻静处。

“妈，我现在手里还有两万多一点儿，你能借我一点儿吗？”他问母亲。

“什么意思，你想给杀你弟弟的凶手母亲垫付治疗费？”陈洁不解。

“救人一命胜造七级浮屠嘛。”高风苦笑。

“你疯了吧？”陈洁有点儿生气。

“妈，我知道听起来有点儿荒诞，但或许这是唯一能抓住凶手的办法。”

“我听不懂。”陈洁皱着眉头。

“降低犯罪率的方法不完全是抓、打、压，把罪犯感化，也是我们的职责。更何况，他不是真正的凶手，他只是从犯，只有把他找到，我们才能抓住幕后真正的凶手。”

陈洁不情愿地望着高风。

这时，门开了，肖主任出门离去。冯凯和刘青叶从办公室里出来。

“别做阿姨的思想工作了。”刘青叶对高风说，“冯队已经让医院马上对蔡亮的母亲进行基因检测了。”

“据我所知，警察的办案经费里可没有这项费用。”高风看着冯凯。

“青叶提议的，我们准备在分局内部搞一次公开的募捐活动。”

“分局内部？我的那份呢？”

“你现在是警察吗？”刘青丢下一句话，跟着冯凯往外走。

“哎，哎哎，青叶，等一下。”高风追上他们，“最原始的方案是我提的，当然得算我一份。”

“谁让你脱了警服呢？”刘青叶不依不饶。

“这样，我把我的那一份给你，以你的名义捐。”

“这算什么？”刘青叶不愿意，“名不正言不顺的，好像我在占你的便宜似的。”

高风一时不知该怎么表达。

“为了……”他犹豫着，“为了浩宇，为了我爸，也为了我爷爷。”

“好吧，我会把我的银行卡号发给你。”刘青叶对这个答案似乎有些失望。

龙湾区龙星集团，许佳桐正坐在办公室里，面容带着几分憔悴。她拿起办公桌上的电话犹豫片刻，拨通一个号码。

“康主任？说话方便吗？”许佳桐低声问。

“你说。”

“还是有关 BAT 项目的事，英国方面又……”

“省公安厅今天中午已向我们通告，‘4·05’复查小组找到了杀害周浩宇凶手的线索，已经向全国发了悬赏通缉令。我只想问一句，龙星集团和这事有关联吗？”

“没有，绝对没有。康主任，这您放心，BAT 项目是经过各方面核查的……”

“下午 5 点半，魏副省长专门把我和外管局的欧阳还有东山银行的耿副行长叫到他的办公室谈了 BAT 项目的事……”康主任打断许佳桐。

“他怎么说？”许佳桐紧张地问。

“BAT 项目暂时搁置，还要求我们配合省公安厅刑侦总队对 BAT 项目进行彻查。许总，这些话我本不应该对你说的。好在，这也不算是什么机密……如果龙星集团和周浩宇的死有牵连，如果 BAT 项目有涉及违规的操作和不良的目的，那我奉劝你，最好及时向公安机关说清楚……”

“康主任……”

“许总，我虽然身处官场，但我自以为还是一个有善心的人，但帮助不走运的人可不是我的首要动机，你好自为之吧。”

说完，康主任挂了电话。

许佳桐呆坐在那里，听着话筒里传来忙音。

68

黄昏时分，龙湾区人民医院一间六人病房里，蔡亮母亲在靠窗的一张病床上躺着。其他的病床前都是家属围坐着，乱糟糟的。

黄靖进来，走到婆婆的病床前。

“妈，天天有点儿咳嗽发烧，刚刚吃了点儿药睡着了，我一会儿得马上赶回去。”她放下塑料饭盒。

“那你赶紧走吧。”蔡亮的母亲说。

黄靖把蔡亮母亲的病床摇起来，把饭盒交给她。

“对了，下午医生给我做了什么基因检测。”

“什么检测？”黄靖愣了一下。

“基因检测，说是要给我做靶向治疗。”她看了看周围，轻声说道，“黄靖，我刚才问了，做靶向治疗得花不少钱呢，家里哪来这么多钱？”

黄靖愣在那里。

这时，护士进来给一个病人换药。黄靖走过去。

“护士，我是16床周春妹的家属……”

“哟，我正说要给你打电话呢，你赶紧去一趟肖主任的办公室，他这会儿正好在。”护士手上忙碌着。

“好，我这就去。”黄靖走出病房。

肖主任正在和两个助手研究第二天的手术计划。助手给黄靖开门。

“对不起，我是16床周春妹的儿媳，护士说您找我。”黄靖犹豫要不要进屋。

“哦，进来说。”肖主任招呼她坐下。

“肖主任，怎么回事？我不是说过我妈不做靶向治疗了吗？”

“是这样，你婆婆的基因检测下午已经做了，平常检测结果要两周才出来的，但你婆婆的我们会优先处理，这个周末就会出结果，如果没有问题，我们马上就会对你婆婆实施靶向治疗……”

“肖主任，我们家没钱……”黄靖很着急。

“钱的事你们不用担心，龙湾公安分局已经向全分局干警公开为你婆婆募捐了。当然，治疗的事首先得经过家属的同意，你如果没意见……”

“等等，你刚才说什么？”黄靖打断肖主任，“龙湾公安分局为我婆婆募捐？”

“嗯，是的。”肖主任给她一份同意书，“如果你同意，就在这份协议书上签上你的名字，不急，等基因检测结果出来再把这协议交给我们就行。”

黄靖彻底愣在那里。

这时，高风敲门进来。

“肖主任，我想跟黄靖说几句话。”

肖主任看了看表，他站起身来：“正好，我也要去查房了。你们谈。”

说完，肖主任出去，关上了门。

黄靖冷冷地看着高风。

“黄靖，我希望你带几句话给蔡亮……”

“我说过了，我不知道他躲到哪儿了……”

“你先听我说完。”

黄靖摆出一副不合作的姿态。

“蔡亮犯了什么罪，你知道吗？”

黄靖没有说话。

“他涉嫌参与谋杀周浩宇，犯有故意杀人罪。虽然他是从犯，但最高刑期也可以判无期。”

黄靖愣在那里。

“但如果他能投案自首，交代出幕后真凶，他就可以立功，甚至是重大立功表现，如果在狱中表现得好，他还有机会亲自送儿子上小学。”

黄靖没有说话。

“在他坐牢期间，你一个人含辛茹苦拉扯着女儿，还要照顾他母亲，苦苦等了他五年，为什么？说明在你的心里，蔡亮这个人还是值得你等，值得你期待的。因为他孝顺。”

黄靖依旧没有说话。

“说实话，我们完全可以利用这点，让医院配合我们，说他母亲病危，骗他入网。但我们没有这么做，我们选择了另一种方式，我们为什么要这么做？”

黄靖默默地听着。

“因为我们想再给他一次重新做人的机会。”

黄靖还是没有说话。

高风掏出一张名片递给黄靖：“这是我之前的名片，不过上面的手机号是我的。”

黄靖犹豫了一下，她接过了高风递过来的名片。

从医院回到家，她走进卧室，伸手摸了摸婴儿床里的孩子的额头，孩子已经睡熟。黄靖从婴儿床底下的褥子里掏出一部手机，悄悄地走进卫生间，关上门。

“怎么这么晚才给我打电话？”手机接通了，蔡亮不耐烦地问。

黄靖看表，已经是凌晨 1 时 21 分。

“天天有点儿发烧，我刚从医院给他挂完瓶回来。”

“现在好点儿了吗？”蔡亮问。

“烧总算是退下来了。”

“我妈的情况怎么样？”

“医院已经给你妈做了基因检测，如果没有问题，就要进行靶向治疗。”

“可钱……”

“我正要跟你说呢，医生说这治疗费由龙湾公安分局出，还说龙湾公安分局为筹集你妈的治疗费正在进行系统内公开募捐。”

蔡亮沉默了好一阵子。

“喂？”黄靖以为没信号了。

“哼，他们想打这种滥俗的感情牌来感化我……”蔡亮冷笑。

“蔡亮，谁家的钱都不是从天上掉下来的。”

“这就把你打动了？”

泪水从黄靖的眼里滚落下来。

“喂？你别信他们的，他们把我骗回去，坐大牢的还是我，我可不想再回那儿去，我受够了。”

“蔡亮，我再也不想这么过下去了，我挺不住了。”黄靖抹眼泪。

“老婆，你听我说……”

“我不要听，我再也不想听你那些无法兑现的诺言了，我才是那个受够了的人。蔡亮，我知道你参与了谋杀周浩宇，但他们说了，你如果能投案自首，交代出幕后真凶，你还有机会亲自送儿子上小学……”

“他们知道你和我有联系？”蔡亮赶紧问。

“谁都不是傻瓜。他们完全可以让医院配合，说你妈病危，骗你入局。但他们之所以给你妈捐款，就是想给你一次重新做人的机会。蔡亮，我也给你最后一次机会，要不，你投案自首，要不，我就带着天天和欢欢远走高飞，你这辈子，休想见到他们。”

黄靖挂了电话，蹲在卫生间失声痛哭。手机响了起来，黄靖把手机关机。她抱着头哭着，哭得那么伤心，那么绝望。

第二天早晨，市殡仪馆摆满了亲友送的白色花圈、花篮和挽联，正上方挂着写有“周浩宇一路走好”的黑字白底横幅。

周浩宇的灵柩放在鲜花之中。

周伟、沈超英、高风、陈洁站在亲属的位置上，默默地和来参加追悼会的人握手。

冯凯、刘青叶、周游、方菲过来和他们握手。

高风却盯着门口的方向。

刘青叶也朝着门口方向望去，只见许佳桐和许军穿着一身黑衣，将手里的一朵黄色菊花放在灵台上，跟着人群朝着高风他们这边而来。

刘青叶和冯凯他们随着人群朝外走去。

高风和人们握着手，但双眼却紧紧地盯着许佳桐。

许佳桐和许军走到他面前。

周伟望着许军和许佳桐稍稍犹豫了一下，还是和他们握了手。

许佳桐又走到高风的跟前，朝高风伸出手。但高风并没有跟她握手，只是冷冷地盯着她。

“节哀顺变。”许佳桐缩回手，平静地说，随后便跟着人群朝着门外走去。

高风跟了出去。

“小风——”陈洁想叫住儿子。

但高风却没有停下。

周伟和沈超英也都看了过来。

许军和许佳桐从灵堂里出来。不远处站着刘青叶、冯凯、周游、方菲，他们一起向许佳桐看过来。

许佳桐却并没有看向他们，她和许军自顾地向台阶下走去。

“许佳桐。”高风追上来喊道。

许佳桐站住：“爸，你先到车里等我。”

许军犹豫了一下，点头离开了。

不远处的刘青叶想上前，一旁的冯凯却伸手将她拉住。

“高风，有什么话可以单独找我谈，但不是现在。”许佳桐温和地说，“你是浩宇的亲人，你现在应该在灵堂里守着浩宇。”

“在你生命的最后一刻，我想说，我真心爱过你。”高风盯着许佳桐，一字一句地说。

许佳桐变了脸色。

“我这次来上海见你，是想送你一个礼物，我想把自己献给你，但你不领情，不过，在你生命的最后一刻，我想说，我真心爱过你。”

许佳桐没有说话，

“我说过，我会想起你说的那句话。”高风看着她的脸色。

“我只是看到你的嘴唇在动，但我根本听不懂。”许佳桐冷静地回应。

“承不承认都没有关系，我只是想告诉你一声，所有的真相都会重新浮出水面。”

“什么时候？”

“只会早，不会晚。你承认吧，在你面前的每条分岔路的尽头，都有一座悬崖在等着你。”

“这话我该怎么接？你不会要求我结束自己的生命吧？”许佳桐冷笑起来。

“你的生命已经完了，现在只是要看你想怎么结束。”

许佳桐冷冷地看着高风，转过头望向不远处正看着他们俩的刘青叶、冯凯和周游他们。

许佳桐朝高风走近了两步，轻声但冷静地说道：“不错，当时我是这么说的，本来是想跟你道别。你要是那天就死了，或许我还会对你存有一丝念想，而今天浩宇也就不会躺在这里供人瞻仰，说实话，我还真有点儿喜欢天真的他。还有，你以后要威胁别人的时候，不要说那么多废话，有什么招你尽管放马过来就是。”

说完，许佳桐后退了两步。

“你知道明天还意味着什么吗？人需要面对新的一天，有时候这就很了不起了。”她平静地说完，转身离去。

高风双拳紧紧地攥着。

许佳桐镇定地朝着停车场方向走去，上了奔驰车的副驾驶座。

“这时候，高风找你说什么？”后座上的许军问道。

“每个人都喜欢做自己擅长的事情，这是动物的本能。走吧。”

许军不解地望着许佳桐。

许松林发动汽车，汽车朝着远处而去。

69

韩国首尔，崔志友坐在车里看着手表，时不时抬头焦急地望着车外。从后面上来一辆车，停在他的车前，挡住了崔志友的视线。

“哦，浑蛋，停车也不挑个地方……”崔志友骂道。

前面的车门打开。一个年轻人拿着一个文件袋，从驾驶室出来。他朝着崔志友的车跑来，敲了敲车窗玻璃。

崔志友把车窗玻璃降下来，不解地看着年轻人。

“是崔志友警查？”

“是我。”

“我是朴景浩的助手。他正在开会，没有时间跟你见面，他让我把这些资料交给你。”

崔志友愣愣地接过文件袋。

崔志友微微点了点头，那年轻人匆匆上了前面的车，驱车离去。

“哟，什么状况，助手？在勇也是，他的同学都有助手了。”崔志友目送前车离去，他一边拆开文件袋一边自语道，“也是，依他的那点儿智商，能当上警长就不错了。”

崔志友坐在车里，看着文件袋里的材料。

一份文件是“釜山华人贩毒组织案”。材料里提到一些中国和越南的偷渡客，从 1986 年开始在釜山走私毒品，因为被人举报，于 1991 年 12 月 21 日被警方捣毁。组织首犯薛永祥等六人被当场击毙，主犯李强被抓，被判无期徒刑。

崔志友快速地浏览着。

“1991 年 12 月 21 日被警方捣毁。”他拿出拍纸簿看着，“1991 年 2 月 3 日南东满整形外科诊所被炸。1989 年 5 月 18 日崔天星离开韩国前往日本，1992 年 4 月回的韩国。被人举报？”

他扔下拍纸簿捋着头发，然后又拿起那份材料。他呆呆地望着车窗外好一会儿，然后拿起手机打给朴景浩。

“我是崔志友，景浩，你送来的材料里有一个 1991 年 12 月 21 日在釜山破获的毒案，主犯都是中国和越南来的偷渡客的那个？”

“那案子对你有用吗？”

“我也不清楚，但我想具体了解一下那个案子，我该找谁？”

“那恐怕得找釜山地方警察厅。”

“是这样啊。”

“毕竟时间已经过了这么久。”

“那你可以帮我引见一下釜山地方警察厅知道这案子的有关人员吗？”

“这可以，你什么时候去釜山？”

“我现在就往釜山走，大概下午 4 点能到釜山。”

“那你先等一下，我这就帮你联系。”

朴景浩挂了电话。

“喂，喂？果然是一个雷厉风行的人。”崔志友嘟囔。

他开车上路，快到釜山时，朴景浩的电话打了过来。

“釜山地方警察厅的朋友给你找到了当年负责该案的警长木胜贤，你到釜山之后给木胜贤打电话，他等着你。我马上把他的手机号发给你。”

“真是给你添麻烦了，景浩。”

“应该的，在勇总跟我说，这两年多来，承蒙你的关照。有什么需要你再给我打电话。”

说完，朴景浩就挂了电话。

韩国高速公路上车来车往，一片繁忙的景象。崔志友的车风驰电掣地行驶着，不断地超车。前方不远处，就是釜山。

崔志友按照木胜贤的指示，找到了一家酒馆。60 多岁的木胜贤已经在桌边等他了。桌上放着烤肉和一些菜食，还有啤酒。

木胜贤戴上老花镜看着崔志友带来的许家福的照片。

“没见过他。”木胜贤摇头。

崔志友失望之情溢于言表。他愣了一下，又从文件袋里拿出金森的照片递过去。木胜贤又戴上老花镜拿起金森的照片来看。照片上金森的左胳膊上文着貔貅。

“仁川貔貅组织暴力帮的？”

“你认识他？”崔志友问。

木胜贤摇了摇头。

“不过，主犯李强倒是交代过，在1987年年底时好像和貔貅组织暴力帮的人做过毒品交易，我们当时不信，韩国的组织暴力帮当时是有帮规的，他们是不做毒品生意的。”

“当时你们没有追查那个貔貅组织暴力帮的人是谁？”崔志友问。

“1991年，貔貅组织暴力帮已经名存实亡了，成员也都分散到韩国各地，没法查。”

崔志友从文件袋里拿出那份材料：“材料上说，你们是根据线人的举报才端掉薛永祥贩毒团伙的？”

“那是为了好听，其实真实情况不是这样的。”木胜贤笑道。

崔志友不解。

“是有人举报，但不是线人。”木胜贤解释道。

“那是怎么回事？”

“从1986年2月份开始，我们就知道有一批从中国和越南来的偷渡客通过釜山港在进行毒品走私，毒品大部分是从苏联走私过来的。”木胜贤告诉崔志友，“这个贩毒团伙的首犯是一个叫薛永祥的中国人，可惜我们始终找不到薛永祥的踪影。他太神秘了，以至于后来我们都相信根本就不存在薛永祥这个人，他只是一个传说，一个神话……”

木胜贤喝着酒。崔志友给他满上酒。

“1991年12月20晚上7点30分，我们缉毒处接到一个神秘的电话，那电话就是我接的，说贩毒团伙的人正聚在一家酒馆里为薛永祥庆生，让我们赶紧过去。我们当时调派了五十一个人，把酒馆团团围住，喊话让酒馆里的人出来，结果，等来的是却如雨般的子弹……”

崔志友听得入神。

“我们和他们对射了整整三十分钟，三十分钟啊！我当时正好三十岁，当警察六年。在那六年里没有开过一枪。可那个晚上，我朝那个酒馆里射了近百发子弹。我们死了一名同事，伤了四名，他们死了六人，包括首犯薛永祥。抓住一名主犯，叫李强。”

“有逃走的吗？”

“应该没有。”木胜贤摇头，“事后我们让李强辨认了所有的尸体，他也确认贩毒团伙的所有成员都在其中。也就是说，那天晚上，我们一举歼灭了传说中的薛永祥贩毒团伙。”

“哎呀，太惨烈了。”崔志友夸张地附和。

木胜贤指着自己的耳朵：“我现在还经常有幻听，全是那个晚上的枪声。”

两个人哈哈大笑着。崔志友继续给木胜贤倒上酒。

“那个打电话的人，是男的还是女的？你觉得有多大岁数？”他问木胜贤。

“不好确定，他用布或者是什么东西捂住嘴说的，变过声。哦，是个男的，听声音有四五十岁吧？”

“说的是韩语？”

“是韩语，但不是太熟练。肯定不是韩国人。”

“你们当时把这电话录音了吗？”

“可能得到法院的证物室里花点儿时间去找。”

崔志友兴奋不已。

“大概就是这些情况，你还有什么要打听的？”木胜贤问他。

“前辈，那个李强，就是活捉的那个，现在在哪个监狱服刑？”

“就在釜山监狱。他被判了无期徒刑。”

“我能见见他吗？”

“我帮你打个招呼。”木胜贤端起酒杯。

第二天，崔志友来到釜山监狱。

李强被带了出来。

崔志友从座位上起身，微笑地望着李强。李强犹豫了一下，朝他走过来。

“坐。”崔志友伸手。

李强坐了下来，他的眼睛里有着戒备的神情。

“李强，我问过监狱了，说你能听懂韩语，是吗？”

李强点了点头。

“我是韩国警察厅国家中心局的警查，叫崔志友。有几个问题想跟你聊聊，如果你好好配合，你以后在监狱的日子会好过不少，因为监狱长是我的一个朋友。如果你能够提供我需要的线索，说不定你还能立功减刑。”

“你想知道什么？”李强用不熟练的韩语问道。

崔志友翻开桌面上的拍纸簿，上面密密麻麻地记录着一些信息。

“你是哪一年偷渡到韩国的？”

“1989 年。”李强回答。

“说得具体点儿。”

“1989 年 10 月，从大连偷渡到釜山的。”

“你是中国什么地方的人？”

“河南范县。”

“为什么要偷渡到韩国？”

“躲债，我因赌博欠下了一万多人民币的外债，一万多人民币在当年是天文数字，债主要追杀我。”

“你在韩国犯下了什么罪？”

“贩毒。”

崔志友盯着李强的眼睛：“对不起，我刚才还忘了说了，如果你对我说假话，那你今后在这里的日子可是比地狱还不如。”

“我说的都是真话。”李强平静地回应。

崔志友从文件袋里取出一张许家福的照片，推到李强的面前。

“这个人你认识吗？”

李强望着桌子上许家福那张照片。他愣在那里，他的手在微微地颤抖着。

崔志友观察着李强，他的目光里露出一丝得意的微笑。

“没事，你可以拿起来仔细看。”

“不认识。”李强头也不抬地说。

“其实你的真实姓名不叫李强对吧？”崔志友问。

“我就叫李强。”

“判你的时候中国和韩国还没有建交，我们自然不会到中国去核查你的真实身份。不过，现在要想查清楚你到底是谁，可是容易得很，那是分分钟的事情。中国现在的网络可是发达得很，也很有钱，是世界上除了美国之外的第二大经济体……”

李强的眼神不由自主地瞟向桌子上的那张许家福的照片。

70

“跟你说实话吧，其实你到底是谁，在中国犯下了什么罪，这一切我并不关心，我只是关心他。”崔志友指着桌子上那张许家福的照片。

李强再次望着许家福的照片，他的双手依然在微微地颤抖着，他把两只手紧紧地攥在一起，控制着自己的情绪。

崔志友把这些细节都看在眼里。

“那好，前面说的都不算，咱们重新开始。你认识他是吧？”

李强紧紧地盯视着许家福的照片，他摇着头。

“如果我说是他出卖了你和你的同伙，让你在这里吃了三十年的牢饭，而他在外面则花天酒地，享受着奢华的生活，你会有什么感想？”

李强呆呆地瞪着崔志友，他的嘴唇嚅动着。

“没错，许家福还活着，还活得好好的。”

李强不说话。

“因为他向警方告完密后就从釜山去了首尔。”

李强想说什么，但张了张嘴还是没有说出口。看得出，他在竭力地控制着自己，尽量让自己不为所动。

崔志友笑了笑，他从文件袋里又取出来一张当年酒吧现场的照片，指着其中的一具尸体。

“你以为这就是他吧？”

李强望着那照片。

照片上，一具尸体的脸部已经被从脑后射入、脸部射出的子弹炸烂，根本看不清尸体的本来面目。

李强盯着那张照片，没有说话。

“除了穿的是许家福的衣服，你还能认出这尸体的本来面目吗？哦，对了，这具尸体是在酒吧地下室的角落里发现的，显而易见，你们在楼上聚会的时候，这具尸体就已经被人偷偷地藏在那里了。”崔志友又指着许家福的照片，“我忘了告诉你，他叫许家福，中国东山省龙城市龙湾县许村人。”他又从文件袋里取出1986年许家福在海东县制造的那个火灾现场，放到李强的面前，“其实这金蝉脱壳的手法他在中国的时候就用过了，他只不过故技重演而已。看来，他很善于找替死鬼。”

李强还是没有说话。

崔志友又从文件袋里掏出一个小型录音机，按下放音键。

“喂？”木胜贤的声音从录音机里飘出来。

“是釜山地方警察厅缉毒科吗？”一个经过掩饰的男声问。他的韩语很生涩。

“是，你是谁？”木胜贤问。

“今天晚上8点，薛永祥在左川洞附近的玩偶酒吧里庆生，他的贩毒团伙成员都在。”

说完，对方挂断了电话。

崔志友抬起头来，看着对面的李强。

李强面色苍白，但他仍然控制着自己的情绪。

“再掩饰，我想你应该还是能听出这是不是他的声音，是吧？”崔志友笑问李强。

李强没有说话，他紧紧地攥着拳头。

“他成功从釜山脱身后就到了首尔，他找到了一家外科整容所，将自己的面目彻底改变，他又成功地盗取了另一个人的身份和生活。”

说完，崔志友又从文件袋里取出一张崔天星的照片，推到李强的面前。

“这就是现在的许家福。”

李强看着崔天星的照片。他的神情里有震惊，也有恍然大悟。李强的身子在微微颤抖着，但他控制着自己的情绪，闭上了眼睛。

“喂，喂？你在听我说吗？”崔志友提高了声调。

李强睁开眼睛，仿佛恢复了平静。

“他是一个告密者，是他毁掉了你的生活……”崔志友拿起许家福的照片。

“我的生活早就被毁了。”李强平静地打断崔志友，“是被我自己毁掉的，怪不得别人，崔警查，你说完了吗？”

崔志友犹豫了一下。他点了点头，期待地望着李强。

“故事很精彩，谢谢你来这里陪我打发无聊的时间。”李强站起身来走到门前敲着门。

崔志友绝望地起身：“我说过，如果你说出一切，我有能力让你离开这该死的地狱。”

李强回过头来微微一笑：“对不起，我不认识他，你找错人了。”

狱警打开门。

“带我回去。”李强说。

狱警带着李强离去。

崔志友一拳砸在桌面上，那些照片都被震飞了。

上海，蔡亮正在一个高档公寓的客厅里拨打电话。大白天，屋里的窗帘拉得严严实实。

“您好，您拨叫的用户已关机……”电子音传来。

蔡亮懊恼地挂掉电话。这时，门铃响了。

蔡亮把手机放入口袋里，然后从茶几上拿起匕首，走到门前，通过猫眼朝外望去。他看到一个外卖员，戴着一顶黄帽，正站在门口看着手里的外卖单。

蔡亮把匕首塞进后腰的腰带里，打开了门。外卖小哥将装有外卖的塑料袋递给蔡亮。

蔡亮接过外卖，那外卖小哥抬起头来。

“不好意思，能用一下卫生间吗？我憋得实在是受不了了，对不起。”

蔡亮犹豫了一下，朝卫生间方向指了指。

“谢谢。”外卖小哥点头致谢，进入卫生间关上门。

蔡亮关上房门。

他警惕地看了看卫生间，把塑料袋放在茶几上。他把匕首从后腰上抽出来，放在塑料袋下。

蔡亮看了看卫生间方向，打开塑料袋取出餐盒。他打开餐盒愣在那里，显然，这不是他要的饭菜。

蔡亮感觉到了后面有动静，他拿起手里的餐盒朝身后扔去。但一根细细的钢索从他的身后飞速地勒上了他的脖子。

蔡亮双手紧紧地抓住那根钢索。

杀手的脸上挂着的都是菜的酱汁。他睁不开眼睛，这影响了他勒蔡亮的力度。他闭着眼使劲地勒着。

血从蔡亮的双手上淌下来。蔡亮紧紧地抓住钢索，他的头猛地朝后撞去，一下子撞在杀手的脸上。杀手的手松了劲，蔡亮趁机摆脱了钢索。

不过杀手已经重新挥着手里的钢索朝他抽来。

蔡亮闪身躲过，闪电般地抄起餐盒底下的那把匕首。

杀手并没有发现，飞腿踢过来。

蔡亮挥起匕首迎上去，那匕首深深地插入杀手的鞋底里，蔡亮顺势一推。

杀手朝后仰面倒下去，重重地摔在地上。

蔡亮快速扑到门口，拉开房门就冲了出去。

杀手拔出那把匕首。他站起来，扑到门口，只听见楼梯间里蔡亮飞奔而去的脚步声。

杀手愣了愣，无奈地关上门，靠着门喘着粗气，然后从口袋里拿出手机拨号。

“喂？”崔天星助手文龙俊的声音传来。

“失手了。”杀手喘息着说道，“他跑了，对不起。”

“没有暴露吧？”文龙俊问。

“蔡亮见过我，但监控应该没有拍到我的脸。”

“赶紧把手机卡销毁，马上回来。”

“好，我尽量。”

“你受伤了？”

“有一点儿，不碍事。”

龙湾，许佳桐走进赵月娥的书房。

“奶奶……”她走到赵月娥面前哽咽了。

赵月娥微笑着，伸开双臂，将许佳桐紧紧地搂在怀里。

“走吧，只要他们找不到你爷爷，就还不到生离死别的地步。”

“您自己多保重。”

“放宽心，我的命硬得很。在英国，好好照顾你爸爸。不到万不得已，不要把你爷爷的事告诉他。”

许佳桐松开赵月娥。赵月娥伸手理了理许佳桐的头发。

“走吧。我就不送了。我不喜欢送别的场面，也不想让你爸生疑。”

许佳桐朝着门口走去。一只脚踏出门外，她回过头来，想说什么。

“桐桐，什么都不用说。如果有机会重来，我还是会这么做，人的一生中会面临各种选择，有时你的选择是错的，有时是对的，你只能尽力而为。”

许佳桐默默地看着赵月娥。

“奶奶这一生中做事从不后悔，但是……桐桐，你不该生在我们家，因为你太优秀了。要说有什么遗憾的话，这是我唯一的遗憾。所以，奶奶今天跟你说一声，对不起。”

泪水涌上了许佳桐的眼眶，她转身推门出去。

赵月娥呆立在屋内。过了一会儿，她缓缓走到窗前，看向窗外。

院子里，许松林和燕子正把行李放入奔驰车的后备厢里。

不一会儿，许军和许佳桐从屋里出来朝着车子走去。许佳桐没有停步，钻进了车的后座。许军却停下脚步回过头来朝楼上望去。

赵月娥微笑着，朝许军挥了挥手。

许军怔了一会儿。他没有挥手，钻进了车的后座。

赵月娥在楼上就那样怔怔地望着儿子和孙女坐的那辆奔驰开出院外，直到再也看不见……

71

奔驰车一路来到机场。许军和许佳桐拉着简易的行李，下车走进国际出发大厅。他们办好手续，拿着行李走到安检口排队。

十几分钟后，终于轮到了许军。许军走上前，将身份证和机票递给男安检员。

许佳桐在一米黄线外等待着。

那位安检员仔细地看了看许军，又看了看身份证。

“许军是你本人？”

“是。有问题吗？”许军问。

“对不起，你已被公安机关限制出境。”

许军愣在那里。“公安机关？哪个公安机关？”他一头雾水。

“你的证件和机票我们要扣押。”安检员收起许军的证件。

许佳桐愣在那里。

“为什么要限制我出境？我犯了什么法？具体是哪一条？”许军喊起来。

“对不起，具体情况你一会儿向机场派出所咨询。”安检员拿起电话轻声对话筒里说着什么。

许军回过头来，看着许佳桐。

许佳桐正想上前，她的手机响了，是赵月娥打来的。

“你们登机了吗？”赵月娥问孙女。

“奶奶，爸爸被边控了。”许佳桐轻声说。

“你赶紧离开机场。”

“那爸爸……”

“别管他，上海出事了，我已经让松林回去接你了，快，你赶紧走。”

“奶奶，那您呢？”

“放心，我能对付。”

说完，赵月娥挂掉了电话。

许佳桐抬头看到两个机场派出所民警正朝着安检口而来。她立刻离开安检队伍，朝着机场外走去。

许军望着许佳桐离去的身影，眼睛里露出绝望的表情，但他已经没有选择。

许佳桐快步走出机场，一眼就看到了许松林的奔驰车。她跑过去，跳上车。

许松林一边开着车一边打着电话。

“许松林，这就是你想的办法？”蔡亮在电话里叫骂着，“我蔡亮的命硬得很，在监狱里六个汉子都没弄死我，你派一个小马仔过来就想取我性命？我告诉你，我现在就去自首，大不了再在牢里蹲几年，可你会是什么结果你想过吗？”

“蔡亮，如果你去自首，你或许是可以留一条性命。”许松林很镇定，“但你妈，你儿子女儿，还有你老婆，你一家人都得陪我殉葬，你要是愿意这么交易，我可以成全你。”

“你敢！”蔡亮的声音听着就心虚。

“我这人没有底线，所以，别挑战我。”许松林冷笑，“赶紧找个地方藏好，保持手机畅通，到时候我再跟你做交易。”

“交易？你觉得我还会跟你做什么交易吗？”

“因为你没得选择，而我才是那个改变游戏规则的人。”

说完，许松林挂了电话。他把手机卡从手机里取出来，放入嘴里将其咬断，然后扔出窗外。

“蔡亮怎么了？”许佳桐擦着脖子上的汗水。

“韩国来的人失手了，蔡亮跑了。”

“没有补救措施吗？”

许松林没说话。

许佳桐明白了什么。她默默地望着车窗外，不再说话。

龙湾分局刑侦大队，一位中年女警在向冯凯汇报，一共募集捐款二十八万六千三百块。

“好，你把这些捐款打到人民医院的账号上，专款专用，每一笔费用都要有详细的明细表……”冯凯交代着。

这时，刘青叶推门进来。

“冯队，许军在机场被截下了，他和许佳桐准备乘坐今天12点的航班飞往英国伦敦，但许佳桐不见了踪影。”

“不见踪影？你的意思是，她跑了？”冯凯问。

“不清楚，按道理，我们只是限制他们出境，但目前并没有掌握充分的证据拘捕他们，她为什么要跑？做贼心虚？”

冯凯没有说话，皱着眉头在想着什么。

“机场派出所正在调取监控查找许佳桐的下落。”

冯凯拿起手包朝外走去：“你和周游马上打电话给李夏，让他办理相关手续，对赵月娥实施控制。还有，协调有关部门在机场、火车站、高铁站、高速公路实施监控，协调各地公安局、派出所对省内所有符合偷渡条件的港口、渔村实施监控。”

“明白。你去哪儿？”

然而冯凯已经快步走出了办公室。

刘青叶想了想，也跑了出去。她叫上周游，带着几个刑警，开着两辆警车风驰电掣地驶出龙湾分局刑侦大队，鸣着警笛朝着远处疾驰而去。

头一辆警车里，刘青叶正坐在后座上和李夏打着电话，边上坐着一名刑警。周游正开着车，副驾驶座上坐着方菲。

“好的，那我们在赵月娥家会合。”刘青叶放下电话，看着窗外。

他们来到赵月娥家别墅门外时，赵月娥正站在院子里。她神情镇定，听着院外传来汽车刹车的声音和人从车上下来的声音。

很快，传来门铃声和敲门声。

赵月娥理了理自己的头发，整了整自己的衣服，朝着院门走去。她打开院门。刘青叶、周游和几个刑警正站在院门口。

“许佳桐在家吗？”刘青叶问赵月娥。

“不在，她和她爸去机场了，他们去英国处理BAT项目的事去了。”赵月娥看了看手表，“他们的飞机在十分钟前就飞走了。”

“许军目前正在机场派出所接受讯问，许佳桐不知去向。”刘青叶说。

“限制出境？凭什么？”赵月娥面露困惑。

“你心里应该清楚吧？”刘青叶反问。

“我不清楚。”赵月娥说，“我刚才说了，BAT项目被你们强制中止，英国的合作方十分不满，他们去英国是处理项目后续工作的……”

“既然如此，许佳桐为什么要玩失联呢？”刘青叶打断她的长篇大论。

“失联？”赵月娥反问。

“她的手机已经关机。”刘青叶说，“从机场的监控录像上看，许松林又折回机场匆匆接走了许佳桐。”

“我不知道。”赵月娥摇头，“我说过了，她不在家。如果你们要强行进屋搜查，请拿出搜查证。”

正在这时，一辆警车疾驰而至。李夏匆匆从警车上下来，他疾步上前，把搜查证和讯问证明递到赵月娥的面前。

“这是搜查证和讯问证明。”

赵月娥接过搜查证看了看，朝警察们点点头，让他们进院。

她跟着刘青叶和方菲上了一辆警车，神色如常。

周游带人进入别墅搜查。警察们在别墅的院门口拉起警戒线。警戒线外很快围满了看热闹的群众和小区里的保安。

李夏上了另一辆警车，两辆警车朝着别墅区外驶去。

龙湾区蔡家村，派出所的林所长和一个民警，还有村主任正在蔡亮家的院子里，跟抱着孩子的黄靖说着话。

冯凯从院外进来道:“黄靖，马上给蔡亮打电话。他现在可能有生命危险，他的同伙有可能要将他灭口。”

黄靖愣住。她犹豫了一下道：“打电话？我哪有他的电话？我都不知道他现在是死是活。”

“我们有证据证明你和蔡亮有联系。”冯凯沉着脸，“黄靖，对明知是犯罪的人而为其提供隐藏处所、财物，帮助其逃匿或者作假证明包庇的行为属于窝藏包庇罪。这是一种犯罪行为，是要受到国家司法机关的刑事制裁的，明知是逃匿的犯罪分子而不向司法机关举报，放任其逍遥法外的行为属于知情不举。目前我国刑法没有将其规定为犯罪行为。你现在明白这两者的界限了吗？”

“我说过，我不知道他在哪儿，也不知道他犯了什么罪。”黄靖坚持着。

“蔡亮是一起故意杀人案的同谋，虽然犯了重罪但罪不当死，可如果你不伸手帮他，那他将马上被同伙取了性命。孰轻孰重，你难道还分辨不清楚吗？”

黄靖不知道该说什么。

“还有，我们分局全体干警已经向蔡亮的母亲捐出了二十八万六千三百元的治疗费，这笔钱今天会打到医院的账户上，如果蔡亮母亲的基因检测结果没有问题，就马上可以进行靶向治疗。”

“我们为你婆婆申请了农村医保，现在已经有了进展……”村主任也劝道，“黄靖，公安对你和蔡亮已经是仁至义尽了，是人都得有点儿良心是不是？”

泪水从黄靖的眼里滚落下来，她抽泣起来。

林所长想说什么，冯凯用眼神制止了他。

不一会儿，黄靖从孩子的尿布里掏出一部手机交给冯凯。

冯凯接过手机，第一时间打开了手机里的通话记录。

72

周伟家里，此刻沈超英正在房内焦虑地踱着步。当敲门声响起时，她几乎是扑过去打开了房门。

“婶儿？您怎么了？”高风走进来。

“不是我，是你叔。”沈超英神色慌张地拉着高风的手。

“您别急，坐下慢慢说。”高风扶沈超英坐下。

沈超英拉着高风的手不放。

“我刚才给你叔打电话，手机一直占线。我就给他办公室打电话，他的助理说，他已经两天没去上班了。”

“我叔去哪儿了？”

“在爷爷那儿。”沈超英抹眼泪，“护理院的小杨刚才告诉我，这两天你叔一早就去爷爷那儿，一直待到晚上才离开。”

“爷爷他……”高风越发紧张。

“不是爷爷，爷爷还那样，是你叔。我觉得自从浩宇走了以后，你叔他有些……”

“叔还没有缓过来……”

“不是，不是伤心，不是失魂落魄，而是有一股仇恨。”沈超英眼睛红红的。

“仇恨？”高风糊涂了。

“我也说不清楚。”沈超英哽咽着。

“婶儿，您先别担心，叔现在在爷爷那儿吗？”

沈超英点头。

“我这就去爷爷那儿。”

说完，高风朝着门口走去。

“小风。”沈超英喊住他，“还有一件奇怪的事。自从你叔从医院回来后，总是背着我偷偷地打电话。昨天晚上十点半了，你叔在洗澡，他的手机有一个电话打进来，我就替他接了，对方说是石家庄人民医院的一个副院长，和你叔认识，他让我转告周伟，说没有找到谢宁……”

“谢宁是谁？”高风没听过这个名字。

“他洗完澡出来后，我把那个人的话转告给了你叔。没想到你叔当场就跟我翻了脸，嚷嚷着为什么要接他的电话。然后……然后他拿着手机就出去了。我看到他在院子里打了将近一个小时的电话。”

“是不是医院的事？”高风猜测。

“可是以前有工作方面的电话，他都会当着我的面接听。小风，相信我，绝对不是工作方面的事。你叔一定有什么事瞒着我。”

“那个副院长，石家庄人民医院的那个，是男是女？”高风犹豫一下问道。

“男的。不是这方面的事，我了解你叔，你叔不会有这方面的事的。”

“婶儿，您先别瞎猜，我这就去找我叔。”

“小风，如果你知道了什么事，马上告诉我。”

高风点头，匆匆离去。

他开车来到夕阳红护理院，在停车场坐了一会儿，才下车往里走。

穿过一段走廊，护士小杨迎面走过来。

“小杨，我叔在吗？”高风上前和她打招呼。

“在呢，他一早就来了。”小杨看了看四周，轻声地说，“你叔这两天都来，一坐就是一天，就那么呆呆地看着你爷爷，一动不动，感觉挺……”

“谢了。”高风已经想明白了原委，他朝小杨点点头，向着走廊的方向而去。

走到高四海房间门口，高风看到门虚掩着。他站在门口，犹豫片刻，推门走进去。

高四海躺在床上，戴着呼吸器，昏迷不醒，心电仪上的小点在跳动着，输液瓶里的药液正在慢慢地滴着。

周伟坐在高四海的病床前，默默地看着床上一动不动的高四海，像尊雕塑。

“叔？”

周伟回过头来，他的眼睛里有一丝冰冷的光。

“叔，您没事吧？”高风有些疑惑地看着周伟。

周伟仿佛突然间惊醒，眼里那丝冷冷的光迅速消失。

“我？没事没事，我……”周伟站起来，指了指高四海，“爷爷的状态不好，我想多陪陪他。”

“我刚才和赵院长打过电话了，她说爷爷这几天的情况还算稳定。”

“是。”周伟显得有些手足无措。

“叔，我想跟您聊聊。”

周伟怔怔地看了高风一会儿，低头看了看手表：“一会儿我还有个会，改天吧。改天我给你打电话。那你陪爷爷一会儿，我先走了。”

说着，周伟拿起放在桌子上的包匆匆离去。

高风愣在那里，他看着周伟的身影，然后回过头来望着床上的高四海，皱起了眉头。

高四海仍然昏迷不醒，不知道周围发生了什么。高风面无表情地走到高四海的床前，慢慢地坐下。

“爷爷，您早就知道，是我叔是不是？”他似乎在自言自语，“为什么，为什么会是我叔？”

高四海还是没有反应。

“您是把他当亲儿子看待的，我也是把他当成亲叔看待的。可他为什么要这么对您，要这么对我们？”

屋子里只有呼吸机的声音和心电仪的声音。

高风紧紧地握住高四海的手。

“爷爷，我该怎么办？”高风的声音里满是绝望和无助。

可惜，高四海无法给他任何答案。

冯凯正在开车，前面就是龙湾区人民医院了。这时，他的手机响了。

“冯队，蔡亮那个一次性手机里只和两个号码有过联系，一个是黄靖的，另外一个很可能就是许松林的。”刚走出电信局的方菲汇报道。

“对那个号码进行定位了吗？”冯凯问。

“无法定位，估计许松林已经将卡毁了。”

冯凯挂掉电话，前面就是区人民医院。冯凯将车停在路边，下车走进医院。陈洁迎上来，引他来到一间办公室。

蔡亮母亲正坐在轮椅上，在办公室等着。冯凯拿出手机，拨通黄靖给他的号码，开了免提，递给蔡亮的母亲。

“喂？”蔡亮的声音传来。

“亮子？是亮子吗？”蔡亮的母亲急切地问。

“妈？您怎么会……是黄靖给您的手机？”

身处上海郊外的蔡亮，戴着一顶棒球帽和墨镜，双手插在口袋里，正沿着铁轨朝着一个货运站台方向走去。不远处的货运站台里停着几列货车。

蔡亮一边听电话，一边警惕地观察着四周。他的手上包着纱布，有血从纱布里洇出来。

“妈，您还好吗？”

“我挺好的。刚才医生说，龙湾公安分局的捐款已经到了医院的账户上了，一共有二十八万六千三百块。现在就等我的基因检测报告出来，如果没有别的问题，马上就可以做靶向治疗了。”

蔡亮一时无语。

“亮子？”

“妈，我听着呢。”蔡亮温和地回应。

“龙湾公安分局刑侦大队的冯队长要跟你说话，你如果还认我这个妈，你就老老实实听他说。如果你挂电话，我现在就回家，不再接受任何治疗，也省得辜负公安同志的一片好心。”

蔡亮愣住，他下意识地想挂电话。

“亮子？”

蔡亮犹豫着。

“亮子？”

“妈……”

“不许挂电话，好好听冯队长怎么说。”

“好，我听。”蔡亮没有办法。他不敢挂电话，怕母亲伤心。

“蔡亮吗？我是冯凯。喂？”冯凯的声音传来。

蔡亮犹豫着，他的手在颤抖着。

“蔡亮，你放心，我没有让人监听这个手机，我只想跟你说几句话。”

蔡亮没有说话。

“许松林现在正在追杀你是不是？”

蔡亮心里咯噔一下，不知道该怎么回答。

“你现在是许松林杀害周浩宇的唯一见证人，他和他的雇主无论如何都不会放过你的，只有将你灭口才能保全他们自己，这么简单的道理不用我跟你解释吧？”

蔡亮听着电话，他的手在颤抖着。

“是，我们需要你这个证人，但是没有你这个证人，我们照样能让许松林伏法。听着蔡亮，你现在有三个人生选项。第一，你可以选择躺在自己的血泊里，从各个角度被拍照，然后被送往停尸房，进行伤口取证，数据会如实地记录下来，你的器官会被称重。在警方眼里，你就是犯罪证据，在大众眼里，你是恶魔的化身。在电视新闻里，你是一个血淋淋的故事，供他们贩卖广告时间。而对你家人来说，他们的世界因为你的死而轰然倒塌，他们的生活将被撕成碎片……蔡亮，伤害家人是一回事，毁掉家人，则完全是另外一回事……”

蔡亮的手在激烈地颤抖着。

“第二，你可以选择在逃亡的路上再摸爬滚打一阵子，过着惶惶不可终日、有家不能回的亡命生活，人们总觉得自己可以藏起来，能躲到暗处。我冯凯当了十几年的刑警，大数据告诉我，罪犯永远不可能逍遥法外……蔡亮，你不能让自己陷入一场无法取胜的战斗……”

蔡亮默默地听着。

“第三个选项就是珍惜我们给你的最后一次上岸的机会。我了解回到家有家人在等你的感觉，也了解回到家里一片空荡荡的感受。第一种感觉更好。你可以做回孝子，扮演父亲和丈夫的角色，你可以安心地给你的母亲养老送终，可以安心地看着儿女们成长，可以以父亲的身份参加他们日后的婚礼……你以后的路真的还很长，这不是威胁。听着蔡亮，无论面对任何事，每个人都有自己的选择，你可以洗心革面或是自甘堕落，选择权在你手中，别人无法代劳。”

蔡亮不说话。

“我知道你在听，这让我欣慰，如果你做了第三种选择，你给上海市公安局刑侦总队的石磊支队长打电话，手机号我发给你。记住，我的橄榄枝只伸一次。”

冯凯挂掉了电话。

蔡亮盯着手机，不一会儿，有短信进来。

一列火车从他的跟前驶过，巨大的轰鸣声充斥在空气中。

蔡亮靠着墙渐渐地滑坐在地上，手机从他的手里滑落下来，他紧紧地捂着双耳。

73

黄昏时分，韩国釜山某中餐馆内。在靠窗的一个餐桌前，餐馆老板陈明德正戴着老花镜，看着许家福和李强的照片。崔志友和木胜贤坐在他对面。

“孔洋经常到店里吃九转大肠，说釜山的中餐馆里就数我做得最正宗。”他抬起头。

“孔洋？”崔志友惊讶，“他不是叫李强吗？”

“他们俩在一起的时候，都叫他孔洋。他们都是偷渡客。”陈明德指着许家福和孔洋的照片。

崔志友愣了一下，激动地拿起许家福的照片：“你认识他？”

“孔洋叫他哥。”陈明德摇头，“名字叫什么，不知道。”

崔志友拿起手机就朝着门外跑去，跑到一半他又跑回来，对木胜贤说道：“前辈，麻烦你再跟监狱联系一下，明天一早，我还要跟孔洋……不，李强谈一次。”

崔志友跑到外面，拨通刘青叶的电话。

“我现在在釜山，你们的判断是对的，许家福是偷渡到了韩国，我已经找到了证据。”

“你是怎么发现的？”刘青叶问他。

“金森当年是因为贩毒被清除出貔貅帮的，而金森和许家福有关联，那么许家福很有可能就是因为贩毒和金森认识的。而且，西川株式会社的董事长李昌旭是釜山人，我把这三个点连成了线，找到了 1991 年釜山地方警察厅破获的一起华人贩毒团伙的案子，于是，许家福就浮出来了……”

“那崔天星呢？”

“崔天星是在你说的那个时间点去过英国。你给我打完电话后我就问出来了。”

“那你为什么不早告诉我？”

“我怕只是巧合而已嘛，像崔天星这种人，经常全世界飞来飞去的。我这段时间正好有点儿空闲，想先摸摸崔天星的底再说。凭我的直觉，釜山那个华人贩毒团伙的一个叫孔洋或者是李强的幸存者应该知道这中间的真相。”

“这个幸存者在釜山吗？”

“他被判了无期徒刑，目前正在釜山监狱服刑。我明天会再去见他，我会拿到证据的，不过青叶，你们能帮我查一下他的情况吗？我会把他的资料发给你。”

“好。”

“你们什么时候过来？”

“我马上向上司汇报。到时候跟你联系的，可能就是上海市公安局刑侦总队的石磊先生了。”

刘青叶谢过崔志友，和冯凯一起走进讯问室。

许军正惊恐不安地坐在讯问室里。

“许军，你可以走了。”冯凯说。

许军怔怔地望着他们，犹豫了一下，站起身来。

他走到门口，回过头来望着冯凯。

“我女儿呢？”

“你母亲赵月娥已被我们传讯。”冯凯说，“许佳桐和许松林目前不知去向。如果你得知许佳桐和许松林的去向，希望你立即向我们报案。”

“为什么？”许军怔了半晌。

“因为许佳桐为了掩盖 BAT 项目的真实目的，涉嫌指使许松林杀害周浩宇。”

许军呆呆地望着冯凯，许久，他终于说出一句话。

“我……我父亲许家福还活着，是吗？”

“案件正在侦查过程中，无可奉告。”冯凯示意他可以走了。

许军微微点了点头。他在走廊里踽踽独行，背影显得苍老而又孤寂。

龙城某监狱探视室，杨衡和马兰正通过话筒在探视室里交流着。马兰滔滔不绝地说着，而杨衡只是偶尔蹦出一句话。

“哦，对了，说正事，赵月娥被警察带走了，许佳桐跑了，许军被控制了，这可是龙城的爆炸性新闻。今天，电视上，网络上，全是龙星集团的新闻。”

杨衡愣住。

“官方还没有正式的消息，不过网上有各种各样的猜测，有说是周浩宇被许佳桐他们谋害的，有的说龙星集团在英国的投资项目是一个骗局，还有更离奇的呢。”

“什么？”

“有人说许家福没死。高风的爷爷高四海当年的判断是对的。”

杨衡愣在那里。

“你说这怎么可能呢？当年警察可是对许家福的墓进行过开棺验尸的，就是DNA亲子鉴定。取坟里尸体的一块骨头，从里面取出DNA，然后和许军的血液里的DNA进行配对。不是证明那坟里埋着的就是许家福吗？现在的网络啊，真的什么谣言都有，各种人肉，各种爆料，热闹极了，不过挺好看的，比电视剧好看……”

“马兰，我要见高风。”杨衡打断她，“你让高风明天来见我。”

马兰愣愣地望着杨衡。

夜深了，赵月娥坐在讯问室，镇定自若。

冯凯和刘青叶走进讯问室坐下，赵月娥抬起头来看着他俩。

“赵月娥，你应该如实回答公安机关的提问，不得虚构或隐瞒事实真相，否则要负相应的法律责任，你明白吗？”刘青叶说。

“明白。”赵月娥脸色如常。

“我们将对你所做的供述做视听资料，你是否有异议？”

“没有异议。”

“你的个人基本情况。”

“赵月娥，1948 年 2 月 3 日出生，祖籍海东大名乡赵庄，现住龙湾区龙星花园 18 号。汉族，龙星集团董事会主席，小学文化。丈夫许家福已于 1986 年死亡，家庭成员有儿子许军，是龙星集团前董事长和总经理，孙女许佳桐，现龙星集团总经理。”

“你本人是否受过刑事处罚或者行政处理等情况？”

“1986 年因丈夫许家福携款逃跑，我曾被龙湾县公安局羁押。”

“你知道公安机关为什么要传讯你吗？”

“不知道。我说过，许军和许佳桐去英国是处理 BAT 项目的有关事宜。我不知道你们为什么要对他们限制出境。许佳桐为什么失联，我也不清楚。也许，她有什么重要的事情要处理……”

“什么重要的事情？”刘青叶问她，“难道，比看着亲生父亲被派出所民警带走讯问的事还要重要吗？”

“你问我？我还想问你们呢！”

“你丈夫许家福的确是在 1986 年死了吗？”冯凯突然问道。

刘青叶疑惑地望着冯凯。之前他们和李夏商量过，不问这个问题。

“我再问一遍，你丈夫许家福，的确是在 1986 年死了吗？”冯凯提高了声音。

“我不明白，难道他没死吗？”

“请如实回答！”

“1995 年，龙湾县公安局对许家福的墓进行了开棺验尸，DNA 亲子鉴定的结果证明，许家福的确已在 1986 年海东县的出租屋里自焚身亡。”

冯凯打开文件夹，从文件夹里取出一张崔天星的照片递过去。

“他是谁？”赵月娥镇定地望着桌子上崔天星的照片。

“许家福。”冯凯一字一句地说。

赵月娥拿起照片看着。她突然笑了起来，笑得有点儿肆无忌惮。

“我今天算是见识了，你们警察就是拿这些所谓的证据，恐吓一个守法公民的吗？”

“赵月娥，我们这是给你一次机会。”刘青叶厉声道。

“我不需要。你们先把当年省公安厅法医处做的那份 DNA 亲子鉴定结果的结论推翻，再来问我许家福有没有死。在此之前，我不会回答你们任何关于许家福的问题。关于许佳桐和许松林，我该回答的也都已经回答了。对不起，你们还有别的问题吗？”

说罢，赵月娥闭上眼睛，不再说话。讯问室里陷入沉寂。

过了好一会儿，她又睁开眼睛，看了看手表，从容地站起身来。

“时间应该到了，是你们送我出去还是我自己出去？”

刘青叶无奈地起身。

这时，门开了，方菲将一张逮捕令递给冯凯。

“赵月娥，你恐怕走不了了，根据龙湾区人民检察院 321 号《批准逮捕决定书》，因你涉嫌故意杀人罪，现依法对你执行逮捕。”冯凯出示逮捕令。

“故意杀人罪？杀谁？”

“蔡亮已经投案自首。”冯凯说。

赵月娥僵在那里。

“赵月娥，这只是你的第一项罪名，后面还会有第二项、第三项……”他把逮捕令拍在赵月娥面前的桌子上，“签字吧。”

赵月娥僵了一会儿，默默地坐了下来。

一旁的刘青叶和方菲终于松了一口气。

赵月娥坐在那里，脸色苍白，一动不动，仿佛一尊雕塑。

冯凯和刘青叶坐在她的对面。刘青叶放下手里的《犯罪嫌疑人诉讼权利义务告知书》。

“赵月娥，《犯罪嫌疑人诉讼权利义务告知书》已经向你宣读完毕，你应该如实回答公安机关的提问，不得虚构或隐瞒事实真相，否则要负相应的法律责任，你明白吗？”

“明白。”

“赵月娥，你是否有犯罪行为？”

“有。”

冯凯和刘青叶对视了一下。

“赵月娥，在讯问中，你可以陈述有罪的情节或者无罪的辩解。听明白了吗？”

“听明白了。”

“你犯了什么罪？”

“雇凶杀人。”

“杀谁？”

“周浩宇。”

“为什么要杀周浩宇？”

“因为周浩宇发现了许达的秘密。”

刘青叶和冯凯对视了一眼。

74

“去年，许达带着省里的两名官员，以考察为名在韩国的七乐赌场首尔江南店欠下了三千万的赌债，是高利贷。但许达只告诉我两千万。因为他知道，我当时能支配的也就这个数额。我私自挪用龙星集团的资金，将这个窟窿给补上了。可许达瞒下的那一千万，今年翻成了六千万，我怎么给他还？中央巡视组当时就在东山。没办法，我安排他去英国避避风头，可没想到，韩国方面派了杀手来杀许达……”

赵月娥继续讲述着。

冯凯和刘青叶又对视了一眼。赵月娥如此痛快地交代，原来是想编个故事，替许佳桐脱罪。

“周浩宇去上海找黑客，入侵了我的私人账户，发现了付给韩国的那两千万资金的转账记录。由于正是BAT项目运行最关键的时刻，我怕这事暴露出去，对龙星集团和BAT项目不利，就雇了许松林，让他伪造车祸，杀害周浩宇并销毁证据。”

“许佳桐参与了吗？”冯凯问。

“没有，她根本不知情，都是我一手策划的。许达的事，她也不知情。”

“这么说，许佳桐是彻彻底底清白的了？”冯凯问，“那她为什么要逃呢？”

“是我让她离开机场的，她根本不知道发生了什么。她看到她爸被派出所的人带走，她吓坏了。我让许松林把她接走了。”

“许松林把她接到哪儿了？”

“我不知道。后来发生的事失去了控制，我也联系不上许松林。也许，也许桐桐是被许松林绑架了……”

“也许？”冯凯冷笑。

“我真的不知道。”

“那好，赵月娥，你说周浩宇去上海找黑客，入侵了你的私人账户，你刚才是这么说的吗？”刘青叶问道。

“是。”赵月娥犹豫了一下。

“那我问你，你是怎么知道周浩宇去上海，然后找黑客了？”

赵月娥愣在那里。

“赵月娥，你还想继续编下去吗？”

“是我让桐桐……许佳桐从周浩宇的上海同学那里打听出来的，但许佳桐并不知道我的用意，她以为我只是关心BAT项目能不能及时拿到保函……”

刘青叶无奈地望着赵月娥。

“那许家福的事呢？你现在还认定你不知道许家福当年偷渡到韩国的真相吗？”冯凯问。

“我只知道，许家福在1986年就烧死了。”

冯凯和刘青叶收拾桌子上的东西站起来朝门外走去。

“我说的一切都是实话。”赵月娥在他们身后说道。

冯凯站住回过头来：“你我都清楚得很，真正的实话该怎么说。不急，慢慢想。”

冯凯和刘青叶出了门把门关上。

赵月娥呆坐在椅子上。

龙城某监狱探视室，高风和杨衡隔着玻璃对视。

“嗨，老同学，你的精神状态比上次我见你时要好。”高风拿起话筒。

杨衡也微微笑了笑，但笑得并不自然，他看着高风，一时不知该从何说。

“马兰跟我说你在狱中的表现不错。”

杨衡不说话。

“马兰说你想见我。”

“高风，我向你道歉。”

“我不是你的道歉对象，这是我经常说的一句话。”

“在我妈的事上，我说谎了。”

杨衡抬头看着天花板，陷入回忆。

1995年，龙湾县罗红英的平房里，八岁的杨衡正在卧室里睡着。

这时外屋有动静惊醒了他。杨衡睁开眼，他听到关院门的声音。杨衡看了看床上，母亲不在。卧室的门关着。

这时，他听到屋门打开的声音。

“你吓死我了。黑灯瞎火的，你坐在门口干啥？”是许广义的声音。

“你干吗去了？”罗红英问。

拉灯绳的声音传来，一丝亮光透过卧室的门缝射进来。

“我和我表哥他们打了会儿麻将……”许广义说。

“打麻将能打出一身泥来？”罗红英不信。

“我骑车回来不小心摔了一跤……”许广义继续敷衍。

“许广义，你跟我说过一句实话吗？有种你就说一句实话给我听听。”

“深更半夜的，你闹什么闹……”

杨衡从床上下来，他轻手轻脚地走到卧室的门边，轻轻地推开门，朝门外望去。

许广义一身的泥，正在倒水。穿着睡衣睡裤的罗红英正在一旁，冷冷地看着许广义。

“你们去挖许家禄的坟干吗？”

正在喝水的许广义被水呛着。他大声地咳嗽着。过了一会儿，他才止住咳嗽，扭头盯着罗红英。

“你怎么知道？”

“要想人不知，除非己莫为。”

“你跟踪我？”

“别转移话题，你们去挖许家禄的坟干什么？”

许广义突然扑上前，一把把罗红英推到墙上，勒住罗红英的脖子。罗红英挣扎着，但许广义不放手。

“这事除了你，还有谁知道？”

“放……开我。”罗红英挣扎着。

杨衡恐怖地望着这一切，他吓得一动也不敢动。

“告诉我，还有谁知道？”许广义的声音满是愤怒。

“没人……没人知道……”罗红英痛苦地摇头。

“杨衡知不知道？”

杨衡吓得忙躲在门后。

“不……知道。”

“我告诉你罗红英，这事你要是说出去，那咱俩可就离死不远了，你听到了没有？”

杨衡再趴在门缝里往外看。

罗红英拼命点头，许广义这才松开手，罗红英摸着脖子蹲在地上咳嗽着。

许广义紧张地在屋里转着圈。缓过劲来的罗红英突然抄起一张小板凳，起身朝着许广义砸去，许广义紧紧地抓住那条板凳。

“许广义，我这么待你，你竟敢掐我……”

许广义夺下罗红英手里的小板凳，紧紧地抱住罗红英。

“你给我住嘴，小心把杨衡弄醒。”

罗红英愣了一下。她挣脱开许广义的手，朝着卧室走来。

杨衡赶紧飞身跑到床上，拉过被子躺下装睡。

罗红英打开卧室的门看了一眼，然后关上卧室的门。

“你跟我说，到底是怎么回事？”她回头逼问许广义。

“你先去给我做点儿吃的，我去洗个澡。一会儿我再详细地跟你说。”

外面没人说话了。杨衡听到许广义进入卫生间放水的声音。不一会儿，厨房里传来锅碗瓢盆的声音。

杨衡躺在床上，睁着眼睛。

三天后，杨衡正在做着作业。许广义正在沙发前看电视，但他心不在焉，心神不定。不一会儿，传来开院门的声音，许广义从沙发上弹起来，匆匆朝屋外走去。杨衡看着他的身影，放下铅笔朝着窗口走去。

罗红英匆匆从院外进来，许广义迎了上去。

“怎么样？结果出来了吗？”

“出来了。如你们的愿了。”

许广义重重地松了一口气，他双手合十朝天上拜着：“老天爷保佑，老天爷保佑。”

“保佑啥？保佑你们骗过了警察？”

许广义吓得忙上前捂住罗红英的嘴：“我的姑奶奶，你小声点儿好不好？我再次警告你啊红英，把你的嘴给我闭紧了！不然杨衡就等着当孤儿吧。”

讲完这一切，杨衡沉默了一会儿才开口。

“昨天马兰来看我，说网上现在都是赵月娥家和龙星集团的新闻，还有人说许家福没死。这是真的吗？”

“有一点可以肯定，你妈是被许达杀死的，是为了灭口。因为你妈知道当年许达和许广义挖许家禄坟的事，知道他俩挖坟和DNA鉴定事件有关。”

“我妈也是凶手。”杨衡艰难地说，“许广义是我妈毒杀的，我当年就知道。”

杨衡和高风都没有说话，两个人拿着话筒默默地坐着，杨衡低着头。

“是我搅乱了警方的侦查方向，还让你爸……对不起。”

“杨衡，有一点我还是不明白，你爸……我说的是杨三水，杨三水不是自杀，他是被人杀死的，伪造成了自杀的假象……”

杨衡望着高风，似乎并没有什么触动。

“杨三水知道什么秘密，他们为什么要杀他？”

“他知道我不是他亲生的。”杨衡说，“就在那天晚上，我妈杀许广义的那天晚上，我住在杨三水那儿，他一边喝着酒一边对我说的。‘杨衡，你知道吗？我不是你爸，你不是我的亲生儿子。可我却当冤大头，养了你八年’……这是他当时亲口对我说的原话。”

高风无言以对。

“他知道真相的一部分，但他应该不知道我的亲生父亲是许达，也许他认为是许广义。不然，他们不会放过他的。”

“因为我爸和专案组认定你妈是杀许广义的重大嫌疑人，认定你妈已畏罪潜逃。”高风说，“当晚又有你给杨三水做了不在现场的证明，所以我爸他们没有深究杨三水，让这个秘密延迟了二十年才被发现。”

“对不起，对不起……”杨衡双手抱着头，他在无声地抽泣着，“要是我当初就把真实情况告诉你爸，说不定你爸早就把你爷爷的仇给报了。

对不起……是我的错。”

“杨衡，孩子不会犯错，他们是在父母的牵引下跳下火坑的。有些悲剧是永远也无法让人忘怀的，要忘记，你必须先记起。谢谢你今天能勇敢地说出来，我相信，你的整个生命从此以后会变得不一样。”

杨衡默默地抬起头来望着高风，早已眼泪纵横。

“我会给刘青叶打电话，他们会来找你录口供。”高风说。

杨衡点头。

“你也许不能从头开始，但可以从今天开始。杨衡，谢谢你。”高风起身离开。

75

高风走出监狱，回到自己的车里，面无表情地望着车外。他思考了一会儿，终于拨通了一个电话。

“叔，你在医院吗？”

“在。”周伟在电话里说。

“我一会儿过来，你在医院等着我。”

高风发动汽车，踩着油门，车子朝着远处疾驰而去。很快，他开车来到省人民医院，敲开周伟办公室的门。

“什么事？这么严肃？”周伟看着高风的脸色。

高风走到周伟的办公桌前坐下：“赵月娥已经被批捕，许佳桐和许松林外逃，叔都知道了吧？”

“医院里几乎所有的人都在议论这事，网上也是一片舆论沸腾。”

“他们认为赵月娥和许佳桐犯了什么罪？”

“涉嫌谋杀浩宇，利用 BAT 项目，向境外转移龙星集团的资产……”

“是不是还有人在议论，许家福并没有死？”

“也许有吧，但网络上的东西，不能全信吧？”

“叔，我是从省第二监狱赶过来的。杨衡，就是当年我的高中同学，目前正在省第二监狱服刑。”

“我知道杨衡是谁。不就是前段时间，绑架李艳和许达的那个人吗？怎么了？”周伟问他。

“杨衡对我说，当年许广义挖过许达的父亲许家禄的坟。确切地说，许广义应该是跟许达一块去的。”

周伟看着高风，没有说话。

“当年许广义和罗红英就是因为这件事被人灭口的。凶手应该就是许达。二十年后，许达又是因为这件事被人灭口，而且就在您的医院。”

“小风，你说这些是什么意思？”周伟冷着脸。

“你不知道？”

“你为什么会这么问？”

“因为这跟当年您亲自主持的那次轰动全省，甚至全国的DNA亲子鉴定事件有关。”

“我没明白。”周伟故作镇定。

“许达和许广义之所以要挖许家福的弟弟许家禄的坟，是要在许家禄的尸体上取一块腿骨，然后有人在DNA亲子鉴定的过程中用这块腿骨替下了从许家福坟里那具尸体上取下的腿骨……”

“许家禄和许家福是亲兄弟，这没错，但用许家禄的DNA检本和许军的DNA检本进行亲子鉴定的话，不可能会得出是父子关系的结论。”

“我还没说完。有人用许达的血液检本，换下了许军的血液检本。”

“嗯，这就合理了。”周伟点头。

“一出精心安排的狸猫换太子的把戏。不过，在20年前，DNA刑事鉴定技术刚刚在全国公安系统普及，普通的老百姓根本不明白这门技术。赵月娥他们是怎么了解这些知识的？那时也没有网络，她甚至知道，在DNA亲子鉴定结果出来后，马上以许村土地被征用为名，把许家禄的尸骨和许家福坟中那具尸骨送到焚尸炉将它们焚为骨灰，甚至还知道，要毁掉当年所用的那些物证和实验数据。”

“因为有内鬼，有人把这些知识告诉了赵月娥。”周伟说，“前段时间，复查小组问过我相同的问题。我已经把当年整个过程详详细细地都跟他们说了，也说了我的怀疑。”

“您的怀疑？”

“是。我对他们说，鉴定过程没有问题。如果有问题，那问题应该出在DNA检本上，问题就出在我、魏大炮和李飞三个人的身上。就像你爷爷当年所怀疑的，DNA检本被我们三人中的一个调了包。”

高风不说话。

“今天从你这儿我终于知道，这个内鬼是用许家禄和许达的DNA检本来替换的。这么说，许家福的确还活着。”

“叔，爷爷当年怀疑过您吗？”

“我想他怀疑过，但他从来没有正面问过我这个问题。或许他最后得出结论，不会是我周伟干的。”周伟问高风，“你也怀疑我是吗？”

“在真相没有大白之前，跟事件相关的任何人都有可能是嫌疑人，这是八年警察生涯落下的职业病。”

周伟笑了一下，但笑容随即消失得无影无踪。

“那我的动机呢？我虽说是高家的养子，可你爷爷和你奶奶待我如己出。”

高风欲言又止。

“一个人做任何坏事，总归是要有动机的。如果是我，我的动机是什么呢？”

“叔，我只是想说，离真相大白的时间越来越近了。”

“我明白你的意思……如果是我做的，我想我会去自首的，但……很遗憾，不是我。”

这时，桌子上的电话响了，周伟拿起话筒。

“喂？好，我马上下来。”他放下话筒，“小风，我还有个手术。”他站起身，走到高风的跟前，摸着高风的肩膀，“我不怪你。谁让我当年正好身处最敏感的位置上呢……我也希望真相立即大白于天下。”

周伟走向门口。高风看着他的背影，眼睛里满是绝望。

离开省人民医院，高风直奔龙湾分局刑侦大队。

他走进法医解剖室时，助手正把白布单覆在一具尸体上。魏大炮正在水池边洗着手。他看到高风推门进来，显得筋疲力尽的样子，明白了什么。

“小钱，你赶紧把鉴定结果给陈队他们送去。”魏大炮对助手说。

助手拿着一个文件夹匆匆离去并关上门。

“魏叔，许达和许广义在当年亲子鉴定前三天，挖开了许家禄的坟。”高风开门见山。

魏大炮没说什么。

“下午我和我叔谈了。”高风低声说，“应该就是我叔干的。”

魏大炮还是不说话。

“魏叔，你也猜到是我叔，是吗？”

“我知道不是我，我也认为不可能是李飞。”魏大炮说。

“我见他，是希望他能去自首。毕竟，他是我叔。他待我一直很好，我也……爱他。”

魏大炮欲言又止。

“我婶儿的弟弟有尿毒症，我记得我妈说过，他们在 1996 年年初找到了肾源。难道我叔是为了这个动机吗？难道为了一颗肾就能出卖家人的感情吗？”

“高风，家人永远不会是你希望的样子。”魏大炮说，“然而……真正使你震惊的，不是你爱的人身上出现了某些你不了解的品质，它们向来存在，只是有时候，你不愿意向自己承认。”

“不，我还是觉得这不是动机。”

“或许……你叔不喜欢当法医，也不喜欢当警察。”

“可……我叔干得很出色啊！”高风怔怔地看着魏大炮。

“那是因为你叔的确很聪明，但是，他从来没有喜欢过警察这个职业。他之所以当警察，是因为你爷爷希望他当警察，希望他当法医，希望他成为一名全国，甚至世界闻名的法医。”

“您有什么证据吗？”

“在办公室，你叔藏着好几本心外科方面的书，在夜深人静的时候，他会拿出那些书看……”

“我爷爷知道吗？”

“应该不知道。”魏大炮说，“你爷爷当年总是后悔，自己没有读过什么书，文化不高。他形容自己是半路出家的一个乡村法医，这或许是他把所有的希望都寄托在你叔身上的一个原因吧。”

“当我爷爷知道是我叔出卖了他时，他才崩溃的？”

魏大炮没说什么。

“可……魏叔，你觉得我爷爷知道我叔这么做的原因吗？”

“我不认为你爷爷知道。你爷爷相信是你叔干的，但找不出证据，这才是你爷爷最终崩溃的原因。”

高风无言以对。

魏大炮忙着下一场解剖。高风只得离开。

回到家，他看到冯凯在门口等他。

“喝点儿什么？”高风开门，走向冰箱。

“不用，我只是想跟你谈谈。”

高风在餐桌边坐下，冯凯也拉出一把椅子坐了下来。

“高风，青叶今天见过杨衡了。你是不是在寻找你叔的证据？”

高风没说话。

“你很憔悴，说明精神压力巨大。高风，我不是命令你，我只是关心，我认为在这个问题上，你应该回避。”

“回避？我回避得了吗？说实话，我只是不希望从赵月娥嘴里听到真相。”

“你了解到了什么？你是不是已经跟你叔谈过？”

“我只是不明白，他为什么要这么做。”高风低着头，“寄人篱下的敏感和压抑，为了让我爷爷高兴，不得不从事自己并不热爱的职业的那种痛苦。可是……你觉得这些条件够让我叔背叛我爷爷吗？不，不够，我觉得远远不够。”

冯凯不说话了。

“我叔家的经济条件一直不好，浩宇读大学的时候所有的零用钱，都是他勤工俭学挣出来的。这些年，我叔家的条件才慢慢好起来。他们住的、吃的、用的我都清楚。他有点儿钱，都拿出来给我爷爷买进口药、付夕阳红护理院每个月一万两千块的住院费了。去年，浩宇拿自己的钱买那辆马莎拉蒂跑车时，我叔甚至跟浩宇咆哮过。当时我就在场，我叔不是演戏，是发自肺腑的愤怒……”

冯凯默默听他抱怨。

“是有些贪官贪了很多钱，却装成两袖清风过着清贫的生活，可我叔不是那种人，真的不是，我不是给他辩解。”泪水涌上高风的眼眶，“所以，你说，到底有什么动机让他那么干？”

“你爷爷患病后，你叔有什么表现？”冯凯问。

“表现？你是说悔恨，还是高兴？”高风摇头，“没有，他在尽一个儿子的职责。2008 年我没参加完高考，也没找工作，每天在家里陪着我爷爷。我当时并不知道，我爷爷为啥死活不肯去我叔家住。为了让我能找一份工作，我叔出钱，专门为我爷爷雇了一个保姆。我当了辅警后，每到要加夜班时，我叔就会来家里陪我爷爷，帮他把尿搓澡。一直到 2012 年，我爷爷的病越来越严重，我叔利用关系，把我爷爷送进了夕阳红护理院……你知道我叔当上院长后有多忙，要忙行政，要带研究生，还要亲自做手术，可但凡有一点点时间，他都会到护理院看我爷爷，为我爷爷洗澡按摩。我见过那场景，我叔不是在演戏，他完全是出于一个儿子对父亲的爱……”

“也许是愧疚呢？”

高风愣愣地望着冯凯，泪水从他的眼里滚落下来。

冯凯拿过面巾纸递过去，高风没有接。

“愧疚？他既然能做那种事，心里怎么还可能有愧疚？”

76

天亮时分，周伟从出租车上下来。他望着“承远医疗设备有限公司”的牌匾。这里是河南郑州，他是坐昨天的晚班火车赶过来的。

周伟走进公司大门，走向前台接待处。

“您好，请问您找谁？”前台微笑。

“请问谢承运谢总在吗？”周伟问。

“请问您是？”

“他在不在？”

女员工拿起电话问周伟：“在。请问您贵姓？”

周伟没有说话，他径直快步朝着总经理办公室方向匆匆而去。

“先生，先生！”前台追上来。

周伟好像听不见似的，一把推开总经理办公室的门。

谢宁正在一边喝着茶，一边打着电话。

“你不知道？海德堡360°重离子治疗一体机你都不知道？这是2012年德国制造的一台全球最大、最先进、最复杂也是最昂贵的医疗器械，重达670吨……对，它最关键的部分就是旋转治疗头，那就是我们公司制造的……”

门突然被推开，只见周伟站在门口，谢宁一愣。

前台追进来，急道：“谢总，谢总，我拦不住他。”

“你谁啊？进门先敲门懂不懂？”谢宁盯着周伟，“再说，你跟我预约过吗？”

“谢宁，你不认得我了吗？”

谢宁疑惑地看着周伟。

“我是高四海的养子。”周伟说，“我昨天才打听到，你在郑州，改名叫谢承运了。”

谢宁的脸色顿时僵在那里，呆呆地望着周伟一时说不出话来。

过了一会儿，他才把话筒扣上，对前台说道；“没事没事，我的一个老朋友。”

前台这才放心地离去。谢宁忙跳起来，他搓着手，紧张地看了一眼周伟，然后走到门前把门关上，再把百叶窗都放下来。

“你叫……”

“你连我的名字都记不得了吗？那为什么还要隐名埋姓？”周伟冷笑。

“隐名埋姓？哪有，坐，坐下说。”谢宁不自然地笑着。

“你看到我为什么这么紧张？”周伟问。

“有吗？你多虑了……”谢宁敷衍着。

“我去石家庄找过你，可你离了婚，不见踪影。谢宁，我找了你很多年。”

“我……出国了，去了德国，后来，因为生意的需要，我就来到了郑州，石家庄也没有什么亲人了，所以……”

“当年，赵月娥给了你多少钱？”周伟问。

“什么？”谢宁一愣。

“我问你，当年你为了向我说那个假故事，到底拿了赵月娥多少钱？”

“我不明白你说什么。”

周伟一把抓住谢宁的衣服。

“赵月娥已经被抓了，她迟早会把你供出来，我给你最后一个机会，你把实情说出来，我就放过你，你还有时间逃走，不然，我现在立即报警。”

“放开我，放开。”谢宁挣扎。

“那你就说实话。”周伟咬牙切齿。他紧紧地攥住谢宁的衣服，眼睛里要喷出怒火。

“我说谎了，好吧，我承认。”谢宁挣脱。

“真相……真相到底是什么？”周伟瞪着他。

“当时……高四海要背着你爸撤离。你爸不肯，他用枪指着高四海，让高四海马上带着我们和伤员撤走……”

“高四海和我爸不和，被我爸训斥……所有这些……都是你编的？”

谢宁点头。

“赵月娥给了我十万。她让我告诉你，是高四海在对越反击战中，害死了你爸爸周继成，因为心里有鬼才收养了你。后来，我怕赵月娥会来找我算账，就隐姓埋名去了德国。然后，我回国到郑州做生意……周伟，你消消气，我现在有钱，很有钱，你要多少我都给你，只要你不要对外说这件事……”

周伟失魂落魄地转过身，朝着办公室外走去。

“我的公司还准备上市，我可以给你干股……”谢宁在他背后喊着。

但周伟已经不见了身影。

周伟在人行道上茫然地走着，面色苍白。火车的一个道口，栏杆已经放下，行人和车辆都等着火车过去。

周伟站在路边，茫然地掏出手机开机。手机上显示有十一个沈超英的未接电话，还有两个高风的未接电话。

周伟看着手机，他选择了高风的号码，然后拨了出去。

“叔，您在哪儿？”高风在手机里喊着，“爷爷的战友赵敏和我联系上了，他说你昨天打过电话，要找一个叫谢宁的人。他也告诉了我，当年你父亲牺牲的真相。我不知道谢宁是怎么跟你歪曲事实的，但肯定是赵月娥……”

“我知道，我已经知道真相了。”周伟打断他。

“叔，您把您的位置告诉我……”

“小风，不用了。替我向你爷爷道个歉，对不起，我是一个逆子，我被心里的戾气所魔化了，我让他失望了。再见……”

“叔！”

周伟拿着手机毅然决然地从人群中挤出去，钻过栏杆。

一辆动车正风驰电掣地朝着道口驶来，所有的路人和守道员都震惊地看着周伟。

周伟走上了铁轨，抬起头望着迎面而来的火车。

周伟微笑，风吹起了他的头发。

火车疾驰而过。

龙湾区赵月娥家的别墅，许军站在客厅里，他神情萎靡，胡子拉碴，一副不修边幅的模样，正望着门口的监控屏幕。

高风正站在院门口，看着探头。

许军犹豫了一下，伸手按了开门键，放他进来。

“保姆走了。坐，你想喝点儿什么？”许军低声问。

“谢谢，不用。”

“坐。”许军走到沙发前。

高风坐下，一时不知从何说起。

“你们找到桐桐……许佳桐了吗？”许军问。

“这也是我来找你的目的。你知道她会去哪儿吗？”

“周浩宇的死跟她有关吗？”许军摇头。

“从事故现场拿起浩宇电脑包的共犯蔡亮已经供出他是受许松林指使，许松林只是赵月娥和许佳桐的司机，你应该很清楚他的背后站着的是谁。”

“这么说，你之前跟我说的一切都是真的？我是说，我爸他真的还活着？”

“警方已经找到了他 1986 年偷渡到韩国的证据。”

许军绝望地望着高风：“也就是说，我和吴小玲的婚姻，还有我和韩国西川株式会社的合作，都是我爸……许家福在背后操纵的？”

高风望着许军没有说话。

许军笑了笑，但他笑得很悲苦。

“从乡下小子成功造就自己的商业帝国，我以为自己的经历谱写了屌丝逆袭，从底层到顶层的人生奋斗史。1995年，我看了电影《阿甘正传》，我……后来又去影院看了八遍这部电影，每看一次都是泪流满面。我以为阿甘就是我的化身，踏实、勤奋、努力，就是我成功的原因，可哪里想到我的成功却是得益于我父亲的原罪。你不觉得这太有讽刺意味了吗？”

“对不起，我无法评判，但我相信，踏实，勤奋，努力应该是你优良品质中的一部分。”高风说。

“我还有优良品质？”许军苦笑。

“我说这些没有任何讥讽的意味。”

“许佳桐她知道真相是吧？”

“应该。”

“如果说，我只是我爸和我妈手里的一个提线木偶，不，连这都算不上，我只是一个小丑。那么我女儿算什么呢？共犯？”许军冷冷一笑。

“我想当初她是可以选择的，但她选择了家人，而不是正义。所以，她是共犯。”

“这两天我一直在想一个问题，如果当年我妈告诉了我真相，我会怎么选？”许军笑得凄凉。

“你肯定跟许佳桐选不一样的道路。”

“你为什么会这么说？”

“赵月娥和许家福在当年没有选择告诉你真相，因为他们知道，你跟他们不是一路人，他们不敢冒这个险。因为你的心里还有诚、信、礼、义、廉、耻，还有底线。你的内心没有被格式化，还没有被抹去良知。”

许军默默地望着高风。

“所以，家人并不应该是一道防火墙……在当年，我爷爷和许家福也是以兄弟相称的，在某种意义上，许家福也是我爷爷的家人……所以，直到今天，我才理解当年我爷爷说出‘许家福没死’这五个字时所承受的那种……你应该能感受得到这是一份怎么样的压力。”

“你爷爷还好吗？”许军问。

高风摇头。

“小时候，我叫你爷爷大大。说实话，你今天能这么评价我，和你爷爷有很大的关系。我还记得，我刚上小学，你爷爷寄给我一套连环画《钢铁是怎样炼成的》和一套《水浒传》作为入学礼物。《水浒传》是1960年版的，有点儿旧了，也不知道你爷爷是从哪儿弄来的。那时还是1973年，他已经入伍了，还给我写了一封长信，那也是我人生中收到的第一封信。你爷爷鼓励我好好学习，争取做一个对社会有益的人。那套连环画和那封信我还保留着，我去给你拿来……”

说完，许军起身朝着楼上走去。高风望着许军的背影，内心忽然有种说不出的复杂……

77

黄昏的韩国首尔，路上车来车往，崔天星的豪车在车流里前行着，金在勇的那辆车远远地跟在后面。

崔天星坐在后座上，默默地望着熟悉的街道。夕阳西下，余晖照在他的脸上。

金在勇边开着车边拿着手机打电话。

“我现在和前车的距离有六十米。前方的车速是60公里/小时，一直是匀速行驶的，志友，我觉得你还是再冷静地思考一下，时间还来得及。”

崔志友的车正停在路边。他一边接听着电话一边看着手上的一个苹果平板电脑。

平板电脑上显示着一个红点，那红点正在朝他的方向驶来。

“在勇，到时候你该怎么做你知道吧？”他问金在勇。

“志友，我劝你……”

“哎哟，麻烦你别再啰唆了行吗？”

那天见过陈老板，崔志友满心欢喜，以为很快就能找到突破。不料第二天就接到孔洋也就是李强在监狱自杀的消息。他还没来得及再去见木胜贤，便被上司急召回首尔，以私自调查违反纪律为由，将他开除出警局。

崔志友明白，这都是崔天星，也就是许家福的诡计。他也早有这样的觉悟。崔天星机关算尽，却不知道身为一个警察，他有多么执着。

那平板电脑上的小红点越来越近，崔志友抬头朝着不远处的路上望去，只见崔天星的那辆豪车正在主路上朝着他这个方向而来。金在勇的车子远远地跟在后面。

崔志友发动汽车，一踩油门。“崔天星，好戏开始了。”

崔志友的车子在岔道上飞速地朝着主路上驶去。

崔天星正坐在车内望着左边的车窗外。

“他在干什么？”文龙俊看到崔志友的车从岔道上冲出来，车子直直地冲着自己的车撞来，大惊。

崔天星下意识地闭上眼，伸起右胳膊挡住脸。

一声重重的撞击，路上烟尘四起。

金在勇惊恐地踩着刹车，他的车在离事故现场不远的地方停下。

崔天星的那辆豪车的后半部分被撞瘪。崔志友那辆车的车头被撞烂，水箱被撞破，水汽从前车盖里冒出来。

金在勇惊恐地拉开车门冲了下去。

金在勇扑到崔志友的车前。

安全气囊已经弹出，崔志友被安全气囊挤压在驾驶座上，闭着眼一动不动，血从他的额头上淌下来。

“志友，志友？”

金在勇去开车门，可是车门却打不开。这时，崔志友睁开眼睛望着金在勇。

“……快去啊，我让你干什么……来了？他可不能死。”崔志友虚弱地催促。

金在勇看了看崔天星的车又看了看崔志友，不知所措。

“你这个废物！”崔志友骂道。

路上的车停下来，有人朝着这边跑来。

金在勇忙朝着崔天星的车跑去，他跑到崔天星的车旁朝车里望去，崔天星在后座上已经晕过去了，头上流出了血，文龙俊和司机也晕了过去。

金在勇忙拉开车的后座车门，把崔天星从后座上拉出来，他摸了摸崔天星的颈动脉。

“谢天谢地，你可不能死啊。”

金在勇掏出手机拨号。

“急救中心。”甜美的女声传来。

“快，发生了车祸，你们快来人。”

很快，救护车赶来，崔天星和崔志友被送到附近的医院。

夜幕降临。

崔志友正坐在急诊室里，他的头上包着绷带，血从绷带里洇出来，他的身边站着两个韩国的交警。护士正在处理着他手臂上的一个伤口。

局长带着两个便衣警察进来。

“局长，你怎么来了？”崔志友抬头打招呼。

“他伤得怎么样？”局长问护士。

“轻微脑震荡，手臂有挫伤，别的没有问题。”

“能走吗？”局长问。

“没有问题。”护士回答。

“把他带走。”局长对两个便衣说。

两个便衣警察走上来，拿出手铐给崔志友铐上。

“不能把他带走，他还没有录口供，你们是哪儿的？”一个交警上来阻拦。

“要录口供到韩国警察厅国家中心局来录。带走！”

“手铐有点儿紧。”崔志友皱眉。

“哦，因为这是一副新手铐，多戴一会儿可能感觉就舒服了。”局长哼了一声。

“局长，你也得给我点儿脸面嘛。”

“你给过我脸面吗？带走。”

说完，局长走出房间，两个便衣警察带着崔志友朝外走去，崔志友一瘸一拐的。

交警和护士都愣在那里。

局长和两个便衣警察带着崔志友朝着电梯间走去，走廊上的所有人都惊讶地望着他们的身影。金在勇从一个房间里出来，也望着他们的身影，急得满头大汗。

“这里有没有中国人？有没有会说中文的？”他拿着手机，在楼道里急得打转。

“你有什么事？”一个年轻姑娘问他，“我是中国人。”

“太好了。”金在勇给她看证件，“我是警察，现在需要你帮忙给中国打个电话。”他递上一张写满韩文的字条。

姑娘看了看，满腹狐疑地接过电话，拨打纸条上的号码。

“你好……”刘青叶的声音传来。

“刘……青……叶……”金在勇对着话筒，磕磕巴巴。

“金在勇？是你吗？”

“我是我是。我是金在勇，刘青叶，你等一下……”

“你说什么，我听不懂……”

“你好。”中国姑娘说，“我是中国人，有一个自称是韩国国际刑警，名叫金在勇的人，让我跟你说话，你认识他吗？”

“认识，你说。”

中国姑娘看了看字条。

“他让我告诉你，崔志友制造了一起人为的车祸，阻止了崔天星外逃，崔天星目前正在住院治疗，短时间内崔天星是哪儿都去不了了。他让你们赶紧带着许军的血液样本来韩国，对崔天星和许军进行 DNA 亲子鉴定。就这些。”

“崔志友呢？”刘青叶急忙问。

中国姑娘和金在勇交流几句。

“他说崔志友被逮捕了。你们赶紧来韩国，查明真相，才能救崔志友出来。”

夜深了，高风还在赵月娥家的客厅。他看着手里那封已经泛黄的信，一套1972年版的《钢铁是怎样炼成的》和一套1960年人民美术出版社版的《水浒传》连环画放在一旁，连环画已经很破旧了。高风拿起那信封。

信封上写着：“东山省龙城市龙湾县许村。许家福转许军亲启。中国人民解放军50军149师高四海寄。”还贴着一张那个时期的邮票。

“哪天，如果方便的话，我想去看看你爷爷。”许军说。

“谢谢，我会安排的。”

这时，门铃声响了。

门边的监控屏幕里显示着两位刑警的身影。

高风起身走到门边按下对答键。

“喂？”

“高风，开门。”

高风按下自动按钮，院门自动打开。

高风打开门。两名便衣警察走进来。

“许军，麻烦你跟我们去一趟分局刑侦大队。”

“为什么？”高风问。

“冯队说要给许军抽血。”

“抽血？他们找到我父亲了？”许军紧张地看着高风。

“不清楚，要我送你去吗？”

“谢谢你。”许军摇头

“我可以在这里等你回来吗？”高风问他。

“可以。”

许军跟着两名刑警朝院外走去，他们的身影消失在院门外。高风按下按钮，院门自动关上。

韩国首尔，文龙俊站在医院阳台上，左手打着石膏，右手拿着海事卫星电话在打着电话。

“不轻，两根肋骨骨折，刚做完手术，目前正在昏睡中，问题是，撞我们车的那个人叫崔志友，是韩国国家中心局的一名国际刑警，一个半月前，就是他带着刘青叶和上海警方的那些人来找过你爷爷……他是故意这么干的，目的就是阻挠你爷爷离开韩国。”

“恐怕没那么简单，他们是要我爷爷的DNA样本。”许佳桐的声音在电话里听起来很镇定，“无论如何你得把我爷爷带离医院。拜托你了。要快。”

“我这就去办，再联系。”文龙俊挂掉了电话。

走廊上，一个中年男子正推着一个空的移动担架车朝病房方向走去。这时，文龙俊从电梯间出来，他看到了那个空的移动担架，匆匆地朝推着移动担架床的中年男子跑去。

文龙俊赶到那中年男子身后拍了拍他的肩膀，那中年男子惊讶地回过头来望着文龙俊。

“对不起，医生叫你去一趟。”文龙俊指指背后的方向。

“医生？”中年男人一脸茫然。

“对，他让你马上到他办公室。”

中年男子犹豫了一下，把那移动担架车交给文龙俊：“麻烦你帮我推到308病房。”

中年男子匆匆朝着相反的方向跑去，文龙俊接过那移动担架车朝着病房方向匆匆推去。

重症监护室里，崔天星吸着氧，挂着吊瓶，躺在病床上处于昏迷状态。文龙俊推着移动担架车进来，将崔天星抱到移动担架车上，崔天星疼醒过来，他叫着。

“董事长，你忍一忍，我必须把你带走。”

说完，文龙俊推着移动担架车出门，在走廊上疾行。

电梯门开了，金在勇正匆匆地从电梯里出来，一边看着手机一边朝着走廊走来。

78

文龙俊看到了金在勇，他忙将移动担架车移到一旁，自己背身将崔天星挡住。金在勇放下手机从文龙俊的身边经过，朝着重症监护室方向走去。

文龙俊忙推着移动担架车匆匆朝着电梯间方向而去。刚才那个中年男子正一脸疑惑地走来。

文龙俊忙低下头，推着移动担架车匆匆从中年男子身边经过。中年男子愣愣地望着文龙俊的背影。

文龙俊加快步伐。

中年男子对着文龙俊的背影喊道：“喂，喂？那是我的车，喂……”

正走到重症监护室门口的金在勇回过头来，他望着远处文龙俊的背影，愣在那里。

中年男子朝着文龙俊追去。

金在勇突然反应过来，匆匆跑进重症监护室里，随即一边骂一边跑出来朝着电梯间方向追去。

货梯正好到达，文龙俊推着担架车进入货梯，那中年男子跑来。

文龙俊冷冷地望着那中年男子，货梯门合上。

这时，金在勇飞快地追过来，他收势不住将那中年男人撞出一米远。金在勇一边骂一边匆忙地按着电梯按钮，但货梯已经往下运行。

金在勇朝着安全出口飞奔而去。

文龙俊站在电梯间里。电梯间的按钮上三层和一层的灯亮着。

“文龙俊，我疼……”崔天星嘟囔。

“董事长，您再忍一忍。”

货梯到了一层，文龙俊推着移动担架车从里面出来，朝着门口方向走去。一个保镖正从门外进来，朝着文龙俊跑来。

“站住！”金在勇冲出楼梯间。

文龙俊回过头。

金在勇握着手枪正站在不远处，手枪指着文龙俊。

大厅里的人都惊慌地四处躲避着。

“警察！”金在勇高喊。

话音刚落，枪响了，金在勇左臂中了一枪。金在勇退了几步，他举枪瞄准射击。

保镖正想开第二枪，金在勇手里的枪响起，保镖当场中弹倒下。

文龙俊已推着移动担架车朝门外跑去。金在勇瞄准文龙俊，再次扣动了扳机。

文龙俊被击中，重重地扑倒在地。金在勇朝着那辆移动担架车跑去，又有子弹射来，金在勇一边躲避着，一边把崔天星的移动担架车推到旁边。

子弹射来，金在勇与他们对射，终于，他射光了子弹。金在勇愣在那里。这时，外面传来警笛声。

金在勇听到警笛声笑了。他端着那射光子弹的枪静静地等候着，并没有动静。

金在勇从隐蔽处探出头来。

那个保镖已经无影无踪。随即外面传来了枪声和汽车的撞击声。

血从金在勇的左臂上淌下来，他摸了摸，然后望着满手的血，他愣在那里，随即重重地摔倒在地。

天快亮了，许军回到别墅，脸色苍白。

“没事吧？”高风迎上来。

“还好。只是我觉得很有讽刺意味。二十年前，我被你叔抽了两管血。今天，我又被魏大炮抽了两管血。用途都一样，为了跟我父亲进行 DNA 亲子鉴定。可我还是不懂，我妈当年是怎么瞒天过海的？”

“因为我叔帮了赵月娥。”

许军愣在那里。

“我该走了。如果有许佳桐的消息，我相信你会知道怎么做。”说完，高风从口袋里掏出一张名片，“过期的名片，但上面的手机号能用。”

说完，高风朝着院外走去。

“高风。”许军喊住他，“谢谢你信任我，这对我很重要。”

高风望着许军，微微笑了笑，然后转身离去。

许军回到房间。他太累了，躺下不一会儿便睡着了。

微风拂动着窗帘，许军正在床上熟睡着，突然一只手伸入画面捂住许军的嘴。许军惊恐地睁开眼睛。

许松林正一只手捂住许军的嘴，一只手放在嘴唇上，示意他不要出声。

“爸。”许佳桐走进来。

“叔，我松手了。”许松林慢慢地松开手。

许军大口地喘着气。

“对不起，爸，吓着您了。现在，您赶紧起床穿好衣服。”

“你们要带我去哪儿？”许军坐在床上。

“离开这个国家。”

“桐桐，咱们逃不走的。”

“您放心，没有女儿做不到的事。”

“松林，你出去，我跟桐桐有话要说。”许军对许松林说。

许松林望着许佳桐。

“许叔，你去准备点儿路上用的东西。”许佳桐点头。

许松林出去了并带上门。

“桐桐，听爸一句话，去自首吧。”

许佳桐冷冷地看着许军。

“晚上，他们带我去刑侦大队抽了血，你爷爷应该是被他们找到了。之前所有的一切，都已大白于天下。他们已经撒下了天罗地网，就算我们能逃出国，可国家正在展开猎狐行动，天网行动，就算是逃到天涯海角，他们照样能把我们抓回来。桐桐，听爸一句话，向警方自首，争取立功赎罪。你是受奶奶的威逼，才走到今天这一步的……”

“不，奶奶没有威胁我。”许佳桐说，“她爱我，所有的一切都是我心甘情愿的。爸，这些年，爷爷和我已经将部分资金转移到了境外，可以保证我们衣食无忧，甚至可以东山再起。我们可以伪造身份，可以……”

“难道活得像你爷爷一样吗？”许军质问，“难道你将来的儿女们，也要再次面临像你一样的选择吗？”

许佳桐无言以对。

“我要是不想跟你走呢？”

“爸，你没得选择，我必须带你走。”

“是你奶奶交代的吗？”

“也是我的愿望，我不会把你孤零零一人扔在这里的。爸，我知道您最疼我，您不会想看到您女儿在监狱里终老吧？我今年才 28 岁啊。”

泪水涌上许军的眼睛。

“您也要相信，女儿是爱您的，妈临终的时候也交代过我，让我必须照顾好您。爸……”

“你让我再想一想。”

“没有时间了，爸。”

“就几分钟，你让我……再想一想。”

许佳桐看了看手表，犹豫了一下：“好，五分钟，五分钟后我们必须走。”

说完，许佳桐朝门外走去。

许军呆呆地坐在床上，泪水从他的眼里滚落下来，他望着床头柜上的手机。

许佳桐在走廊里走着，突然，她站住，回过身匆匆朝着许军的卧室走去。

许佳桐几步跑回卧室，床头柜上的手机不见了，卫生间的灯亮着。

卫生间里，许军的手在颤抖着，他从衣服口袋里取出高风的名片，然后对着名片拨号。

“爸？”许佳桐在用力敲门，脸色惨白，“爸，我是您女儿啊，您为什么要出卖我？”

“桐桐，对不起，爸必须这么做，爸是为了你好。你今年才 28 岁，你还有重新做人的机会。”

许松林在许佳桐的身后，愣在那里。

“是高风吗？是他给你洗的脑吗？”许佳桐哭喊。

许松林要冲上来撞门，许佳桐一把拉住许松林。

泪水不停地从许军的眼里滚落下来，许军望着手里的手机。终于，他按下了通话键。

“许叔？”高风的声音传来

“高风……桐桐……在……我这儿。”

说完，许军无力地挂上了电话。他怔了一会儿，突然扑到门前拉开门，门外空无一人。

许军从卧室里冲出来，走廊里也是空无一人。

天亮了，龙湾分局刑侦大队办公室已经忙成一锅粥，电话铃声和手机铃声此起彼伏。冯凯、周游、方菲和刑警们正在龙城的城区地图前说着什么。这时，冯凯的手机响起，冯凯看了看手机，他走到一边。

“石支队？”

“冯凯，我们已在韩国警察厅，昨天晚上，崔天星的助理文龙俊涉嫌转移崔天星，已被韩国警方击毙。同时被击毙的，还有两名崔天星的保镖。一名警员受伤。”

“崔天星呢？”冯凯问石磊。

“放心，他已经被警方控制。韩国警察厅已经将许军的血液样本和崔天星的血液样本交到有关部门进行DNA亲子鉴定。结果一出来，我会第一时间通知你。你那边怎么样？”

“许佳桐今天凌晨出现在龙湾。她的父亲许军给高风报了信，但是……许佳桐和许松林没有找到。目前我们正布置警力进行全城大搜捕，没想到她竟然会折回来，我大意了。”

“这是我石磊一生中遇到过的最高智商、最曲折的案子，能进展到目前这一步，已属不易，你不用太自责……”

朝阳铺洒进夕阳红护理院高四海的房间。

高风和陈洁正在高四海的房间里。一个护士正在一旁检查着输液状况，高四海仍然昏迷着。高风在一旁接听着电话。

“青叶？”

“许家福找到了……”

“是崔天星？”

“就是他！”刘青叶在电话里哽咽着。

“你等一下。”他走到床边，望着床上深度昏迷的高四海，“青叶，麻烦你把这消息跟我爷爷说一遍。”

说完，高风把手机放在高四海的耳边。

“高爷爷，我是青叶，我告诉您一个好消息，时隔三十多年，许家福终于在韩国被抓获了。您可以安心了，麻烦您把这个好消息，转告给我爷爷。没有你们的坚持，也不会有今天的胜利。谢谢你们，谢谢您，高爷爷……”

高四海一动不动。

高风拿过手机说道：“谢谢你，青叶。”

高风挂掉了电话，他在高四海的床边坐下，伸出双手握住高四海的手。

“爷爷，您听到了吗？”

高四海一动不动，但他那被高风握住的手指似乎又微微地动了动。

心电仪的小点在跳着，越来越快，越来越快。随后，那小点变得越来越微弱，越来越微弱，终于成了一条直线。

79

高风紧紧地握着高四海的手没有放。

房间里格外寂静，这时，门推开，陈洁和护士匆匆进来。陈洁怔怔地望着这一切。

护士犹豫了一下，拿起手电上前，翻开高四海的眼睑看了看，然后关掉呼吸器。房间里一片寂静。

“高爷爷走了。”护士说。

陈洁上前揽过高风的头，拥在怀里。

高风仍然紧紧地握着高四海的手。

“爷爷，您说得对，当警察不会永远幸运，除非你保持机警，你要学会享受这一切，因为这份工作带给你的信心和荣誉，远远超过带给你的阴暗面。爷爷，我决定了，我要重新回到警察的队伍里，跟您和爸一样，当一名出色的警察。您放心地走吧，我不会让您失望的。”

高风慢慢地松开高四海的手。

高四海静静地躺在床上，他的面部表情很安详，朝阳洒在他的脸上。

韩国首尔的病房里，崔天星坐在病床上输着液，两个韩国警察正在对他进行讯问。一旁的三脚架上架着一部摄像机，摄像机正开机录着。

“1991 年 4 月，我偷偷地跟踪了金森。我想办法让金森染上了毒瘾。人一旦被毒品控制，那就没法保住自己的底线。金森供出了崔天星的藏身之地，而且帮助我收买了崔天星的两名贴身保镖。有人问过我，这世上有什么是金钱买不到的。在公开场合，我会说爱是不能用金钱买的，屁话。而事实是，没有什么是不能用金钱买的，忠诚、正义，甚至法律……”

崔天星喘息片刻。

“1991年5月20日，我在金森和两名保镖的帮助下，完美地将崔天星……我的前身杀死，并用强酸毁尸灭迹。1991年7月2日，我来到首尔南东满整形外科诊所做整容手术，一共做了三次手术，1991年9月2日拆的线……”

“你也是用钱收买的南东满吗？”韩国警察问。

“钱是最重要的，还有毒品和女人。当然还有威胁，家人的照片，儿女的住址，诊所里的一些不法生意的文件……第二天，也就是1991年9月3日，我给南东满整形外科诊所送去了一颗炸弹……一共八个人，全部被当场炸死。从那以后我就彻底成了崔天星，然后，我带着两名保镖去了一趟日本，故意暴露在媒体面前，给警方造成崔天星一直流亡日本的假象。我在1992年4月2日回到韩国，向媒体宣布我从此后退出貔貅帮，金盆洗手……对不起，我能喝口水吗？我想休息一下。”

高风走进家门时，天已黑了。他看着墙上一张1990年拍的全家福。照片上有高四海、高建设、周伟、孙惠芬、陈洁、沈超英和刚刚出生百天的高风和周浩宇。照片上还有日期和人民照相馆的字样。

高四海、高建设、周伟都穿着八九式警服，陈洁的怀里抱着高风，沈超英的怀里抱着周浩宇。

高风站在墙边，默默地看着这张照片。照片上，周伟就站在高四海的身边，而高建设则站在孙惠芬的身后。

高风静静地看着这张照片，直到天亮。

一轮朝阳升起，晨光笼罩着龙湾。

他的手机响了。

“高风？”许佳桐的声音传来。

“你在哪儿？”高风站起来。

“咱俩定情的地方。”

“云都山？”

“高风，恐怕你得亲自赶到云都山一趟。因为刘青叶现在就在我的手里。没关系，你可以告诉冯凯他们，反正我也没准备再逃了，但是有一个要求，到时候只能你一个人上山来找我，不然，刘青叶就得为你而死。”

说完，许佳桐把电话挂掉。

“许佳桐！”高风听到手机忙音，一愣。

很快，许佳桐发来一张照片。照片上，刘青叶躺在后备厢里，手脚都被捆着。

高风跑向门口。

云都山山势险恶，山峰耸立，岩如刀劈。

这是一个空场，也是一个停车场，前面已没有公路。停车场里停着许多闪着警灯的警车，还有救护车，医生和护士正在待命。警察们一边用对讲机说话一边奔跑。一些警察正在帮助十几个和尚上一辆中巴车。

现场紧张而有序。方菲正拿着对讲机焦急地站在路边等待着。

高风的车疾驰而来，有警察上前阻拦。

“让他进来。”方菲喊道。

高风把车停下。他匆忙从车上下来，朝着山上走去。

方菲一边快步跟着高风，一边和对讲机里通话:“冯队，冯队，我是方菲。高风已经到了，我正带他上来。”

“青叶怎么样？”高风问道。

“不知道情况，许松林和许佳桐把寺院里的和尚都赶下来了。上山只有一条小道，两边都是悬崖。只要一把枪，山下的人根本上不去。我们做过几次努力，都失败了。许佳桐说要等你来。”

高风一边听着一边匆匆地朝前走去。

通往山上的小道上，两名荷枪实弹的警察持着冲锋枪站在小道上，小道上拉着警戒线。

警察让开，高风沿着小道匆匆朝着山上跑去，方菲紧紧地跟在后面。

山势陡峭，一条细细的小道蜿蜒地通向山上的寺庙。道路非常险峻，有一夫当关、万夫莫开的气势。

特警们戴着头盔，穿着防弹衣，持枪分布在山坡上，手里的枪口对准着山上。在一个隐蔽处，一个狙击手正拿着一支狙击步枪瞄准着山上。

特警队队长带着两名特警队员正在狙击手的掩护下从山的一侧借着低矮的岩石朝山上一点点挪动着。突然一声枪响，子弹在狙击手附近的岩石上炸开。

特警队长和两名特警忙隐蔽在岩石后面，他们的身后就是万丈深渊。

特警队长拿起对讲机说道："不行，我们无法靠近。我们完全暴露在对方的视野里。"

不远处，一个稍开阔点儿的地方，隐蔽着李夏、冯凯、周游和几名刑警。

冯凯正拿着望远镜看着。

"撤下来。"他命令道。

"冯队，我看看还有没有……"

"撤下来！快。"冯凯的语气不容置疑。

这时，高风匆匆而来，方菲紧跟在身后。

冯凯的手机响了，他看了看手机接听。

"许佳桐？"

"高风是不是到了？"许佳桐问。

"许佳桐，你再冷静想一想，我们可以等。如果你需要食物和水，我可以派人送上来。我现在把手机交给高风，你可以通过手机跟他交流……"

"不，我要跟他面对面交流。如果你们不让高风上来，那就别怪我不客气，我会把刘青叶扔下山去。我许佳桐向来说一不二，不信你看。"

"不许让高风上来——"刘青叶的声音隐约从电话里传来。

一声枪声刺破山谷里的宁静。冯凯忙朝山上望去。

"冯队，我们的人中枪了。"特警队长在步话机里说。

高风朝着山坡上望去，一个特警肩膀中了弹。高风一把抢过冯凯手里的手机。

“许佳桐，我马上上来，但有一个条件，我上来后，你必须立即将青叶放下山。”

“从中学时期，我跟青叶就没有可聊的。你放心，只要你上来，我会让青叶下山的。”

“高风，你不许上山。”冯凯说。

“难道你还有第二种方案吗？”高风把手机还给冯凯，“时间来不及了，我了解许佳桐，她不会听你摆布的。她什么都做得出来。”

“省公安厅会马上派警用直升机过来。”李夏说。

“直升机到来之际，那就是许佳桐对青叶下毒手之时，这解决不了任何问题。冯队，许佳桐只要我。我愿意拿我的性命换回青叶，我心甘情愿。”

“不——”

“我爱青叶，我不会让她为我死的。”

冯凯望着高风，泪水涌上来，喊道：“不！我不会允许你们任何人死……”

冯凯的话音未落，就见高风突然闪身上前，一把抽出一旁周游身上的手枪，拉开枪栓上膛。然后他把枪口对准大家，动作一气呵成。周游更是猝不及防。所有人都愣在那里。

“高风！”冯凯呵斥道。

高风冷冷地望着大家，然后把枪口转过来，对着前面的警察：“让开——”

警察愣住，呆呆地望着高风。

“让开。”高风大喊。

警察犹豫了一下，闪开。高风匆匆朝着山上跑去，他一边跑一边将手机塞到后腰带上，然后用衣服盖住。

“高风——”冯凯喊道。

高风已经消失在他的视线里。

许松林正隐蔽在一处岩石后面，握着手枪对准着山下。不远处，刘青叶被绑在一棵树上，一把匕首插在树干上。许佳桐一手握着一把手枪，一手握着手机站在刘青叶的旁边。

“许佳桐，是我，我上来了。”高风的声音传来。

“高风，不许上来！”刘青叶喊道。

许佳桐望向许松林，许松林朝她点了点头。

“高风，我等着呢。”许佳桐喊道。

高风举着双手从石阶上露出头来。他走上石阶，站在边上，举着双手。高风看了看不远处的许松林，许松林正专心致志地盯着山下。

“高风，你这个笨蛋……”刘青叶的眼泪流了下来。

“许佳桐，我来了。你把青叶放了，你要的不是青叶，而是我，是吧？”

许佳桐微笑地看着高风，又看看刘青叶。

“刘青叶，你知道我当年为什么靠近高风？是为了你。”

刘青叶怔怔地望着许佳桐。

“是因为我看到你眼里，看着高风时的那种渴望的目光，而我……只是想从你的目光里看到崩溃的感觉，因为你的爷爷，也是当年折磨我家的当事人之一……”

刘青叶冷冷地看着许佳桐。

“所以，你不配！你不配拥有他，甚至不配拥有和他一块赴死的机会。”

“许佳桐，那我问你，你当年真是因为恨而找我的吗？难道我们之间从没有过真诚和信任吗？”

许佳桐说不出一句话。

“我相信有过，但当赵月娥告诉你真相的那一刻，你没有跟你爸一样，选择一条光明的路，我为你感到遗憾！不过，即使你亲口向杀手下达过杀掉我的命令，即使你命令许松林杀死我的弟弟，我依然愿意选择原谅，只要你放了青叶。”

“原谅？是你，是你当年推开了我。是你，是你让我选择了今天的道路。这一切，都是因为你。”

“不。即使当年我们选择在一起，当你得知真相，你照样会对我下手。因为你会选择黑暗的一面，邪恶的一面。”

“不，你错了。我选择黑暗、邪恶并不是因为我天生邪恶、黑暗，而是因为恐惧，我们家族的那个秘密，那个原罪带给我的是恐惧和羞耻感，是那种不断啃噬我五脏六腑的恐惧和羞耻感。”

“那现在一切都结束了。把青叶放了，我说过，我会留下来陪你。这里是属于我们俩人的地方。”

许佳桐望着高风。她转过身，从树干上拔下那把匕首，将捆绑刘青叶的胶带割断。刘青叶站起来。

“佳桐，你如果只让我一人离开，我不会感谢你的。”刘青叶说，“就是死，我也要跟高风一起死。”

“别让我后悔。”许佳桐冷冷地对她说。

“青叶，看着我！”高风盯着刘青叶，“等案子结了，我还有话跟你说。”

刘青叶望着高风，终于迈开脚步，朝着高风走去。

刘青叶走近高风。

“青叶，你还记得幼儿园玩的丢手帕的游戏吗？”高风微笑。

刘青叶上前，紧紧地抱着高风。

又一声枪响传来，许松林还在和特警对峙。

许佳桐冷冷地看着高风和刘青叶相拥在一起的场景。

刘青叶松开高风。突然，她举起藏在衣服里的手枪，对准不远处的许松林扣动了扳机，子弹出膛，弹壳飞出。

许松林中弹，他艰难地站起身来。刘青叶再次扣动扳机，许松林胸口连中两弹，他倒了下去。

许佳桐愣在那里。她想举起手里的手枪，刘青叶迅速地转过身来，枪口对准许佳桐。

“把枪扔下，别以为我不会开枪。”刘青叶厉声道。

许佳桐松了手，手枪掉在地上。她微微一笑，朝着悬崖边走去。

“站住，不然我开枪了。”刘青叶喊道。

高风伸手把刘青叶的枪按下。

许佳桐走到悬崖边。

“高风，但我真的爱上你了，到今天，你仍然是我心里最纯净的那个男孩。原谅我，是我背叛了你……但我不后悔我的选择。”

冯凯他们冲上来。特警们举枪对准许佳桐。

许佳桐纵身朝山崖下跃去。

“许佳桐！”刘青叶朝着山崖边追去。冯凯和警察们从高风身边纷纷掠过，但高风一动不动。

几周的时间就这样轻轻流逝，龙城恢复了平静。

会议中心大厅台子的中央挂着高四海的巨幅遗像。横幅上写着“优秀人民警察高四海同志追悼大会”。

身穿警服的高风站在台子中间。

会议中心里坐满了警察。张副厅长、李夏、宋杰、冯凯、刘青叶、方菲、周游等人都在其中，全场一片肃穆。

高风看着大家，沉默片刻才开口。

“我爷爷只是一个普普通通的法医，一个普普通通的警察。像你们在座的每位警察一样，认认真真、不求官职、不求名利，只是勤勤恳恳地查案。你们也都并不完美，但你们做到了你们一直想干的一件事，那就是做一个真正的警察。我爷爷和你们让我懂得，做一个真正警察的要素是什么，那就是信念和忠诚。就像每个人入警时在警徽下的庄严承诺一样。为了真相，我们警察必须牺牲时间、婚姻、健康甚至生命。发现真相，还原真相是我们警察工作的职责，也是我们警察的信念。因为再成熟的法律体系，再严谨的司法程序，也可能有找不到真相的时候。所以，信念是一种这样的力量，当你觉得自己对得起自己的誓言，对得起自己的职业，对得起自己的良知和尊严的时候，你将无所畏惧。我们在人性的神秘长河中，每一步的行走都无比艰难，但只要你心怀悲悯和信念，那么，人生总会有转机，每个普通人也都有可能谱写传奇的人生。我相信这个善与恶、罪与罚，生生不息、绵绵不绝的世界，因为有你们，而将变得……无限美好！”